我的天鹅

My swan

小红杏 著

下册

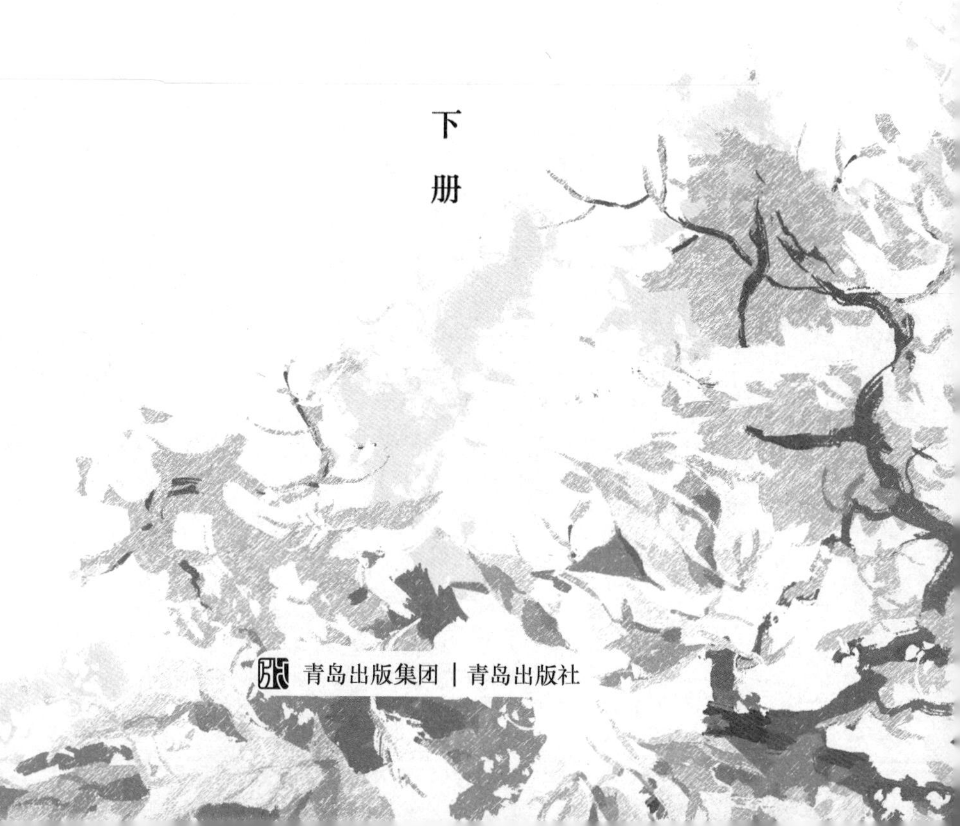

青岛出版集团 | 青岛出版社

第四个愿望

周末。

余月如打来电话，叫余葵去吃饭。

“你就当去吃个自助。”程建国把给余葵准备的礼物装好，好声劝道，“毕竟你妈妈过四十岁生日，想找你聚聚，我也不能拦着她。就吃顿饭，去就去呗。你要在那边不开心，提前给我发消息，我过去接你。”

“行吧。”余葵垂头丧气地应下。

临出门，直男程建国突然发现：“哎，你就穿这身衣服呀？”

余葵低头打量自己一眼——棒球外套，洗得发白的牛仔裤。

“怎么了？”

“这样不好，你妈妈请了挺多客人的，还在一个高级餐厅。”程建国操碎了心，拿上钥匙，“你等等，咱俩打车先去那餐厅附近的商场买身贵的。”

余葵不愿意：“一顿饭就回来，费这钱干吗？”

程建国振振有词：“别的孩子都穿得特别正式，就你一个人穿朴素的旧衣服，吃饭的时候你多不自在，是吧？”

余葵大概明白了——“别的孩子”大概是指谭雅匀。程建国自从去过谭家，就有了心结，愧疚自己没能给女儿锦衣玉食的生活，小时候不在身边，也没让她学过什么才艺，老担心她在谭雅匀面前自卑，被那边的亲戚看不起。

逛了一个半小时商场，余葵从头到脚焕然一新——针织红白外套、菱格 A 字裙、同色系的及膝白袜子，衬上她低垂的短发，整个人精致又洋气，极具整个人视觉冲击力。

店长对自己的搭配满意得不行，用自己的权限打折当报酬，诱惑余葵站在橱窗的灯光底下，让她拍几张模特儿图在公众号上发广告。

店长边拍照还边拍程建国的马屁：“难得见到你女儿这么周正的姑娘，试哪件衣服都跟模特儿似的……上高三了啊，我儿子也上高三，她是学表演还是学舞蹈啊？”

程建国乐呵呵地背着手站在边上：“都没学，她文化分还不错。”

店长惋惜得不行：“那太可惜了，花点儿钱培训，她这条件走艺考，上个表演专业比普通一本有前途多了，一模考多少分呀？”

程建国故作平淡：“勉强考了680多分，高考能上个复旦我也就心满意足了。”

店长明显被噎住，原本准备好的话都咽了下去，小声跟程建国打听：“这分数，全省大概得排多少名啊？”

“听孩子说好像是一百三十多名。”

“我家儿子排名六千多。”家长对学霸的好感都如出一辙，店长望向余葵的眼神顷刻充满敬畏，再跟这位未来的复旦大学生对话，声音都轻了两分：“来，咱们加个微信吧，衣服有什么问题质保期随时能过来退换。您慢走啊，再来！”

老父亲从商场出来，整个人都神清气爽，通身没有一个毛孔不舒坦。他将大包小包的新衣服挂在胳膊上，开席前把女儿送到餐厅才打车离开。

上个月，余月如的教授职称刚敲定，借着四十岁生日，她请了一些学院同事还有谭家的亲朋好友庆祝，夫妻俩正站在厅门口迎宾。

见余葵来了，女人抽空压低声问她：“怎么现在才来？”

“这不还没开始吃吗？”

“你怎么就知道吃？站我后边，等会儿这些叔叔阿姨来了，你跟着雅匀叫，好好打招呼，知道吗？”

“哦。”余葵兴致缺缺。

“听进去没有啊？怎么你爸的话你都听，我的话你就左耳朵进右耳朵出？”

余葵的目光瞥向左边的谭雅匀。

程建国很有先见之明，谭雅匀的穿搭果然很隆重——及膝套裙，半编的公主头垂在肩后，还化了淡妆，跟她过生日似的。

看夫妻俩在厅门口跟人寒暄，余葵站得脚酸，正打算从迎客的点心桌上拿块小蛋糕，客人猝不及防地上前，握住她的手：“哎，这就是雅匀吧！我早听孩子说你在附中很出名，又漂亮又聪明，今天一见你，果然……”

余葵微笑：“阿姨，我是余葵。”

女人尴尬了一瞬，目光在谭雅匀和她之间反复移动两次，强行救场：“哦，是余葵呀！你妈妈真有福气，有这么优秀的两个女儿，一个大美女，一个大学霸，半夜睡觉都要笑醒啦！”

余月如挽着女人的胳膊将其送进厅：“模样漂亮有什么用呀？我就希望她好好学习。幸好她这一年多来也算开窍，知道努力了。黄教授，你家小捷也上高一吧……”

此刻宾主尽欢，除了谭雅匀。尽管她面上仍努力带笑，但一米之隔，余葵仍然察觉出她面具下的情绪起伏。

到了餐点，年轻人被安排坐一桌，除去谭雅匀的堂弟堂妹，剩下的就是余月如的同事、朋友家的孩子。

席间，有个活泼的初三妹妹一直拉着余葵讲话，先问她有没有微博，又想加她的 QQ 号，还追问了许多她在纯城附中的学习日常，满眼钦羡之色：“我今年也想考纯附，就怕分数不够。”

谭雅匀的堂妹不屑道：“你问她这个学渣有什么用？她压根儿不是靠实力考进附中的，纯靠捡漏儿，三门主科的成绩加起来还没我姐的理综成绩高。想学她，你恐怕得先去村里读几年书，先把乡镇学籍拿到手才行。”

“你管我？我就爱跟漂亮姐姐说话。”妹妹回头看余葵：“姐姐，你三门主科多少分？”

余葵的鱼肉嚼到一半，她想了想：“300 多。”

小女孩儿诧异地歪头：“理综总分不就 300……？”

谭雅匀的堂妹在边上不住地翻白眼，话音没落便打岔：“你听她吹吧，我见过她高一的成绩条，阿姨觉得丢人，连家长会都不想去给她开。她天天上课看漫画，要有本事考 300 多分，我把面前这个盘子吞下去。”

余葵就想安安静静吃个饭，见这人还蹬鼻子上脸，冷淡地抬起眼皮：“这么懂我的成绩单，你要不问问你姐？这盘子你打算怎么吃？生吞呢，还是给你来点儿酱？”

谭雅蓉拍桌：“成绩差还撒谎，你等着，我现在就去叫我姐，让你知道什么是自取其辱！”

整桌的少男少女都一副看热闹的表情，兴奋中暗含激动，有人嗑上了瓜子，有人趁乱倒了杯可乐。

这会儿谭雅匀正跟着两口子逐桌敬酒、寒暄，刚好敬到隔壁桌，不明就里地被堂妹拉了过来："蓉蓉，怎么了？"

女孩儿得意地说："姐，余葵刚才吹牛，说她三门主科成绩加起来有300多分……"

谭雅匀听见她提成绩，脸色立刻难看起来，压低声音说："你吃饭就吃饭，聊这些干吗？"

女孩儿却没领会谭雅匀的意思，摇着谭雅匀的手："姐，你做人就是太软了，她都这么没脸没皮了，你还给她留什么面子？"

余葵低头喝完勺里的最后一口汤："和捡漏儿进纯附的人考一个分数，她确实不好意思说啊。"

这下连谭雅匀的堂弟都开口了："余葵，我做梦都没你敢吹，就不怕把牛皮吹破了？我姐从来没掉出过年级前二十名，别说一年了，让你再学十年你也赶不上，你别仗着她心软就在这儿大放厥词。"

谭雅匀恨不得伸手捂这对姐弟的嘴了。

余葵扯掉垫在膝盖上的餐巾，意味深长地看了谭雅匀一眼。

谭雅匀攥紧手，避开了她的目光，看样子并不打算承认这事，若无其事地从服务员手里接过玻璃壶，问席间还有谁要果汁。

余葵轻翘唇角，结束用餐，把目光落在这对喋喋不休的姐弟身上："我以为你家的狗乱咬人，害我打狂犬疫苗已经够烦人了，没想到你们俩比那条京巴还烦。吃饱了，走了。"

她刚起身，席间就有个女孩儿举起手机："哇，小葵姐和谭姐真是同一个分数啊！我打开纯附官网，首页的表彰快讯里有高三一模的优秀学生名单！"

注意力顷刻间从谭雅匀身上移走，大家纷纷扎堆凑过去传阅。

"这主科明明差几分就上400分了。"

"小葵姐这照片拍得好好看。"

…………

"小葵姐，你怎么做到的？教教我吧！"

余葵被初三的妹妹拽住手腕，闻言，朝谭雅匀的堂妹努了努下巴："跟她说的差不多喽，我从前懒得学，天天上课看漫画，还真以为考高分有多难呢。学了一下试试看，也不过如此嘛！"

即便她在背地里写了摞起来有冰箱高的卷子，但这桌人不知道啊，一个个都被她装到了——纯附金字塔顶尖的优等生还是很有震慑力的。看着少男少女们崇拜的眼神，余葵总算知道谭雅匀在外为什么总爱炫耀自己不学习了，是真的很爽。

刚刚趾高气扬的谭家姐弟涨红了脸，谭雅蓉还不服气，低声跟身边的小男生嘀咕：“谁知道她要了什么小聪明考的……”

男生懂行，疑惑道：“纯附都自己出卷子的，学生哪怕拿着选择题的参考答案也很难考到年级前二十名吧？”

…………

可惜余葵跑路不太顺利，途中便被举着红酒杯的余月如发现，唤住：“你去哪儿？”

“回家。”

“席都还没散，回什么家？”

“你不是要我好好学习吗？我早点儿回去学习还不好？”

余月如拧着眉不太高兴，但自从余葵成绩上升，她的脾气收敛了许多：“等会儿切蛋糕了，叔叔阿姨们都想认识你。你再等等，我让谭叔叔送你回去。”

余葵耐着性子像朵壁花一样站在边上，听着叔叔阿姨们左一个问她在哪家补习班，右一个问科任老师的电话，她疲惫地应着，兜里的手机突然振了几下。

她低头看——是时景发来的短信，他刚好和人在附近打完球，正要路过餐厅门口，问她要不要吃冰激凌。

余葵这下彻底站不住了，心都飞到窗外去了，偏偏聚会氛围热火朝天，余月如拉着她不让走。

她眼神焦急，时不时瞥向窗边。

又过去十分钟，餐厅落地玻璃窗外的行道上终于出现那道颀长熟悉的身影。

城市的夜景五彩斑斓，树荫下的行道上，她喜欢的少年被橱窗昏黄的灯光照亮，一身蓝白运动装，背后还背着网球拍，一左一右地拿着两个冰激凌。

那张脸高贵俊朗，和场景的光影融为一体，像幅极具质感的油画。路过的每个行人都忍不住朝他投去目光，而少年对此习以为常，见余葵看过来，还微笑着朝她挑了挑下巴。

余葵悄悄打手势，示意他还要几分钟。

时景大概没明白她的意思，朝落地窗走近了几步。余葵心虚，正要再比画一次，大概她朝窗外看的频率有点儿高，同桌的几个大人注意到动静，顺着她的目光瞧去。

其中就有主座那位被谭父一直敬酒递茶巴结的中年男人。目光定在时景身上几秒钟后，他神情微变，匆忙起身朝门外走去。谭父在隔壁桌敬酒敬到一半，搁下杯子小跑着追上去问："怎么了，院长？"

"看到一个熟人家的小孩儿，去打声招呼。"

什么熟人家的小孩儿，需要一个长辈上前打招呼？谭父愣了愣："要不叫他进来一块儿吃吧？"

"他们年轻人肯定不乐意，你别管了，我跟孩子聊几句就回来。"男人没说的是——满厅都是生人，时景怎么可能给他这种面子？

两人不知在外说了些什么，很快，余葵目瞪口呆地看着那被称作"院长"的中年男人领着时景进来了。

"给小景拿副碗筷。"

院长一边招呼着谭父，一边让出自己的座位，却被时景礼貌地打断——

"叔叔们不用客气，我就是看见同班同学了，进来找她说两句话。你们随意吧，不用管我。"

"好，好，好。"院长连连点头，"哎，小景，你的同班同学是——？"

"就在您边儿上呢。"时景一抬下巴，跟余葵打招呼："小葵，你这顿饭吃得可够久的，这周的物理模拟卷写完了吗？"

四下的目光移来，余葵甚至能清晰地听见不远处，刚才那桌的小孩儿们爆发惊呼声。不知谁咋呼着喊了一句："快看，小葵姐的朋友好帅好帅！"

脸被灼烫，余葵有点儿心虚，偷瞥她妈看不出表情的脸，答道："我刚才就说回去写卷子，我妈让我切了蛋糕再走。"

谭父笑着打圆场："时间也不早了，我看就现在切吧，小孩儿们都不爱跟大人凑热闹。"

服务员推着点燃蜡烛的三层蛋糕进门，厅内暗下来，大家唱起了《生日快乐歌》。

人群外围，余葵趴在复式台阶的栏杆上。时景不知什么时候来到她身侧，手肘撑在栏杆上，摸黑儿把冰激凌的纸杯递了过来："草莓味的，快化了。"

少年的指尖不小心蹭过她的指腹。

冰激凌还没尝到，余葵的心已经被甜化了，皮肤表面残留的触感暧昧作祟，鼻息全被男生的气息充斥。

她忍不住偏头，在黑暗中模糊地描摹他俊美的轮廓。

真好啊——这个少年离她这么近，与她肩并肩，近到她一伸手就能触摸到。

吹灭蜡烛的欢呼声响起，灯蓦地亮了起来，余葵猝不及防地撞上时景偏过来的视线，他的瞳孔漆黑炙热，世界黯然失色。

她呼吸一窒。

别慌！她不能躲闪，那样太刻意，会显得她心虚。

余葵在心里默数：1、2、3……

她终究溃败，仓促地垂下眼帘，装作若无其事地低头吃了一口冰激凌。

明明只有短暂的三秒钟凝视，但那三秒钟，两个人的灵魂仿佛经历了从触碰到交融的全过程。

她脸颊泛粉，冒着热气，头一次体验到人生竟有这么简单却又那么快乐的状态。心脏过电后，像是被温暖的羊水包裹，柔浪轻拂过脸颊，浑身的毛孔都松弛地张开了，她也化作了云巅的一摊水。

时景……他会有同样的感受吗？

蛋糕快分到跟前，色令智昏的余葵总算稍微清醒，记起在她妈眼皮子底下要跟时景拉开一些距离。

时景不解地问：“你躲那么远干吗？”

余葵小声解释：“万一我妈怀疑我们俩有点儿啥，以后禁止我们往来可怎么办？”

时景伸长胳膊，接过她手里的冰激凌空杯，和自己的叠在一起，从容地塞进身后路过的垃圾车，转过身倚在栏杆上看着她：“我敢打赌，你妈妈这次不会再拦着你跟我玩了。”

“为什么？”余葵问出口，才心惊肉跳地睁大眼看着他，“这次？你还知道上次？”

时景微歪了下头，耸肩，没有否认。

“什么时候？”

余葵脑子一片混乱发蒙，顷刻间，无数念头和片段飞速掠过。她首先想到自己从未在网上透露过和这事有关的只言片语，而知道这事的人，除了她父母只有谭雅匀和向阳，所以时景究竟是从哪里……

不等她思索出答案，时景坦然地回答：“你被篮球砸到那天，我去医务室看你，在门外听到了。”

他的表情并不十分惊讶。

这让余葵心里震荡，她不敢揣测时景究竟知道了她的多少秘密，只能一步步小心试探：“所以这才是我考进（1）班之前，在路上遇见了，你也不再跟我打招呼的原因吗？”

时景眉头一挑：“这就是你倒打一耙了，小葵，你不也躲着我走，从来没跟我打过招呼？”

余葵讶然地张口，本还想再问什么，但她的潜意识拒绝再往那个方向探寻。她只下意识地问道：“你怎么能笃定我妈妈的想法？”

少年将下巴朝宴厅中间努了努：“你瞧，他们在说话。”

余葵看过去，之前那位院长揽着她继父的肩膀轻拍，不知在说什么。在时景来之前，院长的态度可没那么随和。

“那位叔叔跟我父亲见过两次，我看他今晚坐在主宾首席上，所以才答应进来的。有他在，你妈妈即便不赞成咱俩深交，应该也不至于再勒令你同我断绝往来，何况你已经凭成绩考进（1）班。我猜，等会儿我提个话头，大人应该会同意你跟我出去玩。”

余葵不知道该惊讶还是感慨。

无论是一年多来，时景明知真相却隐忍不发的城府，还是他仅凭一个座位便能将人心揣摩透彻的天赋，都涉及了她这个年纪从未踏足的领域。

果然，甚至都不用时景提，蛋糕吃得差不多后，谭叔叔叫来谭雅匀和余葵，从兜里掏出一张卡递给她们俩：“小葵啊，好不容易周末，我看你也别回去写什么卷子了。高三这么累，正好你们仨小孩儿同班，就借今天这个机会出去放松放松，看电影啊，逛商场啊，今天所有的消费叔叔买单。”

余月如也点头补充：“去安全的地方玩，跟时景好好相处，有事给家里打电话。”

谭雅匀表情诧异，余葵也被惊到了。

谭家的家教很严，谭父和余月如的教育理念简直一拍即合，今天这种话能从他们俩的嘴里说出，简直叫人难以置信。

于是出餐厅时，余葵和时景背后多了个拖油瓶。

虽然有点儿硌硬，但余葵更开心自己终于解放了，压低声问时景：“你是会读唇语吗？怎么能把人猜得那么准呢？”

少年漫不经心地答：“成年人很没意思的，人和人之间的关系靠利益交换联结，但凡有捷径，他们愿意付出尊严、精力、代价，人脉掮客因此成为一个暴利的职业。你觉得他们的世界神秘，其实一个人会做出怎样的选择，在他的言谈举止间一切都有迹可循。”

他脚步微滞，用眼神示意余葵——她身后的继姐怎么办?

余葵想了想，折身往回走了几步，开门见山地跟谭雅匀商量：“反正我们关系不好，用不着听大人的绑在一起活动。我妈不在，你也用不着装姐妹情深，爱去哪儿玩就去哪儿，我们就在这儿分开走。”

谭雅匀掀起眼皮，朝余葵身后看了一眼——这个距离，时景听不见她们俩对话。

乖巧了一整晚，谭雅匀终于摘下面具：“凭什么？”

余葵：“你讨厌我，我也讨厌你，我不想跟你一块儿玩，就是这么简单。你要当牛皮糖吗？”

“你以为天底下的人都跟你一样？”谭雅匀举起卡，“每一笔消费记录都会发到我爸的手机上。不管你愿不愿意，这是我爸给我的任务，他让我出来买单，不是为了玩。”她眼神凛冽地反问，“难不成你觉得时景是你的私有物？还是要我回家告诉我爸你们的事？”

余葵确认，这人真能干出这事。

余葵铩羽而归，火气“噌”地起来了，愤愤地攥着拳头回到时景身边，小声嘟囔：“她真讨厌，她好讨厌，烦死了。”

“消消火。”时景拧开矿泉水瓶盖给她喂水喝。余葵下意识地吞咽，喝了两口才惊恐地扶住瓶子，意识到这水是时景递到她嘴边的。

她拧上瓶盖，微垂的头发恰到好处地掩住了绯红的耳朵：“咱们现在去哪儿？”

放在平时，两人周末见面一般带着书包去图书馆或书店自习，但眼下谭雅匀也在，他们再去这种安静的地方，只会更不自在。

时景想了想：“我来的时候，前面那条街人挺多的，我们走到那儿把她甩掉。”

余葵的气忽然顺了。

时景真的好腹黑啊，不像她只会直来直去。到那条街的路程，他们走快点儿也少说需要十来分钟，谭雅匀还穿着坡跟小皮鞋，半道说不准就在哪儿把脚磨破了。

他们走着走着，谭雅匀的步子果然慢了下来。

斑马线的绿灯亮起，余葵暗喜，正要一鼓作气把人甩掉，忽地听见身后有人喊了两声“雅匀”。

她回头一看，只见谭雅匀神情躲闪，借着夜色掩映往行道树后挪了几步。

余葵将视线后移，在菜市场门口看见了那个出声的阿姨。

女人身上穿着围裙，拉着小平板车，车上堆着大小不一的塑料袋，面容写满惊喜之色。她生怕谭雅匀没听见，又接连喊了几声，最后干脆扔下平板车，一瘸一拐地追了上来。

环视四周，余葵总算想起来，自己好像确实听人说过，谭雅匀的亲妈卖凉菜的档口就在这个菜市场，这会儿估计刚收摊，女人的脚不知怎么了，脚腕附近用绷带缠着。

一见时景和余葵都在偏头看她，谭雅匀慌了，仿佛怕沾上什么垃圾，对身后的声音置若罔闻，加快步伐横穿斑马线。

她走得越快，后面的女人追得越急。女人终于一个踉跄被绊倒在盲道的地砖上，头还朝地上磕了一下。

绿灯开始倒计时。

余葵深吸一口气。她最不忍心看这种画面，犹豫后折返，搀扶女人起身。

她一个人扶不动，好在有时景帮忙。少年力气大，轻松地把人扶起来坐在路边的花坛上。

望着谭雅匀头也不回地远去的背影，阿姨似乎终于意识到什么，叹了口气，什么也没说，用粗糙的手在余葵的手背上轻拍了两下："谢谢你们啊，小同学。"

过程在意料之外，但结局也算顺利——他们和谭雅匀分道扬镳了。

即便回忆起谭雅匀离开前最后的眼神让余葵有点儿心神不宁，但这可是难得没有试卷和作业，能单纯和时景相处的时间啊！

两人到游戏厅，投币把所有的项目尝试了一遍：赛车、抓娃娃、打地鼠……出来又逛公园，直到8点钟，他们才一起坐公交车回家。

中途，时景怕她穿着短裙冷，还把自己的外套脱下来给她穿。

时景个子高，那外套余葵一披上，直接遮到大腿，像一件密不透风的斗篷，将整个人轻松温暖地包裹起来，充满安全感。

身上不冷了，余葵又推开公交车的车窗。

这个点，车上零星坐着几个人，有疲惫晚归的上班族，还有头发花白的老人。车厢内很安静，风灌进来，吹乱了她的短发。

"时景，我问你个事。"

少年靠在椅背上，长腿放在过道上，用鼻音慵懒松弛地应了一声："你说。"

她终于鼓足勇气，偏头轻声问："告诉我，你是什么时候知道的？"

她仔细回忆了那天在医务室说过的每一句话，无论是"考进前三百名"还是"抚养权"的事，都跟网络上的小葵给出的时间、借口重合，但时景对此只字未提。

所有的迹象，都指向同一个结果——

时景早就知道她是小葵花生油的事了。

街景华彩如织，灯光斑驳错落地映在时景的眉眼上，他似是怔了一瞬。

余葵问得具体了些："你是什么时候发现我和你的网友是同一个人的？"

少年默然片刻，歪头道："你要听实话吗？很早。"

"当然。"余葵猛地闭上眼睛准备接受现实，"你就告诉我吧，很早是多早？"

时景："高二宋定初过生日，我是那晚确定的。"

竟然那么早！

余葵猛地想起来，自己那天在宋定初家的台球室打了球！果然，自己当时的侥幸心理像个笑话，他竟然在那时候就把她和漫画对上号了！

所以，他会找她打双人掌机游戏，是因为知道了她是小葵花生油？

她仔细想，时景对她的态度似乎确实是从那天开始改变的，从视若无睹的路人，到开始主动找她说话、发展交集。

余葵掩面。一想到中间自己为隐瞒做出的种种努力，她就觉得自己好傻，恨不得公交车里原地出现条大裂缝钻进去，窘得都快流泪了。但她还是硬着头皮问到底，当个明白鬼。

"那晚确定的……意思是更早之前你还怀疑过？我到底哪儿露出破绽了啊？"

"很难想象，像你这样的性格，你会在临近还包时间的前几分钟敷衍地仅用'有事'拒绝我，除非还有其他无法见面的理由；第一次在食堂同桌吃饭，我问过你的校卡，画风很像；你们都叫小葵，都有叫'四饼'的朋友，都从乡下到城里念书……最重要的是，也许你自己察觉不到，你在人群中非常有辨识度，无论哪个方面。"

他在夸她？

余葵没来得及深入理解这句赞美，便听他笑起来补充：“第一次在年级办公室看见你挨骂，真的好像漫画重演，每个细节都很生动，活灵活现。”

余葵崩溃地转头，把额头抵在车窗玻璃上，不想说话了。

车辆靠站。

时景起身送她到车门口，余葵解开外套拉链，勉强从羞窘中回神，仰头问了一个重要的问题：“如果我不提这件事，你是不是会一直装作不知道？”

时景思索片刻。

“也许吧。你从前跟我解释过，你在网络和现实两个世界，很难对人保持同样的开放度。如果两个身份融合让你感觉不自在，我不会去做那个撕破薄膜的人。”

余葵叹气，总感觉自己在时景面前无所遁形。这个心细如发、有八百个心眼子的男生这么聪明，怀疑过她喜欢他吗？

后门开了。

她匆匆地把外套塞到他的怀里，正要跳下公交车，被他抓住了手腕。

“小葵，我说实话吧，其实，我不想把包换回来。还有，不要蔫头耷脑，开心点儿——”

听到司机催促，他松开了手。等余葵站定回头，后门已经缓缓合上。

少年隔着玻璃窗冲她笑了笑，动了动嘴唇，说出下半句。

“你今天很漂亮，笑起来眼波像春天。”

余葵没听清。她回忆着那口型，不太确定——时景又夸她？

城市春日，暗香在夜色中浮动。

路灯下，林荫道里触眼皆是繁盛的嫩绿与粉白颜色，樱花瓣纷纷扬扬地打着旋儿下落，缀了一朵在发间——余葵转身看广告牌的倒影才发现。

灯箱映亮了她的脸，刘海儿在车窗上被揉得纷乱，眼睛发亮，双腮绯红。

没了外套保温，余葵抱着胳膊，哆嗦着小跑回家，快到保安亭时，小区外墙阴影中走出一个人。

她吓了一跳：“你来这儿干吗？”

谭雅匀还穿着分别时的小礼服裙，不知道已经在这儿等了多久。她像是察觉不到冷，堵在余葵必经的道上，冷声质问：“你故意的，是不是？”

“我要回家了。你在说什么，我不知道。”

余葵觉得莫名其妙，绕开人往里走，却被一把抓住手腕。

谭雅匀钳得很紧，余葵挣脱不开，手腕发疼，推了谭雅匀一把，没推动，生气道："有病吃药，你给我撒手！"

"你故意把时景带到那条街，故意让他看见那些，故意回去扶那个人，用我的虚伪卑劣衬托你的天真善良。你们在背后怎么说我的？你就想让全校的人都知道，你妈是音乐教授而我妈是摆摊卖凉菜的，是不是？"

被谭雅匀步步逼问，余葵细瘦，被推搡着后退，使出吃奶的力气才把人甩开，揉着红肿的手腕，皱眉道："你虚伪卑劣还用谁衬托吗？多少有点儿被害妄想症了吧？我能控制你妈卡点出现，还是能控制你扔下自己的亲妈逃跑？谁管你怎么想，我干吗花时间议论你？你也太把自己当回事了。"

谭雅匀冷嗤，凝视着她："余葵，我从前真小瞧你了。"

那眼神中的狠劲，让人心中生出寒意。

余葵也学她冷哼："跟你不一样，我到现在也小瞧你。"

谭雅匀这个人表面看起来宽容大度，实则锱铢必报。

两人半公开敌对状态后，有次余葵在食堂吃饭，一个她不认识的女生在她的对面落座，她都钦佩对方的勇气。

这人是谭雅匀的初中同学，告诉余葵，谭雅匀上初中那会儿，还没有现在会隐藏天性，班里但凡不太喜欢她的人或多或少受到了排挤，其中一个还因为偷了她保管的班费，事发后被迫转学了，细思极恐。

余葵放完狠话后，又不能直接跟老师提调座位——班主任本就觉得她多事。她只得把压力化作刺激，打起十二万分的精神埋头题海，跟旁边的人竞赛学习。

第二次全市联考，余葵在大榜上排第十三名。

非常凑巧的是，尽管科目之间各有悬殊，但她这次竟然还是跟谭雅匀总分一模一样，连科任老师都特意调侃了这件事。

成绩出来后，在众人眼中，她们俩之间的火药味更浓了。即便是同桌，一整天下来，两人也一句话都不会讲，拼命较劲，比谁更沉闷刻苦。

坐在她们俩后排的同学怨声载道，座位都不爱回了，一走近就是负压氛围，气都喘不过来。

偶尔上课，余葵困得不行，一看到谭雅匀还在"唰唰"地写笔记，想到今天复习的知识点谭雅匀会比自己记得更牢固，立刻挺直脊背，比喝一罐咖啡都有效果。

老师讲卷子，对完答案，余葵哪怕比旁边的人多对一道选择题，便立刻觉得今天的努力有了收获。

黑板旁倒数的日历一页页消失，离高考已不到六十天。

余葵第一次将光荣榜的“征程目标”一栏，从随意填上的一所“双一流”学校，改成了和时景一样的清华大学。

这次不会再有人嘲笑她，因为她看起来离那个目标确实有点儿近了。

偶尔下操，从光荣榜前路过，余葵偏头注视着宣传栏里自己微笑的照片和时景仅一行之隔，快乐感爆棚，心里总能无限地生出斗志和成就感。

高三最后这段时光，经历过的人大概都永生难忘。

逼仄的教室里挤着几十个人，过道被装书和卷子的储物箱占满，变得越发狭窄，电风扇不知疲倦地搅动着闷热的空气。大家穿着咸湿的校服短袖，沉默地坐在充斥粉笔灰和汗水味的教室里奋笔疾书。

人像机械打转的陀螺，刷题、写卷子、对答案、积累错题集、一遍遍复习知识点……因为没有参加过任何竞赛和自主招生考试，余葵没有加分，必须确保自己比（1）班所有人努力才行。

脑子里那根弦被绷到极限的时候，她就戴着耳机，去操场上听听力，沿着塑胶跑道一直走、一直走，直到把汗排出来，腿因肌肉酸痛抬不动了，再回教室，接着翻开试卷集。

因为学校周六也补课，课外补习已经停了。积累的难点没地方问，余葵只能在晚自习时跟人换座位，坐到时景旁边，他一次性集中给她讲完。

班主任来后门晃悠过几次，见他们俩确实在讲题，之后便对两人换座的行为睁一只眼闭一只眼。

高三很苦，但跟时景接触、说话、笑闹的时光，是她在这样日复一日枯燥烦闷的重复生活中，最大的嘉奖和甜头。

余葵能感觉到自己的实力在迅速提升，欠缺的边角一点点地嵌入了她的知识板块中。她刷卷子的速度越来越快，对某些题型甚至已经有了条件反射和肌肉记忆。

第三次联考前。

周六放学，余葵回家吃完饭，傍晚，时景发消息约她出门。

余葵做了一整天题，脑子都有点儿短路，穿着白T恤和短裤就下楼了，走到单元门口才想起自己没换衣服，正要折身上楼，被门口的人影吓了一大跳。

左右张望后，她诧异地低呼："时景？你什么时候来的？"

少年就倚在她家单元门边上，晃了晃网球拍："约不着人。我看你今天萎靡不振，咱们去打球吧。"

余葵犯愁："可我不会打网球，所有的球类运动除了台球，其他都跟我有仇。"

时景自信地说道："网球跟台球差不多大，名师出高徒，我教你，你肯定能学会。"

余葵看着他俊朗的眉眼，开始心如小鹿乱撞，又有点儿心虚——小区里住的全是认识的人，她爸还在附近打羽毛球呢。害怕被大人发现，她也顾不得回去换衣服了，带着时景做贼般走位、躲闪，直至出了小区大门，一口气跑出街区。

余葵确实是个体力废材。

时景付费预约了三个小时的露天场，学了不到一个半小时，她便气喘吁吁、四仰八叉地瘫倒在蓝色的网球场地上，毫无形象可言。

时景好笑地在她的脑袋边蹲下来，用毛巾替她擦了擦汗，把矿泉水也拧开放在她手边，看着她："你运动的时候，就不像学习那么卖力。"

"确实啊，最近有点儿特殊，我每天早上看见谭雅匀的黑眼圈，就觉得我还能更努力。"

时景学着余葵，跟她并肩平躺。视线穿透球场大灯的白光，望向远处深蓝色的夜空，他忽然开口道："小葵，等你考上清华，想要什么礼物？"

余葵畅想了一会儿："漫画吧，我要白天黑夜地看很多很多的漫画。对了，等有钱了，我就把《银魂》全集买了收藏！"

她偏头，反问他："你呢，你想要什么礼物？"

时景沉思了一会儿，唇角上扬："顶峰相见的时候，我再告诉你。"

联考进行到第二天，英语早自习。

余葵咬着咸饵块进教室时，课代表正在分发昨天刚考完的数学答题卡。

台下闹哄哄的，没几个人认真背书，都在交换分数。

"心态崩了，数学发下来，我今早都没心情考理综了。"

"学校这阅卷速度也太拼了吧！"

"哎，徐方正，你不是说没发挥好吗？136分，服了，信了你的邪……"

高考只剩二十来天。

余葵想到这是最后一次联考，心情也不由得紧张起来，揭晓成绩的时刻即将来临，她深吸一口气，朝座位走去。

魏垅路过时，余光随意扫过，震惊地举起了谭雅匀桌面上的答题卡，惊呼："太厉害了，这次数学难成这样，我家雅匀竟然能考满分，咱班还有其他满分吗？"

此话一出，几个谭雅匀的拥趸连忙凑过去看。

"好像就她一个。"

"连时景这次都才149分，大题被阅卷老师扣了个步骤分。"

"快让我看看满分卷长什么样！"

魏垅却把答题卡一藏："我还没看清楚呢，等我观摩完再传给你们。"

"魏垅，你故意吊人胃口呢？"

"赶紧的，等会儿英语老师来了。"

…………

混乱中，谭雅匀走进教室，才进门便被人告知了自己数学考了满分的好消息。卷子被抢得皱巴巴的，才传到她手上，女孩儿的笑容才漾开便僵在脸上。

而这边，余葵被堵，费力地从椅子后的夹缝挤进去，上下找了一遍，连抽屉都翻了，愣是没发现自己的答题卡。她趴下身，好不容易才在隔壁凳子底下看见被人踩得全是大脚印的卷子，忍不住抬头皱眉："同学，你踩着我的卷子了。"

等男生让开脚，余葵总算顺利捡起纸片——才132分。

她没来得及惊讶自己发挥失常，往下一看，卷面上的却并非她的字迹。余葵移开左手拇指，密封线外的姓名栏上写得明明白白——答题卡是谭雅匀的。

心情大起大落，余葵心跳猛然加快，那刚刚大家从谭雅匀桌上抢走的满分卷是——

余葵抬头，人群中央，谭雅匀强忍不悦，把卷子扔给魏垅，深吸一口气："你在逗我吗？能不能别闹了？"

刚才还在闹腾的几个人摸不着头脑，后知后觉地细看答题卡上的姓名，气氛静默了两秒钟。

有人低声嘀咕：

"满分是余葵啊……"

"就她也能考满分？"

有人责怪魏垅："你怎么连名字都不确认就乱喊？雅匀的字迹你都不

认识？”

“不是。”魏垅急了，“那得怪发答题卡的人，放她桌上了，我一高兴就没顾上看。”

他追着谭雅匀道歉：“对不起，雅匀，我错了。”

人群被辟开了一条道，谭雅匀落座，把书包塞进抽屉里，大约意识到刚刚失态，再抬头，她已经收拾好表情，缓声说：“没关系，魏垅，你也是好意，怪我让大家失望了。大家都回座位吧，今早还要考理综，都好好加油。”

魏垅垂头丧气地要走开，余葵叫住他：“同学，你打算把我的答题卡拿哪儿去？”

魏垅看她一眼，不情不愿地把卡扔回她桌上：“不就考一次满分，得意什么？”

余葵这才把捡到的答题卡拍在旁边的桌上，若有所思地点头：“哦，原来考满分不能得意吗？我看你刚才挺替人得意的。”

“你！”魏垅被噎到了。

有人好奇地凑过去看，望见谭雅匀卷面上鲜红的“132”，又默不作声地转回头去，用口型通知其他人分数。

四周的人“嗡嗡”地议论起来。

一个是老牌女神，一个是黑马新人，接连两次拿到同样的分数，不只同学看好戏，连老师们都十分关注她们下一次的排名。

以往余葵的数学在 140 分出头儿，两人虽然有分差，但从未拉开过这么大差距。这一回，如果余葵的英语成绩不掉链子，那么她超过谭雅匀，显然是板上钉钉的事情了。

整个早自习，谭雅匀虽然故作镇定，但翻书的动作比平时焦躁许多。

她最看不起、最讨厌的人，即将超越她引以为傲的成绩，压顶的危机感显然已经使她无暇管理自己的情绪，指甲深深地陷进了掌心。

11 点半，理综考试结束。

（1）班的同学们被临时通知，校电视台要录半个小时的采访节目。

大家成群结队地赶往礼堂。

“本来复习时间就不够，校电视台还来添什么乱哪……”路上有人抱怨，转头问余葵，“小葵，你看我把刘海儿别起来上镜好看，还是就这样？”

余葵放慢脚步，打量一番，伸手替她扒拉了几下：“这样就行。”

大礼堂在学校正门方向，和去停车场的路是同一条。见远处有车驶来，大家顿足，在路口的防撞墩边等待着。

余葵替人拨弄完头发，一转头，发觉谭雅匀不知什么时候走到了自己正前方，便皱眉准备绕开。不知是不是绊到路沿的台阶，谭雅匀的身形突然踉跄了一下，朝斑马线的方向摔去。

小面包车已经到了跟前。

余葵离谭雅匀最近，率先被吓了一跳，下意识地伸手想拉她一把，可惜对方不领情，反手狠狠甩开，人摇晃了一下，更快地朝柏油路面倒去。

她不要命了！余葵不知道她的目的，但仍被这股疯劲惊得目瞪口呆。

此时，周边说话的同学也被动静引来目光，只见余葵的手悬在半空中，而谭雅匀的身形往车头倒去，都惊得倒吸一口冷气。

电光石火间，哪怕私家车的轮胎在地面划出一声刺耳的刹车锐鸣，谭雅匀还是被车撞出去半米，像风筝落地般倒在减速带上。

车主是学校食堂送货的，吓得腿软，都没熄火，匆匆下车来扶人："同学，你怎么样？哪里受伤没？"

同学们也纷纷惊叫着围上去。

谭雅匀疼得哼起来。

夏季校服是短袖，她的手臂被擦伤了一大片，她撑着坐起来，掀起裤腿："我腿疼。"

车主问了班主任的电话，边拨边急得冒汗："同学们，可不关我的事啊！我这车速最多十五迈。你怎么突然飞扑出来呢？"

"对啊。"魏垅接话，"好端端的，怎么会扑出去被车撞呢？雅匀，是不是有人推到你了？"

这话意有所指——只有余葵一个人正好站在谭雅匀身后。

见四下的目光落在自己身上，余葵觉得荒谬极了，竟然要为此解释，无语道："我没推她，她绊倒了，我想拉她来着。"

"你都伸手了，怎么不见把人拉回来？"魏垅冷嗤，回头问道："雅匀，你刚才是自己绊倒的吗？"

见谭雅匀疼得说不出话，他又回头问众人："事情怎么发生的，有没有谁看见？"

大家都茫然对视。

"没注意啊，事情发生得那么突然，我们刚才在聊天儿来着。"

"你看到了吗？"

"我也没注意。"

…………

被人群簇拥的谭雅匀此时终于虚弱地抬起头，额头渗出一片冷汗："我也没看见，但刚才确实有人推了我一下。"

余葵闻言，心就凉了半截。

她环视四周，到处都不见摄像头的痕迹。这下，她彻底明白对方的目的了。

联考只剩英语一科，如果谭雅匀无法接受排名被她超过，办法只剩两种——要么她缺考，要么谭雅匀自己缺考。

或许，这段时间以来，谭雅匀一直在寻找合适的机会报复。

余葵倒退两步，这个人真的太疯狂了！

高考在即，谭雅匀竟然宁愿冒着无法参加考试、缺胳膊断腿的风险，也要这么整她。

无论事情的真相是什么，假如没有目击证人，谭雅匀又一口咬定被人推了一下，她似乎真的百口莫辩。

广播站的老师一路跟时景交代着采访重点，半晌不见后面人跟过来，看了一眼表，抱怨："时间本来就紧张，动作怎么都那么慢？"

时景干脆沿路折返回去找人。

他还没到跟前，便见学生围作一团，班主任和校领导都在现场，而余葵眼神漠然地站在一边。

他拨开人群："发生了什么？"

见是时景，有人三言两语地叙述了事情经过："120 快到了，谭雅匀疼成这样，老师也不敢贸然动她。余葵这次闯大祸了。"

午间的热浪袭来，人群喧嚷，蝉鸣不断。

余葵被老师和领导反复盘问过几次，仿佛已经成了一个罪犯。从好好解释到漠然否认……整个过程，她脸上没露怯色却仍难忍内心惶惶，掌心不停渗汗，指尖全是凉意，直到被人从后面握住。

干燥温热的手掌抓紧了她，像是要把勇气传过来。

余葵鼻酸地回头。

少年低沉的声音如羽毛般落在她的耳边："没事的，你说没推，就是没推。"

午休时间。

医院里，谭父、余月如、程建国三位家长齐聚一堂。

姚老师才搞清楚两个学生背后复杂的家庭关系，在校领导面前焦头烂额。

“重组家庭……这么重要的事，开家长会怎么从来没人跟我沟通过？”早知道，她根本不会安排两人同桌。

谭父平心静气地打断姚老师：“老师，现在的主要问题，是我女儿高考前在校园里被车撞到小腿骨裂，高考当天她极有可能打着石膏上考场，都不说身体的损伤，就说中间耽误的这些复习时间，极有可能影响她一辈子。这事学校得给孩子一个交代。”

校领导点头：“这方面您放心，学校肯定会承担相应的责任，保险公司会赔付所有医疗费用，除此之外，车主也愿意补偿护理营养费……谭雅匀同学上次考试在年级排行第十三名，学校非常关注她的成绩，她因伤落下的课时，我们会协调老师在课后给她补上，生活不方便的地方，同学们都会尽力帮忙。”

谭父摇头：“我说的不是这些，雅匀被人推到行车道上，我希望学校能好好调查，做错事的同学总得反省自己、承认错误，向孩子道歉。”

余葵握拳，眼睛泛红地望向他：“叔叔，我说过了，我没有推谭雅匀，我看到她摔倒的时候，甚至还拉了她一把，是她把我的手甩开了！”

“你的意思是，雅匀为了陷害你，连高考都不顾，故意把自己摔成残疾？”男人转回身来，“小葵，叔叔这些年没有对不住你的地方吧？只要你现在真心向雅匀道歉，我可以不追究这件事，否则，我这次不能再罔顾雅匀的委屈，轻飘飘地揭过去了。这次不悔过，你以后到了社会上还会犯大错。”

余葵的视线越过人群向后移。

病床上，谭雅匀脸色苍白，抬起眼睫和她对视。在场那么多人，只有余葵捕捉到了那眸间暗含的得意。

谭雅匀大概觉得办法虽然老套，好用就行。

余葵再次移动视线，这次落到余月如脸上，强忍泪意：“妈，我没有推她，你上次冤枉我，这次还是不信我吗？”

余月如为难地看了谭父一眼，隐忍地摇头示意：“余葵，既然大家都说你站在雅匀后边，不管是不是无意碰到、撞到，你给雅匀道个歉，这件事就这么算了。”

余葵的眼泪终于掉了下来：“法律判人有罪都还需要证据，是不是只要没人看见，她说什么都是对的？我说没推就是没推啊，我为什么要为自己没做过的事道歉？”

程建国一直沉默着，此时终于站出来，把女儿揽到身后：“我也建议学校把事情调查清楚。我女儿是什么样的人，我比谁都清楚，她再讨厌一个人，也不可能做这种事。”

病房外，门板隔绝了所有谈话声。

向阳把耳朵贴在上面半晌，皱眉：“小葵好像哭了。她根本不可能是会推人的性格啊，老师们都怎么想的？”

时景插兜倚墙，没搭腔，只是余光瞥过医院楼下的花园，身形顿了顿。

停车场通往住院部三号楼的路上出现了两道熟悉的人影——司机成叔手里抱着什么，和周秘书一起匆匆走了过去。

周秘书在病房外接到时景的电话，心里一惊，抬了抬手，示意周边都静下来，才放轻声音接通：“喂小景，在午休吧，早上的考试顺不顺利？是不是有什么事啊？”

时景仰头望了一眼眼前的独栋住院楼。

就在司机和周秘书上去不久，一群由主任带队的中年医生神情严肃、行色匆匆地挤进电梯，按下了和刚刚同样的楼层按键。

时景在住院部大厅，找到了电梯停留的楼层对应的索引——特保病区。

“算顺利吧。”时景垂眸，冷静地答完又问，“叔叔，你和我爸这会儿在单位吗？”

“有别的工作，下乡两天，后天就回市里。”周秘书努力笑起来，让语气显得轻松。

“去哪儿下乡？我刚才看新闻没搜到，我爸在您旁边吗？”

少年的问题一个接一个，周秘书疲于应对，擦了把汗：“在的，你要不和你爸说两句？我把电话递给他。”

“算了。”时景垂眸，唇形僵了片刻，“你让我爸别太累，早点儿休息。”

他挂了电话，本欲直接上楼，却被电梯口的保安拦了下来：“小同学，有没有来访预约？没有不能上去的，你要探访哪间病房？我这边得打电话上去确认一下，方便登记。”

天边闪电划过，闷雷声由远及近。酝酿了一整个午后，混沌灰沉的积雨云“啪嗒啪嗒”地往下砸起了雨点。

时景没带伞，在檐下望着雨幕发呆。他将刚才那通电话的每句话、每次停顿在脑子里一遍遍推敲，然后转身，大步尾随前面路过的医务人员，趁安保人员不备，强行挤进了即将关门的电梯。

门合拢，电梯上行，光洁的金属镜面将匆匆跑来的保安拦在了外面。

对讲机的呼叫声隐约从下方传来，时景置若罔闻，面容冷肃，凝重地拨通了姑姑的电话。

一行人从医院出来，雨势小了一些。

程建国在超市买了两把伞，领着向阳和余葵到附近的海鲜餐厅吃了一顿。

席间，程建国把剥好的虾蘸了酱油放进余葵的碗里。她往常最喜欢这么吃，现在却食不知味，低头机械地咀嚼下咽。

“别想那么多，小葵，校领导和老师也不敢说就是你推了人，也怕冤枉你。谭雅匀有爸爸，你也有爸爸，总之我绝对不会让步，让你平白背上处分。你只管放宽心，好好考试。”程建国的语气斩钉截铁。

向阳见她情绪低落，也劝了她半晌。

用餐快结束时，他才想起来随口抱怨：“时景这人真是，跟我一块儿出来的，去哪儿了怎么也不打声招呼？就算回学校也告诉我一声啊。”

余葵闻言总算抬头，无精打采地问：“他几点走的？”

向阳：“12 点 30 分吧，本来我们俩都在病房门口等着呢，我一回头，他忽然不见了。”

程建国听他这么一说，也觉得不太对，问余葵：“小葵，你有你这同学的电话号码吗？不然给他打个电话问问？”

余葵的手机被锁在学校柜子里，但她早把时景的号码背得滚瓜烂熟，接过程建国的电话，还假装思忖了一下才开始拨号，连打两遍，那边都是正在通话中。

离英语开考不到一个小时，向阳劝道：“兴许他已经回学校考试了呢。”

余葵摇头：“他不是这样的人，既然出来了，肯定会等我一起回去的，除非被其他的事耽搁了。”

可惜直到下午英语考试结束，时景也没再回学校，和谭雅匀一样缺席了联考的最后一科考试。

余葵用尽全部意念克制，才排空杂乱的思绪把英语作文写完，考试结束，搬课本回教室时，便听见班里有人抱怨。

“咱们班怎么一连两个人缺考？就英语这一科，班级平均分起码落下来

4分。”

有人冷眼回应：“能怪谁？还不都怪余葵。”

…………

她顿了顿，步子没停，平静地从议论她的人面前走过，费力地把厚厚一摞课本放到桌面上。用余光瞥见宋定初在前门，她赶紧追上去叫住他：“班长！”

她气喘吁吁地跑到男生跟前：“你知道时景为什么缺考吗？他请假了？”

“他也没告诉你？”宋定初惊诧极了，“姚老师跟我说，好像是因为家里的变故，时景要回北京了。刚刚考试的时候，他父亲的秘书过来，把他的东西全收走了。我刚才还想来问你呢，怎么会这么突然？”

余葵怔了很久。

密布的乌云被电光切开，跟来的炸雷惊得她一哆嗦。雨被风吹着从廊外斜飘过来，含着水汽的湿润空气，她每呼吸一口，都感觉肺部在迅速生出青绿的霉菌。

有学生打闹着经过，楼道喧嚷嘈杂。

见她脸色苍白得可怕，宋定初探出手，犹豫了一下，还是把她拉到了一旁，将人流隔在背后。

男生低声劝道：“其实时景高二期末回京会考的时候，我就想着高三他应该不会再来了，他的学籍都在那边，全国卷换北京卷，题型需要时间适应，备考的时间越长越好。早晚都是要走的，他能留到现在，距离高考不到一个月，我已经很意外了。小葵，你真的别太难过。”

“这些我都知道，可是……可是他也不能一声招呼都不打吧？”余葵不张口还好，一说话就眼圈微红，语无伦次。

宋定初沉吟：“这确实有点儿奇怪，你看过手机没？他没有给你留言吗？”

“没有。”她委屈得声音微颤，眼泪都快掉下来了，“电话打不通，发消息也没人回。”

时景离开纯附这天，乌云在校园上空翻滚，雷电交加，没完没了的大雨往下倾倒，窗外枝叶无处可依地摇摆着，雨水蜿蜒横溢，在下水道的沟壑里汇聚成河，空气中无尽的湿意令人烦闷。

余葵就是从这时开始讨厌夏天的雷雨的。

周六补课，谭雅匀打着石膏返校。

学校对家长公布了处理结果。老师们的态度非常谨慎，由于没有任何证据证明余葵推人，加之她没有前科，又是重点班的好学生，这件事校方不会处分任何人。

副校长在晨会上跟老师、学生们三令五申，要重抓校园安全，又大手一挥批了笔经费，将学校十几个死角全装上了摄像头。

不过官方的态度丝毫不影响同学们揣测。

在谭雅匀和余葵是异父异母的姐妹这个消息传开后，班里有关这件事的传闻足足编了五六个版本。余葵有时是《灰姑娘》里后妈带来的可恶姐姐，有时是韩剧《天国的阶梯》里，天使脸蛋儿、魔鬼心肠的继女韩友莉……

早自习后，姚老师安排余葵跟一组前排的某位男生调换座位，新同桌张逸洋用手机大声外放《天国的阶梯》韩友莉受到惩罚那集欢迎她，直到被宋定初皱眉制止才不情不愿地收起手机，阴阳怪气道："某些人啊，心那么坏，长成金泰熙有什么用？"

不过余葵对此毫不在意。

体育课桌子被泼墨水、清早储物箱柜门被砸凹、水杯里漂浮着粉笔灰……所有的事情累加起来，给她带来的波澜抵不过时景离开的千分之一。

"不好吃吗？这道炒河虾我跟人学的，你怎么还没物理吃得多？别光顾着看书啊，身体也不能掉链子。"

电视里放着新闻，程建国捏着锅铲，担忧地注视着女儿。

从联考结束那天回来，余葵就陷入了持续的低落情绪中——起码在程建国看来是这样。除了吃饭上学，她一回家就把自己关在房里自虐般苦学。

他话音才落，本来要离开的余葵又折身坐下，给自己添了一碗饭。

"爸爸也不是这个意思，不用强迫自己，你想吃就吃……"程建国都不知道该说什么好，总觉得女儿现在的状态不对，可谭雅匀那件事已经结束了，余葵为此沮丧低落好像又不至于。

他想了想道："小葵，是不是学校有人欺负你了？"

余葵埋头扒完最后一口饭："爸，其他什么都不重要，我一定要考清华。"

她用漆黑的眼睛凝视他，像是在宣告，又像在发誓。只有把时间的每个角落填满，她才不至于被纷至沓来的记忆淹没。

周一，成绩榜刷新，余葵首次跻身全校前十名。

万众瞩目、荣耀加身的时刻，校长亲自给前十名的学生颁奖，和他们合影。

结束后，大家纷纷下台，只剩余葵留在国旗下演讲。

她脚下这级台阶，曾经是她无数次站在操场人群中仰望的时景的位置，她也终于来到了这里，可惜下面已经没有了她喜欢的人。

太阳从东方的地平线那边升起，光线刺眼，大风刮过，国旗被拍打得“噼啪”作响。

余葵握紧沉甸甸的话筒，望着地面上自己的影子，想象着时景的影子也曾在这个地方与她隔着时空交叠。她哑然了几秒钟，终于抬头平静地注视台下，开口背演讲稿。

“大家好，我是来自高三（1）班的余葵。”

时景当初才转学到附中，立刻引起了全校轰动，离开时却悄无声息。直到高三排名大榜被工人整张撕下替换，每个人都往前移了一名，贴吧的迷妹们才后知后觉地开始哭天抢地。

连续两周，校园里总有陌生女孩儿鼓起勇气冲上来问她时景的下落。可惜余葵自己都不知道，又怎么能告诉别人？

他像一滴水消失在海里一般，没有给任何人留下只言片语。

余葵被迫在痛苦中强行纠正着自己高三大半年来养成的习惯。

比如她每天上学，出了小区便下意识张望等待，总觉得林荫道尽头少年还会骑行过来。

她每天无意识地把难点积攒在本子上，等晚自习回头，看到那个空置的、落了灰尘的座位时，才恍然想起自己已经没人可问。

5月末，（1）班进入了第四轮复习冲刺阶段。

午间，校园广播在放南征北战的《我的天空》——她第一次遇到时景那天，在电台广播里听到的曲子。

余葵从头翻阅卷子和笔记，一页又一页。看着时景在空白处用红、蓝两色的笔工整批注的字迹，她终于没忍住，趁同学走光后，躲在教室的窗帘后大哭了一场，直到校服衣摆被眼泪浸透。

现在，她必须从那种失去重要东西的沮丧和伤感中抽身了。

是的，时景从来不属于她。但这个少年并非真的是她青春里的一场幻觉，他还是留下痕迹了，有所有课本和卷子上留存的字迹做证——

即便这颗彗星只是路过，却仍在她的天幕上挂了一整个夏天。

他的笑容像春天会温柔抚摩人脸颊的风，皮肤干净柔和得像是打上了大银幕里的滤镜，挺拔的身躯与覆盖均匀肌肉的四肢如同某种朝阳下肆意生长的植物。从喜欢上他那天起，小镇少女余葵便拥有了超能力。她超级努力，超有勇气，暗恋的执着使她的人生疾驰，拐弯奔上了所有人从未敢设想的方向。

在朦胧的青春尾巴上，她终于变成了自己曾经羡慕的、闪闪发光的女孩儿。

当晚写作业时，她安慰自己：时景不告而别，一定是因为他的生活出现了某些变故。

她之前不也一声不吭地在网上消失过吗？时景那时候还发了长语音告诉她，他会安静等待。

酝酿了几天，余葵鼓起勇气，在睡前用小葵花生油的账号，在卫生间里反复录了好几遍，给他发了语音。

她希望无论发生什么，他能坚强安然度过。

她想象着未来某一天，她和时景在清华园里骑车相遇，会心一笑，并肩推着自行车行走在林荫道上，听他诉说这段独自一人承担的日子。

这种想象激励着她，让她继续在高三最后的时光苦熬。

周六补课，放学时，余葵和陈钦怡结伴路过保安室，突然在拿包裹的小黑板上看见了自己的名字。

她思绪万千，脚步呆呆地顿住，竟然有几分胆怯。

陈钦怡奇怪："去拿呀，怎么了，余葵？"

"我没有在网上买东西，不知道是谁寄来的。"

陈钦怡大着胆子猜测："不会是时景吧？"

她连忙替余葵进门查看，保安在储物柜里翻找了半天，嘀咕："同学，这文件袋上上周就送到这儿了，怎么今天才来拿？"

"上上周？"

陈钦怡打量着手中的手写寄件单，转头大喊："小葵快来，寄件时间是时景走的那天，地址……怎么会是首都国际机场寄来的？不管，反正是他的字迹！"

看着余葵拆包裹，陈钦怡艳羡道："你们俩的关系真的好好啊，小葵。他连班长都没理，只给你一个人留了东西。"

听陈钦怡这么说，余葵非但没有开心，还觉得鼻酸。她努力控制着手不要颤抖，撕开封口。这个时景在离开当晚就从北京寄来的包裹里，除了一个优盘，只剩一块时景不在学校时常戴在颈上的小玉牌，用细黑而牢固的绳子穿着。她这次终于看清楚了，原来这是枚平安牌。

没了？

余葵悬着心，深呼吸，使劲倒了一下文件袋，最后总算倒出一张对折的纸片。

她展开纸片，上面仓促潦草地写了两行字——

“小葵，我回北京了。

“无法陪你高考。我不在的时候，你要加油。”

像时景这样把工整美学刻在DNA里的人，余葵透过纸面都能感受到他当日的心绪混乱的模样。

他没有落款，没有写突然离开的理由。他那边究竟发生了什么样的变故，才能让他在回到北京后才想起给她留下这么仓促的两行字？

余葵把纸上的二十三个字读了一遍又一遍。她攥紧信纸，茫然立在原地，久久未动。

高考放假前最后一天。

一向严格的化学老师显得松弛许多，一边带着大家过知识点框架，一边单手撑在多媒体讲台上，小腿晃荡着打秋千，时不时地给大家讲讲大佬高考失分的段子。

楼道里一阵闷重的脚步声过后，（2）班的同学从门口探了个脑袋：“老师，打扰一下，快轮到你们（1）班拍毕业照了。拍照的老师让同学们准备准备，去操场上集合。”

“好了，就讲到这儿。”化学老师微笑着缓慢地收起讲义，“要注意的点其实都已经重复过很多次了，老师就一个要求，千万千万别把答题卡涂串行。在座的都是明日栋梁，能带大家走一程，是我的荣幸，我祝诸位同学高考顺利，前程似锦！”

他的目光扫过每一位同学：“最后临别前，送大家一句话吧，奋斗、流汗，得失笑依然！”

老师离开教室，大家眼圈都红了，来不及伤感几秒钟，底下有人掏出镜子整理衣冠，女生们匆忙地传着梳子重新扎头发。

毕竟是人生只有一次的高中毕业照。

附中校服最好看的就一套，是春秋的白衬衫和百褶裙，外搭蓝色针织马甲，要拍毕业照，女生们不约而同地穿了这身校服。

早上太热，余葵脱了外搭的马甲，此时埋头在书桌里找，却怎么也翻不着。

张逸洋推着谭雅匀的轮椅出门——她腿上的石膏还没拆，在学校的日常活动全靠班里同学帮助。

她虽然受了伤，不过这段时间可谓人气重回巅峰，人缘儿比余葵来（1）班之前还要好些——毕竟人总是同情受害者的。

经过余葵的桌前时，谭雅匀微微闭眼，偏过头去。

男生敏锐察觉到她的动作，看着余葵裙摆下细白匀称的长腿，又看了一眼女孩儿快打到膝盖的石膏，哪里不明白她这是触景伤情了？心里被刺了一下，离开时，他刻意狠狠地撞击了余葵的桌子。

张逸洋是体育委员，本就人高马大，力道袭来，余葵没提防，差点儿摔倒在地，险险地扶着后面的桌子才稳住身形。

宋定初听见桌子在瓷砖地面上划过的尖锐声响，回头皱眉，挡住了他的去路："张逸洋，你别太过分，给人道歉！欺负女生算什么男人？"

张逸洋一副吊儿郎当的模样："班长，这就是你没意思了，你是男人，从前时景在的时候怎么不见你跳出来竞争？现在时景走了，轮到你上赶着做护花使者了。你这么积极，人家喜欢你吗？备胎当成你这样也够可悲的。唉，我就想不通你干吗维护这种女生？金玉其外、败絮其中、蛇蝎心肠……"

宋定初冷下了脸："余葵是什么样的人，我和她做了两年同学，比谁都清楚，校方已经出了调查结果，连谭雅匀自己都没看见是谁推的她，你别再血口喷人。"

"人在做，天在看，即便没证据，事实是什么，大家都很清楚。她一个念头把别人三年的努力都毁了，雅匀现在得打着石膏上考场，她自己倒是没一点儿心理负担，靠厚脸皮逃脱罪责逍遥法外，我只不过撞她的桌子一下，还没把她的腿给撞断呢！"

全班同学都被争执声吸引了注意力，议论声四起。

余葵终于起身，与他遥相对峙，轻飘飘地问："只是撞了桌子一下吗？"

少女的身形颀长荏弱，眉眼精致优越，漆黑的瞳孔却漠然平静。她的气质俨然成了另一个时景——那个矛盾的、神秘的、高高在上的，让人无法忽视的发光体。

她冷漠地一步步朝张逸洋走近："砸我的储物柜门，给我的水杯里加粉笔灰，在我的课桌上泼墨水，给我的自行车轮胎放气，就在刚刚还藏起了我要穿的校服，你们确定只做了一样？"

张逸洋的气势弱了一瞬，但他还是戗道："哼！比起你对雅匀做的事，这才哪儿到哪儿？"

余葵看着他摇头："真可怜。"

男生火了："你说什么？"

"我说，没有思考能力的人真可怜。一点儿拙劣的演技就能把你耍得团团转。"她的目光移向轮椅上的谭雅匀："你自己说，我真的推你了吗？"

见女生神情苍白柔弱，唇瓣微启，正欲开口，余葵提醒："这是我给你最后的机会，如果你还不说实话，我真的会公布你对我做过的所有事情。"

魏垅打岔，开口声援谭雅匀："当着同学们的面你就敢威胁人，在家里，你和你妈还不知道怎么欺负雅匀呢！摊上你这样的家人，雅匀真是倒了八辈子霉。即便雅匀没看见，她背后只有你在，不是你推的，还能是鬼推的？为了考进年级前十名，你可真是不择手段……"

"可笑，你确定她不住院，就能考得过我？"余葵猛地回头看向他，黑沉的眼眸里烧着一团火，冷然道，"我进校分数500分出头儿，高二开始从年级第九百七十名一路爬到今天，但凡有人挡在我前面我就要除掉，那么多人我推得过来吗？到底是谁因为害怕不择手段？！"

轮椅上的女孩儿终于痛心地开口："余葵，我本来以为忍耐能换得消停，但你真的从来不反省自己。别再执迷不悟了，你不跟我道歉没关系，请你尊重每一位同学。（1）班不是家里，每个人都让着你。"

余葵看着她，点头，忽然笑起来："好啊，我本来想忍耐到高考后再解决这件事，但每个人都需要为自己的行为负责，我把你的话原封不动地还给你。既然你已经做出选择，那就自己承担后果吧。"

谭雅匀听着这话，不知怎的，心里闪过一丝不安。

下一秒——

余葵径直回到座位旁，从书包夹层里找出优盘，拍在张逸洋面前的桌子上："你要的证据——她受伤当天的监控视频。行车记录仪拍得很清晰，事实是什么，让大家也清楚清楚。"

全班人哗然。

张逸洋皱眉："哪儿来的行车记录仪？那小货车根本没有行车记录仪。"

一旁的陈钦怡激动地握拳，终于轮到她发言：“时景找来的呗！你猜怎么着？谭雅匀坐上120那会儿，时景在教务楼的那片树荫底下看到了印刷厂拉卷子的车，车头正好对着事发地点。可惜当时司机不在，他只能写字条留个号码，不过人家下午就把视频内容拷贝发过来了。”

她声情并茂地叙述着经过：“我家余葵敞亮，以德报怨，不愿意影响谭雅匀高考，再大的气也往肚子里吞，就想看你们什么时候能消停。可惜谭雅匀……你们真的都太欺负人了。”虽然事实是两人前几天才发现时景留的包裹，但并不影响她言语稍做加工。

张逸洋自信的表情僵在脸上，看着谭雅匀慌乱的神情，他迟疑地松开轮椅，拿起优盘就要往外走。

陈钦怡叫住他：“去哪儿看？直接用多媒体设备公放呗，现成的电脑不是在这儿摆着吗？你们有种冤枉余葵，还没胆子看证据呀？”

他动了动喉咙，抬脚换了方向，被脸色苍白的谭雅匀一把拽住了手腕。

她微启双唇，无声地摇了摇头。

男生深吸一口气，把她的手指拿开：“没关系雅匀，我相信你，我也想知道真相。”

视频余葵和陈钦怡早就看过了，像素不高，但动作确实非常清晰。

谭雅匀走到台阶边，第一次试着踩空前倾时，余葵的手甚至还在帮女同学拨弄刘海儿，第二次，谭雅匀彻底倒了下去。余葵转头看见谭雅匀，慌忙伸出手，可惜一接触谭雅匀便被甩开了。

证据确凿，谭雅匀甚至连自己不是故意的都没法儿强辩，因为她试了两次。第一次因为害怕和时机不恰当，她慌忙稳住了身形，第二次时间太紧，车已经近在跟前。

从某种意义上讲，会被撞断腿大概也在她的判断之外。

大家都是正处于青春期的孩子，即便大多家境优越、心智早熟，但在父母的庇佑下，鲜有人直面过这些乌七八糟的事，尤其当平日温和善良的同龄女神同学被拆穿竟然是个栽赃高手，心术不正且城府极深，大家个个儿都大受震撼。

“真是阴险啊！”

“要不是时景找来证据，余葵这次真的白白背锅了，这事再早点儿爆出来，谭雅匀根本不好意思来上学了吧？”

“之前我就奇怪，如果她真的在家里受欺负，怎么浑身都是名牌，就余葵穿大路货？”

"我现在头皮发麻——我从前跟她说了那么多秘密。"

…………

没等视频播放结束，张逸洋拔掉了多媒体设备的插头，彻底没了刚才的精气神，从无法置信到失魂落魄，站在台上朝谭雅匀望去："雅匀，你真的是这种人吗？你从前都是在骗我的吗？"

魏垅也连忙问："你就是一时糊涂，对不对？"

谭雅匀的眼泪流了出来，她使劲地摇头辩解："不，我不是，我没有，我是真的感觉被推了。我又没说是余葵，都是你们看见的呀……"

哪怕是个傻子，这会儿也彻底寒了心。

张逸洋没再看她，一言不发地低着头，从教室后排的抽屉里掏出针织马甲放回余葵的桌上。错身而过时，他声音极低地跟余葵说了声"对不起"，而后便径直下楼了。

剩下的人也心绪复杂，有人出门前，把还没填两行的同学录还给了谭雅匀。有人带头，剩下的人也有样学样，班里很快不剩几个人。

早上刚发出去的同学录，这会儿又雪花般地回到了她的手里。谭雅匀这一辈子大概都没受过这样的奇耻大辱，眼泪决堤，哭得连肩膀都在颤。

可惜没有同学上前安慰她。

余葵不知道那眼泪里有没有一丝后悔，毕竟这样的结果完全是谭雅匀咎由自取。

余葵套上针织马甲，看了眼教室后方。向阳从刚刚起便怔在那里，余葵心知肚明他大概要留下来当老好人了，便没有说话，挽着陈钦怡的臂弯出了前门。

和她料想的差不多。向阳的性格和教养让他做不到把一个行动不便的人独自留在教室里，他一言不发地将谭雅匀的轮椅推到操场的平地上才松手。

周边没了其他人，谭雅匀总算抹干净眼泪，剥掉伪装，自己扶着轮胎往前滑："用不着你假好心，这件事从一开始你就没信过我。我知道，你就是想故意留下来看我的笑话。"

向阳没答，垂眸望着前面的阴影，跟着谭雅匀往前走着，忽然失落地开口："我很后悔。从前小葵总因为你跟我吵架，我那时候总觉得人不会有那么坏。我真的不理解，她从来没招惹过你，你干吗要针对她呢？"

"没有招惹？"谭雅匀崩溃地回头，"她插进了我的家还不算招惹？"

谭雅匀红着眼愤怒道："从她第一天出现在我家，我就讨厌她，我讨厌她每天可以睡到6点40分，胸无大志却可以开心得像个傻子；我讨厌她可以不听大人的话，无视所有人的期待自私地躺平；我讨厌她拥有你们的友情，讨厌你现在为她说话！我努力了十几年，她却只努力了十来个月，是她让我信仰的、坚持的一切变成了笑话，是她的出现，分走了我本该独享的资源和关注。你说，我凭什么不能讨厌她？”

谭雅匀对外貌的焦虑，是伴随着余葵的到来出现的。

谭雅匀曾撞见自己的亲戚在背后嘀咕：“余葵这孩子真漂亮，不知道遗传她爸还是她妈，五官生得比雅匀精致多了，就是老低着头，不爱说话。”

高一，谭雅匀作息紊乱，每天只睡四五个小时，好不容易考进年级前三十名，却在颁奖典礼的后台听见人议论：“我今天发现了一个宝藏，你们认识（9）班那女生不？特别小的一个，长得特好看，之前怎么会没注意呢？”

为得到大家的认可，她牺牲了睡眠和娱乐时间，而余葵不学无术，仅凭一张脸就能得到大家的喜爱。

她不忿，甚至为此第一次偷钱，朝鞋柜上爸爸的钱包伸手，飞也似的奔到百货商场，买下了柜姐给她试过的粉底液，遮掉常年熬夜留下的粉刺和痘印。

然而这瓶粉底液最终被余葵当着所有人的面摔碎了——连着她的保护色一起。

远处拍照的看台上，有人在挥手招呼向阳。

少年喟叹一声，退后两步：“学委，你其实可以早点儿把这些想法告诉我的，这样我就能及早知道咱们不是一路人。

“你真的从来没想过吗？你明明也分走了她的一切。”

放假第二天，陶桃才在学校贴吧里看见了好姐妹的“背锅”始末。

“可恶！”她打电话给余葵，“出了这种事，你怎么不早告诉我？我手上还有谭雅匀的黑历史呢！”

余葵摸不着头脑：“什么黑历史？你们熟吗？”

“唉，就高二分班前那会儿，我还不认识你，不小心在楼梯间录到了一些东西……”陶桃傻乐，说完半天才意识到，“完蛋，还在那个混账许舟齐的网盘里存着呢！”

余葵有种不好的预感：“你好好复习！千万别折腾了！没必要为她浪费时间。”

“不行，要考试了，我紧张，一想到你被欺负的这几个星期就觉得堵得慌，这口气要出了心情才能舒畅！”

陶桃说罢，挂了电话就开始搜寻仅存的记忆，在纸上排列八位数的密码，前前后后列出百十来种组合，圈出了几个最像的逐一输入。

晚上 12 点，她兴奋地拨通余葵的电话：“可以上贴吧啦！”

余葵睡眼惺忪地醒来，叹为观止：“你真把他的网盘账号和密码回忆起来了？小桃，有这记性用来学习，你起码能多考 50 分！”

“我本来就多考 50 分了呀，多亏你带我一起学。”大小姐说到这儿，撇嘴，“以后你受到什么委屈，不准再悄悄憋着，要跟我说，知道吗？”

朋友的关怀有时真叫人泪目。

余葵“嗯嗯”着应下，强撑眼皮，穿着睡衣昏昏沉沉地坐了起来，边打哈欠边点开贴吧。

陶桃把录音内容整理成了文字，帖子里前十几楼都是群众一边抱怨“还让不让人高考了”，一边上蹿下跳地“吃瓜”。

余葵再往后翻，看到谭雅匀的初中同学的一些爆料帖也被重新顶到了学校贴吧的首页，和余葵曾听过的版本大差不差。

高考前的假期，大家的精神都紧绷得很，出现了这种有视频有真相的大八卦消息，一传十、十传百，现象级的热度甚至让市里一中、二中和其他学校的人都过来搬运帖子。

曾经铁打的女神形象，在众人合力推动下轰然倒塌。尽管不是以谭雅匀期待的方式，但她彻底如自己曾经所愿，声名远扬了。

余葵当然不清楚后续，只看了不到两分钟便又重新倒在枕头上，困倦地合上了眼睛。

毕业生中总流传着一条“高考必下雨”定律，不出意外地，6 月 7 号又下雨了。

余葵的考场在八中。

校门口，淅淅沥沥的雨滴飘到伞下，她在程建国絮絮叨叨的叮嘱中，最后一次检查了准考证、身份证和文具，才接过伞柄，在所有家长的注视中，小跑着汇入花花绿绿的人潮伞海。

这一刻终于到来，她原以为自己会紧张，没想到出乎意外地平静。

考场肃静，广播播放着考场纪律守则。

“自觉服从监考员等考试工作人员管理，不得以任何理由妨碍监考员等考试工作人员履行职责……”

北京，雷雨。

在同样的背景音里，时景最后一个通过安检。他踏进门的一瞬间，考生们都感觉空间内气温迅速降了两摄氏度。

他顶着所有学生的视线，冷然地径直走向座位。

少年身形颀长，黑发剃得极短，穿着白衬衫和黑色长裤，身上携着雨水的湿气，萧瑟冰凉得似乎与楼外的雨幕融成一体。

他皮肤冷白，那眉眼分明昳丽得惊人，气质却如同高山顶上终年不化的积雪，透着一种难以言喻的阴郁神秘气息，难以接近。

视线再往下，当人们看见他左臂上三寸宽的黑布时，一切仿佛又都有了解释。

好奇心和对美的追求是人类的本能，大家不住地回头，直到监考老师再次提醒：“不准四处张望，再犯以违反考场纪律处理，现在开始发卷。”

两天宛如一场大梦。

待众人回神时，一辈子一次的高中时期，就这样在期待和惶然中结束了。

2021 年，3 月的北京，春冬交割。

白天还艳阳高照，晚上便一秒入冬，余葵挤四号线回家，才出地铁站便裹紧了羊毛大衣。

这是她这周下班最早的一天。

路灯刚亮起来，寒风卷着地面的残叶呼啸而过，她早上出门忘戴围巾，此时冷得直打哆嗦。

她想着回家洗个热水澡，一路小跑进单元楼，按完电梯听到大堂的保安唤住她：“余小姐，有您的信件！”

那是封结婚邀请函——她的高中同学谢梦行下周举办婚礼。

室友吴茜边喝蔬菜汁，边对着灯光欣赏她的请帖：“邀请函够精致的，有钱人的世界，啧啧……咦？他老婆叫余夏，名字听起来真像你的亲姐妹。”

“新娘也这么说，还邀请我当她的伴娘呢！”

余葵洗完澡出来，喝了口水，又马不停蹄地开台灯，开电脑，吹干头发就坐在数位板前，开始画前段时间答应粉丝的人设图。

吴茜奇怪："她没有好朋友吗？怎么叫男方的同学请假给她当伴娘？"

余葵想了想："伴娘要请四位，估计人不够，拉我凑数吧。"

谢梦行高中毕业去了美国留学，目前留在北京创业，新娘余夏是他在南加大的同学，听说家里是本地的有钱人。

余葵上周在微信上收到她的邀请时也同样惊讶。

余葵和对方不算熟，只是之前几个留在北京工作的高中同学聚餐，在王府井那边吃饭，谢梦行把人带来见过一面。但人家提都提了，余葵便答应下来。

余葵埋头铺色，随口解释："其实还好，不用请假。下周没有要赶的项目，周末应该能抽出时间。就在国贸酒店，过去也方便，周六试礼服、彩排，周日再去一天就结束了。"

喝完蔬菜汁，吴茜洗了杯子，实在没忍住，趴在沙发背上问起自己最好奇的问题："小葵，今天早上，那微博热搜里的帅哥……？"

余葵崩溃地把笔一扔，后仰捂脸哀号："姐姐，快饶了我吧！这事我都被朋友问一天了！"

吴茜是公司里为数不多知道她在微博有个大V账号的人。

两人是清华校友，吴茜念新闻系，大余葵两届，毕业前两人只有过一面之缘，直到进入同一家大厂供职，一来二去才熟起来。去年余葵跟房东的租约到期，她便应邀搬过来跟吴茜合租。

"你知道吧，新闻从业者最重要的素质之一，就是永远保持旺盛的好奇心，我能忍到现在才问你已经很不容易了。认识那么帅的人，你怎么从来没跟我提过？快从实招来，他是什么来历？你们俩有什么故事？好过没？"

余葵好奇地回头："你怎么会觉得我和他有故事？就不能是普通校友？"

"评论区有人说啊。"吴茜往嘴里塞了片薯片，"咔嚓咔嚓"地嚼了两下，下滑至评论区，"下班前看你的评论区那么热闹，就稍微围观了一小会儿，顺着链接去你们高中的贴吧，还摸到了一个你们俩的陈年帖子！"

说着，她把手机了递过去——

小鱼海塘："实名反对！楼上不要随意拉郎配，贴吧铁粉现身说法，时景在高中时期有其他'官配'的。"

中午余葵浏览时还光秃秃的一条评论底下，此时得到了不少校友的新回复。

我暂时没有猫猫："楼上是不是记忆力不大好？我跟大帅哥同届，记得官配就是博主啊！真没想到一天之内，‘吃瓜’吃到了两位杰出校友的最新动态，一位航天领域的科研新秀，一位绘画界的宝藏画手，又是自闭的一天呢！”

oo喝汽水啦：“纯附2017届毕业生闻讯赶来！楼上是当年一起追过帖的姐妹了！好想知道两个人现在的感情动态。博主给个痛快，就直说吧！你们俩分手了还是结婚了？！”

小鱼海塘：“啊啊啊！博主竟然就是那个学姐！对不起大家，怪图片像素太低我没认出来！错了错了，给博主表演个磕头吧！”

再一次被往事扰乱心绪，余葵也没了心情画画，保存进度，疲倦地靠在椅子上答：“其实没有大家想的那么复杂，我们俩压根儿没谈过。他性格很高冷的，不爱交朋友，我们俩成了同班同学以后，就常常一起上下学，关系比普通朋友稍好一些。”

“你们怎么熟悉起来的？”吴茜不愧是新闻系的，记者出身，不停往外抛问题。余葵一开始还挤牙膏，两个小时下来，她生无可恋地看着顶灯，竹筒倒豆子似的，把这段心酸的暗恋吐得一干二净。

吴茜听故事的姿势从一开始穿着睡衣跷着二郎腿吃薯片，到跟在余葵屁股后边问东问西，直到听见时景在高考前销声匿迹，才一屁股陷入沙发。她恍惚地搅拌着冷掉的咖啡，深深感慨：“难怪你大学不谈恋爱，果然年少时不能遇见太惊艳的人。这绝对是我现实里听过的最励志的暗恋故事了。高考结束后呢？你们没再联系过了吗？”

“也联系过……他联系过我，就在清华开学当天。”

“他说了什么？为什么玩消失呢？”

“他跟我道了歉。他爸病了，他离开的那天下午，他爸从昆明转院回北京，一直待在ICU里，最后还是没抢救过来，在高考前一天去世的。”

少年丧父，对时景这样的天之骄子而言，高考前最后的那段时光，大抵是他这辈子都不愿回忆的人生低谷期。

吴茜的关注点却与众不同，她惊愕道：“父亲前一天去世，他还照常发挥考上了国防科大？天哪，他不仅人长得帅，心理素质也很强大啊！”

“那是他哥的毕业院校，其实以时景的高考分数，他报咱们学校，能挑的专业比我多。”

吴茜急死了：“那后来呢？你们到底为什么彻底不联系了？”

余葵不太愿意提及那段日子。她在清华算不上顶好的学生，天才、牛人辈出，她那点儿微薄的天赋在这一片浩瀚闪耀的星系里微若萤火，尤其大一上学期，那是她读书生涯中最崩溃、最迷茫的一段时光，比高考前更甚。

她觉得自己已经足够努力，期末还是挂了一科。

专业师姐告诉她，本系上一届的劝退率是百分之十。整个准备补考期间，她晚上常常都是一个人坐在图书馆的角落里，一边擦眼泪一边看书做题。

每当这时，她无法自控地想起时景。

假如是他，他会挂科吗？他肯定不会。他轻易就可以在所有领域做得很好，却这么轻松地就放弃了他们共同的梦想。此后很多年，余葵都觉得，这大概就是他们裂纹的第一环。

这个骗子把她骗到北京，自己却去了长沙。

在这段不对等的关系里，她仿佛永远都是追逐的一方。

军校管理在大一尤其严格，作为一名军校学员，时景常年账号不在线。每个人的手机都是周六晚上发，周日晚上收，这一天，他还有许多其他的事要做。

哪怕是这样，经历了一次断联的余葵也抱着失而复得的心态，大一上学期乐此不疲地给他发消息，讲述自己在北京的生活日常——逛了哪个胡同，去看了故宫，爬上了八达岭“好汉坡”，又一次在肯德基做题，跟舍友的相处日常……

时景对她也很纵容，每次拿回手机的第一件事就是一次性地回复完余葵的消息。他告诉她哪家饭店好吃，哪个公园风景漂亮，他是八岁时跟爸爸一起去的“好汉坡”，劝她不要熬夜……他甚至手把手地教她洞察人心的技巧，从而让余葵远离了班里一个心术不正的本地人。

那时候，她一度以为时景是喜欢她的。毕竟这么骄傲冷漠的一个男生，能用训练之外为数不多的休息时间，事无巨细地关心她的一切，还不足以证明他喜欢她吗？

大一上学期末，学校拉练，手机上交，时景一连失联了几个星期。

余葵好不容易联系上他，得知他们放寒假，坐了十几个小时火车到长沙，想在回昆明过年前见他一面，顺道给他个惊喜。

搜索他餐前发来的期末聚餐照片，按着图片里地标建筑的信息，她出了火车站便打车直奔那边。

长沙的夜晚很热闹，整条街的大排档灯火通明，火锅店的生意好到店铺里头坐不下，客人挤到了外头的摊子上，甚至还有火气旺的学生们裹着羽绒服在等位子。

余葵拖着行李箱，放缓脚步一家家店地走过去，直到眼前的景色终于与照片重合——

她定住脚步，抬头瞧见了永生难忘的一幕。

十几个男生拼桌围坐的长桌旁，唯一的鬈发女孩儿坐在时景身边。大家不知聊到什么好笑的，女孩儿凑上去吻了他。

开始，少年的身形还往后躲了一下，可惜脸颊还是被亲了个正着。女孩儿不依不饶地还要亲，整桌男生都起哄笑起来，有的干脆把头偏向一边，拍着桌子笑弯了腰，显然在场的每个人都相互认识，气氛活跃融洽。

时景也在笑，直到女孩儿再次把脸送过去时伸手挡住了对方的嘴巴，亲昵地按着对方的肩膀，将人压回身旁的座位上。

余葵第一次发现，时景在别的女孩儿面前也能笑得那么开心。

长沙那晚的温度是三摄氏度，远不如北京冷，她拖着箱子孤独地站在远处窥视，明明穿得厚实极了，手却无法自控地在寒风中发颤，心若刀割。

如果可以，她希望从未来过这一趟。

筹谋许久的告白旅行化作泡影，她千里迢迢地踏入这座陌生的城市好像就只是为了认清现实、打破幻想。

余葵不知道自己在原地站了多久，也许七八分钟，也许一刻钟。

她犹豫过要不要上前质问他，或者打声招呼。可前者她没立场，后者……她没有勇气，她怕自己维持不住笑容，会当场失态。

在这段暗恋里，她始终都是那个胆怯自卑的小镇姑娘。她忌妒时景身边的女孩儿，一如忌妒之前的裴姝一样，仅仅看见两人亲昵的一幕就已经心魔丛生。

她一秒钟都没办法再在这个地方逗留，逃也似的跑到路口，拦了辆出租车回火车站。

那晚的出租车电台播着新闻——

“经过三十六天的持续救援，22 时 49 分许，山东省平邑县石膏矿坍塌事故中被困的四名矿工从二百二十米深的井底成功升井。截至目前，被困的二十九名矿工已有十五人获救，一人遇难……”

余葵坐在后排，妆容糊成一团，无数次在对话框里打出问号，发出去前又一遍遍删除。最后她抬头，在出租车的后视镜里看见风尘仆仆、形容狼狈的自己，对着窗户无声抹泪。

司机师傅和她爸差不多年纪，从后视镜里瞥见她哭了，无措地调小了电台的音量："是不是这个新闻让你想起了什么伤心事哟？我不放了。"

"不是为这个。"余葵带着浓重的鼻音否认。

师傅开口安慰她："我看你还在上学吧？姑娘啊，人生没什么过不去的坎，你别哭，长这么好看的妹陀（方言，女孩子），好日子还在后头呢！"

他不说还好，一说余葵彻底崩溃，头埋在膝盖里放声哭起来。

她不敢回昆明，怕状态不对被程建国看出端倪，干脆买票回了北京，在学校过年。

接下来的一周，她仿佛失去神志般，除了准备补考就是躲在高低床的帘子里，疯狂地通过时景的QQ空间访客记录，点进每一位访客的空间做着无意义的搜寻，试图找到他有女朋友的证据。

浏览过上千名女孩儿的空间后，她终于醒悟：男神是大家的，他也许有一天会属于更优秀的女生，但永远轮不上像她这样的普通人。

就在她彻底放弃寻找的那天，一个账号关注了她的微博。

余葵那时候还不怎么往网上传作品，发生活日常的时候比较多，粉丝也大多是认识的人。点进对方账号一看，她只觉得整颗心掉进了马里亚纳海沟，摔得稀巴烂，但又隐隐有种石头落地、"果然如此"的怅然。

那个账号上记录的全是跟时景谈恋爱的日常。

女孩儿似乎是长沙一所本地'双一流'大学的学生，面容精致姣好，家境优越，余葵甚至不知道对方为什么关注自己，是怎么找到自己的账号的。把几百条恋爱动态看完后，她彻底心如死灰。

女孩儿描述的时景，在恋爱中对她纵容宠爱，毫无底线，甚至偷藏手机没有上交，只为了晚上和她准时说晚安……

余葵从未见过时景的那一面。

暗恋的人正好也在暗恋你，果然是人生最大的错觉。

她最后一次翻完了和时景的所有消息记录，两人上次对话还停留在他那晚吃饭时发来的照片，余葵想给他惊喜，便没有再回。再上一次，是时景告诉她学校集训，大概几周不能联系，她不高兴地发："啊？又拉练！"他无奈地道了个歉，发了个摸头的表情包。

既然他现在已经有了正牌女朋友，她是不是也该识趣点儿？

或许时景早就觉得有负担，不想回她消息了，否则为什么宁愿藏手机也要和别人说晚安，却只集中在周日回复她所有的信息？

余葵反思自己。

从一开始，她在时景面前就太卑微了，为他流了那么多眼泪，他却对此一无所知。

吴茜疑惑地问道："那个女生的账号里有照片之类的证据吗？"

"有的。"余葵叹气，"都是时景在学校里的一些生活照，许多我也没见过。她偶尔还发消息记录，头像、昵称都对得上。"

吴茜失落道："那后来呢？"

没有后来了，持续近三年的暗恋，以余葵悄无声息地删除了时景的QQ账号落幕。她弃甲曳兵，一败涂地。

"没过多久，我有一天晚上在东操场跑步，书包丢了，连着身份证、校园卡还有手机也丢了。异地手机号在北京不好补办，我干脆换了学校发的校园卡，QQ号也没申诉回来，索性和他就这么彻底失去联系了。"

余葵说得轻描淡写，但不知道为什么，吴茜看着她灯下冷淡的面容，有种说不出的憋闷感："太可惜了，你们真的太可惜了。他怎么就突然谈女朋友了呢？"

余葵遥望小区庭院深处。

"人生有太多意想不到的转折了，我妈妈当年也毫无预兆地就拿出离婚协议书，让我成了单亲家庭的孩子。人总是变得很快，我们那时也才十八九岁。我只是站在我的视角叙述了我的想法，事实上，他有他的人生，从来没有向谁承诺过任何事情，也不需要对我的暗恋负责。"

周六。

余葵早起先去了一趟公司，跟主策划和几位领导开了个短会。

见她回到二十四楼，加班的组员纷纷探出脑袋，朝她打了声招呼："Kerry，你今天不是休息吗？怎么又来公司加班？"

"回来开个会，一会儿就走。"余葵顺带给自己办公室的绿萝浇了点儿水。

她的手机在大衣口袋里振动了一天。

余夏："小葵姐大概什么时候到酒店这边，要不我让小谢过去接你？就剩你没挑伴娘服了。"

余葵没料到他们这么早，看了看表，先道歉，又回复对方大概还要四十分钟。

余葵拎起包刚要走，同事为难地举手叫住她："Kerry，有点儿问题，你能不能帮我看看这幅画？"

同事说是看看，其实也就是改改。

余葵接替同事的位置，打量了一下设计结构，在板子上动笔，一边改一边点出问题："金属材质可以再提高精度，缺了一点儿镜头感，这问题多想多练就好……"

她三下五除二，"唰唰"地把大改的方向示范了一遍，把细节交给他完善。男生佩服地接过笔："Kerry，你上学的时候一定很刻苦吧，到底得练多少才能练到你这种改几笔就逆转乾坤的程度？"

"夸张了。"余葵环臂歪头看着他修改几笔，点头，"不过我大学有段时间确实为了逃避学习疯狂练习来着。行了，就是这个感觉，多强化。"

耽误十来分钟，她最后卡着时间险险抵达了酒店。

三位伴娘都已经到了，都是新娘的闺密，还有四位伴郎，一桌人在小厅那边聚着聊天儿。余葵才走近，伴娘团的三道视线就齐齐地落在她身上。

几个养尊处优的小女孩儿挤出了一模一样的微笑弧度。

余夏热情地招呼余葵："小葵姐速度还挺快，快来喝茶吧。你把车停在哪儿了？周末太挤，我们几个刚才都找了半天车位。"

"我打车过来的。"

余葵和在场人打了声招呼，落座。

另一位伴娘接话："我听小谢说，姐姐你很厉害的，清华毕业，还是大厂主美，年薪买辆车应该没负担吧？"

余葵微笑，抿了口水："别听他瞎吹，没有那么夸张，我们公司很多项目，我只分管其中一个项目，车不是我的刚需，以后有了存款再考虑吧。"

"那姐姐你现在还在租房住喽？"伴娘二号捧着下巴问。

"对啊，跟校友合租，北京房租确实挺贵的。"

余葵没什么好遮掩的，但好歹是个职场人，再没听出话里的机锋，这几年算白干了。

几轮不太友善的关心过后，她放下茶杯，也亲切问候："说起来，还没问过大家都是哪年的，我觉得咱们应该都差不多大，你们直接叫我的名字就好，叫小葵也行。"

谢梦行是 1996 年生的，新娘跟他同届，年份应该相差不大。

果然真报一圈，余葵 1997 年 12 月份出生，竟然还是在场最小的人。刚刚左一声"姐姐"右一声"姐姐"的人，一时有点儿下不来台。

余葵假装没发现她们的窘态，正好工作人员把剩下的同色系的伴娘服送到了，谢梦行也在展厅那边喊她帮忙，她便顺势起身过去。

"主婚纱就是这套？"余葵看着灯下钻光闪闪的长摆礼服，瞳孔缓缓放大，“很贵吧？”

谢梦行扯掉领结，随口报价：“二十六万。”

余葵惊叹：“小谢，我第一次这么深切地觉得，原来你真是个有钱人，跟我们凡人有壁垒。”

“我也劝过余夏，就上台那会儿穿一次，她非要。”谢梦行打趣，“不过你要是肯松口，跟你们宋班长结婚，你也是个有钱人，他办婚礼肯定比这隆重。”

“不都说创业忙得很吗？你这些乱七八糟的消息都是从哪儿听来的？”

余葵笑着骂了他两句，忽然感觉仿佛有人在看自己，一偏头，便见不远处一对新婚夫妻在自拍。撞见她的视线，新郎移开手机，冲她龇牙咧嘴地笑了笑。

长沙一连阴了好几日，天灰蒙蒙的，攒着暗云。

校园里，午起号响过。

“时景，你是不是跟我开玩笑呢？”分管院领导皱眉打量着假条，“我记得你从本科到现在几乎没请过假，周末出行的指标你从来都优先让别人去，这回一口气跟我要七天事假？这个节骨眼儿，你走了，你带的项目攻关小组怎么办？童教授肯放你走？”

时景立正，行了个军礼：“报告队长，童教授已经批准了，我想回家一趟。”

男人摇头：“疫情防控、坚守位置，年都在学院里过了，还有什么是割舍不下的？你不说出个子丑寅卯来，我不能批给你。”

时景面无表情，只是执拗地重复：“队长，我爱的人要结婚了，我想回去。”

“这种情况你回去了又能干吗？又不是你结婚，你难道还想抢婚不成？”领导见他没答，笑容有点儿僵硬，“我不批给你，你是不是还想赖在这儿不走了？”

“如果您不介意的话。”

领导语重心长地劝道：“时景，男子汉大丈夫，怎么能被这些儿女情长绊倒？你还年轻，长得又拔尖儿，错过你是人家姑娘的损失……”

他费了一通口舌，讲完端起茶缸抿了口茶沫子解渴，原以为这回应该是劝住了，谁料时景听完，唇线紧抿，抬头凝视着他。

“队长，我就去婚礼看看。”说到此处，时景似是僵住了，喉咙哽了一下，才又敛眸补上下半句话，“我想知道她幸不幸福。”

这对时景而言，几乎算得上恳求了。

领导纳罕地停了声，仔细打量了他一下。

像时景这种年年评骨干，科研、训练两手抓，流血流汗不流泪的优秀学员，众人见他意气风发见得多了，从来没人见过他这个样子——他像是好几天没睡了，疲倦、焦灼被深深按捺在表面的平静之下，乍一看没觉得什么，熟悉他的人，一看就知道不太对劲。

领导长叹一口气，拍了拍时景的肩膀：“我们就是这样，没时间花前月下，也不好谈对象。你知道，院里是重点培养你的，各级领导都很关心你，我看你现在状态确实不对，不行及早去心理咨询室疏导疏导。”

他终于让步：“这样吧，这次批给你，你这趟回去，务必好好调整心态，到北京见着你姑父，替我跟老首长问声好。”

时景只收了三两件衣服，更新了核酸信息，便带着证件抵达高铁站。

他昨夜替手下的一群研究生测试数据，一夜没睡觉。回京全程五个半小时，他眼神疲倦，却始终没办法合上眼。高铁外的风景飞速掠过，他大多数时候望着窗外发呆，偶尔低头注视微信里的照片。

他将照片放大，又退出，然后又万箭穿心般地移开视线。

他许久没见她了——确切地说，是两年一个月零两天。

上一次见她，是导师给了十天寒假，回京过年前，时景放纵自己回了昆明一趟。

老小区门外，他隔着人流远远跟着她。

余葵挽着她爸的手，沿着旧街道，步行到附近的超市买年货。

超市里，他透过货架缝隙注视着她，就像小时候数糖果盒里最爱的巧克力，每一眼都珍贵，每一眼都意犹未尽。

放大的照片里，酒店温柔的灯光下，余葵站在人群中，回头露了一个纤薄的侧身，沉静地笑起来，指着她挑中的礼服给男人看。

那个男生时景记得，是余葵在（15）班的同桌，转班之前，时景常在路上见到两人一块儿走。如今，她要嫁给当年的同桌了。

明明时间一晃已经过了许多年，她的笑容依旧不见半点儿职场丽人的样子，还像学生时期一样，干净纯粹，清澈明朗。她的目光仿佛隔着屏幕和他对视，温柔又冷情。

照片是他的哥们儿陆游岐发来的。

陆游岐周末举行婚礼，今早陪女友在国贸试完婚纱，签字的空儿，突然觉得后头那位在展厅里选礼服的新娘子有些眼熟。未婚妻发现他盯着别人，当即吃醋要挠人。在压力的紧急刺激下，陆游岐总算想起那张脸。

他前段日子去时景家拜年，跟长辈聊天儿时，趁哥们儿在部队过年，好奇地翻完了时景珍藏的几大本高中初恋相册。虽说他没见过余葵本人，但脸的模样是实打实地刻在心里了。

把人认出来后，他心头一凉，颤着手拍照发给时景确认。

陆游岐："我偷看了前台的接待记录，这新娘姓余，后面那字没瞧清，新郎官叫谢梦行，是你初恋那姑娘不？"

时景在进教研室前把手机存放在柜子里，等看见消息，已经是中午了。

他怔了两秒钟，放大图片。

看清楚人脸的一瞬，他像被天上掉下来的卫星击中了，希望被砸得七零八落。哪怕内心早就设想过，可这一天真正到来时，他还是陷入了一种奇怪的状态中。头脑仍是清醒的，但他对身边的一切都忽然失去了兴致，什么都不真实。

他不知道自己是怎么心乱如麻地写完假条，又是怎么紧张地掐着秒在导师午休起床的时间打电话恳求的。他脑子里只剩下一个念头——他想回去，他得回去，无论付出什么代价，他必须立刻回北京去看她。

也许在见到她的第一眼，他就能明白自己这些年为什么失眠、痛苦难受。

假期审核本来就严格，遑论时景请的不是三两天，而是一个星期。远在千里之外的基地里的年近七旬的导师，为此不得不替他这个不肖学生往分管院领导处打了好几通电话说情，加快层层审批进度，这才让时景在2点前出了学校大门。

时景抵达北京西站时，天已经黑了。

夜幕下，陆游岐的牧马人一脚刹车停在他面前，陆游岐降下车窗："上车吧，景神。"

车门一关，陆游岐顿时感觉周边的空气凉了不少。

在时景的磁场里，空气实在闷得令人窒息，陆游岐忍不住把空调往上调了两摄氏度，随口找话："你要是没意见，那咱们现在就往国贸开了。"

时景向来身体素质奇好，许多年没生过病，今天回来一路上却头昏脑涨，神经"突突"直跳。

他用指腹压紧太阳穴，才沙哑地开口，说出上车后的第一句话："她还在那儿吗？”

陆游岐反应了一瞬这个“她”是谁，连忙点头：“在呢，上午挑礼服，6点婚礼彩排，现在一桌帮忙的老同学在餐厅里吃饭喝酒，我让我媳妇儿盯着呢，车开快点儿，过去不到半个钟头，还能制造场偶遇。”

他说着，打灯加塞儿进入主干道，用余光瞥了时景一眼：“你要不点根烟吧，我看你挺累的。”

“算了，头疼。”

“头疼？吃药吗？要不我在哪个药店停会儿，下去给你买两盒？”

时景瞅着东长安街上亮成长龙的车流，在煎熬中摇头：“疼着清醒点儿。”

陆游岐看他这样，只能努力活跃气氛：“你别说，那天我在微博上看见你吓了一跳，哥们儿你这几年又帅了一大截。军旅剧那些男主角，按着你这种级别的去找，还愁收视率不爆吗？”

时景没出声。

陆游岐又偷看他的表情一眼：“今早发消息的时候，我想着即便托人帮忙，你最早也得明天才拿得着假了，没想到你今晚就能回北京。真行啊，时景，她就那么好？”

时景又一次沉默不语。

他平时也话少，但从未像今天一样艰难得像多说几个字都费力。就在陆游岐以为他不会再答时，男人打开车窗，疲倦地撑着额角，看天边的满月。

“好不好的，月亮只有一个，你叫我怎么衡量？”

余葵出现的时间点、陪他经历的人生让他没法儿放弃，付出的时间和感情是独一无二的，青春不会有第二次，她也不会有第二个。

这一刻，时景的身形孤冷寂寥。

低音像夜间冰凉的溪水，随着寒风倒灌了进来。

车子转进了金桐东路。

想到一会儿的重逢，陆游岐忍不住替哥们儿兴奋：“见了面你要怎么办，想好了吗？”

“没想好。”

“别说，我还是第一回干这么刺激的事，”陆游岐自顾自地想象，“到时候，你就‘哐’地从天而降，在走廊上往她和她男朋友跟前一站，跟她说

‘真巧啊，好久不见，咱们聊……’”

意识到了自己刚刚听漏了什么，陆游岐震惊地偏过头去。

他的兄弟时景，做什么事都胸有成竹的时景……他见惯了时景胜券在握的样子，猛然听到这种迷惘沮丧的字眼从时景的嘴巴里吐出来，简直难以置信。

他张口欲言，几番犹豫后，小心地放低声试探：“时景，你可别告诉我，你辛辛苦苦地请假跑回来，什么计划也没做，就为了祝她新婚快乐。”

“我不知道。”离酒店渐近，时景用手挡住晃眼的光线，掩上在错乱中挣扎的眼眸。

陆游岐气得皱眉：“这时候还一问三不知，那你知道什么？”

“如果她快乐，我说服不了我自己打扰她。”

陆游岐深吸一口气：“记得吗？七年前高三那晚打电话，你就是这么说的，这么多年你还是这句话！我现在都娶媳妇儿了，还是理解不了，凭什么爱就得克制？爱就是要自私，爱就是不克制！”

夜色中的车流喧嚣，车内沉默。

就像这些年，无论外界的人发生了什么翻天覆地的变化，时景的光阴就这样在日复一日的枯燥训练和封闭的保密项目中无声地流逝。

又遇了红灯，陆游岐憋着一股劲，踩着刹车烦躁地使劲按了一下喇叭，偏过头说：“时景，打小儿我就羡慕你，脸俊，脑子好使，随便翻翻书就能拿奖牌、考第一，我妈天天拎着我的耳朵让我跟你学。我那时候特不甘心，想着老天爷究竟给你关了哪扇窗户。现在我知道了，它就是要让你有苦难言！”

他数落时景：“从你爸走了之后，你就变得和你爸越来越像，去部队有什么好，连个媳妇都不好找。你为什么就不能学我自私点儿？喜欢就去抢啊！像你这样的人穷追猛打，有谁会拒绝你？有谁舍得拒绝你？”

时景反驳：“她和你想的不一样。她是决定了一件事，无论中间怎么困难都坚定不移地去执行的人，没有任何理由能动摇她。她决定放弃一个人，失望累积到顶点后，就再也不会回头。”

一如当年考清华，一如她对母亲失望后就再不对母亲抱任何期待，一如大一的寒假，她一言不发地换了手机号，一声不响地删除了他的联系方式。

车子终于抵达酒店。

电梯轿厢门打开，陆游岐的未婚妻定定地看了时景两秒钟，目光落回陆游岐身上。反复两次后，她抓狂地捶了陆游岐一下，压低声音：“陆游岐，你发小儿这么帅，你怎么从来没跟我提过呢？我是不是你老婆？！”

“是老婆才更不能提啊！”陆游岐轻咳，提醒她，“你眼睛收敛点儿啊。让你盯的人呢，哪儿去了？”

想起正事，女孩儿表情八卦地赶紧拽他出去：“咱们换专用电梯，八十楼，快。”

陆游岐：“顶楼不是酒吧吗？怎么上那儿去了？”

她答：“我看着他们一大群人进电梯的，估计去过单身夜吧，不是为等你来，我早跟上去了。”

陆游岐瞥了好友一眼：“哟！今晚还挺热闹，这是喝第二场了。”

周六的酒吧人满为患，时间已经临近9点，大厅灯光幽暗。驻唱乐队的首场演出开始，极具穿透力的蓝调慵懒低沉。

时景在黑暗中走动，视线环视四周半晌，终于在窗户附近的大桌边找到人。

隔了许多年，女孩儿背对着他坐着，露了个脑袋。黑色的短发柔软地垂着，贴着白皙的脖颈。她大抵在和人说话，不知聊到什么开心的事，旁边的人又举起水晶杯，和她碰了一下。

时景目不转睛地定在原地，就那么一会儿，无数记忆碎片猝不及防地涌上脑海，耳边喧嚣聒噪，他几乎喘不过气。

服务生鼓起勇气上前提醒：“先生，您的朋友在点单，他让我问下您有什么想喝的吗？或者您要不现在入座？”

陆游岐聪明地把卡座选在了窗边，离谢梦行那桌不远，往下能俯瞰灯火通明的夜幕，回头就能看见让时景魂牵梦萦的女孩儿的背影。

只是景观位有两三千块钱的最低消费要求，看时景也没什么心情吃东西，陆游岐干脆点了一堆五颜六色的酒。

陆游岐的未婚妻实在按捺不住好奇心，故意去那边溜达了一圈回来，扒着男朋友的胳膊感慨：“真是个美女，长得太灵了，没化妆也好看，细皮嫩肉的南方妹妹。话又说回来，他们俩当初为什么分手呀？中间为什么不联系，他非等人家都要结婚了才慌神？”

趁时景不在，陆游岐赶紧送上一杯起泡酒，堵住她的嘴。

虽然刚为这事才骂了时景一顿，但此时他还是维护时景：“你别戳人心窝子，时景有自己的苦衷。人家学校的规章那么严，换你，你愿意跟守寡似的白等十来年啊？姑娘的青春多宝贵。而且时景毕业还不知道被分往哪个基层单位，天南地北的，真谈恋爱，那不是对人家姑娘不负责任吗？”

“嗯？不对啊。”女孩儿扳着指头算了一会儿，“你们是2015年上的大一，时景怎么那么快就念到博士研究生了？”

“他还不是为了赶紧毕业？他们学校前些年本硕博连读教改，被纳入新人才培养模式的连读生只要实力够强，通过教授组资格考核就能转入下一阶段。所以才说他是个狠人，把自己卷得跟卷心菜似的，硕士期间还跟他的导师去什么保密单位，一去大半年，再回来就拿到硕士学位了……”

时景在洗手间里，对着镜子用冷水洗了把脸，找出刮刀，就着泡沫把胡楂一点点修干净，冷漠颓丧的气质随着动作被逐渐露出的白皙皮肤和昳丽的五官冲淡。

他对着镜子笑了一下：“小葵，这几年过得好吗？”

无论嘴角怎么上翘，瞳孔晦暗难解，语气也不够自然熟络，他又尝试了几次，但均以失败告终。

他挫败地扒出烟盒，点燃一支烟，倚墙蹲了下来。烟雾缭绕中，他模糊地想起那年寒假，自己连轴转地忙完指导员的任务，给余葵发消息。

对话框却冰冷地提示他——

“该用户已不是你的好友。”

那时回北京的飞机上，飞机的引擎轰鸣震耳，他也像今天，亮着屏幕，眼睛酸胀疲惫，把两人过去所有的消息记录翻了一遍，像重新温习了他们交叉的生命中所有的点滴。

宋定初在清华园的宿舍楼下拦住他问：“时景，你觉得她为什么会删掉你？

“哪怕当朋友，维持一段关系也是需要平衡和双向付出的。你现在来招惹她之后，能给她什么？你要走科研的路子读硕、读博，从现在开始，未来九年、十年，你每年能陪在她身边五天还是十天？她挂科的时候你在哪儿？需要男朋友的时候你在哪儿？下次像今晚一样生病的时候你还能不能出现？都让她像今天一样眼泪泡饭吗？

“你什么都没办法保证，但我可以。”

宋定初说的每一个字，时景都无言以对。

时景很清楚，余葵不是那种容易被金钱、荣誉、光环打动的肤浅女孩儿，相比起来，一段恋爱里，她更注重真心和陪伴。可是，从在父亲临终的病床前，他答应报考国防科大的那一刻起，他的人生就已经从预设的既定轨道上偏移了。

遗传自父亲，时景对每件事、每个目标的规划都要精确到极致才能安心，对人也一样，开始一段恋爱之前，他必须得确定自己能对这个人负责任到底。

让他痛苦的是，他发现自己什么都给不了余葵。他享受着她的关怀、她的陪伴，回应她的却只有“要集合了”“要熄灯了”“下个月拉练会上交手机”，被她删了也是活该。

学校里有太多铁打的、既定不变的规则。

那年他才大一，八人间的宿舍，五个人谈恋爱，新生三个月军训后分了三个。

如宋定初所说，若是他为了私欲，继续固执地和她联系，未来很多年，余葵人生的大小时刻，喜怒哀乐……他只能缺席。

有多少山高水长的情分经得起时间与地域的消磨？哪怕这些他们都坚持熬过来了，毕业之后呢？

假如他被分配到基层单位、地方机关……无论是哪儿，只要不是北京，对方就得继续忍受无休止的异地恋。或者还有一个选项——满足条件后他申请家属随军。

可他舍得吗？余葵好不容易打败千军万马，考上了顶尖高校，不能留在大城市发光发热，却让她随他分配到地方受苦？这背后的辛酸，他从小在姑姑那儿见得太多——

姑姑一个人大着肚子去医院，一个人解决家里所有的琐事，忍受大半生丈夫缺岗的孤独……哪怕是姑姑那么要强的人，夜里也总有无穷无尽的眼泪。

少女的光阴那么宝贵，他还不如就在自己对余葵没有那么重要的时候松手，让她像别的女大学生一样享受年轻人的恋爱。

时景心智早熟，他的爱和别人青春期的懵懂悸动不一样，他从来都把余葵的感受放在自己之上。

就像更早之前，他父亲白血病复发、抢救到突发脑出血去世的那段日子，妈妈也病倒了。他每天往返于学校和医院的病房间，下了晚自习，就在病床前的书桌上写卷子。

他忙完一天所有的事情，灯熄了，走廊和护士站都静下来，他才能躺在床上，把手机放在耳边，一遍遍听余葵发来的消息，在她的鼓励和加油声里入眠。

那是时景一天之中，唯一能短暂地从压抑和自责中抽身的时光。

他不敢回复她。

专机将父亲送抵北京抢救那天，他的手机掉进了廊桥的夹缝里，摔得粉碎。

时景将最慌乱无措的日子挺过去后，随着时间的推移，想说的话越来越难以开口，他不忍心把负面情绪倾倒给辛苦备考的高三生，也不知道能和她聊什么轻松的话题——除了痛苦歉疚，他那段时间再没有其他话可对人言。

直到父亲的悼念会结束、骨灰下葬，他处理完后事，紧接着学校开学……军训上交手机前一晚，他才接通余葵的电话，听着她的声音从话筒里清晰地抵达耳畔——

“时景，我是小葵。你终于接电话了，今天开学了，我没有在官网的入学名单上找到你，你去哪儿了？没考好吗？还是报了其他大学？”

没听到他说话，余葵小声安慰他：“你肯定有苦衷，没关系的，不管发生了什么事，你告诉我，我就知道了。”

空旷的宿舍里，熄灯号久久回荡。黑暗中，余葵好像真的站在了他的对面。

时景压抑了一整天的负面情绪终于一扫而空，他听着她浅浅的呼吸声传来，像是在一条温柔的河水里顺流漂浮，连心也变得柔软起来。

那是他第一次如此清晰地意识到：余葵之于他，就是这样治愈心灵的存在。

2016 年寒假结束。

签字加入学校的人才培养计划的时候，时景给了自己一个期限——八年。

把本硕博连读尽量控制在八年内结束，毕业尽量争取分配到北京，所有事情顺利的话，他就不再约束自己联系余葵。

反正学校几乎没有假期，过去的六年，他干脆把所有的时间用来训练和搞科研。

哪怕他在别人看来冷心冷肺，但爱一个人的时候，同样是小心翼翼的。他深沉谨慎，笨拙胆怯，把这份奢念放在心里，像一个不会愈合的创口，长久地溃烂疼痛着。

他怀揣着希望麻醉自己，只要余葵不结婚，只要她未来分手了，一切就还有机会。

可是现在，他还没有毕业，她就要结婚了。

调酒师的鸡尾酒精致得像件艺术品，每杯口感都不一样，酸酸甜甜，冰冰凉凉，余葵不知不觉地喝得有点儿上头，不过神志还是清醒的。

十九岁大学期末聚餐，她第一次尝试喝酒，像打开了新世界的大门，每次在进入微醺但又不至于醉到神志不清的区间里，大脑就会迸发奇妙的灵感，给卡在瓶颈期的作品带来新活力。

年后连赶了一个多月项目，在这种特别飘飘然的状态中，她难得完全把工作扔到脑后，四肢舒展地瘫在卡座里，思维天马行空地发散，放松地享受着这一刻的松弛。

她身旁坐的伴郎小哥毕业于伯克利音乐学院，人幽默，说话好听，还会拉琴，不知道他脑子里怎么有那么多段子，跟听现场脱口秀似的。他一直说，余葵就负责笑个不停。

说完一段，男生又跟她碰了一次杯："小葵，有没有人跟你说过，你笑起来很有感染力？"

余葵："有吗？"

"当然有，刚才路过的客人还有服务生都在看你，他们大概也觉得你很可爱吧。看见你这么开怀，就觉得心情舒畅，由内而外的那种。怎么做到的，你教教我呗。"

余葵假装听不出来这人想追她，支着下巴不接招，故意叹气："唉，其实我也有不少烦恼，但无论世界用怎样的规则约束你，你别被套牢就好，保持童真和好奇心，获取快乐的成本就低很多。"

事实的真相是，她至今都把自己想象成漫画主角，无论是吹毛求疵、朝令夕改的上级，还是无理的客户、甩锅的同事，都是她成功路上的垫脚石！

每每忍不下去，她就使用阿Q式精神胜利法——《火影忍者》画了72卷，《银魂》77卷，她的人生全部内容加起来估计才够画十卷出头呢，这才哪儿到哪儿？

11点，派对散场，小谢在大堂给所有帮忙的朋友都开了房间，以便明天早起接亲和化妆，余葵拒绝了他的好意："没事，我回去挺快的，我得躺在我床上睡。"

谢梦行不放心地皱眉："葵葵，我让人送你吧，你喝了那么多酒……"

“别人不也喝了吗？你找谁送我？”余葵拍了拍他，“放心吧，我遗传我外公的海量，已经打了网约车，司机一会儿就到。”

说话间，旁边戴着耳麦的前台小姐从旁探身，微笑着询问：“请问是谢梦行先生吧？”

谢梦行点头：“是我，怎么了？”

“这里刚刚有位客人留了份贺礼给余小姐，我们这边电脑里没有登记余小姐的信息，可能需要麻烦您代为转交一下。”

余夏接过东西，嘟囔着拆开包装：“谁留的？我的新婚贺礼吗？”

余葵系着围巾正要道别，余光瞥见女孩儿撕开包装，露出熟悉的封皮一角。只一眼，余葵脸上的笑容便定住了。

余夏奇怪地翻开本子打量：“嘿！是本漫画，还是手绘的，这礼物还挺新奇。”

翻着翻着，她兴奋地递给一旁的闺密分享。伴娘问：“这是谁送的，这么有创意？快看看里边有没有夹贺卡署名……”

余葵盯着她手里的本子，只觉得耳边的喧嚣逐渐不真切起来。

所有的人都被从场景里瞬时抽离，她眼睛里只剩那本日记，梦游般一步一步艰难地径直走到人跟前，口腔发涩，唇瓣又木又干：“能把它借我看看吗？”

余夏见她的表情不太对劲，赶紧从朋友手中抽了日记递过去。

果然是那本日记——淡黄色封壳，16开画册。阔别多年，她看得出来主人将它保存得很好，内页没有泛黄，没有卷边，封皮甚至比她当初丢失的时候还要干净平整。

余葵咬唇，忍住就要掉下来的眼泪，抬头看着女孩儿开口：“抱歉，这好像是高中同学归还给我的日记。”

“啊？是你画的呀？”余夏惊讶，“哎呀！你那同学也真是，还东西怎么都不讲清楚一点儿……害得我以为是我的礼物就直接拆了，不好意思了，小葵。”

“没事。”

东西都送到这儿了，证明时景一定就在附近。他甚至看见她了，最后却没有上前来，为什么？

因为她删除了他的账号，断绝了跟他的联系方式，所以他记仇到现在，觉得跟旧友寒暄尴尬吗？

他为什么要随身携带她的日记？当年他明明说过不想还的，时隔这么多年，为什么又还给她了？

余葵脑子里掠过千百个纷繁杂乱的念头，手心冰冷，下意识机械地翻动日记。在她的漫画结束后，剩下的寥寥十几张空白纸页上，每一页都用透明宽胶带贴着一棵四叶草。经过特殊处理的四叶草，多年来鲜绿依旧。

她翻到最后一页，总算掉出一张雪白的信笺。

余葵蹲下身，缓慢地将信笺拾了起来。

时景的字迹依稀能辨出年少时的模样，但远比当年更深沉稳健，疾风骤雨般力透纸背。

他写——

小葵：

来得仓促，不知道能送你什么。

过去这些年，我在国防科大的操场上找到了很多四叶草，就留给你许愿吧。

那年和你拿错包，我一生都感觉很幸运。

如果以后再也不能见到你，那么，祝你早安、午安、晚安。

时景向大堂前台借来信笺留言的时候，已经把清台剩下的威士忌全灌进了肚子里，喝得酩酊大醉。借着酒意，他一遍遍地回想着余葵坐在人群中大笑的样子。

见她那么开心，他尽管痛苦，也觉得欣慰。

这封信，他每个字都写得极为缓慢。他不能把心意全然写上去，给一位就要结婚的新娘倾诉那些汹涌澎湃的言语，那样不厚道，他只能克制地、谨慎地，将数年的暗恋浓缩成简短的四行字。结尾时，无论如何努力，他也写不出“新婚快乐”这几个字，最后只得放弃。

余葵读完，只觉得手在发颤，心脏凄楚地发胀，胀到快要把胸腔撑破了。她下意识地转身追问前台的工作人员：“小姐，请问礼物是什么时候送到前台的？他长什么模样？人走了多久？”

前台小姐看表：“大概五分钟前吧，是个大帅哥，很帅，从正门出去的。”

果然！他离她那么近。

余葵惶惑着攥紧信纸，不顾身后的唤声，转身仓促地追了出去。她脑子里一片空白，只是有声音下意识地驱使着她，不管不顾地叫嚣着“去见他，去见他”——她想见他！

她脚上穿的明明是球鞋，走起路来却有些晃荡。巨大的顶灯照射下，她越过人流，在人群中四处搜寻。她几乎跑起来，风声从耳边掠过，穿过前厅、玻璃门、酒店喷泉和停车场……直到气喘吁吁时，她凝望着马路尽头，脚步缓慢地停了下来。

她看见时景了。

3 月的狂风大作，他头发剃得极短，孑然一身，蹲在路边，低着头，身上是单薄的帽衫，背影落拓颓靡，像只走失喝醉的小狗。

有男人抱着矿泉水小跑过来，大概是他的朋友，边拍他的背，边给他递水漱口：“还难受吗？”那人一遍遍地重复安抚他，“吐了就好了，吐了就好，时间长了，什么都会好的。”

城市森林里闪烁的霓虹灯，越发衬得天边几粒孤星暗淡，萧条的行道上，落叶瑟瑟地响。

“时景？时景，你看谁来了。”陆游岐惊慌失措地不停唤他的名字。

时景使劲抬起眼皮，在眼前这块地砖的格线末端，瞧见了一双球鞋定在眼前。视线缓慢地往上——浅色针织长裤，菱格白毛衣，她的羊毛外套搭在手臂上，颈上围了条奶杏色的围巾，衬得脸只有巴掌大。街边的车子大灯灯光照得她脸庞雪白，唯有颊边泛着酒后的红晕，眼睛却愠怒地死瞪着他。

时景呆呆地望着她，全身的血液都在往上奔涌，有点儿怀疑自己醉到深处出现幻觉，因为眼前的一幕实在像极了梦里。心里实在震荡，他甚至不敢伸手确认——因为如果是梦的话，他碰一下就散了。

余葵平复了呼吸，镇定自若地冷声道：“日记还我了，我是不是得还你 iPad？你这么走了是什么意思？让我欠着你吗？”

时景似是没听懂，疑惑地歪头，用白皙泛红的指尖碰了碰她的裤脚。

这个醉鬼！余葵生气地把他的手踢开。

一旁的男人连忙护着他：“唉，小姐姐，您别跟他一般计较。时景他今晚喝了不少，自己都不知道自己在干吗，您原谅着点儿。”

“好像谁没喝多似的，我也喝大了，凭什么让着他？”余葵觉得眼前的人有些眼熟，转而跟这人沟通，“他什么时候回来的？喝成这样给我送贺卡是什么意思？我要是没追出来，他是不是就一声不响地走了？”

陆游岐舔了舔唇，不知道怎么替时景答，正好听见兜里的手机响了，连忙接起来：“唉，马上，马上，我好了。媳妇儿，你忍着点儿，等等我，我马上就到。”

挂了电话，陆游岐神色为难：“余小姐，其实我明天也在这个酒店办婚礼。你还记得吧，今儿试婚纱的时候，我还跟你打招呼了。是这样，我媳妇儿她刚喝了几杯，现在胃特疼，在车上急等我送她去医院。明天就结婚了，忽然出这档子事……我有一个不情之请，你看，你跟时景也算老熟人，能不能替我送他一程？送哪儿都行，只要让他有个地方睡，别躺大街上，明天让人把腰子拉了就行。”

余葵没来得及说话，那人就扔下时景一溜烟地跑了，偏偏她约的网约车司机也在这时候打来电话。

余葵追了陆游岐两步，接也不是，不接也不是，最后只得退回来，用腿挡住时景就要倒下去的身体，头昏脑涨地接听电话：“我穿白毛衣，等在酒店正门口，您到了打双闪就行。”

挂断电话后，她蹲下身来。

男人的眼睛又重新闭上了，只是他紧紧地攥着她的衣摆一角，她抽了几次都没能甩脱。

“这是毛衣，不能熨，揪坏了你赔我！”

她趁着他神志不清，抬手戳他的眉心，还一连戳了好几下，直到在那白皙光洁的皮肤上留下指印，才不解恨地收手。

余葵静静地打量着他。无论她再看多少次，这还是视觉冲击力极强的一张脸，哪怕他眼下泛着疲惫的暗色，仍旧充满了张扬颓靡的帅气。时景的眉骨和山根的折角比不少号称“神颜”的男星都好看，鼻骨细窄高挺，轮廓锐利，没有一丝多余的肉感，比记忆中更多了一股硬朗刚直的英气，但永远精准地长在她贪欲的罅隙里。

余葵呼吸起伏，湿气浸到围巾上，她感觉思绪混沌飘浮，不知身在何处。她落下泪来，但心里向来空荡缺失的地方又不争气地饱胀，爱意撑到了嗓子眼儿。

她似悲似喜地别开头。

“真糟糕，你回来干吗？”

陆游岐回到车上，打火后，扶着方向盘迟迟没动，跟媳妇儿嘀咕：“完了，明天时景不会揍我吧？人家说宁拆十座庙，不毁一桩婚，我这让新娘子送他，万一出了什么事……”

他没说完就烦躁地捶脑袋。

“陆游岐，你老婆等着回家呢，开车！”女人很有魄力地指挥完，才随口安慰他，“你这也不算撒谎，如果余小姐她已经放下了，送老朋友一趟怎么了？你哥们儿的人品你还信不过吗？如果她没放下，这出顶多算制造个机会帮她想清楚，你就别叨叨了，被揍一顿不会少块肉。”

马路边，余葵皱着眉指挥时景上车。他喝了酒倒是安静，像个精致的傀儡人偶，让干吗就干吗，偶尔睁眼，就是抓着她的衣服不松手。

车厢里的暖气温度太高，酒意蒸腾，连余葵也头晕目眩，干脆降下车窗，揉着太阳穴，在寒风中混乱地思考着该把他送去哪儿。

她的住处肯定不行，还有合租室友，她得考虑人家的感受……直接送他回家？余葵偏头看着他的脸：“你家在哪儿？”

男人软绵绵地靠在她的肩膀上，眼皮很薄，浓密的睫毛搭在眼睑上，听到唤声才努力睁开眼。

黑色的发丝无意识地蹭到她的颈窝，近在咫尺的呼吸扑在她的皮肤上。不知道是不是喝了酒格外敏感，余葵颈后发痒，被挠得浑身毛孔都忍不住战栗起来。

想到这个人是时景，她一时又无法克制地心跳如擂鼓，头皮发麻。

她用手把他的脸颊托起来，甩头让神志清明，又问了一遍：“时景，我要修改终点地址，你家住在哪儿？车直接送你回家！”

这次，时景似是被冷风吹清醒了些，迷离的瞳孔在触到她的眼神时，努力聚焦，却没有回答问题，反而苦涩地轻声问她：“他怎么不送你？”

男人的声音低沉，带着无意识的蛊惑感，酥麻得像在咬人的手心。

余葵触电般缩回手。

时景半合着眼睛，无处安放的英俊脑袋晃了一下，额头又重新落下来，抵在她的肩头。

余葵忍着不争气的心跳，把思绪抽离出来，思考他刚刚出口的话——他干吗这么问？谁要送她？

缓了缓，想着他大概知道了谢梦行要结婚的事，她镇定地冷声答道：“他们要准备明天的接亲，今晚睡酒店，没空送我。你不说，我就自己想办法了。”

回应她的是轻轻的一声“嗯”。

余葵想的办法是把他身上所有的口袋摸了一遍，放在平时，她大概率不会干这么出格的事，但谁让她喝酒了呢，胆子和行动力都比平时惊人。

男人看着清瘦，但训练多年，身上的肌肉都是硬硬的，哪怕隔着一层布料，余葵还是感受到了那蓄势待发的力量感。她屏住呼吸，排除杂念，心无旁骛地把手机从他的裤兜里抽了出来。

面对开锁界面，她咬唇，犹豫了片刻，输入 19420108。下一秒钟，解锁成功弹出桌面。

“你对霍金还真是爱得深沉啊，什么都变了，密码没变。”余葵把风吹乱到眉间的头发往后撩，深吸一口气，点开微信。

她原本应该第一时间点进打车程序看地址。可惜好奇心在和理智的混战中大获全胜，加上酒精煽风点火，没等神志反应过来，她的指尖已经不道德地趁手机主人闭着眼睛，自顾自地把列表滑完一遍。

除去备注是亲属的人，联系人几乎清一色的男生头像，好几个还带着国旗的边框，ID 一看就是当兵的。

临近列表末端时，她总算看到一个稍微年轻女性化的名字。

她点开，消息记录最近一次还在去年中秋，内容为他寄给小姨一家的中秋礼物已经到快递站了，让表妹抽空取一趟。

哪怕余葵极力克制，一簇小火苗还是不受控地“砰”一声蹿了起来。

微信孤寡成这样……不像有女朋友的样子。他现在应该是没谈了吧?

为了验证猜想，她继续心虚地挨个儿点开通讯录、短信，把为数不多的几个软件都瞅了一眼，最后发现这手机里所有的内容加起来，竟然连十分之一的内存都没占满。

相册里仅有的十几张照片，净是迷彩服的军绿色，还有篮球场上在拼抢的球员。

2021 年大家常用的生活软件他一个都没有，简直让余葵怀疑他这些年去坐牢了。

账单最后一次消费记录，是在刚刚的酒吧，一次性刷了四千多块钱，堪称他过去这一年最大额的消费。

看到他过得如此惨淡，连女朋友都没交一个，余葵心里也就平衡了。

她长出了一口恶气，点开微信打车程序，查看他的最近订单和默认地址，打算把人送回家。可惜他最近一次打车还是几个月前，路线是从机场回学校。

没有地址信息，从喝醉的人嘴巴里又问不出东西，眼看车子离家越来越近，余葵只得把地址改成家附近的酒店，用她的身份证办理入住手续。

前台小姐的视线不停地越过她，落在她身后的时景身上，男人太俊了，脸颊绯红，看起来醉得不轻，又乖又安静。

在听见余葵说只开一间房时，女人没忍住又确认了一遍：“就开一间？小姐，如果您两位都要入住的话，需要登记入住人的证件的。”

余葵头大——她怎么知道时景的证件在哪儿？

她回头又把他上下的口袋搜了一遍，翻出一本学校的证件，打开确认了一眼，上边有他穿着制服的证件照。

照片里，他寸头利落，眼神坚定，比过去多了一种剑锋藏鞘般深沉内敛的气质。

前台小姐接过证件，再次询问：“请问你们确定是认识的吧？”

余葵的火气“噌”地上来了——哪怕时景长得再像块唐僧肉，她看起来是会“捡尸”的人吗？

余葵压着怒意，冷冰冰地把他叫醒：“时景，认识我吧？我是你什么人？”

男人抬起重若千钧的眼皮，一瞬间不明所以，呆呆地凝望着她，眸子里的悲伤和脆弱感混杂成一种余葵读不懂的复杂情绪。

她和他沉默地对峙了两三秒钟，就在她以为又白问一场，生气地转过身时，男人的声音从后面传来——

“小葵，是我的小葵。”他的声音很轻，低沉沙哑又含混。

余葵没忍住腿一软，仓促地扶稳柜台，把这句话的每个字眼都在脑子里过了一遍，只觉得又怒又恨，眼泪挂在睫毛上差点儿掉下来。她强忍着将泪憋回去，对前台小姐说话：“证明完了，房间可以开了吧？”说完，她便指挥他到摄像头那儿拍了照。

脑子还是晕乎乎的，余葵带着他这个巨型尾巴，在酒店门口的药店买了纳洛酮片解酒，自己吃完，又抠了两粒，捏着他光洁的下颌灌了半瓶水，把药塞进去。

时景喝呛了，矿泉水倒得太急，水顺着他的喉结流进衣领深处，打湿了他的帽衫，余葵像妈妈一样顺手替他擦了一把。耐着性子做完这些事，她都觉得自己厚道。

电梯速度很快，加重了人的眩晕感。

不知道是不是酒后多话的缘故，她明明想保持缄默，嘴巴却没忍住絮叨地交代：“你那朋友可真不靠谱儿，你喝成这样，他就把你扔给我了。我就是看在咱俩过去关系还不错的分儿上管你一下，不然我就把你扔在大马路上睡觉了，明天你就冻死了，知道吗？”

电梯“叮”的一声开了，时景下意识地动了动脑袋。

这一路吹了凉风又喝了水，他脸上的潮红褪了一些。不知道是不是错觉，余葵总觉得他的身子也比刚才站得直了。

倒是她，今晚喝的鸡尾酒里不少是威士忌和白兰地打底的，后劲很足。余葵心里有数，平时这个时间早就回家洗漱完毕了，在梦里醉一夜，明早起来又是清醒的一天，现在却被耽误在这儿。

电梯抵达17楼。

出轿厢时，余葵扶了一下门框才稳住身形，开门、插房卡、开灯、把人扔到床上，整个过程一气呵成。她擦了擦汗，坐在床沿休息片刻，直到呼吸匀了，昏昏沉沉地爬起来时，才发现她的衣摆还被他攥在手里。

枕头间，他黑沉漂亮的眼睛不知道什么时候睁开了。他像是清醒了，细看瞳孔却又是涣散的，眼睛眨也不眨地望着她。

无论余葵怎么使劲拍他、抠他的指尖，他都用力到骨节发白，手上被她的指甲划出血也不肯松开。

“耍赖是吧？”她哼了一声，“你当我这样就馍办伐了吗？”

“莫……没办法——”酒后吐字老咬到口腔里的软肉，余葵松了松腮帮两侧的肌肉，试着重新发出这几个音，听起来还是有点儿笨拙，但总算不大舌头了。

余葵把日记本和大衣扔到一边，干脆利落地将胳膊和脑袋从白毛衣里滑出来，脱了毛衣，再把里头垂落的雪白色打底吊带的那根细细的带子扶回肩膀上挂着，才得意地勾起唇角叉腰，很有骨气地挑衅：“毛衣，你喜欢就送你吧！”

她说罢抱起大衣，拔腿要走，却听身后的人又很轻地唤了她一声，让人莫名其妙地不忍离去。

余葵的心像是被架在烤火架上般难受，怀疑他是不是酒醒了，回头看了一眼，见时景扶着床头柜坐了起来，怀里抱着毛衣。他不舒服地蹙眉，像是又想吐了。

“别！”余葵匆忙跑回来，“地毯很贵的，还得赔酒店干洗费！我带你去卫生间！”

怕他真没忍住，她抓起垃圾桶送到他手里抱着。就那么一会儿工夫，他没吐出来，她细瘦的手腕子被他攥到了手里。

他们两个人的力量差距太悬殊。

余葵这会儿是真有点儿头疼了，踉跄着坐回床边，手肘撑在膝盖上捂着脑袋，偏头怀疑道："你是不是在故意折磨我？你是不是成心不想让我回家睡觉？"

床头柜上的壁灯是暖色的。

俊美的脸映在光里，他歪头，眼神迟疑地反应了片刻，缓慢地从床上挪下来，坐在地毯上，把床让给她："你睡。"

"你想得美，我要肥家睡！"余葵说完又用手扯了一下自己不争气的腮帮子，努力纠正发音，"回……回家。"

手腕仍被扣得死死的，她又晕乎乎的，没个轻重。挣了半天，她筋疲力尽地抬腕一看，时景的手背已经被她抓得到处青紫，血痕斑斑。

他这都不肯放手，502胶水都不带粘这么牢的！

把人挠成这样，余葵多少有点儿内疚心虚，于是先发制人，给他的大脑里植入记忆："我本人对你没有意见，是这个刚剪的指甲有自己的想法，喊你松手你不松，它才动手的。不关我余葵的事，知道了吗？"

又得到男人闷闷的一声"嗯"，她松了口气。

余葵被拽着手腕，坐在高处累极了，她干脆学他，一屁股滑坐在地毯上，背靠床沿，坐着坐着，脑袋疲惫地后仰，陷入被子里。

这一陷不得了，后脑勺儿像是被什么轻软蓬松的羽毛托着，整个身体舒服伸展地飘浮到半空中，眼皮粘连，光晕里的酒店天花板逐渐糊成一团。

一下、两下……她忘记了身在何处，彻底合上了眼睛。

整个房间只剩下香甜浅淡的呼吸声，还有空调运作的细微轰鸣声。

时景趴在距她半米之遥的床畔，侧脸倚在臂弯里，面对她的方向睁着眼睛。涣散的瞳孔随着时间的推移逐渐聚焦，不变的是，他始终保持同样的姿势，一动不动地注视余葵，像是已经成了一尊雕塑。

她的脸颊挤在被子里，腮边的肉堆成一个可爱的形状，睫毛安静乖巧地在眼下投下阴影，瘦削的肩在灯光下泛着乳白色的光泽。她毫不设防，好似他们这些年从未有过隔阂。

来之前，他本来觉得自己混沌难受得要命，可此刻静谧无声地握着她的手腕，感受着真实的脉搏和体温传来，又觉得胸膛拥挤得很，连心跳也放缓了。

所有的焦灼、惶然都被这一刻的温暖驱散，他的心尖生长出一种剧烈的欢愉和痛楚。

两天没合眼，但此刻的时景毫无睡意。

只要想到这最后的独处时光将随着天亮消失，他就觉得心被一只冰凉的手狠狠攥住，无论如何不舍得合眼。无数荒谬疯狂的念头在脑海中疯长，没有边际的浪潮又都在她均匀的呼吸里，一次次被强行安抚，归于平静。

他对世界什么要求也没有了，只希望这一夜能漫长一点儿，再长一点儿，让他永生铭记，回忆起来时不至于空荡。

凌晨1点，余葵口渴了。

喝酒后身上散热快，水分蒸发过多，她半梦半醒地翻了个身，只觉得口干舌燥，耷拉着眼皮爬起来，摸黑儿按照合租房的路线去开冰箱拿水喝。

可惜她忘了手腕还被握在别人手里，刚起身就重心不稳，被时景的长腿绊了一个大趔趄——

“小心！”时景本就敏捷，又训练了那么多年，身体反应速度一流。眼看余葵就要一头栽倒，撞在床尾的凳角上，他连忙伸展胳膊，用掌心护住她的额角，身形却一时没接稳人下坠的冲势，成了个彻头彻尾的人肉垫子。

余葵的下颌撞在他的脑门儿上，她痛得眼冒金星，捂着骨头反应半天，神经才缓过来。

她再睁眼，视线在泪光中聚焦，脑子里有一瞬空白——天啊，她干了什么？她为什么趴在时景身上，这么做梦是合法的吗？

曾经朝思暮想的人近在眼前，哪怕在梦中，她都无法克制自己浑身绵软，方寸大乱。

两个人隔着布料贴得密不透风，时景迟迟没放下手，而她也呆滞地睁着眼没动，两人呼吸交缠。

漆黑的眼眸映出彼此的轮廓，视线失控地碰撞交融，像是在彼此的脸上扎了根，缠绵地拉扯出千丝万缕的渴求与温情。

如果眼前这一幕是外国青春电影，这绝对是下一秒钟就要接吻的氛围。

果然在做梦，余葵正想着，眼前突然天旋地转。

时景翻身，她成了躺在地毯上的那一方，沉甸甸的重量压下来，她胸腔里的喘息声开始不自觉地变得沉重。余葵眼睁睁地看着男人俯下修长白皙的颈，声音沙哑地轻问她：“小葵，你还认得我是谁吗？”

温热的呼吸拍打在皮肤上，像是沙砾在摩挲耳郭，惹人战栗，他的眼神炙热得几乎要将人烧起来。

余葵的喉咙干渴地动了动，她不敢直视他，故意偏过头不答：“这是我的梦，你爱是谁是谁。”

下一秒，她的脸颊被他的掌心摆正。眼睛里似是盛满了隐秘难言的挣扎情绪，他却还是哄她：“你好好看看，你不能认错我，我求你了。”

时景的声音和呼吸像小虫子钻进她的耳道，属于成年男性的气息灌满鼻腔，冲击力如潮水一样铺天盖地地涌来。余葵被闷得透不过气，不知道是被压的，还是大脑被抽空后的窒息。

她完全失去了思考能力，心跳失控，怔怔地看着他的面孔。

这张向来孤冷高洁的脸，此时不知为何迷幻恍惚，漆黑的瞳孔悲哀而隐忍地与她无声对视，像极了卑微的信徒祈求神明垂怜。

他为什么这样？因为她吗？

余葵几乎被他巨大的情绪淹没，下意识地觉得不忍，扭过头答他："你是时景。"

时景只觉得心脏像是被蚂蚁啃噬了一下，刺痛又痒得让人快乐。生怕她把人认错，他再次把她的脸扶正，看着她雾蒙蒙的眼睛，反复恳求一个肯定的答案："你刚才叫我什么？"

余葵的贝齿松开咬着的唇肉，她又发声："时景。"

"真好听。"他像是下一秒就要落泪了，指腹轻触着她的脸，哀声道，"你再叫叫我吧，小葵，我喜欢听。"

脸上被触碰得发痒，余葵受不了他这样，自暴自弃地放纵自己一遍遍地唤他。

"时景……时景……时景……够了吗？"

话音刚落，她的眼睛猝不及防地被他的手覆盖住。

余葵睫毛眨动，眼前一片漆黑，她只能从他手掌的指节缝隙间瞧见一片模糊的淡红，那是皮肤纤薄处被灯光穿透的颜色。

她失去光明后，感官便被无限放大。房间里静谧无声，她感受着他急促的喘息和骤然攀升的体温，突然，不知什么东西碰了一下她的嘴唇——

蜻蜓点水、一闪即逝，触感像天鹅绒一般润滑柔软。

她仿佛触了电，浑身酥麻地哆嗦了一下才反应过来，冲动地扒开他的手。看着男人近在咫尺的润泽漂亮的唇瓣，她震惊地发问："你吻我？"

时景不是故意的，却没法儿答。

他本就已经竭尽全力克制自己，但人的贪欲仿佛一根绷紧的弦，在无限的拉扯下总有断裂的一刻。在余葵的一声声轻唤里，他像将要渴死的人双手接过毒苹果，明知咬一口就会天翻地覆，却还是无法控制灵魂和感官深处涌上来的极致妄想。

余葵全身的血液往上冲，呼吸急促，抬手却松软乏力，她气愤地抚摩般拍打了一下他的脸颊，质问道："你没有女朋友吗？就敢吻我？！"

“我没有！”

时景在她的手滑落前，箍住了她的胳膊。

于是，余葵的指腹便抵在了他的唇瓣上，感受着他喷洒出的温热呼吸。

气流震动，他再一次解释：“我起誓，我只喜欢你，我没有女朋友。”

她无数次幻想的告白，竟然在六年后重逢，最意外的一刻猝不及防地降临了。

余葵的酒意顷刻间醒了大半。她喉咙干渴，瞠目结舌地望着他，难以置信地摇了摇头：“大骗子！”

余葵又拍了一下他的脸，看着时景脸颊上的皮肤组织被她的指尖戳下去了一个凹陷的软窝。反馈的触感如此真实，她甚至能清晰地数到他有几根睫毛。

余葵鬼使神差地摸到他心脏的位置，触感硬而紧实，没有节律的心跳声传来，她小声询问：“你说你喜欢我？”

时景笃定地说：“我喜欢你。”

她完全不知身在何处，沉浸在头脑失重的眩晕里，下意识地又问：“从什么时候开始的？”

时景在挣扎中深深叹了一口气后坦白：“从很久很久之前。”

感受到眼角冰凉，泪液缓缓顺着皮肤滑进耳郭，余葵才意识到自己哭了：“你才没有。”

手不能动，她就用腿踢他：“你走开！”她愤怒地控诉，“你凭什么说喜欢我？别以为喝醉了就可以跟我开玩笑，我不信！”

时景吃痛蹙眉，却执拗地压着她，不肯改口：“如果可以，我也想把心剖出来给你看看，把爱意像件衣服一样穿在外面，只要你别再躲我，不再删我好友，别从我的世界里消失——”他的声音渐渐弱了下来，像是有无限的委屈，“我每天都在想你，想问你为什么突然厌倦我，即便你喜欢上其他人，起码还能跟我做朋友。可无论我加你的账号多少次，你一回也不通过，给你的手机发节日祝福，你一点儿希望也不给我。我曾经也想像别的男生一样死缠烂打、没脸没皮地求你原谅，可我不敢。我每学期能出校门的次数扳着一只手都能数得过来，我怕你到时候再删我一次，我出不来，我受不了。”

浑蛋！他怎么倒打一耙呢？

余葵这会儿浑身都被控制住，动不了，偏偏又口齿不清，不知从何处开始辩驳。愤怒冲昏了她的头脑，她使劲仰头，一口咬在了他的下巴上。

时景的身体明显战栗了一下，眉眼间尽是痴态。他开始用一种她读不懂的眼神，疯狂地望着她。

余葵的后背渗出冷汗，她慌张无措地松口。

下一秒，男人深吻下来——

高挺秀气的鼻梁紧抵着她的脸颊，唇齿笨拙粗暴地碰撞。

余葵吃痛地报复他，不甘示弱地使劲啃啮他的嘴巴。时景却放纵地鼓励她，他的心像埋在灰堆里的炭，风一吹，又熊熊燃烧起希望，滚热赤红，火星四溅。

他甚至松开桎梏着她的手掌，捧起她的后脑，好让这份痛感更刻骨、更深入。

两个心怀鬼胎的人各自借着酒意，蒙蔽理智，放肆地听凭本能，笨拙地往深处探索。

吻到最后，余葵差点儿晕过去。她气喘吁吁地推开时景的脸，埋在他的肩窝里，让被抽到真空的大脑短暂休息。

时景的脖颈终于感受到她发隙间的眼泪，见她还在哭，他只以为她不愿意，又或是为背德感折磨，只觉得心如刀绞。

几次深呼吸后，他终于颓然地松开手，正要放过她起身——

电光石火间，余葵拽住他的手腕，一个翻身，跪坐到他身上。

夺回主动权后，余葵把人卡在下面，她胸膛起伏，呼吸还没完全平复，毫不客气地扇了他一巴掌。

躺在地毯上的时景，红唇上还泛着水泽，脸颊绯红。他感受着这火辣辣的一耳光，心里只感到无以名状的真实和满足。

爱意攀升到顶点，他温柔地回握住她的指尖，轻吻它，缱绻地开口：“小葵，骂我吧，你怎么打我，我都心甘情愿。”

昏黄暗淡的酒店光线中，全是暧昧的空气在飘浮、游离。

余葵的手指被那性感饱满的唇一下下地、极尽温柔地摩挲、轻吻着，她再看着他俊美的脸庞和温顺又深情的样子，只感觉头皮发麻，心里软成了一摊水——

这是她喜欢了那么多年的人啊！

她想收回手，却又动不了。

余葵周身毛孔骤缩，一种陌生而躁动的渴望叫嚣着就要刺破她的五脏六腑。

不知过了多久，她终于下决心，把指尖从他的手中抽了出来，乏力而疲倦地靠在床尾，神情呆滞，怔怔的，不知在想什么。

时景看她这样，只觉得愧疚极了。他难辞其咎，看不起自己，觉得自己卑鄙龌龊，但是内心深处又无法避免地窃喜，与此同时，他还无法控制对另外一个男人的妒忌蔓延疯长。

人类所有的劣根性，都在此刻的他身上体现得淋漓尽致。

时景撑着地面起身，虚伪地蹲在她面前，声音沙哑沉痛，跟她忏悔、恳求："对不起，小葵。你别难受，如果你心里过不去，就都怪我吧，都是我的错，是我罪孽深重。如果你的婚礼没办法如期举行，我愿意为此承担任何后果。"

余葵终于抬起眼，诧异道："你在说什么？我的婚礼？"

时景的脑子"嗡嗡"地怔住，他迟疑地轻声问："不是吗？"

余葵恨不得再踹他一脚，申明："我做伴娘，跟谁结婚？你从哪儿听来的乱七八糟的消息？！"

时景反应过来，唇角无法克制地上扬。千钧重担从心里挪走，他脱力般坐在地毯上，叉开长腿。

笑着笑着，时景捂住眼睛，掌间湿润，无声地溢出了眼泪。

余葵不能理解他此刻的癫狂，跪坐在地毯上，俯身打量他半晌，试探地问道："你酒醒了吧？我不结婚，你难受得都哭了吗？"

"醒了。"

时景将手从眼前移下来，紧紧地把她拥入怀里，感受着她纤薄细瘦的身躯，每个细胞都微微颤抖着，像是要把人嵌成自己身上的一块骨头。

"刚才没醒，现在醒了。"

这种失而复得的喜悦胜过世间所有的快事，从绝望到重生，他真想大声喊出来，千言万语却又藏在这一声带着颤音的回答里。

时景从前在书里瞧过一句话：思想感情一旦丰富而深刻，就不容许疯狂的冲动。那就让他当一个贫瘠而肤浅的人吧，他甘愿让自己的感情像汹涌澎湃的河流一路奔腾到海，倾尽所有的热忱，感谢神明庇佑。

余葵被他抱得喘不过气，尽管垫着地毯，地面也硌得她膝盖疼。她把人推开："我觉得你在胡说，喝醉的人都不承认自己醉了。"

他终于松手，看着她的眼睛。

那双眼睛漆黑，毫无掩饰地直抵她的内心，余葵只觉得慌乱，无地自容，回想起自己刚刚干了什么。

画面频繁地从眼前闪过，她倏地站起身来，退后两步，抓起床上的大衣，慌慌张张、逃也似的开门，一口气跑出了房间。

不顾时景追到走廊喊她，余葵颤着手使劲按着电梯的关门键。直到坐上酒店路边的出租车，报了回家的地名，她才开始往大洋彼岸拨号。她也不管易冰在干吗，电话一接通，她捂着发汗的额头，絮絮叨叨地哭号：“完了，冰冰，我好想离开地球，要是有宇宙飞船就好了，我想离开这里去外太空！”

易冰：“你别着急啊！慢慢说，你怎么了？”

“我和时景接吻了！我打了他！还咬他了！”

易冰沉默半晌，放下水杯，小心翼翼地试探道：“小葵，你是不是……还没睡醒？”

余葵凌晨2点到家，室内一片漆黑。

她轻手轻脚地进浴室洗完澡，用掌心抹掉水汽，镜面里便朦胧地映出了女人乌黑迷幻的瞳孔和发烫的脸颊，陌生得像另一个人。

她现在有种强烈的不真实感，心脏急促地跳着，喝多少水都无法填补喉咙的干渴。

谁能想象呢？一个她暗恋多年、几乎已经完全放弃幻想的人忽然回来了，还告诉她，他暗恋她很久了……

余葵这些年，尽管从事靠创造力挣钱的行业，却连做梦都没开过这么大的脑洞，震惊级别简直好比有人通知她买彩票中了五百万元，虚幻到让人怀疑这是一通诈骗电话。

不准再想了！余葵贴了张面膜，躺在床上一遍遍提醒自己：明天还要早起当伴娘，熬夜容易脸色暗沉、长皱纹。

然而在床上翻来覆去，她又是蹬腿打滚儿，又是枕头封心，把被子拉过头顶数羊……尝试入睡的办法一一失败后，她心浮气躁地捶了几下床垫，终究又忍不住伸手，摸黑儿够到床头的手机。

黑暗中，屏幕亮了起来。

自那年在清华园东操场遗失手机后，余葵第一次打开QQ安全中心的申诉页面。

可惜由于账号丢失时间过长，她不记得密码，绑定的手机号也早不用了，哪怕她巨细无遗地填入密保消息和身份内容，还是申诉失败了。余葵不死心地又把信息填了一遍并提交，颓然地把手机扔到床脚，有气无力地缩回了被子里。

凌晨4点，小区里传来早起的鸟鸣，折腾大半宿，她终于在迷迷糊糊中闭眼。

闹铃在7点准时响起。

余葵闭着眼睛洗漱完，打车前往新娘家化妆。

在接亲、堵门、发红包、喝甜汤等一系列繁复的礼节结束后，车队在中午卡着吉时抵达了国贸酒店。

忙碌一早，就喝了半碗甜汤，余葵此时饿得前胸贴后背，远远还没到宴厅门口，她用2.0的视力猛地瞧清了走廊那头在和侍应生说话的人——是时景！

她站在人群中倏地一慌，怀揣遗憾和不甘断联多年，再重逢，生疏跟紧张都是难免的。

在时景面前，她似乎永远都无法保持真正的从容，至多装出一点儿淡定的模样已经是了不得的演技，尤其现在酒醒了，无论做出任何失控的表情、反应，她都没办法再用酒精上头当借口。

男人身形本就颀长挺拔，肩宽腰窄，穿上流畅挺括的正装，白衬衫上系着深色领带，整个人更添了一种端方的派头。大约听见响动，他结束交谈，从走廊深处侧转过身，面容高冷贵气，神色专注平和。

男人看过来的一瞬间，似乎连那昏暗的长廊都瞬间明亮了几分。

余葵马上听到哪里溢出一声低低的暗骂，前面的伴娘看直了眼，手肘碰了碰身边的两位伙伴，低声提醒："正前方，抓紧时间看，人间极品！"

她身边的女孩儿定睛一看，一声同款脏话脱口而出："他看过来了……看过来了。认识你这么多年，咱俩的审美第一次统一！"

"还好今天戴了隐形眼镜。太绝了，就这么远远一看，他和那几个靠颜值爆火的网红帅哥比起气质来，简直是天上地下！"

…………

不到十米的路程，几个伴娘争分夺秒地讨论了个够，又都在靠近时景时，不约而同地扩肩收腹，矜持优雅地从他面前经过。

一秒、两秒……大帅哥忽然伸手，在人群中拦下了余葵。

他目光灼灼，用温润的男低音轻声和她商量："小葵，别躲我了，咱们谈谈，行吗？"

前面离她最近的那位伴娘闻声，高跟鞋踩在地毯上一个踉跄，差点儿摔出去。余葵手疾眼快，伸长胳膊扶人："没事吧？"

"谢谢。"女孩儿尴尬地撩了撩头发，"原来你们认识……"

话没说完，她便被后边跟来的新郎谢梦行打断。

“时景？”他惊讶地喊了一声，“我说远远看着像，还真是你啊！”

时景是纯附的风云人物，两人当年在球场上也打过几回球，算是认识。两位校友久违地握了手，三言两语地结束寒暄，谢梦行还顺便邀请时景参加自己的婚礼。

时景矜持颔首，礼貌地答应下来。

“好哥们儿！”谢梦行搭着他的背感慨，“真没想到，毕业那么多年，你跟葵葵还有联系……不说了，今天是我大喜的日子，时间紧，我们先进去。等会儿吃饭的时候，你也坐主桌吧，今天来了好多高中同学，我让他们把你的位子安排在葵葵旁边，咱们再好好聊聊！”

时景松手，目送她穿着浅色抹胸礼服裙，跟其他伴娘一块儿进了化妆间。转过身，他才擦掉左手心渗出的凉汗，从宴厅前的迎宾桌上取了杯香槟。

他已经等了一上午，也不差这一会儿。这一夜，纷至沓来的念头在他的脑海里激荡翻涌，涨潮又落潮，直到天快亮时他才理清楚思绪。

他本想抿一口酒缓解紧绷的喉咙，动作顿了顿，又将笛形杯搁回去，换成了无酒精的苏打水。

化妆间拥挤忙碌，一个补完妆的伴娘扒在门口偷看。趁着余葵不备，女孩儿放大摄像头，偷拍了一张男人捏着水晶杯喝水的侧影。

她越欣赏越觉得他眼熟，便递给几位闺密分享，有人一拍脑袋，猛地想起来：“上周微博发射卫星的热搜话题！你们还记得吗？他长得好像那个新闻里读博的大帅哥啊！”

听她这么一提，女孩儿们纷纷打开手机，善用搜索。把两张脸一对比，几个人面面相觑——还真像。

这么独一无二的优越眉眼，她们认错的概率微乎其微，尤其是他身上那股高冷从容的劲儿，想找同款难上加难，明星里都少有相似的。

其中一位伴娘拎着裙子，不计前嫌地来到余葵的座位旁边求证：“小葵，那个帅哥跟你是什么关系呀？我们都觉得他挺眼熟的，他是前段时间上热搜的那个人吗？”

余葵诧异地抬眸。

其实相处一两天，余葵能察觉出来，伴娘团的其他几个人表面客气，内里对自己都不怎么认同。新娘子余夏也是，表现得非常热情，但芥蒂又时不时地显露端倪，似乎不留余力地想在余葵面前展示自己家庭富足、婚姻幸福。

不过，年轻女孩儿的小显摆、小挤对，在余葵这儿甚至都称不上恶意，她衷心希望谢梦行家庭幸福，所以完全没有觉得被针对，从头到尾也没放心上。

此刻见人主动破冰，她想了想，开口答：“我们俩在高中同班，他前段时间确实上过一次热搜，不知道是不是你指的那个人。”

“天哪！”女孩儿才闻声便兴奋地回头，“姐妹们，真的是他！”

造型师在给新娘改发型。在化妆镜里见她们这么热闹，余夏也跟着问了一句：“你们在聊什么？”

“我们在说小葵的高中同学，同班的那种，太传奇了，前段时间发射卫星的时候他还上了热搜。”伴娘说着，把微博界面递给余夏看，回头继续问余葵：“那你们俩岂不是认识很多年？”

余葵点头：“是这样。”几乎十年了。

“他现在有女朋友吗？做他的女朋友肯定特有面子吧。”

“他说没有。”

余夏在镜子前浏览了半天微博，直到妆造结束，一行人从化妆间鱼贯而出，她才走到余葵身边，挽着余葵的胳膊，轻声说了一句：“对不起啊，小葵。”

余葵摸不着头脑：“怎么了？干吗跟我说对不起？”

“就是觉得这两天有点儿麻烦你了。”她也不管头上还戴着王冠和头纱，费力地歪头在余葵的肩膀上靠了一下，以示亲昵，“你有这么帅的同学，难怪高中的时候都不正眼看小谢呢。”

余葵诧异：“他这么跟你说的？我从前不正眼看他？”

“他倒没这么说，差不多是这个意思吧。”余夏含糊道，“我从前还以为你们俩有过一段，这两天一看，完全没可能嘛！”

余葵后知后觉地明白了这两天不对劲的原因——大家竟然觉得她跟谢梦行高中的时候谈过恋爱！

时景的回归竟然还有这么意外的效果，新娘的警报轻易解除了。

余葵只觉得好笑又无奈，拍了拍余夏：“我跟你摊牌吧，小谢高中的时候没谈过恋爱。我们俩就同桌过一年，他那时候性格跟小学生似的，还很幼稚呢。听班里同学说他出国留学后，受那边风气影响开始改走浪子路线，估计十八岁还没初恋的浪子比较少见，他杜撰一段深情的往事有助于人设保护。还好你聪明，识破了他。”

听余葵大大方方地说清楚原委，余夏心里那股别扭劲儿总算消散不少，她觉得不好意思，甚至想给余葵介绍个条件不错的伴郎补偿。婚礼仪式结束下台，开始敬酒时，她将目光移到了遥远的主桌那儿，看着形单影只地坐在那儿的时景，犹豫了一下，凑过头小声问谢梦行："老公，余葵跟那个……他们俩是不是好过？"

谢梦行敬完酒，回头："这我不清楚，我高中毕业后就不在国内了，不过高三那年，他们俩确实走得挺近的，后来时景就回北京高考了。你问这个干吗？"

"时景也是北京人？"意识到关注错了重点，余夏忙改口，"我这不是想给余葵介绍个对象嘛！结果我每次回头，都发现时景刚好在看她，这要是没点儿旧情都很难解释。哎，对了，时景是北京哪个区的？家里做什么你知道不？我给她介绍的朋友，家里是做房地产生意的，条件绝对不差……"

"算了，你别操这份心了。"谢梦行接过她手里的酒杯，努了努下巴，"他长成那样，你觉得他家庭条件会差到哪儿去？别再让人给你记一笔。"

女孩儿撇嘴，偏又没法儿反驳，小声嘀咕："就你聪明。那么多年，要成早成了，也没见他们在一起啊。"

余葵跟在一大群人后面端着喜盘，高跟鞋磨脚，礼服挺括的抹胸硌得她很疼，背脊也被盯得发烫。直到路过主桌，她终于逮着机会发牌警告："别再盯着我了！你朋友不是今天在隔壁结婚吗？你一个人待在这儿合适吗？"

"我猜他们没有意见。"时景起身，不着痕迹地接过她手里沉甸甸的喜盘，把柳橙汁递了过去，"我已经克制过了，但眼睛它有自己的想法。你别生气，喝口水。"

余葵觉得这个句式有些耳熟。她饿了一上午，稀里糊涂地张嘴闷了一口饮料，意外被带拐话题："怎么是鲜榨的？"

她确实喜欢橘子类的汽水和果汁，可是今天谢梦行的喜宴套餐里分明没有这个："你不是一直坐在这儿吗？果汁哪儿来的？"

她好歹还关注到他一直坐这儿。时景总算笑起来，眼角眉梢带上春风般的温柔，像极了在刻意蛊惑人心："隔壁的新人送来的，他们说谢谢你昨晚帮忙照顾我。"

这个男妖精！

余葵险些心跳停止，才听清他提到昨晚，又没办法淡定了，幸而她今天打了粉底，脸红也看不出来。

她恼羞成怒地把杯子放在桌面上，抢回自己的喜盘："你别以为我昨晚喝醉了，就能老拿昨天的事要挟我。我们都那么多年没联系了，还没熟到可以随便说话的地步。"

时景向来高冷的面孔上流露出点儿违和的丧气："你就那么想我？"

下一秒，男人松了松领带，长长地叹了口气，冷静下来："你知道的，小葵，我要挟谁都不可能要挟你。我诚心跟你道歉，昨晚确实是我莽撞了。"

说到此处，他话锋一转："但我说的每个字都是认真的。你要是觉得咱俩不熟，那我们就重新认识一次，行吗？"

他抿唇等待答案时，脸部线条锐利，整个人显得尤其认真冷肃。

余葵恍惚意识到，断联多年，他变了，军校生活不可避免地在他的身上留下了痕迹。从前芝兰玉树的少年已经成长为一个稳沉坚毅的成年男性，就如她昨晚在证件上看到的照片一样。清醒的，才是真实的他。

她一时间实在不知怎么答，便转身逃也似的跟上新人的敬酒队伍。

余葵敬酒结束，换回常服后，被安排到时景身边落座。

座位之间挨得很近，她本想把自己的椅子往后挪一挪，和他稍微拉开些距离。奈何后面那桌的小孩儿不安分，在椅子间追逐跑来跑去。怕挡住过道把孩子绊倒，她只得又将椅子移回原位。

这样一来，她的鼻腔间便铺天盖地都是他的气息——

浅淡的雪松香气，后调清冽悠长，像是直接从他的皮肤上传过来的。

余葵用余光随意一瞥，就能瞧见男人白皙修长的漂亮指节，那么近，近得她能瞧见皮肤上的薄茧与纹理。

余葵本来就紧张，这会儿更慌，只觉得胳膊都僵得不是自己的了，却还在强作镇定，拿着筷子机械地进食。山珍海味在面前，却全然没在她的舌尖上留下滋味。

从那晚哭着离开长沙起，她便强迫自己，一点点地把他从生命里重要的位置上剥离。确实有一些成果——她放弃了幻想，不断劝慰自己：每个人年少时，都会做一些不切实际的梦。

但他又回来了，像当年转学到附中一样，毫无征兆地再次降临在她的世界里。

一桌十来个人，大半对时景的职业充满好奇。有人问他的学校生活，有人打听他在读博期间参与了什么课题项目……可惜十个问题里起码九个，他都只是含笑，用无关紧要的只言片语把话题带过，将保密守则贯彻到底。

哪怕起初还有不爽他独出风头的男士，故意聊起自己的留学生涯和华尔街的年薪，试图不着痕迹地把人比下去，时景也全然不在乎，交谈间依旧风度翩翩，不卑不亢。

一顿饭吃下来，他分明似乎什么也没透露，但在场每一个和他聊过天儿的人都倍感亲切，极度舒适。在这样繁杂的信息处理过程中，他甚至还能细微地观察到余葵的每一次需求，及时为她续水、加汤、递上纸巾……

由此，余葵又发现了一处他与从前的不同。

少年时景身上是无惧一切的孤高冷傲，现在的他，呈现的是一种收敛锋芒后的合群。没人会不喜欢他，但这种喜欢，少了年少时那种遥不可及的距离感，他似乎真的变成了一个平易近人、温润谦和的青年才俊，陌生到令人惊讶。

席宴进入尾声，瞧着满桌的人都要过来加时景的微信，余葵的紧张都化作了一种不真切的虚幻感。

杯盏交错间，从她的角度，她正好能瞧见他的指尖在屏幕界面上一滑，切换账号，然后起身，亲切自如地把这些刚刚还对他推心置腹的兄弟，加入了一个无关紧要的小号列表里生尘。

她捏着汤匙出神，一种莫名其妙又复杂的情绪在胸口发酵，闷得快要从胸膛里破土而出。

她高中那会儿便觉得时景活得通透，成长环境使他深谙人性的弱点。他能轻易与人打好关系，大多时候却不屑那些繁复的社交守则，只和欣赏的人往来。

但现在，他似乎将洞察人心的天赋技能真正运用到得心应手了。短暂际会，他也能轻易走进每个人心中的安全区与舒适区里，却唯独将自我情绪掌控得滴水不漏。

他像是戴上了面具，将深处的自我伪装了起来，只给人们展示他愿意展示的部分。

比起高中那会儿，现在的他也许才真正冷酷得可怕。

临别前，还有附中（9）班的校友过来，要敬他酒，时景不着痕迹地挡了回去，微笑回应："我开车来的，还得送女士回家。"

他瞧着腕表上的时间，三言两语地将那喝得昏头昏脑的哥们儿送回原桌，谢绝了新郎接下来的邀请，代替余葵和众人道别。

3 点整，时景将外套搭在臂弯上，和余葵一起走出婚宴厅。

热闹声远去，长廊安静下来。

时景试图和她说话，但余葵走得太快，连脚步都静谧无声。一队侍应生推着餐车路过，两人避到边上让行。直至进入门厅等待电梯时，他才无奈地开口："小葵，你跟我说点儿什么吧，什么都行，我只剩六天假了。"

"你请假回来的？"余葵猛然回头，"所以假期结束，你还要回长沙？"

"是这样，我也想申请更长的假期，但导师只肯给七天。"唇角扬起一个无奈的弧度，但时景还是尽量把氛围控制在一个松弛的区间里，"我的导师今年和北京的研究所有一个合作项目，我会尽量向他申请，下个月初跟他到北京来交流。"

"你会待多长时间？"

"一切顺利的话，应该有小半年。"

余葵的手放在大衣口袋里，无措地抓紧，直到她听见这句后，指尖才稍微舒展一些。但很快，她又鄙夷起自己——她在时景面前，自控力好像永远不能生效，总是轻易被他牵动心弦。

电梯下行，镜面里映出两人并肩而立的身形。

余葵今天穿了高跟鞋和白风衣，个子大概一米七六了，却还是娇小得只到他的耳畔。

她看了好久，无厘头地开口问起："你是不是长高了？"

电梯轿厢门打开，有人进来。

时景侧身把她护到一边，轻轻颔首："本科时候训练量大，大家都长了几厘米。"

余葵努力从那性感的喉结上错开目光。

"你变了很多。"

这一次，时景沉默了几秒钟。再开口前，他先笑起来，眼眸里不知带了什么，亮晶晶的，却又复杂得很，里头也许有叹惋、欣慰，也许有无可奈何。

"这么快就被你发现了。"他叹完，腹中有千言万语汇聚到唇畔，不知想到什么，却又都一语带过，"读军校确实挺能磨砺人的。"

那样一张脸垂眸失神的样子，几乎能轻易激发所有刻在雌性生物灵魂深处的母性本能。

余葵抿唇，下意识地想追问他，但理智又强行上线，将冲动压了下去。

在电梯下到停车场之前，她跟着前面的人快步走出轿厢，在光洁的大理石地板上站定，回头。

“时景。”她轻声道，“别开车了，咱们坐地铁吧。”

她说了“咱们”。

男人怔了一下，把钥匙塞回口袋里：“就听你的。”

3月下旬，北京城逐渐苏醒。

余葵裹好围巾，出酒店就被灌得满身风，微冷，但是风拍在脸颊上，触感真实。

“你这些年过得好吗？”像所有久别重逢的朋友，她用这个问题开头。

时景认真思索后说：“说不上来，和我十八岁时想象的人生大有差别。有得有失，有好有坏，值得庆幸的是我现在起码能做自己喜欢的事。你呢，小葵？”

周末的国贸仍旧行人如织，车流浩荡。

这座城市比起昆明节奏太快，橱窗明亮，物欲横流，路过的行人大多妆容精致、巧笑嫣然，也或三五成群、谈笑风生。上一次两人这样并肩行走，还是在昆明种有香樟树的林荫大道上，阳光温暖，光影斑驳。

这几乎让人情难自禁地生出一种时空转换的恍惚感。

在他看过来前，余葵仓促地收回视线，抛给他一个气人的答案：“前半部分跟你差不多，和我十八岁时想象的人生大有差别。毕竟我从没想过会考上清华，会留在北京。很累，但比想象中有成就感。”

时景却半点儿不生气，眉眼疏朗地笑起来。

见他这样，余葵有点儿不自在了：“你笑什么？”

“我有时做梦，梦到咱们像现在这样一块儿走，平静地说着话。真好，今天没有起床号吵醒我了。”

明明十分朴实无华的一句话，余葵反应过来，只觉得心尖被撕扯了一下，一柄赤红的小刀冒着烟插进来，但很快，生出的痛感变成了怨怼。她攥紧手，停下脚步，极力让声音显得平静：“我从昨天到现在，一直不理解，你明明交过女朋友，为什么要说一直喜欢我呢？”

时景的神情从片刻的呆怔到疑惑，最后只剩迟疑定在脸上，他拧起眉：“我……什么时候谈过恋爱？我都不知道这回事。”

余葵因他的反应错愕了一瞬。

在她的认知里，时景根本不屑于撒谎，但偏偏那天自己在火锅店远处亲眼所见，而且女孩儿的几百条恋爱微博也是真实存在的。大一痛彻心扉的失恋期里，她逐字逐句地刷完了那个账号的微博，托记忆力太好的福，有的段落她至今还能背诵出来。

“橘子洲、天心阁、岳麓山、雷锋纪念馆，你都是和谁一起去的？”

她紧紧盯着他的眼睛，试图从里面找到一点儿心虚的痕迹——可惜没有。

时景虽然疑惑，但瞳孔澄明，只有坦然：“我只去过橘子洲和岳麓山，大四那年，一个人。”他不解地道，“你怎么会有这样的误会？谁跟你说了什么？”

不对！一切都和她看到的对不上号！

余葵有点儿着魔了，低头自顾自地翻找着手机，几乎要极力控制才能稳住指尖不要哆嗦。

行人从身边走过，险些撞到她，时景只得揽着她的肩膀，将人带到一旁的绿化带旁。余葵全程眼皮也不抬，继续在微博搜索框里输入内容。

她还记得那个ID，但对方大抵是改名了，她没找到。她又改成搜索记忆中的博文内容。尝试到第三次时，她点开头像，终于看到那熟悉的资料页。

微博停更在三年前，但从前的博文大多还在。无论多少次点开，余葵再看到这些内容，仍忍不住心中震颤。

她深吸一口气，将手机递到时景面前：“五六年前，这个账号关注了我的微博，我点开她的主页，想看看是不是认识的人，就发现了这些。”

时景接过手机，指尖下滑屏幕。

他起先瞠目结舌，随着时间推移，周身的气场越来越沉，面容带上了余葵从未见过的冷漠和嫌恶之色，眼眸被酝酿的阴云笼罩。

他把自己的手机抽出来，下载微博，搜索了一模一样的ID账号，将主页分享给列表里的一位好友，再之后清空了余葵这边所有的搜索痕迹，还给了她一部干净的手机。

“这个人我有印象，是我本科室友的前女友，他们好像是毕业分配时分手了。我跟她只见过两次面，她看起来精神正常，没想到有妄想的毛病。我真是……”

时景说到这儿，似乎是无语了。他不是没有见识过狂热的追求者，但一辈子没遇到过这么疯狂的事。如果这个人安安静静地沉浸在自己的世界里，谁也不打扰倒也罢，可她偏偏还跑到余葵跟前，让余葵看到了。

饶是时景这样冷静自持的人，也懊恨得牙根发痒，烦闷之下在原地踱步。似是想到什么，他疑惧地抚了下额角，偏头朝余葵看过来。

“小葵，这些年，你就为这个不理我？”

“我才不是！”余葵下意识地否认，加快了脚步。

她头脑发蒙，不敢相信自己竟然因为一个得了妄想症的女人把时景从自己的列表里删除了。中间那么多年，哪怕……哪怕她鼓起勇气求证一次，也不至于到今天才得知真相！

还有让她介怀多年的那个亲吻……那晚在长沙亲吻她的鬈发女孩儿难道也是误会？

可她不能问，这个问题一旦求证，暗恋就再也藏不住了。

她该怎么解释她为什么去长沙，又是为什么在瞧见他被人亲吻后，一声不响地狼狈逃回北京？

原生家庭破碎给余葵带来的最大的影响，就是她从没学过对人表达爱意，在乡下跟随外公外婆长大，老一辈人的情感表达更是委婉含蓄。

直到高一到城里读书，军训放学，余葵看到同班同学的父母来送营养餐，互说“我爱你”的时候，她那天才知道，除去影视剧外的真实世界，竟然也有人会使用如此直白的情感表达方式。

随着年龄渐长，她知道自己的性格短板在哪儿，也尝试刻意纠正，培养自己勇敢表达的能力。她甚至鼓起勇气，想把告白作为人生成长的分水岭——可惜受到了致命一击。

她那天总算明白自己为什么自卑，为什么胆怯——在感情的领域，她似乎一直没从童年父母离异的阴影中走出来。她宣布爱一个人，就像把匕首交到了对方的手上，对方从此拥有了能在任意时刻伤害她的武器。

在被重创后，摇摇欲坠的自尊心就是她最后的盔甲，只要她不承认，就没有人知道她受过伤害，尤其是时景！

她悲哀地意识到——

即便昨晚时景说了喜欢她，即便她快乐、悸动，甚至生出一种年少时夙愿得偿，想要喜极而泣的冲动……可是内心深处的安全感并没有随之增加分毫。

这份喜欢，像是一块随时能被人收回的甜美蛋糕。她害怕自己咬一口之后，又被通知蛋糕发错人了，这么好的东西不属于她。

届时，她中途流露过的所有欢欣、感激都会变成尴尬的笑话。若是她还因此发表获奖感言，倾诉自己这些年来为得到这块蛋糕付出了怎样的努力，那就更愚蠢了。

直到途经十字路口，她才被时景一把抓紧手腕带回来："红灯了。"

着急起步的私家车从离她半米之遥的地方开了过去。

余葵踩着斑马线，踉跄地退回人行道台阶上，肩胛骨撞到了他的胸口。慌乱中，她抬头看了时景一眼，轻轻往旁边挪了半步，才声音极轻地说了一句"对不起"。

正当时景以为她是在为撞到自己而道歉时，余葵继续开口："那时候我挂科了，觉得全世界都面目可憎，想到我们本来会一起上清华，最后却只有我一个人在那儿奋战，觉得生气。你也可以理解为幼稚的逃避行为，把你删掉的那段时间，我自己也觉得难受、矛盾。

"再后来，书包在操场上丢了。想到高二那年，你和我就是因为拿错包认识的，我突然觉得那大概是天意吧，就没有再补办手机卡，QQ 号也找不回来了。你发给我的好友申请、节日祝福，我通通没收到。"

时景哪怕反省一万遍，也绝对没料到他们失去联系的理由竟然如此简单——余葵只是挂了科，只是没有看到他发的消息。

错愕和恍惚在那英俊的面孔上阴晴不定地交错。

余葵喉咙发哽，酸涩饱胀的情绪在心尖涌动。她下意识地把手藏在大衣里攥紧，鼓起勇气继续往下说："是我错了，所有的事情，当初明明有更好的解决方式，只是都被我搞砸了，我——"

哽咽之前，她戛然而止。

她只是太胆怯了。她害怕失去，所以在被他通知他有女朋友之前就先行离开了。这样，她即便受伤了，但起码姿态是骄傲的。

狂风刮乱她的短发，发梢胡乱地搭在眼睛上，余葵把未尽的这句话咽了下去，猛吸了下鼻子，侧头看向他，努力笑起来："无论怎么样，再见到你，我很高兴。

"可是，六年足够发生好多事情。够初一的学生念到高三，够种下的树苗长成大树，够 4G 网升级到 5G 普及……六年没见，什么都变了，你又怎么还能确定你喜欢现在的我？"

她在他身后追了太久，好不容易才把内心缝缝补补地武装起来，再也经不起任何不确定。

斑马线尽头，信号灯变换，"嘀嘀"声响起，人群应声大步朝前走去，只留他们两个站在原地。

谁都没动。

时景定在原地注视着她。他太白了，眼睛和鼻尖都被冷得泛红，昳丽的面孔带上了一种陌生的、复杂的破碎感，连含泪的眼睛都显得煎熬又悲哀。

此刻的他，和刚刚在婚宴厅里那个洒脱自如的男人似乎换了一个人，却和2013年的夏天如出一辙，再次重重地叩响她的心房。

她慌张地低下头，掩饰着挂到睫毛上的眼泪，踢了一脚卡在地砖缝里的小石子，故意让声音显得洒脱："你和我说点儿什么吧，你别让我自言自语，显得我很傻——"

她话音没落，时景背对着她蹲了下来："上来。"

余葵错愕："什么？"

"不是要坐地铁吗？我背你，去买鞋。"

余葵被提醒后，低头才发觉，一路走得太急太快，脚背早已被高跟鞋磨出血泡，绒面的边缘染上了淡红色的，混合着组织液的血水。

"上来吧，又不是没背过。"

她咬唇，犹豫了几秒钟，终于伏在他的背上。

男人的肩膀宽阔挺拔，把风全然挡住了。他步伐很稳，行走间，风衣外套和他的西服面料发出摩擦的细响，遮挡住了她无法抑制的急促心跳。

高跟鞋搭在她的脚尖上晃荡不稳，时景干脆取下来，拎在手上。

路上的行人都不住地回头看他，男人并不在乎，旁若无人地背着她朝前走着。

余葵起先还浑身紧绷，随着时间推移，闻着熟悉的气息，肌肉不自觉地放松，胳膊也松松地搭在他的颈间。偶尔被他的黑发扫到脸颊，被刺激得发痒，她忍不住打了个喷嚏。

下一秒，时景的脚步停在斑马线前。

他直到此刻才如梦初醒般地发出一声喟叹："你没错，小葵，是我错了。"

说话时胸腔的共鸣，沿着她搭在那儿的手传过来，震得她脑袋眩晕。

他说："是我自诩聪明，自以为是地做了决定。六年真长啊，我做什么才能填满它？"

他们现在的关系，就像最熟悉彼此的陌生人，被时间分隔在两端。

余葵已经朝前走了，而他贪恋地留在了十七岁，从未真正走出来。

碘酒被擦在伤口上，泛起细密的刺痛。

她坐在鞋店的沙发上，看时景单膝抵着地板，头微低，白皙修长的手指捏着她的脚，仔细擦上药膏，贴上创口胶布。

余葵移开视线，但触感仍在。被时景的指腹掠过，她脚背上的每一寸皮肤都被带起酥麻的战栗感，甚至比创口的痛感更让人无法忽视。眼看时景还要亲手给她套上袜子，她终于忍不下去了，脚丫下意识地闪避，伸手接过来鞋袜："我自己来吧。"

"是不是弄疼你了？"时景蹙眉，尽量放轻了力道，"在学校待久了，平时处理训练的伤口，下手没轻重。"

"没有。"余葵摇头，又不能说是这样的举动太亲密，突破了她的羞耻底线，只得转移话题，"你们都读博了还得训练啊？累不累？"

"比本科时的训练量小了很多，不过该有的还都有。"时景笑了一下，"不累，都已经习惯了。"

鞋店的店员躲在柜台后私语，直到时景结账时，填单的女孩儿才小声跟余葵感慨："小姐姐，你男朋友真是又帅又体贴，你们俩真是好般配的一对儿啊，太养眼了！"

走出店好远，余葵又回头看了一眼。

她似乎还是第一次听人赞美她和时景般配——哪怕只是店员的恭维话。

余葵穿上平底鞋，走路舒服了，就是站在时景身边又矮了一截儿。

地铁在隧道中呼啸，玻璃窗映出两人的身高差。

余葵在心里勾线起稿，想着要用什么样的颜色填充。可等坐到电脑前，将数位笔真的拿在手上时，她却无论如何不能复刻出那个画面，用什么颜色，都感觉氛围太浅或太浓了一些。

"他说喜欢你，把你送到楼下，然后就走了？"吴茜咬了一口苹果，不可思议地说，"小葵，你刚刚应该通知我一声的呀！让我看看到底是多帅的一个人，让你除却巫山不是云。"

余葵捏着笔，心不在焉地调着色："他把我所有的社交账号留了一遍，然后问明天下班能不能来接我吃饭。"

"好呀！"吴茜爆发一声欢呼声，"我现在怎么有一种在追更偶像剧的刺激感？你答应没？"

余葵松开手，哀号着痛苦捂眼："我没忍住，拒绝不了他，答应了。"

吴茜不解："这不是很好吗？你喜欢的人跟你表白了，你们这是双向暗恋呀！错过那么多年，不抓紧时间答应他，你还在犹豫什么？"

"我当然很高兴，可是……"余葵的五指陷进发间，她烦闷地挠着头，"说给任何人听，都可能会觉得我矫情，我也真的很伤心。我的喜欢那么多，我流了那么多的眼泪，他的喜欢却只有一点儿，不然那么多年，他为什么直到今天才来找我？”

她是因为误会，那他呢？

吴茜打了个响指：“我懂了，你现在的犹豫，都只是在确定他对你的这份喜欢的重量。”

她分析：“确实，跟这种大众情人做朋友很风光，谈恋爱，烦恼是少不了的，哪怕他一无所有，都有女孩子为那张脸前赴后继地往上扑，更别提他还条件出众了。如果他爱得不够深，你又没安全感，两个人恋爱后异地的坎坷、鸡毛蒜皮的磨难是很难挺过去的，说不准一次小误会就像当年一样，又把你们俩分开了。

“你很清醒嘛！小葵，我赞成你好好考察他，让他也尝尝为你流眼泪的滋味！”

余葵总算笑起来，朝她扔了个抱枕：“我才没那么想，我希望他喜欢我就行，别流眼泪！”

“我该怎么说你，都没好呢，就护上了。”吴茜皱着鼻子直摇头，“你这样狠不下心，果然没有做坏女人的天赋。”

从余葵认识时景那天起，他就是天之骄子，宠辱不惊，还拥有很强的抗压能力，流眼泪的事放在他身上，总显得违和。认识那么多年，她也只在昨夜酒后，见他的眼睛湿过一次。

画面在余葵的脑海里闪过，她盯着台灯发怔，隐忧又一次浮上心头。

她昨晚便隐约有感觉，今天两人相处过后，这种感觉更强烈了。她不知道时景这些年经历了什么，但隐约觉得，他身上像背着一座山，心里藏了很多事情，整个人都活得很累。

她提了两次，第一次说他变了，第二次问他过得好不好，然而时景都简单揭过了。

少年时景尽管高冷，却也时常在余葵面前显露自己意气风发、肆无忌惮的一面。而现在，他明明变得看上去平易近人了，却不再随心所欲，似乎每时每刻都在收敛自己。

他好像活得一点儿也不开心。

这些改变，到底都是在什么时候发生的呢？

周一，余葵难得在闹铃响起之前睁眼醒来。

放在往常，她的穿衣风格就是球鞋、毛衣、外套，怎么宽松舒服怎么来，再冷的时候再加件羽绒服，日复一日。衣到用时方恨少，她找了一圈，才发现大多毛衣的袖子起球了。

她一咬牙，取下衣柜里最贵的一件单品——还是去年跟易冰在三里屯逛街时被按头买的，设计品牌很有质感的小黑裙，及膝长靴，外搭雪白的羊毛大衣。

为了搭配这条精美的裙子，余葵甚至坐到镜子前化了妆——不是那种打工人敷衍版。她仔细地夹翘睫毛，把它们刷得根根分明，又涂上水蜜桃色的唇釉。

出门前，余葵对着全身镜拨了下头发，眨了眨眼睛，整个眼妆和耳环上的宝石相呼应，亮闪闪的，是气场十足的惊人美貌。

美术人的手艺真是没话说！

走到电梯口，她又隐隐后悔起来——会不会太隆重、太夸张了，显得她春心荡漾、迫不及待？

全妆上班，余葵明显感觉回头率和关注度都比平时高不少，买咖啡时，收银小姐还夸了她的眼妆漂亮。女人的自信心，大抵都是这么一点一滴地建立起来的，渐渐地，她肩膀展开，衣摆也带风了。

余葵才进办公楼层，同事便送上赞美："Kerry，你今天好漂亮，下班有约会吗？"

其他人闻言，纷纷把脑袋探出工位，夸完一圈后起哄："是小宋总吧！"

余葵制止了议论。

她一进办公室，桌上的向日葵和黄玫瑰混搭的鲜美花束便映入眼帘。

助理笑着解释："是小宋总送过来的，还说等你到公司，让我跟他打声招呼，他有点儿事下来找你说。"

"你就跟他说，不用麻烦了，等会儿我上去开会的时候找他一趟就行。"余葵打开电脑，把大衣搭在椅子上，回头，"对了，花拿去插在茶水间那个瓶子里吧，我这儿没地方放，浪费了。"

小助理抱着花出了办公室。

大家交换着眼神：唉，襄王有意，神女无心啊！

实习生嘀咕："Kerry 怎么想的呀？小宋总这种级别的钻石青年，人绅士，长得帅，又有钱，对她又一片痴心……难不成她自己也是个低调大小姐，所以才不为所动？"

"有 Kerry 那么隐形的大小姐吗？"带她的原画师随口调侃道，"乘地铁，租房住，身上的衣服均价不过千，比你们这批新进来的好几个实习生都朴素。”

“确实，我们这期好几个本地人，培训期还有人开保时捷来的。”女孩儿说完又转了话头，“像Kerry这个级别，年薪、奖金应该不低呀，她怎么……？”

“有的人物欲低，够用就行，这点我还挺佩服她的。不过年薪……上任主美离职前听说拿到百万级了，身体出了大问题到国外治病才走的，Kerry临危受命接替他的位置，虽然上面开会承认过，大家也服她，但集团的任命始终没下来，就是说，她现在干的是主美的活，拿的是副主美级别的年薪。奖金嘛……去年项目效益这么好，肯定是不少的。”

余葵不知道外头有人正揣测着自己的年收入，忙完晨间的工作，打开微信，才发现时景给自己发消息了。

还是那个熟悉的星空头像，只是昵称从句号变成了字母A，一上午，他把她半年内所有对人可见的朋友圈都点了一遍赞，每条都评论留言。

余葵拍月亮，他就夸那月亮真大真圆。

余葵画小甲壳虫，他就夸那作品细腻可爱。

余葵过年回家，抱怨跟村里的七大姑八大姨打麻将输了五百块钱，他就直接给她转了五百元。

余葵看着对话框里的转账信息，哭笑不得地回他：“你干吗？好不容易请假回家一趟，你没事做吗？一直给我评论、点赞。”

A：“我只是想参与在你的世界消失的这六年。”

A：“让你讨厌了吗？”

余葵的泪花一时差点儿又渗出来了，她明明心酸，嘴角却在不住地往上翘，心里也似软绵绵地塞了块果冻，他一戳就陷下去一块，一戳又陷一块。她只得板起脸来切换话题。

小葵：“你怎么换昵称了？像我朋友圈里的导购。”

A：“像就像吧，我想在你的列表排第一位，你翻开就能找着。”

这又是一记时速超过120的直球！

余葵攥着手指，已经快忍不住用头砸屏幕了！

他干吗？他不知道长得这么帅，老说这种话会给一个正在上班的人带去多大的困扰吗？

她偏要打击他。

小葵：“你难道不知道我可以备注换昵称吗？”

A:“那你备注的时候，不要删掉我的前缀。”

A:“求你了。”

余葵一秒钟上滑，关了微信，按下息屏键，把手机扔到桌角。她操纵着鼠标使劲儿点击工作邮件，整个动作行云流水，一气呵成。

半晌，她的左掌心才贴上滚烫的脸颊。

她发现自从前天晚上在酒店，她不肯叫他的名字，时景说了“求你”发现管用之后，他好像就记住这招了。此招的攻击强度无异于高冷御姐跟直男程序员聊天儿，用可爱的表情包结尾，是会心一击的效果。

午饭时间，在她抽出时间去楼上之前，宋定初主动下楼来叩门了。

余葵出声请人进来。

宋定初一迈进来，就顺手将门带上，顺便上了锁。

“小葵，有一件很重要的事，我想我得给你提个醒——何总已经确定要走了。”宋定初说话时神情严肃。

余葵一怔：“怎么会这么突然？”

“上面的关系盘根错节，简单几句话也说不清楚，只是有一点，新来的研发部老大曾盛……我听说他会带一位‘嫡系’过来。那个人，之前的职位也是主美。”

宋定初背对大厅，三言两语地低声把自己晨间得到的消息和她分享了一遍。他的哥哥在总部是高层领导，他如今也在市场部任副总监，消息自然比大多数人灵通可靠。

简单来说，余葵有麻烦了。

现在的研发部老大何总用人就一条原则，谁有能力谁上，余葵当初就是他力排众议一手提拔起来的，即便她最终靠自己的实力和成绩坐稳位置，但也不可避免被贴上了“何总嫡系”的标签。

研发部一个萝卜一个坑，曾总的得力干将过来安置在哪儿?

现在研发部众多项目里，她手底下的项目是发展空间最大、最有前途的。

论经验、论资历，她这个主美也是最不稳的。更何况总部一直没有正式任命，她的位置简直就是块大肥肉，何总一走，对方完全可以直接把人安插到她头上。

果然，临下班前，何总很快找她谈话。

久经沙场的老将说话就更一针见血，他并不避讳地点明，那位主美是个关系户，就是盯准过来摘桃子的。

从余葵加入到她执掌项目，这款游戏的画风真正从探索中的单一风格走向年轻化的多元风格，整个过程由她一手把控。现在好不容易完成核心迭代，口碑爆棚，玩家们接受度良好，项目进入发展快车道，来人挤开她好处良多，却并不需要费多少力气。

谈话结束前，何总抛出了橄榄枝，邀请余葵一起到深圳那边的分部开疆拓土，年薪也会给她上浮 30%，这算是一位老板对技术型人才的最大肯定。

余葵思虑良久，指尖藏在袖子里，抠着指甲盖，抬起头来："何总，您能给我点儿时间考虑吗？"

"调令周一下来，供我安排的时间不多，你尽快做决定吧。"

倒霉的事情到这儿还没结束。

走到公司一楼大厅时，余葵又接到房东太太打来的电话："小余呀，有个事——我这个房子得收回来，我女儿带着孩子回国，没地方落脚。实在不好意思，不能跟你们续约了，你们尽快找新房子吧。我刚才跟小吴沟通过，月末搬出去的话，多给你们退半个月房租。"

余葵抚额，据理力争："时间太紧张了，就剩一个星期，我工作日还得上班，找房子、搬家一时半会儿怎么弄得完？"

房东："哎哟，这不是没有办法吗？咱们合同本来也快到期了，我也不是毁约租给别人，就是收回来自己住……"

好像连老天都不想让她在北京待下去。

余葵无奈地挂断电话，出了闸机后，用指尖钩着工牌，停脚回复微信消息，和吴茜吐槽了两句，却正好碰见宋定初下班。

"和老何聊得怎么样？"

"他说带我去深圳，给我涨薪。"

宋定初眉心一跳："你怎么想的？"

余葵叹了口气："我当然不想走。我为这个项目付出了那么多心血，它就像我一手带大的孩子，哪里有妈妈愿意把孩子送人的？"

"那就留下来。"宋定初安慰她，"有实力做事的人，无论在哪儿都不会被埋没，咱们现在也只是往最坏的方向考虑……"

余葵听着他说话，有点儿出神。

两人从高中起就是同学，又在清华做了四年校友，现在又是同事，不过宋定初从未真正挑明，只在身边默默陪她、帮她。其实余葵婉言拒绝过，劝过他找女朋友，而且不止一次。

他好像永远那么温柔，从没把这事放在心上。

“多谢你替我操心了，班长。”余葵扶了一下肩上的包带，偏头问道，“对了，时景回来了，现在刚好在园区路口，你们俩要打个招呼吗？”

宋定初听见这个久违的名字，显然错愕了一瞬。

“好啊。”宋定初极力让自己显得平静，“时景是哪天回北京的？也不是寒暑假，他怎么突然有时间了？”

余葵把工牌的带子缠绕好，扔回包里：“他请假回来的，就前两天。”

他又试探道：“你们俩怎么忽然又联系上了？”

余葵顿了一下，“扑哧”笑起来：“不知道谁传的假消息，他以为我要结婚了，回来给我送新婚贺礼。”

宋定初看着余葵上翘的唇角，心一寸寸颓然地凉下来——从很早之前，他就知道，只要时景在，她是从来看不见他的。

转过路口之前，余葵有点儿紧张，下意识地对着大楼的玻璃外墙整理了一下头发。

宋定初顿下脚步等她：“小葵，已经很好看了。”

余葵讪讪地收回手，走了两步又心虚地解释：“女生路过镜子，这都是正常反应。”

她不是为了谁。

“我理解。”宋定初无奈地笑了笑，“那精致女孩儿的唇釉也要一起补补吗？”

唇釉被蹭掉了？余葵用指腹轻轻碰了一下，又埋头从包里翻出唇釉，直到嘴巴在镜面中泛起光泽：“咱们走吧。”

从高中那会儿起，余葵就听校友们发明了一个名词，叫“时景效应”，大意就是，时景无论出现在哪儿，总有一种能把普通风景变成电影镜头的神奇能力，他的美貌带着天生的震慑力，轻易就能和周边建立起壁垒。

就像现在，他的沃尔沃停在园区门口一众普普通通的停车位上，他穿着普普通通的白毛衣和飞行夹克，站在一群排队等大巴的普普通通的下班族当中，却瞬间把描绘大厂打工日常的电影《“畜”景生情》更名为《怦然心动》。

他本来站在车尾，瞧见余葵出现在转角的第一瞬间，便翘起唇角，迈开长腿朝她走来。

寸头更显得他眉目英俊，鼻梁挺拔，皮肤白皙且脖颈修长。

糟糕！余葵有点儿后悔了，早知道应该让他把车开远点儿，万一被认识她的人看见了，明天上班让她介绍认识，她可怎么推辞？

瞧清她身后的人，时景微偏了一下头，缓下脚步："小葵，过来。"

见余葵没动，他快步上前，不着痕迹地挤进两个人中间，把吃的递到她怀里："一会儿吃饭的地方有点儿远，先垫垫肚子。"

时景回过头与宋定初对视，深深握手："班长，好久不见。"

"时景，好久不见，五六年了吧。"

眼神交会，彼此都隐藏着无尽的深意。

余葵打开纸袋，发现是米浆糕——她高中时在附中食堂窗口最喜欢的点心之一。

"你在哪儿买的？我到北京之后就没遇到过有人卖这个。"

"我问了在姑姑家做饭的阿姨，她也是南方人，什么冷门点心都找得到。"

余葵咬了一口，视线往左一瞥，觉得这妆好像是白补了，从刚刚到现在，时景的注意力就一直不在她身上——他从前有那么关注宋定初吗？

把余葵送上副驾驶座后，时景回头，拍了拍宋定初的肩膀："好兄弟，今天跟小葵好不容易单独吃饭，就不叫你一块儿了，下次有空再聚。"

就在宋定初转身离开前，时景叫住了他："班长。"

见男人回头，时景轻声开口："谢谢你这些年照顾他。"

宋定初低头看了一眼鞋尖，再抬起头来时，望向远处。

"轮不着你谢，我为小葵做的所有事情都是因为我开心，不是为你。我还是当年那些话，你记得就成。"

余葵看不见口型，隔着车窗玻璃，也听不清两人说什么。要不是还得顾及形象，她好奇得恨不能把耳朵贴在窗户上。

等到看见时景转过身来，她倏地摆正头，坐直了，手不停地抚平大衣和裙子下摆。

她在心里暗骂自己没出息：颜控这毛病真误人啊，二十四岁也没学得人家情场上进退自如的姿态，还跟个怀春少女似的，肤浅！

时景打开驾驶座的车门上来，扶着方向盘看她。

余葵不自在地摸了摸脸和耳环："怎么了？我脸上有什么奇怪的东西吗？"是睫毛膏糊了，还是唇釉涂出界了？

"小葵，道路千万条，安全第一条。"他俯过身来。

那张脸忽然放大，美颜暴击，又一次，她看见了他眼尾睫毛丛里那颗棕褐色的小痣。

余葵下意识地向后靠，背脊紧贴座位，手抬起来，每根手指都往回缩。她心跳如擂鼓，他独有的气息和淡沐浴露的味道往鼻腔里钻，让她的小腿都开始发软，但还得强装淡定：“怎么了？”

时景替她拉出安全带扣上：“我知道我车开得很好，但你还是得系安全带。”

男人纤长的睫毛抬起来的瞬间，他的目光触到她的脸颊，余葵喉咙干渴，心肝都颤了两颤。

用餐的地方是时景跟堂哥打听的一家地道北京餐厅。

此时正是下班时间，门口等号的人还挺多，幸好他早订过位子，服务员引着两人穿过长廊。

室内暖气开得有点儿大，菜热气腾腾的，时景一直照顾她，给她夹菜。

不过余葵始终坚持淑女的优雅做派，喝汤小口啜饮，需要剔骨头的菜咬了两口后，发现姿势跟精致美女的人设不符后，干脆就不碰了。

时景大概觉得她嫌麻烦才不吃，干脆戴上手套给她剥海虾和贝壳。

男人低头逆着光，动作慢条斯理，手指白皙修长。

余葵忽然觉得“秀色可餐”这词发明得太有道理了，从另一个角度理解，看着帅哥吃饭确实能不知不觉地吃两大碗，非常下饭。

余葵热得头上渗汗，后知后觉地发现碗底的肉怎么也吃不完，裙子的腰也有越收越紧的迹象，终于想起来盖住碗，摆手服输：“不行，我吃不下了。”

“饱了？”他停手。

麻烦他剥那么半天壳，余葵心虚地点头：“有点儿撑了。”

时景摘掉手套，一言不发地接过她的碗。

余葵还没看明白他想干吗，他已经拿起筷子进食了，看似不紧不慢，实则动作利落迅捷，吞咽几次，碗很快被清空，放下来。

她看得傻眼，心跟着“怦怦”跳。

放高中那会儿，别说想象时景会吃别人碗底的剩菜了，就说他那挑食的毛病，这个碗里，她起码能数出三四种让他看见就皱眉的配菜和肉类。

不说余葵诧异，连时景背后那隔壁桌的年轻人都瞧得目瞪口呆，你戳戳我，我戳戳你，让朋友都回头瞧瞧这里有个帅小伙儿吃女朋友的剩菜。

余葵脸一红，连忙把空碗抢回来，心情复杂地压低声说：“你们学校真神奇啊，能把你改造成这样。”

叹完，她又实在忍不住好奇，趴在对面，问出一连串问题：“所以你现在榴梿、毛豆、芥菜都不忌口了吗？集体生活有没有纠正你不喝雪碧的毛病？还有……”

时景看她嘴巴一张一合，只觉得她的发旋很可爱，短发贴在飞粉的脸颊上也可爱，明亮的眼睛像立在墙头上歪头打量行人的波斯猫，嘴巴也红得发亮。

他只觉得心被装得很满。

从重逢起，他就提心吊胆地提防着她不喜欢的事，直到此刻才蓦地松弛下来。时间的界限稍稍模糊了，彼此像从未有过芥蒂和分离。她熟悉他，起码还记得他的饮食习惯。

“能吃，雪碧也能喝，但还是不喜欢。”

他的手机在这时突然振动。

教研室的人打来电话，时景跟她说“抱歉”，压低声，折身到室外僻静的长廊处接听。

这通电话打了很久，余葵先招手叫来服务生买了单，又从包里掏出笔，拔开笔盖，撑着下巴，隔着玻璃窗看着他。灯光下，他说话时呼出的热气化成了氤氲的白雾。

一点点地，图像在餐巾纸上被勾勒成形。人再回来时，余葵送了他一幅手绘速涂。

二十四岁的大厂主美余葵，跟十七岁从未受过科班训练的余葵相比，基本功可谓翻天覆地，哪怕只是在简陋的餐巾纸上随手一画，光影变换和层次渐变也被处理得极为完美。

“给我的？”时景讶异地放下手机。

他还携着室外带进来的冷空气，却显得非常开心，眉眼都飞扬起来，接过画看了老半天，对比般摸了摸自己的下颌线条：“我接电话的时候，看起来那么冷漠啊？”

余葵点头赞同：“不过比你高中的时候还是好很多，我觉得你现在好像特别在意自己的社会属性，很喜欢把自己变成平易近人的样子。”

时景的心尖被拉扯了一下，眼睛里似是有什么在闪烁，半晌又被压了下去，纤薄的眼皮半掩，睫毛垂了下去。

他再开口时，声音已经平静下来。

“我爸认为我孤傲不群、我行我素，从小就是这样。他希望我像我哥那样，做真诚热忱、待人处事游刃有余的人。到现在为止，我都执行得不是很好。”

余葵奇怪：“你高中的时候不是从来不在意这些吗？”

他的笑容少了一些。

时景没抬眸，白皙的手指冷得隐约发红，抽了几张餐巾纸，把她的大作护在中间，裹起来放在夹克口袋里，用微哑的低音继续回答她：“他临终前，我答应他的。”

他的眼神瞧着平静，余葵却能感受到那里藏了太多事。她不想老提让他伤心的事，干脆转移话题：“你给我打麻将的钱我收了，刚刚买单啦，谢谢你今晚请我吃饭！”

时景果然一秒回神，惊得挑眉起身：“那都不够饭钱。”

见余葵无动于衷，他重申：“小葵，约会得男士买单。”

余葵无辜地耸肩，从膝盖上抓起滑下去的大衣：“所以呢？你都还没毕业，我怎么能让学生付全款请我约会？你别跟人家学大男子主义。再说，我高中的时候也没少蹭你的饭嘛！”

时景人高马大，皮肤却薄，热气从胸口烧到了耳朵根。余葵逆光看过去，难得见那昳丽的眉眼上带着零星愠怒和羞恼，他的耳垂都泛红了。

他极力压低声音说：“小葵，读博也有补贴的，是我自己挣的钱。”

“我当然相信你！”余葵从来没见过他这么生动的表情，目光有点儿挪不动，当即明白他害羞了，忙左右看了一眼，把他拽回座位，“那你每个月的补贴是多少啊？”

时景的声音顿时又低了些：“三千五百元，学校发两千元，导师发一千五百元。”

余葵忍笑，心里的小人儿已经在叉腰拍案，舌尖紧贴上颌才控制住上扬的面部肌肉：“那你很不错了，我听我们学校的师姐师兄说，他们在读博期间都靠家里养活，比你差远啦！”

时景的俊脸由粉转黑，他再次解释：“我们的制度是这样的，大家的津贴都能维持生活。我的花销少些，加上奖金，所以有点儿积蓄。”

想到他从前养尊处优，现在却形单影只地在长沙上了六年学，明明身处新一线城市却没地方花钱，每月靠三千五百元的津贴维持生活，靠花销少攒钱……余葵的目光不由得充满怜悯之色，显得格外慈爱：“读博太辛苦了，都会好起来的。”

他抚了一下额头，胸口起伏两次，又平复下去，松手跟她商量：“小葵，你不能这样，很像哄小孩儿。”

余葵今天本来不算顺利，但就这么心情松快地跟喜欢的人说了一晚上话，注意力被转移，忧虑好像都远去了——莫非这就是古人说的“有情饮水饱”？

两人出餐厅前，时景拎包立在原地等候，余葵从洗手间回来，没来得及喊冷，他便从后面把外套给她披上了。

余葵偏头，抬眸的瞬间，感觉不远处有灯光闪了一下。她当即也顾不得心“怦怦”跳，就着他的动作把手塞进外套袖子里：“你等我一下。”

她折身往回走，脚步停在刚才坐在时景正后方，围观他吃女朋友剩菜那桌的“吃瓜”男士面前。

有两人假装喝醉了，用手挡着脸，余葵可不惯着他们，冲其中一人开口：“先生，请问您刚刚在拍我们吗？”

年轻男人仍旧挡着眼睛，怪腔怪调地说：“你误会了小姐，我自拍呢。”

“可是闪光灯对着我的朋友呢，他不能随便被人拍照，可以麻烦你把手机图库借我确认一下吗？没有的话，我立马向你道歉……”

她话音没落，时景在身后诧异地喊了一声：“哥？吕开？你们在这儿干吗？”

年轻男人肩膀一抖，无奈地放下手来：“唉，没意思，小景，就差躲桌底下还是让你们俩发现了。难得干一回坏事，被逮个正着。”

另一个人直接举双手投降：“我先声明，小景，这事是你哥怂恿我们的啊！”

“不好意思了，妹妹，我们不是故意给你留下坏印象。就是……就是……实在太好奇了，好奇得要死了！我说小景这家伙百分百交女朋友了才会成天不着家，哥儿几个谁都不信。”

“谁不信了？我就想看看是什么样的仙女能把他迷得晕头转向，请假跑回来……”

四个人七嘴八舌地争论着，余葵听得晕晕乎乎的。

她的目光在时景和那拍照的年轻男人的眉眼上来回对比，他们确实有几分相似，只是时景的五官更惊艳细致，对面的男人偏阳刚英气一些。

见余葵看他，男人一挑唇，递出手：“见笑了，我是时景的表哥，时辰，你跟小景一样叫我就行。”

突然见了家长，余葵想到刚才的开场，大脑一片空白，身上汗毛直竖，极力保持面部镇定的表情，拿出她找上司汇报工作时练就的标准微笑，微欠身回握男人的手。

“表……呃……时辰哥您好，我是余葵，时景的高中同学。”

时景揽着她的肩膀，把浑身僵硬的余葵往后挪了一点儿，挡住大伙儿灼人的视线，开门见山地问他哥：“你刚才把照片发给谁了？”

时辰微笑露齿：“我说了你可别生气。”

“你先说说看。”

时辰：“我妈。”

时景头上就差掉黑线了：“现在撤回来，赶紧的。”

“来不及了。”时辰无奈地摊手，“我妈邀请小葵同学到家里吃顿便饭。”

他说罢，脖子往时景左侧一探，看向余葵：“可以吗，小葵？”

余葵答也不是，不答也不是，看着时景的脸色，婉言回应：“我工作日可能比较忙……”

“那就周六呗，我都立下军令状了，时景的假期截止到周六晚上，咱们上午吃顿饭，一家人一起把他送到高铁站。”

时辰提到时景的假期结束，让余葵的心脏失常地跳了两下。

须臾，时景回过头低声征询她的意见：“小葵，你愿意吗？不方便的话也没关系。我姑姑很好说话，你就当到朋友家里玩一趟。”

她咬唇，瞧着他希冀的眼神，鬼使神差地轻轻颔首。

“太好了！”当即有人鼓掌道，“时辰哥，周六可以去你家蹭饭吗？”

“都说了家里人吃便饭，你来合适吗？”

时辰说着，又把手机掏出来，露出熟悉的八颗牙微笑：“既然都发现了，也省得我偷偷摸摸的。来，小葵，你们俩来张正面照吧，靠近点儿……近点儿，让我妈也欣赏欣赏小景和他的同学。”

余葵的室友吴茜，这晚如愿见到了传闻中的时景。

她当时头发蓬松，正穿着法兰绒睡衣到楼下扔垃圾，咬着牛奶的吸管，把空盒吸得“叭叭”响，将垃圾分完类，一回头——

路灯下，她正好见余葵从一辆黑色沃尔沃上下来，八卦之魂顿时熊熊烧起。

来不及多想，她抬手一招：“小葵！”

下一秒，吴茜就后悔了。

她突然觉得自己脚上的海豚毛拖鞋、刚吃完外卖泛着油光的素颜和额心熬夜后冒头的粉刺对从驾驶座下来的帅哥没有起码的尊重。

早知道，她应该洗个澡再出来扔垃圾的。

苍天可鉴，吴茜对余葵的暗恋对象没有任何不该有的想法，但人俊到一定地步，就像一面镜子，很容易让人一照面就自惭形秽，反省自己浑身哪里不够体面。

余葵介绍两人认识。吴茜不着痕迹地把刚拎过外卖的掌心在睡衣表面擦了两下，才递手："你好，时景，要上去坐会儿吗？"

时景的眼睛亮了一下："那怎么好意思……"

他唇角微扬，笑意如春风拂面，眼睛却看向余葵："方便吗？"

吴茜被帅哥放电迷得七荤八素，胡乱答道："方便，方便！乱是乱了点儿，主要我们俩这几天正准备搬走，你都把小葵送到楼下了，就随便坐坐，喝杯茶。"

进了明亮的电梯间，没了黑夜的朦胧滤镜，他却越发闪耀。

吴茜真觉得，余葵当时跟她形容这人的时候用的词汇还是太浅薄、太贫瘠了。换她青春里有这样的校园男神，她能说出一篇《洛神赋》似的千把字的小作文。

这边余葵却努力回忆着：早上出门有没有把水槽清空，昨天吃剩的土豆片和鱿鱼干不知道还在不在茶几上，地板……地板应该还算干净吧？

门一开，余葵就急促地走在前面，拿拖鞋时借着身形遮挡，把玄关横七竖八的球鞋都踢到了柜子底下。

就在时景换拖鞋的空当，两个女人展现出了惊人的速度和默契，分别整理了乱糟糟的沙发和茶几，以一个勉强算是整洁的状态，迎接了她们租这套两居室以来第一个做客的异性。

她们邀人家上来喝茶，不过等人坐在了客厅里，才后知后觉地想起家里没有茶叶。90后的大厂打工人，家里只有麦片、牛奶和咖啡。

她们总不好拿盒装冰牛奶招待人家，于是——

"时景，你喝咖啡吗？"余葵从厨房那边探出头问他。

他正在欣赏她装裱后挂在客厅墙上的美术作品，闻言点了点下巴："嗯。"

"糖和奶要不要？"

他再次点头："按你平时的习惯放就行。"

喝什么不重要，第一次到余葵住的地方，时景现在还沉浸在有点儿兴奋的情绪里。吴茜让他不必拘束，随便逛逛，他果真起身。

和他截然相反，余葵所在的地方充满生活气息。

阳台一圈摆满绿植，枝叶繁茂，墙角的凳子不堪重负堆着半人高的画集、小说和漫画，真正该放书的书架上反而摆满了五颜六色、造型各异的动漫模型和游戏角色周边。

他路过两次，忍了两次，终究没忍住，轻手轻脚地将错行的花盆对齐，又不着痕迹地替她把墙角堆得横七竖八的书都抽了出来，书脊朝外放好。

整个客厅收拾得最整齐的地方，是她的工作台。

亚克力收纳盒里码着几百支马克笔，都有极细的分类，台前依次摆放着手绘屏、电脑、数位板和大屏显示器。

余葵平时一开始画画，工作时间就特别长，喝咖啡也研究出了最佳奶糖配比。她挑了粒单价最贵的胶囊放进咖啡机，认为自己诚意十足，从餐边柜那边给他端过来，还讲究地配了个白瓷碟。

“好喝吗？”她看他抿了一口咖啡，大眼睛里漾着粼粼的波光。

时景忍了忍，就着她的目光一口气喝完咖啡，把空杯子放回碟子里。

“很好喝。”

余葵对他的评价非常满意：“要不再给你来一杯？”

时景连忙抓住她的手腕：“不要客气，小葵，都到家了，你休息会儿吧。”

见吴茜殷勤地还想给他洗个苹果，他婉拒后赶紧切换话题：“你们打算搬到哪儿去？这儿的房子到期了吗？”

提到这个，两个女孩儿都愁眉苦脸。

吴茜：“房东打算把房子收回去，临时通知我们的。我们最迟这周末就得搬，不然下周工作日哪里有时间收拾？我男朋友今天让我搬过去跟他住，小葵就惨了，她的东西多，一时半会儿去哪儿找合适的房子？”

“其实……”时景顿了顿，继续说，“离这儿大概两站，我家有一套闲置的空房，小葵你明天下班要是有空，我可以接你过去看看。”

闲置的……空房……在北京？！

吴茜心里倒吸一口气：人长得帅、本地土著、三环内有房，家里还极有可能不止一套房……看着犹豫的余葵，吴茜恨铁不成钢，偏头抬起眼皮瞪余葵：犹豫就会败北，你还不冲？！

余葵领会到了这意思，但不是不想冲，只是怕占时景的便宜。

她咬唇考虑了一下：“你这房子租吗？”

时景看得出她很纠结，雪白的牙齿咬紧唇肉，双唇绷紧，呈现出一种充血的殷红状态。搭在膝头上的指腹动了一下，他恨不得上手替她抚平。

他错开视线，将鞋尖往后挪了一点儿：“当然，你明天看完喜欢的话，房东还可以帮你搬家，反正我在休假，没有别的事要做。”

“那……行吧，我先看看。”在吴茜逼人的瞪视里，余葵终于点头，“租金我按市价给你吧。”

时景欲言又止，开口换成：“那我明天还到路口接你？”

“这不行！”余葵赶紧摆手，“太招摇了，你还是再往前开一段儿，找个能停的地方，我过去找你就成。”

一阵宾主尽欢的交谈后，把人送进电梯，吴茜转过身就开始大喘气：“小葵，我现在特别敬佩你，真的，就冲你在他面前这节操和说话这流利劲，自制力绝了！”

“我刚认识他的时候也说不利索，当了好长时间同学才产生抵抗力的。”余葵关门进屋，两人后知后觉地发现自己的客厅发生了一点点变化。

余葵大学实习时的同事送过她一套锡兵，原本被她随手放在书架上，现在跟集合训练似的站得整整齐齐，桌面上几支散乱扔着的马克笔也按序号归位了。

不用说，余葵也知道是谁干的。作为一个完美主义强迫症患者，时景高中那会儿就经常这么顺手替她整理课本和桌面。

“令人发指，我就进去削个苹果，他还把魔方也给顺手还原了！”吴茜指着果盘底下色块排列整齐的魔方试探，“当兵的都这样吗？”

余葵实在没忍住，捂着脸笑了起来：“他不当兵的时候也这样。”

余葵诚意十足的招待，让时景失眠了。

从本科起，学校 6 点起床，10 点半熄灯，体能训练太多，他周边的人少有喝咖啡的习惯，他也一样，一杯下去，凌晨 1 点还无比清醒地睁着眼。

时景做完俯卧撑又换卷腹，直到浑身大汗淋漓。洗完澡出来，他重新坐回书桌前，剥开保护的纸巾，欣赏余葵给他画的画，看着看着，心便渐渐胀起来，像被风吹鼓的帆，装满柔情。

将纸巾塞进集册前，他用手机拍了一张照，随机选中五位好友群发。

“画得真厉害，多少钱买的？”

“什么？女孩子送你的？滚！”

“时景，你病得不轻啊，知不知道现在是半夜，要秀你别私聊，直接发朋友圈好吗？”

对啊，他还能发朋友圈。

于是，一分钟之后，时景空旷寂寥的朋友圈有了第一条动态，配文：

“回到北京，每天都像在做梦。美梦。”

余葵是第二天到了公司，在等待电梯上行时瞧见的这条朋友圈的。

她紧盯朋友圈，又把图片放大瞧了一遍。电梯太挤，陌生员工不小心撞到她，廓形外套上被泼到咖啡渍，直到对方紧张地道歉她才发觉。

余葵随意地摆手：“没事。”

不谦虚地讲，她的画现在市价确实不算便宜，每次送人作品，对方发条朋友圈是惯有的待遇。

所以余葵抿唇按捺喜悦，矜持地只点了一个赞。

她收起手机，脑子里的一个小人儿蹦出来怂恿她：可是，那是时景建微信号以来发的第一条朋友圈啊！所以中午约吴茜在附近吃饭时，她顺便买件漂亮衣服去约会不过分吧？

余葵从乡下到昆明，又到北京，消费习惯其实没怎么变过，她每月开销很低，除去房租、吃喝和爱好，上一次买衣服还是半年前。

从大三起，网上接稿的零散收入加余葵现在的工资和年终奖，卡里存了六十多万元，这是个循环，钱存得越多，她就越有成就感，越不舍得花，但现在……

男大学生家里还按月发恋爱资金呢，她给自己拨点儿约会专项款，也算情有可原。

余葵思及此，一整天工作都充满干劲，效率惊人。

5点下班后，余葵一分钟都没拖延，保存文件、关机、拎包、打卡、出闸机。她沿着车位一路小跑，直到远远看见那辆沃尔沃才理了理头发，放慢脚步。

两人就在附近吃了饭，这次时景没等她抢着买单，利索地先把钱付了。

想到他这个月三千五百元的补贴已经因为请客少了一半，余葵的怜爱又添一层。可惜很快，这个想法被彻底地从她的脑海里删除得无影无踪。

站在他宽敞明亮的一百四十平方米大房子里，余葵在窗口吹进来的风里凌乱，怀疑自己是否没把话讲清楚：“时景，我只需要一居室，两居是我能承受的极限。”

小区出门就是地铁站，她上班确实很方便，可是……在客厅里从南走到北，她转悠两圈，又叹了口气：“这么好的装修，房子都没住过人，你确定要租？多浪费！”

“住过的。”时景纠正，“我住过，之前寒暑假回来，偶尔住在这儿。房子确实空好几年了，你住进来，它就不浪费了。”

见她似乎打定了主意，时景只好换个方向切入："其实，我想让你住过来，还有别的原因。"

"什么？"余葵歪头。

他漆黑的眼睛特别真诚。

"想让你帮个忙，我在楼下还有一些房子，之前都麻烦朋友托管，房东要做的事还挺多——收租、退租、交物业费、报修……他今年特别忙，如果你愿意接管，就不用付租金了，想住多久都行。"

"多大点儿事，这值两三万元房租？"余葵怀疑地问，"你在蒙我吧？"

"不至于。"他拉开玄关的落地柜门，露出一面墙上悬挂的钥匙，低声介绍，"主要工作就是在合同到期前询问房客的续租意向，租期结束通知中介登记，和下任租客签订合同……事情简单，但比较琐碎，假如你愿意帮忙，我会少很多麻烦。"

余葵的提包"啪"的一声落地，她的视线挪不动了，嘴巴也久久合不上。

"时景，你不是还没毕业吗？怎么会有那么多房子？！"巨大的妒忌冲昏了她的头脑，余葵感觉自己的灵魂都受到了震荡，第一次知道自己竟然是会仇富的！

男人云淡风轻地弯腰，替她捡起包拍灰："我外公是90年代的归国华侨，早年在国外的科学院工作，靠专利挣了一些钱，回国后托朋友帮忙置业。当时谁也没想到这里发展得那么快，拆的拆，赔的赔，攒了一沓房本，他老人家前年去世的时候留了遗嘱，专利和动产捐赠，不动产均分给孙辈。"

余葵觉得自己需要重新理解时景口中的"一些"，一堆话涌到嘴边，开口还是不由得羡慕地问道："他老人家还缺孙女不？"

时景立刻笑了，眉眼飞扬："小葵，他不缺孙女，可能缺个外孙媳妇。"

余葵转身，局促地擦着手，努力适应起自己的新岗位："你刚才说要干些什么？我没经验，你要不给我列个单子吧。"

时景接了通电话，不多时，上任管理员就把文件传了过来。她打开表格，每个门牌号对应的租客信息、租期和价格都罗列得清清楚楚，剩下的只管往后填。

时景顺便给余葵交代了家里的煤气卡、水电户号和备用金："门锁密码你知道，和iPad一样，霍金的生日，你要是觉得不方便记，可以改个新的。"

余葵后知后觉，两人现在的相处模式有点儿不对劲，跟人家小夫妻商量似的。一直按捺到他说完，她才小声嘀咕："感觉工作全靠打电话，要不……我多少给你点儿房租吧。"

时景徒劳地劝半天，无奈地叉开长腿，在台阶上坐下来歇会儿，手懒散地撑着下颌，仰头看着她："反正我每次回来还得打扫，小葵，你就权当帮忙，选个喜欢的卧室，我把它清出来，咱们当合租室友，这主意成吗？"

一室一厅，五六千块钱，这和她付出的劳动值差不多匹配了。余葵心里天人交战，几分钟后终于在他期待的眼神中败北，伸手跟他碰了下掌心。

"那……成交？"她应完后立刻补充道，"先说好，我能保持房子在有点儿干净，不至于落灰的状态，但离你的标准可能还差得有点儿远。"

"我没什么标准。"

天色彻底暗了，时景起身开灯，灯光一瞬间将空荡的屋子装满，少了两分冷清，房间像是暖和了一点儿。

他就在这时候回头，颀长的身形分明寂寥，注视她的目光却温和得出奇，他说道："你怎么装扮你租的房子，就怎么装扮这儿，我喜欢那样。"

余葵试探道："站不齐的锡兵和横七竖八的书堆都喜欢？"

时景又笑了："我保证，我喜欢。那样有鲜活可爱的人气儿，我下次会尽量克制别碰。"他顿了顿，又说，"要是我实在没忍住，你可以再摆回去。"

余葵还是第一次听人把"乱中有序"形容成"有人气儿"，但这话从他嘴里说出来，好像又很有说服力。

时景身上可不就缺乏了一点儿"人气儿"吗？

她若有所思地偏头："你还记得有一回我们参加宋定初的生日会吗？"

他眼神微沉："高二，怎么了？"

余葵说："班长跟我说，学校六人间的宿舍里只住了你们俩，别人都不符合你的整齐美学，而你现在竟然都能忍受我，甚至希望让我来改造你……"

他截断话头："改变不好吗？"

"好是好……可我总觉得哪里不太对劲。"余葵纠结措辞，"我明白，随着年龄增长，每个人都会发生变化……或多或少。可你现在的架势好像完全否认了从前的自己，试图变成另外一个完美的人，但人生的过去和现在是无法割裂的，如果这些年，你一直在以让渡真实的自我感受为代价，伪装自己去满足你爸爸的遗愿，那得多累啊！我相信这绝不是任何一个父母的初衷，他说不定只是希望你发自内心地享受人生而已。"

她觉得自己讲得有点儿绕，不知道他有没有听懂。她再抬头，只见时景坐在台阶边，睫毛半敛，伸手在夹克口袋里扒拉烟盒，动作仓促。

多年的军校生涯让时景的肩背宽阔挺直，但就在刚刚的一瞬间，他的背脊似乎垮了一些。

他的肩绷得很紧，白皙修长的指节肌束跳了好几下，才顺利地把烟从盒里倒出来，捏在手上，指腹碾来碾去，始终没点火。

他像在极力克制着什么。

“也许你说得对。我大约并不是为了满足谁的遗愿，只是为了满足自己，让心里安宁，哪怕从来没有成功过。”

直到将那股突如其来的劲彻底压下去，他终于抬头，声音低哑：“小葵，我爸是被我害死的。”

余葵像被一道雷劈傻了，惊诧地看着他摇头：“才不是，你跟我说过，你爸是病发去世的，这怎么能怪到你头上？”

“我妈到今天也没有原谅我。”他冷冷地望着窗外的某处，眼神游离，没有落点。

“我冷漠自私，对他的生命流逝一无所觉。去昆明赴任那年，他曾想在生命的最后一程把我带在身边，一股脑儿地教会我他的处世智慧和人生经验。我什么都不知道，什么都听不进去。就在他抢救前两个小时，我还因为择校问题和他争执，他气急了，打了我一巴掌。

“很快，一切就都来不及了。

“我至今不知道，他躺在ICU里的那段时间，有没有清醒地听见我的承诺、我的道歉。

“如果当年活着的人是我哥，一切可能都会不一样。他是个听话的儿子，总是细致照料身边的每一个人。”

时景叙述的声音低沉平静，目光凄惘茫然。

余葵只觉得心被揪住了，翻转着绞痛，闷气一阵阵涌上来，轻声劝他：“你不要假设，为什么把错误都揽在自己身上？命运不归人类安排，谁能活下来这种事情，根本没的选择。”

时景隐忍地闭眼，忍下急促沉重的呼吸，再睁开眼：“问题就在这儿。

“我离开那天，从北京寄给你的那块平安牌——它原本是我哥哥的东西，那年我跟大院里的孩子下河游泳，差点儿溺水，他摘下来替我戴上了，再然后你知道，他救别的孩子溺水走了。”

余葵摇头：“这是巧合。”

“我曾经也这样安慰自己，可我爸走之后，我偶尔会觉得，这些不幸大概是我带来的。”

“才不是！”余葵使劲摇头，“这些话你跟任何人说过吗？”

时景看着她：“我对任何人都难以启齿。”

余葵此时终于明白他身上快要化作实质的沉重感是从哪儿来的了——背上了这样沉重的枷锁，人生怎么能轻松得起来？他几乎是自我放逐般地选择了那所南方院校惩罚自己。

失约是他最无奈的选择。

余葵多想拥抱他，却又无所适从。他太高，身上也太冷了。她攥紧手，险些带出哭腔：“你当时怎么不跟我说呢？我还在心里怪你，我以为……我以为……”

时景的父亲是高考前去世的。

算起来，她删掉他那会儿，大概正是他自责、内耗最可怕的时候。父亲去世，连妈妈都没办法面对他，他只身远赴陌生的城市和学校苦熬。

他对她的分享和抱怨全盘接受，却对自己的痛苦只字不提，只在夜深人静时一个人消化。

难怪……难怪这些年他始终克制地守在那座城市里，没找过她。

也许她当初删除他就是压垮他与人交际的最后一根稻草，他究竟花了多么长的时间才将自己打碎重建，变成了她今天所看到的时景？

当晚，余葵在小区附近的超市里买了十几个大号收纳箱，待组装的纸板又厚又硬，堆了半米多高，老板用绳子捆起来，她拖动都难，时景掂量两下，轻松地扛上肩头。

他皮肤白，用力时，细细的青色筋脉便随着绷紧的均匀肌肉浮上小臂的皮肤表层。

排队结账时，余葵过意不去：“咱俩一起拿吧，这样你轻点儿。”

时景伸手，从货架上拿了两盒草莓牛奶递给她：“你拿这个。”

见她欲言又止，他觉得好笑：“小葵，我不是纸糊的，学校拉练经常负重几十斤，走几十千米路，这点儿东西轻得很，累不到我。”

他们出了超市，两侧都是绿化带，干枯的枝条缀着新萌的嫩芽。

风轻轻的，两人沿着返程的小路并行，都没说话。她偶尔偏头，就能看到他清瘦的轮廓，在昏暗朦胧的路灯灯光下显得静谧又美好。

这是一个特别的夜晚。

在时景愿意敞开心扉，剖白自己后，那层隐约笼罩在余葵心里的迷雾散了，她试图努力回想之前的种种不甘和怨气，但奇怪的是竟一点儿也想不起来了。

她只感觉遗憾。

那么多年过去，他们仍像当初一样，是彼此唯一能倾诉最隐晦秘密的对象。小路漫长，氛围像是重回高三晚自习，十七岁放学回家的路上，他们推着自行车，在林荫道的路灯下并行。

仿佛时间从未被偷走，他们的心重新挨近了。

余葵到家开灯后发现吴茜在外约会，还没回来。两人干脆合力，用宽胶带把十几个箱子都粘好，先开始收拾东西。

在著名体育强校就读四年，余葵一毕业就把能跑一千五百米的强健体魄还给了母校，装了两箱杂物就觉得腰酸背痛，看着满地纸箱，瘫倒在沙发上捶腰休息："不行了，要不你先回家，我还是明天晚上再收拾吧。"

看时间还早，时景干脆接手，替她整理。

余葵的东西多是有原因的，她比较恋旧，什么都舍不得丢，甚至小到清华时期的课本和答题卡，每每他回头问她，哪样东西还要不要，她都只有一个答案："留着吧。"

"但这只是一个纸折的兔子。"

"室友送给我的……要不留着做个纪念？"

如此往来几次，时景终于叹了口气："小葵，别人写给你的情书也留着吗？"

情书？余葵茫然了一瞬，瞧见他手里展开的那张薄薄的粉色信纸，回忆猛地涌回脑海——

大二的时候，她期末连续几天在学校图书馆的同一片区域占座复习，某天中午从洗手间回来，就在桌上看见了这封信。

对方并不知道她的名字，最后也没出现，只是写了这么一封文字细腻优美的情书匿名表白。余葵当时纯粹是觉得对方的文笔惊为天人，字里行间都展露着作者海量的文学储备，她出于对文科大佬的崇拜才收藏起来的。

见时景往下读，她慌了，脸"噌"地涨红，从沙发上连滚带爬地扑过去，蒙住他的眼睛把信抽了出来："就这一封，扔就扔嘛！你别看了。"

时景扒拉开她的指尖，从指缝里瞧她，睫毛扫过她的掌心，她痒得酥麻。

"你喜欢过他吗？"

“没有！我都不知道人家是谁！”

余葵跪坐在沙发的边枕上，比时景略高出一截，见他瞧过来，触电般缩回手，心虚地错开视线：“就是在图书馆里收到的，觉得人家的文笔挺好，留着当范文看看也不错。”

他继续低头整理东西，假装若无其事地问起：“你大学的时候很受欢迎吧？”

“才没有！”余葵反咬一口，“论受欢迎程度，你才是招蜂引蝶的天花板吧，几个月出不了一次校门，都能引得人家幻想做你女朋友，编了几百条恋爱日常，她对你那么了解，连我都信了。”

“对不起。”他顿住几秒钟，敛目，喉结滚了滚，“我希望永远别再遇见那么离谱儿的事，如果还有，请你给我为自己辩白的机会。

他偏过头来，正视她：“你也许不介意，但我很介意，我介意你怎么看待我。”

余葵被那眼眸看着，膝盖发软。她有点儿慌，攥紧信纸，呼吸也急促了两分，干脆鼓起勇气趁势问道：“那你有没有和人接过吻？”

“有。”时景很坦诚。

余葵的眼皮跳了一下，冷气和妒忌混着在心口乱撞，她不问难受，问了更难受。

她嘴唇微动，正考虑要不要刨根究底，打开这潘多拉的魔盒，他突然伸手捏住她的细腕，从她的掌心抠出那张粉色信纸，慢条斯理地铺平整，夹在原先的课本里。

他整个过程都低垂着头，直到封箱结束才开口：“我已经够克制了，小葵，别再那么看着我。”

他克制什么？

余葵没多想，脑海中的天人交战终于有了结果，咬了咬唇，含混地加快语速：“那你告诉我，你是和谁……？”

毫无征兆地，男人探身吻了上来。

室温是适宜的二十四摄氏度，灯光是暧昧的暖色，她的头发柔顺黑亮，眼睛水光潋滟，双唇殷红发亮，一张一合，似是一种无形的邀请。

他还是高估了自己的忍耐力，渴望越压越反弹，忍耐的弦越绷越紧，终于在抵达临界点后骤然断开。

而余葵对此没有任何防备，盯着视野里放大的脸，瞳孔骤缩，颅内“轰”的一声哀鸣，停止了转动，只剩最直观的感官功能运作。

他的唇触感柔软，呼吸滚烫，热气一下下地拍打着她，灼热蔓延到脸颊的每一寸皮肤上，快要把她烧至干涸、熔化。

她忘记了怎么呼吸，只能感受他的唇齿在她的唇肉上啃啮、厮磨，一下、一下。

他稚拙但赤忱，狂热地将她包裹、覆盖，一起往欲望深处沉沦。

又不知过了多久，余葵肺部的氧气被彻底抽空，就在她要窒息时，相接的唇瓣终于分开。她脱力般跪坐不住，浑身瘫软地从沙发边枕上往下滑。

而时景顺理成章地把人揽进怀里，任由女孩儿无力地攥着他的胳膊，温存地抵着她的鼻尖，呼吸缠绵。

"不就是和你接过吻吗？"他说，"即便那晚喝了酒，你真不该这么快就忘了。"

余葵好不容易生出点儿力气，闻言又一次滑坐到他的怀里，被他的味道缠住。

慌乱间，她手脚并用地逃窜，好不容易才从欲望陷阱里爬出来，爬到沙发另一端，大声指控："你犯规！说就行了，干吗还亲呢？"

时景白皙性感的喉结滚了滚："我提醒过了，让你别那么看着我。"

余葵喘匀呼吸，后知后觉自己刚刚的问题并没有设定前置条件，孤男寡女共处一室，吻不吻的问题，叫人家听起来，可不就像调情、挑逗般的邀请吗？

她想问的明明是：除了她，他还有没有吻过别人。

门口传来吴茜的敲门声。

机会稍纵即逝，又没法儿问下去了，她恨恨地擦了一下唇角，趿拉着拖鞋去给人开门。

"哇！你这东西都收一大半了，速度这么快！"吴茜绕过满地箱子进门，显然有点儿诧异，"小葵，你明天就搬过去吗？"

还不是时景催的！他半个小时的工作量抵她一整晚。

余葵含糊地答："应该就是明后天吧。"

见她的室友到家，时景便不好打扰人休息了，将满地的收纳箱堆到墙角归类。余葵把时景送出门，走进电梯间才想起，从钥匙扣上取了一把钥匙给他。

"我上班的时候，卧室你就不用管了，我今晚先把卧室的东西装箱……"余葵絮叨着，视线落在他的颈间，想起什么，"你等一下。"

她匆匆折返，回到屋里，埋头翻了半晌，把衣柜里压箱底的平安牌找了出来。

2015年，高考结束那个暑假，她坚信会在清华园和时景重逢，于是在收拾离家的行李时把玉牌挂到了脖子上，一戴大半年。

重要的人赋予了它重要的意义，余葵每每心情烦躁低落时，便想着心口这枚平安牌也曾感受过时景的体温，陪伴他走过漫长的岁月，心里便又有了勇气——直到从长沙回北京。

当夜，她趴在寝室的帘子里哭到凌晨1点，想起脖子上还挂着他送的信物，猛然起身，想使劲把它拽下来，然而细黑绳太结实了，差点儿把她的脖子勒断。摘下来后，她起先把它扔在枕边，而后又丢到床尾，最后扔进了垃圾桶里。然而没两分钟，她终究还是心情复杂地下床，弯腰从垃圾桶里刨出它洗干净，然后塞进衣柜最下层保存起来。

她想着有一天再见面，一定要姿态高傲地把它扔给时景——谁要他的破东西。她无论如何没想到，时间一晃，再见面已经过了那么多年，而她想物归原主的理由也彻底变了。

"你哥哥留给你的东西，还是你留着吧，它对你那么重要，高中的时候，我看你一直戴着它。"

时景猝不及防地接过，目光触及掌心的平安牌时，他的眼眸渐渐深沉恍惚。借着灯光，他似是怀念地看了半晌，将它攥紧又松开，而后亲手戴回她的颈间："送给你了，它就是你的。"

余葵想让他起码有个念想，还要再劝，时景却说："在学校，佩戴任何饰品都违反纪律，会被纠察责令整改，而且——"

电梯门迟迟合不上，"嘀嘀"地催促起来。

他抬手，指尖替她顺了顺脑后的短发，双眸明亮，爱意浓稠，开口时却都悉数收敛，化作最朴素平常的言语："这是我的祝福，我希望你一生都顺遂平安。"

周三，余葵在开会中途转着笔，时不时就摁亮手机瞥两眼，总不见消息进来。

她有点儿魂不守舍。

昨晚他还问东问西，怎么今天一个人收拾反倒不问了？他会不会把她和吴茜的东西弄混，会不会把她的藏品当废品扔掉？

没等余葵抽空发个消息问问情况，高中微信群先热闹起来，起因是当年（1）班一块儿考了北大的两位同学，爱情长跑多年修成正果，给大家发来请柬，婚礼定在下个月。新娘还在读研，婚礼从简，年前在老家招待过一场，这次就邀请同学们一块儿聚聚。

徐方正：“大家就当同学聚会，过来吃顿饭、聊聊天儿。”

道贺的消息刷了好几页，新郎把还没看到的同学挨个儿点了名。

徐方正：“@向阳，刚下夜班也得来，记得刮胡子，我给你介绍年轻小师妹。”

徐方正：“@余葵，不准拿份子钱！”

…………

向阳当年报考了北大医学部，八年制，如今还在医院实习，每天都勇夺朋友圈微信步数第一名，忙得脚不沾地，还时不时轮值大夜班。见余葵在群里应声，他发来私信：“小葵，到那天我接你，咱俩一起去呗？”

余葵：“还是算了，徐方正不是说给你介绍小师妹吗？咱俩一块儿进门算怎么回事？挡你的姻缘。”

向阳：“规培研究生谈恋爱那不是坑人吗？结亲不成先结仇了。”

余葵一时没应，翻了翻下个月的日历，心不在焉地想着：也不知道那时候，时景能不能回北京。

聊到找对象这件事，群里当即刷屏，“单身狗”们纷纷吵着徐方正不准厚此薄彼。重压之下，他总算答应文艺委员，替她介绍个德语专业的帅弟弟。

朝雅：“有多帅？和时景比怎么样？”

徐方正：“姑奶奶，一般帅得了，我去哪儿给你找个时景这样的？”

朝雅：“你请时景了没？”

徐方正：“我倒是想请，根本联系不上。”

潘雪央：“人家干的是保密工作，估计也是身不由己。”

范瑜：“前段时间他帅上热搜，好多校友来问我要他的账号，不过时景那QQ几百年没见登过了。唉，咱班现在还有人跟他有联系吗？”

张逸洋：“高中毕业以后就没消息了。”

陈钦怡：“同楼上。”

…………

朝雅唉声叹气地发了条语音。

“果然，我就知道，咱们这些老同学在他心里一点儿分量也没有。能和他谈恋爱结婚的女孩儿，上辈子肯定是拯救了银河系吧。”

余葵抄送一封工作邮件再回来，大家就聊到这儿了，此时她再回复自己跟时景有联系，好像多少有点儿臭显摆的意思。

余葵心虚地犹豫了一瞬，决定假装没看见，只私聊陈钦怡，约她吃乔迁火锅。

陈钦怡毕业后在五百强外企工作，虽然都在北京，但和余葵离得太远，上回一块儿吃饭还是年前了。

陈钦怡："你搬家了呀？"

余葵："之前的房子不租了，临时找的。"

陈钦怡："房租多少？环境还行吗？"

余葵："地铁站旁边，绿化挺好的……说出来你可能不信，是时景的房子。"

陈钦怡："啊！！！"

大约觉得感叹号不足以抒发自己狂乱的情绪，对面的人直接一个电话拨了过来。刚接通电话，余葵就被她的吼声惊得手一颤，险险捧稳手机。

"余葵，你怎么回事？你住进了时景的房子里竟然不通知我？！"

"还没搬！"余葵赶紧澄清，"这不是第一时间就告诉你了吗？我现在的房东突然要收房子，不肯租了，他看我没地方住，收留一下可怜的北漂青年。"

"呸！你哪里可怜？咱班除了那批深造的，你现在年薪起码能排前五！"

陈钦怡吐槽完，又火急火燎地问道："你们俩怎么联系上的？现在什么情况？你倒是快跟我讲啊！我心痒难耐地等着听呢，他大学交女朋友没？这些年过得怎么样？"

"没交。"余葵顿了顿，又说，"他说他们学校女生非常少，而且他有喜欢的人了，所以……"

陈钦怡像炮弹一样连连发问："谁？北京人吗？长得漂亮不？"

"呃……"

余葵正组织着语言，陈钦怡突然出声了："他喜欢的该不会是你吧？"

"你也觉得不像话吧！"余葵终于找到认同，感慨，"那么多年不联系，他突然说喜欢我，弄得我这几天晚上都没睡好觉，翻来覆去地想他到底是从什么时候开始喜欢我的。我高中'社恐'又内向，整天穿校服……"

"不像话，你尤其不像话！"陈钦怡怒答，"小葵，你现在的发言，是附中女生听完人人都想踩一下的地步，你答应跟他在一起没？"

余葵小声说："还没呢。"

陈钦怡心情激荡："为什么？"

余葵："五六年没见了，我变化也挺大的，我多少不得矜持点儿，给他留个表白冷静期？"

"浪费了五六年，你不得抓紧在一起，三年抱俩，生他几个高智商、高颜值的孩子？"陈钦怡长吁短叹，"小葵，论拉仇恨，我谁都不服，就服你！"

余葵："你就说这火锅还来不来吃？"

"去！你投毒我都得去。"陈钦怡斩钉截铁地道，"从现在开始，我是你们俩的'粉头'了，我命令你们原地结婚，带着结婚证一起出席同学聚会，把全班人的下巴惊掉！"

余葵下午一忙，就把给时景发消息的事拖到了下班。

小葵："收拾得怎么样了，你在哪儿？请你吃饭吧。"

A："你家。"

余葵准备上出租车，刚给司机报了她和吴茜的合租房地址，瞧见他发来的几张图片，惊得差点儿关车门的时候夹了脚。

她匆忙扒着驾驶座跟司机商量："师傅，我换个目的地。"

此家非彼家。

就一个白天的工夫，他竟然把东西一件不少全搬过去了。照片里，她所有的绿植、书、手办、咖啡机一件不少地放在厨房和客厅该摆的位置上。

小葵："全搬完了？你一整天都没问我，不怕把我们俩的东西弄混？"

他很快发来语音。

"我怕打扰你上班，不确定的昨晚都问过了，剩下的个人特征非常明显，你要是不放心，回家再检查一下，有拿错的，吃完饭我送回去。"

车开得有点儿快，余葵戴上了耳机。

他将每个字都咬得很清晰，音色温和，玉石掷地般动人，拍打着余葵的耳郭，酥麻感直顶天灵盖。她心跳猛烈，被撩拨得完全没听清内容，不得不重复点开听了好几遍。

半晌，时景又发来一张图，这次拍的是卧室。

余葵不肯住主卧，他干脆把最敞亮的那间房给了她。

箱子被堆在衣帽间里没拆，床笠和被罩倒是铺好了，她从毕业后再也没叠过的被子，被他折成了四四方方的豆腐块放在床头。

余葵："我信你，你办事真有效率。"

时景的回复又是语音。

这次，她深吸一口气，做足了心理准备才点开消息。

成年男性的笑声性感低沉，抵达耳内，传到中枢神经，一下一下地拍打着她脆弱的心脏。余葵呼吸急促，脸颊绯红，感觉身体飘飘然，脚也软绵起来。

笑停了，他才说："我在做饭了，小葵，等你回来。"

余葵鼻腔都酸了，想哭，又想笑。她大一在宿舍里绝望痛哭的时候，哪里能料到有今天呢——她住时景的房子，让他帮忙搬家、铺床，还能吃到他做的饭。

小区还很陌生，余葵下车后，沿着导航路线，在门口买了点儿提子和杧果。

时景半晌没等来人，怕她找不着路，到楼门口等她。

物业的管家小姐没站在工位上，特地跑到大堂门口来跟业主聊天儿。她穿着物业制服，腰细腿长，仰着头跟时景说话，两手局促地绞在背后，眼角眉梢都写着荡漾的春心。

时景身上是深色英伦呢子大衣，更显得背影颀长。他不知回了句什么，女孩儿"扑哧"地笑起来，面若桃花。

余葵回来的一路上就反复听微信里那两句语音，一会儿像蜜蜂躺在蜂蜜罐子里，甜到窒息，一会儿又想到以后会和时景住一个屋檐下，昏头昏脑地预先紧张，直到看见这幕——

"啪"，蜂蜜罐子翻了。

她拎着水果袋歪头，胸口发闷，瞅着两个人哪儿哪儿都不顺眼。

时景若有所感地回头，一见到她便拔腿朝她走去，自然地接过余葵手里的袋子和包："你买水果了？怎么不告诉我，我出来接你。"

"你不是跟人聊得挺开心的吗？"男人很高，肩膀平阔，余葵仰头偷瞥他一眼，放平音调，"这点儿东西我拿得动。"

话一出口，她后悔得恨不得捂上嘴巴——余葵！你在干吗？这样说话显得人很小肚鸡肠，你平时根本不这样！

好在时景似乎并没有听出她的深意，双唇微掀："我在的时候，你就尽管使唤我，咱们家有重量的东西都放着我来，你的手留着画画。"

咱们家……

余葵的心猛然一跳，脸涨得通红，脑子里乱七八糟的东西"轰"的一声都化作纷纷扬扬的粉尘，她一时觉得时景是口误，一时又怀疑他是不是故意的。

眼瞧一对金童玉女朝自己走来，管家小姐大受打击，唇角的笑意差点儿挂不稳，眼神难掩失落地注视着两人从面前经过，她实在没忍住开口："时先生，两位是朋友吗？"

时景顿了顿脚步，抬起空闲的胳膊，在余葵的肩膀上搭了一下："她是我的女朋友，以后住在这边，你就留她的微信吧，有什么事情可以直接跟她说。"

女朋友……

再朝前走，余葵像踩在云里似的，手都不知道该往哪儿摆。眼前的情况好像又回到了高三她刚进（1）班那会儿，近距离接触时景。成年时景就像男版美杜莎，有着天然的引诱力，一举一动都刺激着她，让她的心脏负荷太大了。

她一遍遍地提醒自己支棱起来，现在她才是甲方！

一进电梯，余葵就抱起手发难："我还没答应做你的女朋友呢！"

时景敛眸，搭在她肩膀上的手也收回去了。

他按下电梯开门键，白皙昳丽的脸上多了两分说不上来的黯然："对不起……那不然，我现在回去跟她解释？"

那更不行！轿厢门开到一半，余葵又随手把关门键按上："算了吧，这样多刻意。"

看着轿厢里的镜面反射出自己的淡然表情，余葵都觉得自己在装模作样——她现在可谓把恋爱中女人的喜怒不定展现得淋漓尽致。

电梯上行，时景低声解释："她问我要微信号，我不确定她是否公私分明，所以想等你回来加她。我想着，告诉她你是我的女朋友，也许能规避一些不必要的麻烦。"

"哦。"她极力地控制着唇角，眼尾却还是掩饰不住地翘起来。

摊开的菜谱还被放在橱柜边上，时景几乎不下厨，首次尝试做她的家乡菜，味道竟然比她做得好，连配菜的土豆丝都宽窄一致、根根分明——这令人妒忌的该死的天赋！

余葵在痛心中吃完大餐后，接到了她爸从老家打来的电话。

"葵啊，单位今天组织去果园玩，给你摘了两箱枇杷和樱桃，你发个地址，爸爸寄生鲜冷链过去，快递站的人说，明晚你就能吃上。"

"爸，你少寄点儿，樱桃两天就坏了，多了浪费。"

"你不是有室友吗？也给人家尝尝。"

程建国还不知道她换了个男室友。余葵瞅向客厅，多少有点儿心虚。厨房洗碗机发出运作的轻响，时景正拿着工具笔修理她之前用坏的数位板。茶几太矮，他个子太高，只能屈膝坐在她的小黑猫三脚矮凳上。

田螺美男挽着袖子，叉开长腿，低头垂眸，侧脸专注认真。零件分门别类，像士兵一般整齐地排列在桌面上，等待他组装。

怕他出声惹得程建国问东问西，余葵躲进卧室接完电话，再出门时，数位板已经被修好了。

他把两个板子上完好的零件凑到一块儿，给她拼凑出了一个新的。余葵难以置信地插线、开机调试，坏了一年多的板子，竟然真能用了！

“你还修过数位板啊！”她眼眸亮晶晶的，充满了对大佬的崇拜之色。

“没有。”时景云淡风轻地收起工具箱，“从前帮室友修过手机，我看了一下网上的原理图，感觉应该不难。”

“谢了啊，我爸请你吃樱桃。”

余葵本来就试试笔，谁料触感太好，一画就沉浸了好几分钟才忽然想起正事，回头：“哎，我有没有跟你说过，咱们班徐方正和梁爽一起去了北大。他们俩下月初结婚，上午在班级群里给大家发请柬呢。”

时景点头：“说过的。”

“今天大家都在群里聊你，说高中毕业以后，就少有你的消息了，QQ账号你也不怎么登录，徐方正想给你发请柬都联系不上。”余葵叹气，“你为什么都不理同学们呢？”

“我那个账号被挂到了很多地方，常收到陌生人的临时会话，从前我会定期花时间清理账号，把好友的消息挑出来回复，后来——”时景浇花的动作顿住，声音倏地低了下去，“就没再清理过了，没空，也怕。”

余葵没听清：“什么？”

放下喷壶，他从阳台那儿转回身来：“新生时期能拿到手机的机会本身就不多，再者，我怕从认识的人那儿听见你的消息。”

余葵完全怔住了，没料到这竟然跟自己还有关系，脑子“嗡嗡”的。

“后来，是指我删了你之后吗？你为什么会害怕听见我的消息？”

“无论听见你过得好，还是不好，恋爱还是没有恋爱，那些羁绊和不甘会让我没办法安心待在学校里。”

大脑想要避免痛苦的本能，让他下意识地回避和他们共同认识的人社交。连余葵都不理他了，他就更不想理其他人。他使劲地把想念往下压，再往下压，才能让自己维持在一个心理稍微平衡的状态。

余葵的心像被大卡车碾碎了。她曾大胆猜测过时景说不定喜欢她，但从来不敢妄想他的喜欢比她想象中的深沉得多。

她懊悔地喃喃："我都不知道，你那会儿要是来找我就好了。"

他找过她，还不止一次。但他已经克制了那么久，状态最坏的时候都扛过来了，现如今，他更不愿让余葵知晓自己病态的爱意。任何拯救式的爱情都会叫人觉得窒息沉重，他只想尽量让她轻松、快乐点儿。

他敛目，掩下情绪，只平淡地叙述："我不知道你的包丢了，刚被删掉那段时间，心里还怀抱希望，想着你是因为我集训拉练失踪太久而一时生气。后来时间越长，发送过去的好友申请和短信通通石沉大海，我才意识到，你或许讨厌我了。

"我有时候打开消息记录，会觉得难受——大一上半年，我竟然发了四十七次'要集合'来结束对话，你生气是应该的。作为朋友，我什么都不能为你做，只单方面从你那儿汲取情绪。"

"我……"余葵有一种搬石头砸自己脚的感觉。有一瞬间，她险些拆穿自己的谎言，安慰时景删他不是为这个，只是因为喝了一壶绝望的飞醋。她烦躁地挠头，扔开数位笔朝他走去，努力安慰他："我没有讨厌你，从来没有，和你聊天儿我很开心……哎呀，反正不关你的事，是我的错。"

时景纠正："不，是我的错。"

余葵据理力争："怪我，是我先不打招呼把你删了。"

时景分辩："是我情绪不稳定，瞻前顾后，缺乏勇气。"

余葵仰着头气鼓鼓地反驳："不准再争了，就是我的错！"

四目相对，此时两人鞋尖的距离只剩不到五寸。

她脖子都仰得有点儿酸了，但她还是倔强地不肯率先挪开视线让步，男人却忽然伸手——

在余葵反应过来之前，时景托着她的腰把她整个人从地面抱起来，唇边溢出一声愉悦的喟叹，无奈纵容地承认："好吧，你的错。"

余葵眼前一晃，重心失衡，稀里糊涂地夹紧他的腰，胳膊搂着他的脖颈把自己悬挂稳住，肌肤隔着薄薄的居家服紧密相贴，成年男性的气息和体温争先恐后地触抵她的感官。

她的脑袋彻底死机，她无暇思考，呆滞地问："怎么，做错事的人还要接受惩罚吗？"

"小葵，你在想什么？"时景忍俊不禁，强压着话里的笑意，"你的拖鞋踩到营养土堆了，我带你去洗手间把鞋底冲洗干净。"

她的脸蛋儿“唰”地憋红了。

“洗就洗，你跟我说一声，我又不是没有脚，自己会走！”

时景义正词严：“下午刚拖的地，抱起来走比较省力。”

余葵执意要自己洗，时景便抱着手倚在门框上看她。

花洒里温热的水流涌出，狭小的空间中漫起水汽，玻璃窗被氤氲的雾气笼罩，他的眼眸也变得悠远温柔，似有水光流动。

无论过程如何，此刻时景心里只剩庆幸——他庆幸当年他没有在低谷期把最糟糕的一面向她展示，溺水的人假如想把感情当作最后一根救命稻草，只会导致一段关系失衡；庆幸两人过去积累的情谊，没有被时间和距离磨灭殆尽；庆幸他在一个不算晚的时间回了北京。

所有的幸运连在一起，组成了一个他不敢奢望却又如此真切的奇迹。

周四，还是时景做饭。

余葵下班耽搁了一会儿，到家时，陈钦怡已经提前到了。时景在厨房里备菜，陈钦怡就跟个小学生似的，规规矩矩地把手放在膝盖上，机械地坐在沙发上看科教频道。

一见余葵进门，陈钦怡猛松一口气，小跑过去替余葵挂衣服，压低声嘀咕：“我好紧张，跟大神独处果然不是凡人能干的事。”

“他又不是妖魔鬼怪，都两个眼睛一个鼻子的，你怕他干吗？”

“你就是站着说话不腰疼，你现在都把人从天上拉下来给你做饭了，才来装淡定了。当年在操场水池上把沙子踢到人家眼睛里的时候，你比我还紧张呢。”

余葵被她一提醒，也觉得心虚，安抚地拍了拍她的背：“往事不必再提，待会儿多吃点儿。”

说罢，余葵挽起袖子雄赳赳地进了厨房帮忙。

好友在家，陈钦怡总算壮着胆子起身四处打量，小区环境很棒，从阳台望下去有大片的绿植和水池。室内装修是简约的现代风格，餐厅宽敞又明亮，隔壁还有间琴房，放着气派的三角钢琴……从南到北没有一件不和谐的家具，不奢华，却极有品位，瞧着就知道是有底蕴的人家。

这间房子做婚房够够的。

她掩上门，视线落在余葵的工作台上，这才注意到余葵的电脑背后，平常乱糟糟一片的数据线、电源线，这会儿每根都被收束带理齐、标号，书架上每本书都按首字母排序。

陈钦怡一边"啧啧"一边点头，偷偷掏出手机拍了两张照片当作到此一游的纪念留存——如此整洁，不愧是时景，一个对自己的要求完美到头发丝的男人。

"钦怡，吃饭！"余葵探头喊道。

说是帮忙，其实余葵也就把他切好的菜转个身端上餐台，剩下的时间跟个花瓶似的跟在他的屁股后打转。怕火锅油烟太大，熏坏他的房子，她提议干脆就在厨房的中岛台上用餐。

色泽鲜艳的辣油汤底在"咕嘟咕嘟"冒泡。

陈钦怡有点儿不好意思："景神，你能吃辣吗？其实不用特意照顾我们俩的，骨汤锅也很好，我们有蘸料碟就行。"

"能吃，没事。"时景把料碟分到两个人手边，"钦怡，招待简单，你别拘束。"

陈钦怡头皮发麻，辣意险些呛进气管——高中两年他们都没混熟，这会儿他直接跟着家属喊"钦怡"了。学神突如其来的亲切简直叫人难以招架，她匆匆端起饮料猛喝一口，压下咳嗽，慌张道："已经很丰盛了，我不拘束！"

时景望向她的手边。

陈钦怡这才发现自己错拿了余葵的杯子，悄悄推了回去。好在余葵心大，并不介意，嘴巴被辣得通红，端起杯子喝到见底，时景又顺手给她续上。

一顿饭吃得陈钦怡神魂飘荡、七上八下、恍恍惚惚。乔迁宴终于结束，两人把陈钦怡送到电梯口。

陈钦怡一边挥手告诉时景不必再送，一边暗暗拽着余葵进了电梯。

"大神的家宴无福消受啊，今晚回去估计得消化不良。"她叹完不忘煽风点火，"小葵，看学神这么高傲的人现在成了家庭煮夫，真心觉得太爽了。不过抢手的饽饽，必须得速战速决，省得夜长梦多。"

余葵："哼，你怎么都不担心我？人家也是抢手的白菜。"

陈钦怡瞅着她，神情勉强地点点头，自动跳过了这一题："他 4 月不是回北京吗？徐方正结婚的时候，你可记得把他带来吓唬吓唬大家，不能让我一个人消化不良。"

"再说吧。"余葵手插兜，想了想，"他假期结束应该会很忙，也不知道有没有时间。"

余葵洗过澡后，穿着睡衣盘腿坐在沙发上捣鼓时景的老古董 iPad 4。她把它压箱底好多年了，原以为电池应该坏了，没料到插上电源后，竟然开机了。

军校生通常使用国产手机，自从时景上大学后，云端就再没更新过，相册里存的还是高二余葵和他交流作业时拍的大题和草稿。

零零散散的几百张照片，余葵一张张翻阅，有的拍到了她暑假作业本上的饼干屑，有时还有台灯旁的橘子汽水入镜。最过分的是，她有次解题写到字母 O，竟然脑洞发散地在上面描了朵喇叭花，还意犹未尽地用钢笔牵出一根细藤，大大小小地又给它补了十几朵兄弟姐妹。

而时景回复的照片，拍摄的永远是台灯下同一视角，草稿条理清晰，字迹端正。改完错题，他还偶尔批复——

“晚上吃太多饼干容易胃胀。

“两道题写了四十五分钟，困了吗？

“涂鸦很好，下次别往练习册上画了。”

记忆的闸门一开便一发不可收拾，余葵瞧着少女时代的自己和时景的互动，一会儿小鹿乱撞，一会儿觉得丢脸，一会儿又不免撑着脸怀念。

她再抬头，发现厨房已经被打扫干净了，烘干机里的衣服也都被取出来叠成一摞放在阳台的案头上……

看时景像勤劳的工蜂一样忙碌整晚，余葵挪动两下屁股，羞愧感涌上心头，抬手招呼道：“时景，你在忙什么？要不歇会儿，剩下的我来做吧。”

他果真放下手边的事，端着洗好的樱桃过来：“没有什么特别的事，我清理了一下冰箱和杂物间，我不在的时候，你方便找东西。”

见她抱着他的旧 iPad，时景倾身凑过来：“在看什么？”洗发水清冽的柠檬味钻进了余葵的鼻腔。

余光瞥到他白皙的下巴和锁骨，余葵又觉口干舌燥，心跳阵线失守，不自觉把懒洋洋的背挺直了一些，脚丫悄悄滑下去，溜进拖鞋里，坐得更板正些。

“就是咱俩还是网友那会儿，你教我做题拍的照片。我找平安牌的时候把 iPad 翻出来了，这电池寿命可真长。”

时景接过 iPad 翻了好一阵，也觉得好笑。看着看着，他忽然开口：“小葵，跟我讲讲你大学的事吧，为什么不开心？为什么挂科？刚刚听钦怡提起，你那时状态不大好。”

“啊？”余葵不情不愿，“你听什么不好，非想听挂科的事。”

“我想知道，我不在的时候，你经历了什么。”

时景坐在矮凳上，原本将手肘撑在沙发上浏览 iPad，看到 iPad 息屏后就抬起眼皮，漆黑的眼睛认真看着她：“我想了解你所有的事。”

余葵有点儿鼻酸，挠头掩饰。

“每个人刚进那所学校的时候，或多或少都尝到过挫败的感觉吧，尤其像我这样靠高三最后一年逆袭的黑马。别人都是高考状元、拿奥赛金牌，我无论怎么努力，都考不到班里的平均分，尤其第一次挂科之后，一想到挂科就毕不了业，我辛辛苦苦考上清华，最后却可能拿个专科生的证书，就每天都很焦虑。没有谁给我压力，但压力自然而然地就落在头上了。”

余葵的高考分数是 702 分——那是她高中三年发挥最好的一次，裸分一举冲进了省排名前三十，是连班主任都大吃一惊的程度。

那段时间，程建国每天接不完高校的抢人电话，乐得嘴巴合不拢。一栋楼里连出两位清华、北大高才生，大家纷纷夸房子风水好，小区房价都水涨船高，好多人来问程家和向家肯不肯卖房子。

最后填报志愿，余葵还是按自己的想法填了清华，至于专业听取了程建国的老上司的建议，那位总工是老牌的清华土木生，给她选了信院自动化系——确实是个有前景的专业。

但现在想来，余葵那时对自己的未来是完全没规划的，以为高中结束，大学就天高任鸟飞，未承想迈出第一步就受尽挫折。

那时候从未向人诉说的委屈，这会儿都化作絮絮叨叨的抱怨，她后仰着往沙发上一靠。

“我们专业的知识涵盖得太广了，用前辈的话讲，杂而不精，哪个方向都学，什么运筹、软件、硬件、控制和系统、数学……我和其他人比，哪门基础都缺失，本来就不算顶聪明的人，一焦虑就更慌了，不管怎么努力，就是找不好方法。成绩出来之前，其实我也早有预感，最后果然挂了，就是心里那根弦‘啪’地绷断了。”

“后来呢？”时景的眼里已经开始流露出心疼之色。

“重修呗。第二学年跟学弟学妹们一起上课，我生怕这门课再挂一回，真的用尽了全部努力，那门课的卷子现在给我，我说不定都还能考 80 分。”余葵回想这一段经历，眼神都黯下来，“虽然从小就是学渣，但小时候我起码能安慰自己，成绩不好只是因为我胸无大志，不肯努力。可到了大学里，所有的挫折似乎都指向同一个事实，告诉我，人和人的天赋确实有着天壤之别。”

再往下，就到了余葵修美院双学位的节点。

“刚挂科那个学期，我都没回家过年，每天学几个小时就开始自我厌弃，剩下的时间就疯狂画画发泄压力，传到微博上。意料之外地，开始有粉丝关注我。”

余葵的唇角总算翘起来一点儿：“逃避在网络世界里，大家的夸奖让我感觉自己没那么糟糕，起码并非一无是处。室友见我天天画，就提醒我双学位的报名快截止了，我这才想到还能修个美双。”

“我本来以为双学位会占用很多精力，但学自己喜欢的东西比想象中的轻松。虽然彻底没周末了吧，但在信院没有的自信在美院找回来了，平衡一下，焦虑一下子好了许多。平静之后，大一的时候学不进去的东西，我也能渐渐找到门道了。”

余葵其实还省略了很多艰难的时刻没说，比如实习期，美院的师姐帮忙内推，她进了国内一家顶级游戏工作室，每天在高强度的工作压力下画画。项目美术负责人是圈内非常有名的老师，脾气不大好，她在画画之余还得负责协调杂务、统筹进度。

幸运的是，她熬过来之后，所有的艰辛都成为履历里珍贵的一笔。她离开工作室前，负责人替她好好写了一封推荐信，这令她直接获得了如今就职公司的上任主美的赏识和提拔，让她成为他的继任者。

“心态真的很重要，我也真的很幸运。”她说到这里感慨，“每次都在关键时刻找到了正确的排解方式。”

时景接话：“这其实就是你最厉害的天赋，谁都难以比拟。”

余葵歪头不解。

他静静地凝视着她，认真地解释：“生命力，你看似孱弱，但实际上有百折不挠的生命力。”

“你是想说我看上去‘躺平’，其实比谁都‘卷’吗？”

“要这么理解的话，也行。”时景顺手往她嘴里塞了粒樱桃。

余葵咽下樱桃才想起来哀号：“我刷牙了，你干吗又喂我吃东西？”

时景无辜地说：“叔叔在字条上写了，今晚不吃，明天会坏。”

“因为会坏你才让我吃呀？”余葵气愤地握拳。

他认真眨眼：“不是，因为我想让你心里甜一点儿。”

提起过去的事，虽然心疼，但两人都默契地没有相互安慰。强大的人，虽然曾经历至暗时刻，但从那段陡然滑落的曲线再爬回原点时，自信和勇气也已经回到了身体里，此时他们只需要陪伴聆听，安慰已然不再必要。

时景从没提过自己的家庭背景，附中的校友们曾经有诸多猜测，但那些说法从未得到验证，余葵也没问过他。直到乘着时景表哥的吉普车进入封闭的大院时，她才发现事态有点儿脱离控制了。

她坐在后排，压低声儿乎用口型问时景：“不是说吃个便饭吗？怎么还查身份证呢？”

时辰大概背后长眼睛了，笑眯眯地开口：“小葵，你见谅啊，这边进出确实麻烦，所以我们都不爱住院儿里。主要小景是第一次带朋友回家嘛，我妈也想着在家里接待显得隆重些。”

“阿姨太客气了！”

接下来的时间，余葵正襟危坐，大气不敢出，生怕再被发现她和时景讲小话。

车开了好长一段路。

时景的姑姑家有点儿像余葵小时候看的电视剧里的那种年代稍久的方正小院子，门口花园里还搭了小棚子，种了两排蔫头耷脑的菜苗。

时辰看一眼便嫌弃地说：“我妈真是人菜瘾大，种一茬儿死一茬儿，还非不让人家能种活的帮忙。”

“她高兴就行，多动动身体好。”

时景落后半步，把买好的礼物交到余葵手里，压低声说：“别紧张，一会儿你就跟着我叫人。”

时景的妈妈据说是某医院的主任，工作很忙，他小时候大半时间被扔给姑姑带。

一进门，余葵就信了。

小楼很宽敞，中式古典风格的内饰，博古架上的相框里，每张家庭合照上都有时景的身影。

她甚至发现了一张 2008 年时景在奥运会开幕式现场的照片。看台上，小学生时景头戴红白色纪念棒球帽，被一位西装革履，神情板正的中年男人搭着肩膀，不情不愿地蹙着眉。

“这是你爸爸吗？”余葵指了指照片。

时景偏头深深看了好一会儿，微微颔首：“嗯。”

余葵觉得男人有点儿面熟，看了几眼，眼神还是又落回小孩儿的眉眼上，深深感慨：“你营养真好，六年级就长那么高，帅哥果然从小就跟别人不一样呀。你是不是长得像妈妈？”

她像个小鹌鹑，紧张了一路，进门一看照片，话题却忽然往无厘头的方向转去了，时景都被她逗笑了，但忍俊认真答："我姑说，眼睛、鼻子像妈，脸型、嘴巴像我爸。"

在沙发上端坐不到半分钟，余葵听到楼梯间传来一阵匆匆下楼的脚步声，脚步声的主人边走边喊厨房阿姨："快帮我看看这裙子怎么样，有没有显得我特别和蔼可亲？"

时辰正喝水，看到她后差点儿把水喷出来，放下杯子咳嗽着提醒她："妈，小葵已经到了。"

被点名的余葵"噌"地站了起来，跟着时景叫人。

时景的姑姑很年轻，年轻到令人大吃一惊，气质很像余葵从前在美院的一位教授，珍珠耳环、高跟鞋，丝毫看不出有时辰那么大的儿子，性格也亲切得过分，跟小姐妹似的拉着余葵的手问东问西。

余葵有点儿蒙，一边咀嚼着姑姑剥好塞到嘴边的橘子，一边回答姑姑天马行空的提问——

"我高中以后跟爸爸住，老家还有外公外婆。

"种红薯的技巧……我外婆说，在天气转暖的月份下苗，雨水多虫害少，最近应该刚好合适吧。

"本科是清华，信院自动化专业，硬件、软件都学了一些。

"哦，目前在一家互联网企业做游戏美术……我觉得还挺好玩的，玩家们给的评分不错。"她一边帮姑姑的手机下载游戏，一边承诺，"有空的时候我上线带您一起做做任务。"

时景初时还帮着抢答，后来见两人连上客厅 Wi-Fi，原地开起了团，气氛一派和睦，才稍微松了口气。

他也不知道自己担忧什么。余葵这么讨人喜欢的姑娘，对人有着天生的赤诚和善意，越通透的人其实越明白这品质有多么难能可贵，谁会讨厌她呢？

9 点，时辰有事出门，叫上时景一道，顺道接时景的姑父回来吃饭。

时景是被叫出门了，却心不在焉，车辆打火后，还不时往后视镜里看。知道表弟不放心，时辰大大咧咧地劝道："你只管放心，我妈又不是老虎，你瞧她表现得多亲切。"

时景怀疑："姑姑今天怎么……"

“你是想问她今天怎么特别能演吧？”时辰一语道破，挂挡起步，“其实你可以轻松点儿，小景，不用活得那么累。从前，长辈们确实对你的未来抱有很多期待，想想看，整个家族里数你最帅，聪明努力。那时候别说裴姝，玉皇大帝的亲闺女下凡，他们都觉得配不上你。

“到你爸走了之后，大家忽然想明白了，一直以来，也许就是大人的期待压垮了你。姥姥说以后不能再强求你任何事，只要你开开心心的就好，管人家普通家庭还是偏远山区，只要能让你高兴，我们也就高兴。

“说实话，你高中赖在昆明不肯回来那点儿小秘密，我妈早跟周秘书打听清楚了。这姑娘有能耐啊，时隔六七年还能让你这么冷静的人急匆匆地回北京，我妈好好待人家都来不及呢，怎么可能对她有意见？”

时景怔了半晌，低头叹气：“让大家操心了。”

“一家人说这些干吗？我让他们操心得更多，是不是还得给长辈们叩头谢罪？”时辰说到这儿想起什么，声音变得愤愤，“你是没看见，今年过年我领女朋友回家，我妈那架子端的，我左边挨一巴掌，右边挨一巴掌，里外不是人。我妈这双标狂魔……”

余葵带着姑姑连胜几局，又给她介绍了商城里自己画的热门皮肤，还有升任主美，版本更新后，带领团队出的几个新角色，瞧得姑姑眼睛发亮。

“小葵你是自动化专业的，画画也这么精致漂亮啊！”

“我还修了个美院双学位。”余葵羞赧地挠头。

姑姑戴上老花镜，越端详越满意，放大看一会儿，又缩小看一会儿，不知不觉就买了好几个。女人爱买衣服是天性——哪怕只是游戏里的虚拟数据。她买完，叫来阿姨带余葵到处转转，随便参观，自己则迫不及待地穿着新皮肤扎进游戏，又开一局，小试身手。

余葵院里院外，楼上楼下地晃悠一圈后，溜达到时景的卧室。

“小景不喜欢别人碰他的东西，所以平时除了打扫灰尘，我都不怎么进来。”眉目清秀的阿姨在围裙上擦了擦手，踮脚把书架上的几本相册捧下来给她，“不过管他喜不喜欢，我们太太每次都拿他的相册招呼客人。”

余葵心领神会——她要是有这么帅的儿子，逮着机会也得抓紧给别人显摆显摆。

挨着床坐下来，她盘腿翻开了相册。

她看得出，时景从婴儿时期起就非常标致可爱，俘获了一众叔叔阿姨的心，连幼儿园老师也把他搂在凳子上弹钢琴。

余葵没忍住，从兜里掏出手机，偷偷拍了两张照片。她再往后翻，动作便渐渐放缓了，忽然回忆起高二那年打开时景的QQ空间时的感觉了。

她傻眼，震撼——

即便随着年岁渐长，她觉得自己也算见过一些世面，但时景小时候的经历仍然比她想象中的开阔得多。

刚进门那张奥运开幕式合影只能算冰山一角，他跟随长辈去过的重要场合数不胜数，和爷爷看卫星发射，被连她都觉得眼熟的叔叔伯伯抱着合影……大多时候，余葵只能通过新闻窥见的世界，却是他真实的人生。

他甚至从未将此当作谈资吹嘘或提起过。

想到新闻，余葵脑子里冥冥中有一根线似乎搭上了。她下意识地把相册往前翻，找到时景和父亲合照那几页，又看了一遍，打开搜索引擎。

记忆中，高考结束那个暑假，报纸上似乎是刊登过一整版面的讣告，但那时，她从未把时景的父亲和新闻里的人联系起来。

半晌——

余葵受到冲击般地按下了手机息屏键。

仅仅是看着讣告，她已经能想象时景当时的心情，对十八岁的他而言，一切叛逆争执都只是建立在他想获得父亲认可的基础上。

男人离开那天起，支撑时景的世界的大树轰然坍塌了。

阿姨从楼下端了果汁和点心进来，见余葵瞧着照片发怔，也跟着叹气："时景爸爸刚走的那段时间，追悼会结束，小景把门一关，就在这个房间里待了两三个月。开始他连水米都不肯进，直到他爷爷奶奶来，又哭又劝，他总算肯开门吃东西了。"阿姨轻拭眼里的泪，"小景也算我看着长大的，这孩子外表冷，其实心善。他就是自责啊，和自己较劲。到收拾行李去长沙报到那天，他整个人瘦了十来斤，飞扬的精神气都沉下来了，人也成熟了一大截。"

余葵不敢再听，匆匆合上了相册。

阿姨大概也觉得自己把话题弄得过于沉重，匆匆放下托盘："饭就快好了，小葵你慢慢看。"

走到门口，她似是又想起什么："对了！"她搬了个小凳子回来，垫着踩上去，"小景还有个隐藏相册，平常不敢让他发现，我们都是背着他偷偷欣赏的，不过……给你看的话，应该没关系吧。"

她特意提醒："小景从鹅绒枕头里抽了根小羽毛做标记，小葵你看完塞回去的时候，记得把它夹到第一页。"

嗯？什么隐藏相册还弄得神神秘秘，时景光屁股的满月照吗？余葵期待地翻开相册，然后惊愕地瞪大了双眼——

第一张就是她被摄像头抓拍的大脸照。

穿着附中冬季校服的她傻乎乎地挤在人群中龇牙咧嘴地拔河——重点在于，这张照片是她在高二（15）班的时候拍的，她自己都没见过，他从哪里偷来的照片？

十来分钟后，余葵把整本相册翻完，头脑发蒙，感觉世界都不真切起来。

她一直肯定，自己的喜欢比时景的多得多，可如果时景从那时候就开始关注、保存她的照片，是不是说明他们俩算双向暗恋？

余葵努力回想，高二时期，她个子不算高，刘海儿也长长的，灰扑扑的像个沉默的背景板。时景喜欢她什么？是她写作业吃得满本子饼干屑、游戏里抱着他的大腿喊“求带”吗？

她再想得远了一点儿：如果她学习不是特别努力，没上清华，只是去了任意一所普通大学，他们还会不会有今天的后续发展？

…………

严格地讲，思考这些其实没有意义，余葵却能清晰地感觉到，自己少女时代遗憾的最后一角，正逐渐被缺失已久的拼图严丝合缝地填满。

她曾以为那段时光只有自己哭笑忐忑、卑微羞怯，但现在看来那并非一场独角戏，他也曾将喜欢掩藏在平静自若的外表下，不留余力地朝她奔赴。

饭点，那位据说非常忙碌严肃的姑父总算回来了，男人身姿挺拔，走路带起一阵风。

第一次跟这样的人同桌吃饭，余葵刚刚放松的神经又绷了起来，她全神贯注地回答着对方的提问。

未承想姑父也平易近人，听说余葵信院毕业，还提起他们学院的一位德高望重的教授，问她认不认识。

余葵猛地点头：“我大三修过他的课，现在使用的本科教材也是老师编撰的。”

“我跟他还是高中同学，老朋友，好几年没碰面了。”姑父举杯，跟她这个小辈干了一口椰汁，转头又问起时景在学校的情况，从生活到学业，问得十分细致，交代时景一些治学做人的道理。

一顿饭就在其乐融融的氛围中结束了。余葵进门前以为自己会紧张拘谨，却没想这顿饭吃得比她回亲妈余月如那里还轻松。

饭毕，一家人要送时景去高铁站，被时景好说歹说拒绝了。

临别时，姑姑伤心地拥抱时景："臭孩子，也不知道想家，下次再见面都不知道什么时候了。"

时景个儿太高，俯身安慰地轻拍了她两下："姑姑，刚刚吃饭的时候您看手机没仔细听，我下个月跟导师到北京交流……"

姑姑的爱走得太快就像龙卷风："那你差不多就去赶高铁吧，别耽搁了。"

时景拎着来时的行李，走时也还是只带了几件简单轻便的衣服。

余葵把人送到安检口。道了别，时景走几步，又回头瞧瞧她还在不在原地。他的白衬衫被风吹得很鼓，他逆着光，寸头利落，下颌线条紧绷，眼睛漆黑，几次想说什么，却都被往来的人流隔断视线。

余葵每次见他瞧过来，就挥挥手。

车站比婚礼见证过更多的不舍。

明知道时景也许隔一两周还能回到北京，但不知为什么，这一刻，瞧着他渐行渐远的背影，她还是难掩失落，掐着指腹使劲抑制这种没由头的酸涩感。

在那道颀长挺拔的身影汇入人海的前一秒——

她实在没忍住，朝前走了两步，只是想离他近点儿，再多看会儿，却没料到本已经排到安检的时景恰巧在这时回头。瞧见她的动作，男人拎起行李折身，大步流星地穿越汹涌的人潮，朝她走了回来。

距离高铁停止检票时间仅剩十五分钟。

余葵明知此时应当催促他过安检，但不知为什么，只是不由自主地注视着他，眼球一动不动，似乎试图用意念把他的模样拓印下来。与他赤忱的眼神交会，她只觉灵魂里有翻腾的爱意在燥热地涌动，情绪夹在疯长的满足和不舍间来回飘忽。

他终于在她眼前站定，丢开行李，隔着软隔离带，俯身把她紧紧拥入怀中，唇边发出一声叹息声，不舍地轻唤她的名字：

"小葵。"

"嗯。"

"小葵。"

"我听到了。"

时景的力道很大，余葵感觉自己的骨节快要"咯吱"作响，但她丝毫察觉不到痛感，闭眼听着他的胸腔处传来略重的呼吸声，手轻轻地搭上他的腰。

她明显能感觉到时景微不可察地回应着自己，触碰到的那块肌肉隔着衬衫细微跳动了一瞬，他牵着她的手移到颈部，环紧。

下一秒，时景托着她的腰，毫不费力地把她从隔离带对面抱了过去。

余葵现在明明也是近一米七的个头儿，在他怀里却依旧娇小得像个小女孩儿。

他没立刻撒手把人放回地面上，而是单手抱着她，鼻梁抵在她白皙的颈窝上，右手的指尖一下下摩挲她后脑的头发，声音低沉："真想把你带走。"他说罢，偏头，在她的雪腮上轻吻，又改口，"我真不想回学校。"

余葵措手不及，无处安放的长腿只能缠上他的腰肢稳固重心。脸颊的触感余温尚未消失，她紧紧搂着他，感受着彼此身体严丝合缝地贴合在一起，无力地任凭男性的气息、言语和心跳将她淹没。

路过的旅客都朝两人看过去。余葵明明是个害羞极了的人，此时却无暇顾及任何人的眼光和看法，迷失在这样剧烈的快乐里，享受被他的情绪中巨大而急切的占有欲包裹、吞噬。

看不到他的眼睛，她终于问出口："我想问你一个问题。"

"你说。"

"如果这些年，我交男朋友了，甚至如果那天结婚的人真的是我，你酒醒后要怎么办，祝我幸福吗？"

仅仅听她假设，时景就有种瞬间被拉回那一时刻的窒息感，心脏条件反射地泛起细密的绞痛。

"我不会。"他没有任何犹豫，压低声重复，"我不会祝你新婚快乐。我没有那么高尚，甚至卑劣自私。我不想在你最幸福的时刻打搅你。但我祈祷你婚姻不幸，又不至于太受伤，这样我才能顺理成章地出现，让你知道，他们当中任何人都不会比我更爱你。"

"余葵，我从来没有说过你对我的意义吧。"他的声音一字一字地传抵她的耳朵，"我不是个乐观的人，亲缘淡薄、孤僻、冷漠，相处很多年的朋友，偶尔还会指责我跟块石头没有区别。"

余葵不想听他这么形容自己，欲言又止。

时景坚持继续往下说："可是，在你身边的时候，我觉得自己活得并不孤独，很有趣，很幼稚，很真切。"

他把埋藏在十七岁少年心里的告白一股脑儿地吐露了个干净。

“我想跟你一起上学，就每天早上假装路过你家路口很多次。2014 年附中拍招生手册，我和参加竞赛的女生商量，拜托她给我跟你合照的机会。你在光荣榜橱窗里的证件照是我偷偷撕走的。我无法自控地注意你，看你每天穿什么颜色的衣服，关注你换的新发型，在你打过饭的窗口点同样的菜，每次在超市门口假装等人，其实都在等你。

“上大学的这些年，我每天都想你，越难过的时候越想。

“我反复问自己，这辈子还能不能再遇到一个让我心甘情愿地做这些傻事，让我觉得快乐，觉得自己不再像块石头的人。回北京见到你的时候，我知道，不会再有了。

“如果可以，我想永永远远地把你和我绑在一起，填满我生命的空缺。”

时景从不对人剖析自己，鲜少说煽情的话。讲到此处，似是觉得真实的自我实在无所遁形，他狼狈羞窘地偏过头去。

“总之，我就是想让你知道，你对我很重要，比你想象的更重要。”

余葵震撼地从他身上滑下来，呆滞无措地仰头凝视着他，感受着那深沉漆黑的双眸里，汹涌澎湃的爱意袭来。

头一次，在公共场合，她开心满足到想要捂脸大哭。她觉得自己一生都从未有过这样的幸运。

距结束检票不到十分钟。

不愿让时景瞧见她哭得那么凶，余葵憋回眼泪，强压下鼻间的酸涩，推着他往安检口走：“我送给你一件礼物，在你的包里。你先快点儿上车，上车再看。”

高铁呼啸进站。时景走进车厢，哪怕戴着口罩，所经之处，两侧的旅客还是不由自主地抬眼，朝他投去视线。

他尽力喘匀呼吸，目不斜视地径直找到自己靠窗的座位，落座前打开行李，只见折叠好的衣物上方，不知何时被放了一个陌生的笔记本——很厚，那是余葵漫画日记的下册。

从初一到高二，她的上册画了四年，时景无数次在睡前翻阅，熟知每个手工标注的页码上所记录的内容和故事，但从未想过日记竟还有后续。

从高二到清华，下册她画了六年。

时景在上册中反复认识的余葵，是童稚烂漫、懵懂可爱的，从来不识愁滋味。她会跟校门口的漫画店的老板——那个圆墩墩的、打蒲扇穿汗衫的老头儿——蹲在檐下逗翠鸟、喂乌龟，一起商议未来继承摊子的伟业。

而下册里，只因十六岁那年机场的惊鸿一瞥，少女便更改了原本的人生志向，走上了截然不同的轨迹。

她会在男主角看不见的地方面红耳赤、欢欣雀跃。

她不厌其烦地在人群中寻找他的背影，乐此不疲地路过楼梯口，制造与他擦肩而过的偶遇，背诵（1）班的课程表，了解他的生活轨迹、爱好作息。

整个高中，她给很多同学送过速涂和人像刻章，却从未送过时景一幅。她不是没画，恰恰是画得太多。

她不吝笔墨地把他描进了日记本里——

图书馆里垂头的剪影、课桌前专注看题的侧颜、篮球场上跳投伸展的肢体……从机场到公交站台，从楼梯间到塑胶跑道，还有他在离开昆明前的最后几个小时，握紧她的温暖干燥的掌心。

从年级第九百七十名到第五名，从十六岁到二十二岁走出象牙塔，余葵一遍遍地陷入迷茫和低谷，又一遍遍用拼凑出的雀跃和甜蜜，坚定不移地将自己点亮。

北京至长沙的高铁有五个小时，时景就这么目不转睛地看了五个小时，直到脊背僵硬，脖颈酸痛。

二十五岁的时景已经足够冷静，在成年人的世界穿行游刃有余、进退自如，却仍然无法避免地被少女写在日记里笑亦带泪的起伏牵动。

那是他喜欢的女孩儿啊。

无数个瞬间与镌刻在他脑海中的记忆重叠，故事截然不同的版本在这一刻交织，逐渐壮大，形成一团深刻具体、热烈灼人的东西。它在胸口盘踞，起先横冲直撞，又随着离京的路程渐远，无声地发酵沉淀，沉甸甸地占据他全部的情感。

漫画临近尾声，余葵找了个空页，将从上册剪下来的四叶草贴牢，旁边用水彩勾勒了一幅时景夹着烟的、低落失神的脸，许下她的第四个愿望——

各路救苦救难的佛祖、菩萨大人：

（这是时景在学校操场上找到的四叶草，所以把愿望送给他。）

信女收回这些年对他的全部抱怨。

希望时景宽恕、怜悯自己，步履轻盈地重新上路，不焦虑过去，不压抑自我，未来每天都坚定快乐。

高铁提示进站的语音响起，时景心脏的一角脆弱得险些熔化，若非肩上已经扛了肩章，他真想不顾一切地坐上回程的火车。

他竭力按捺住如野草般蔓延疯长的念头，挤在喧嚣的人流里下车，一刻不停地拨通了余葵的手机号。

那边的人隔了很久才接起来，她说话带着浓重的鼻音："周围真吵，到站了吗？"

时景点头，后知后觉她看不见，又低低地"嗯"一声。

"日记也看完了吧？"

"看完了。"

余葵从枕头上起身，四顾空荡的客厅，吸了吸鼻子："这样，就是填满的了吧？你现在知道了，你在或不在，都从来没有缺席过我人生中的任何重要时刻。"

时景恍然意识到，这是一句隔着时空的回复。余葵回应的，是回京第二天，他背着她走过路口斑马线时的茫然自问。

她羞怯含蓄，却仍鼓起前所未有的勇气告诉他——

无论分开的六年是长是短，他在她心里从未缺席。

长沙又落了场春雨，今年雨量似乎格外丰沛，恰到好处的汽车鸣笛，恰如其分的熙来攘往，球鞋避开水洼，他再抬头时，恰好透过薄纱般的雾幕，入眼满街鲜嫩醉人的绿意。

肃杀的冬天结束了。

他握紧手机贴近耳朵："小葵。"

"嗯？"

他说："你真好，抵得过我见过所有的春天。"

情话入耳，余葵擦干挂在脸颊上的眼泪，洗手间的镜子映出了在她的忍耐下依然上翘的唇角。

她终于想起来："那你告诉我，2016年寒假，那个在火锅店门外亲你的女孩儿是谁？不准说你忘了！我日记里画得应该还算清楚吧。"

"死刑犯人都有抗辩的权利，这个问题，你当年就该直接问我的。"时景气极又好笑，"那是我的室友。期末话剧表演，队里没有女生，他被选中反串唯一的女角，被教导员批评欠缺女人味，晚上刚好出来买衣服和假发。第二天就表演，他说提前穿上适应，改改走路外八的毛病。"

什么？余葵的脸都被丢光了。她使劲回忆脑海中那个令自己耿耿于怀多年的留着大波浪的背影，敲打自己的脑袋，不敢相信自己竟然连男女都没分清。

她不甘心地弱声追问到底：“可他为什么逮着你亲？”

时景头疼地抚额，尽量避免记起那段可怕的回忆：“教导员命令我演男主角，在军校，服从命令是学员的天职。”

余葵彻底没声了。

让时景这么冷淡自持的人上台和反串女角表演，确实挺为难他的，片刻后，她实在忍不住好奇发问：“你们排的什么话剧？”

“《告别娜塔莎》。”

余葵“扑哧”一声笑了，意识到自己笑出声了，赶紧憋住捂嘴。她全然忘了自己曾为这一幕怎样撕心裂肺，不太有诚意地安慰道：“我不是笑你跟男生接吻啊，为艺术献身不丢人。”

时景执着地纠正她：“不是接吻，是告别的时候亲一下脸颊，我只跟你接过吻。”

余葵挠了挠额角，将掌心贴在发烫的脸颊上：“好吧，你说什么都对。”

第五个愿望

余葵恋爱了。

她每天睁眼的第一件事，就是摸到床头柜上的手机，查看时景早晨发来的消息。

项目没有熬夜需求的时候，他的作息精确规律到极致——他 6 点准时起床，洗漱完毕跟她说早安，然后开始工作，每天的时间误差前后控制在三分钟内。

小葵：“我怀疑你的早安设置了定时发送！”

时景很快用语音回复：

“给女朋友发消息为什么要定时发送？

“想到天亮能跟你说早安，我每天都期待醒来。”

余葵正在洗手台前刷牙，点开语音连听好几遍，他大概已经进教研室了，有零星的背景音。他把音量压得很低，咬字便有些含混了，听起来懒洋洋的，尾音拉长，像在撒娇。

都是“母胎单身”，他都是从哪儿学来的好听话？大清早他就把人撩拨得心魂荡漾。

时景的声音在浴室狭小的空间里回荡，听得余葵浑身绵软，耳郭麻麻的，心脏像不知疲倦的粉色泡泡制造机，拖鞋都飘得想打滑。

临出门，余葵照旧瞥了一眼镜子。全身镜里照出她眉眼弯弯、满脸春色的模样，吓了她一跳，指尖赶紧扒着上扬的苹果肌，使劲压下来。

庄重！今天可不是什么适合兴奋的日子。

时景走的时候把车钥匙交给了她，方便她用车，不过余葵照旧选择坐地铁出行，毕竟早高峰开车上班并不是明智之举。

她进公司时是8点半。

集团内网的公告宣布了公司最新任命，何总被调走，10点将为新来的研发部老大曾总举行简短的就任仪式。

余葵脱下大衣，将其搭在椅背上，打开微信列表，难得发了会儿怔。

思虑再三后，她还是拒绝了何总的好意。就在做出决定的前一天，她在纸上把顾虑、迷茫和希冀都列了出来——

深圳对她而言是座完全陌生的城市，再者，她确实放不下自己一手带大的项目。

公司的主美权责较广，这个职位比起单纯画画，有太多的利益权衡和人际往来。她才二十五岁，大可不必这么早让自己掉进欲望的怪圈，一味焦虑。潜意识里，她更享受画画的过程，把角色从0到1创造完善，获得玩家认可的成就感是任何事都无法比拟的。

说余葵天真也好，理想化也罢，游戏美术从业者的能力高低是肉眼可辨的，本事在身上，就不存在怀才不遇这回事，即便她以后在这儿待不下去了，换个地方照样吃饭。

她做好了最坏的打算，组里的员工却是毫无准备的。

就任仪式中途，曾总在台上当众宣布，给余葵的项目组增加一位新主美，由他的得力干将纪一帆空降时，台下众人内心一片哗然。

双主美的情况很少，一般只有在原任的能力无法把控项目时才出现。

两位主美，他们的工作向谁汇报？

余葵是年轻了一些，实力却绝对堪称业内顶尖。她刚接任主美职务那会儿，项目里也有些不服气的老人，但时间一长，声音就平息了。95后的领导简单直接，不搞职场钩心斗角那套，一是一，二是二，对每位组员都不吝帮助，团队氛围整体是蓬勃向上的。眼前局面被打破，未来很长一段时间，日子恐怕要不太平了。

就任仪式结束，二十六楼。

隔着宽大的办公桌，曾盛打量对面着这位年轻女孩儿。

她比他的女儿还小一岁，短发半扎在脑后，面容柔美精致，眼神明澈，缺乏攻击力，嫩得就像没出校门的大学生。

就任之前，他仔细看过余葵的履历资料，认为自己的决定并不突兀，不满二十五岁的余葵能升任S级项目主美，称得上捡了大漏儿。若非前任主美因病突然离职，按流程，她绝无可能有这样的机会。

即便是现在，人在眼前，他还是很难瞧出，眼前的小女孩儿究竟用了什么办法管理、协调好偌大的美术组。

他的原计划是打算慢慢过渡，在新旧主美进行好缓和期的交接后，再把余葵的职位裁撤，将她作为技术型人才调回美术中台，需要时支援新项目。但他宣布任命时，台下的人面面相觑的反应让他产生了一丝顾虑：余葵对项目的影响力、下属对她的认可度，显然比他意料中强了不止一点儿半点儿。

只是曾盛到这个级别，应对意外已经成为日常。

只是个小女孩儿而已，他不动声色地将原先准备的敲打和恫吓言辞换成另一番安抚人心的官方辞令：增设主美是高层为表对项目的重视，所以将资源和技术整合，要她务必和纪一帆相互辅助，默契配合。

余葵轻点下颌："曾总，我当然服从您的安排，但您知道，我们项目更新频繁，任务重、节奏快，不是每次都有时间向上级请示，出现决策困难的时候，我和纪总谁来做最终决策？"

余葵单刀直入，直到此刻，她才算在乖顺的外表下露出有锋芒的一角。

曾盛笑眯眯地说："你的实力有目共睹，专业方面的分歧当然以你为主，但管理风格嘛，就松散了一些。团队协调沟通这块，就由纪一帆负责吧，他来帮忙，你肩上的担子也轻点儿，你也正好能趁这机会稳扎稳打，跟小纪多学学，早晚能独当一面。"

余葵心里只剩大白眼。

她确实喜欢画画多过跟人打交道，但并不代表别人能轻易否认她对项目的贡献。一年多来，项目最关键的时刻都是她独当一面的，现在美术风格敲定，运营走入正轨了，曾盛却突然架空、打压她，劝她还得再学学。

余葵走进电梯，笑容便不见了。她掏出手机，给时景回了几条消息，才打起精神刷工作证，回到二十四楼。

随着她走近，大厅内氛围微滞。

有几个圆滑的老同事正帮着新来的主美纪一帆搬运东西，在保洁组的收拾下，对面的办公室很快被布置一新。

"Kerry，你下来了？"纪一帆是个笑面虎，1990 年生人，就冲迎面这亲切客气劲儿，城府就不是她能比的，"我从前在集团的时候，就听过你，说你是史上最年轻的主美，今天一见，还是个大美女，真是了不起！"

他明明就大她六岁，职场画风却明显跟她差了一个时代。余葵想试着模仿两句，话到嘴边，油得她头皮发麻，实在说不出口，只能抿唇谦虚。

云里雾里地拉扯几句后，纪一帆突然提起："和曾总聊得怎么样？"

余葵不想让人看热闹，笑意不达眼底，敷衍地讲了两句套话："挺好的，曾总夸 Feynman 你是他的干将。大家以后就是同事了，有什么做不到位的地方多包涵，咱们好好配合。"

一下午，余葵就看着对面办公室的人，挨个儿约谈各个岗位的同事。

看着大家表情各异地从办公室里出来，她百思不得其解：纪一帆才来，人都不认识，有那么多要说的话吗？

这方面就是时景专长的领域了，他站在教研室走廊尽头，隔着手机循循教导。

"他刚去，想把权力从你手里抽走，最好的办法就是软着陆，怀柔拉拢，逐个儿瓦解，警告大家任何事项向他汇报，没他的参与和批准，文件不能发、会议不能开……但凡有人违反，他拿住实据，杀鸡儆猴一次，其他人也就老老实实了。"

余葵："那我怎么办呢？"

时景提供了很多办法，余葵都只觉得无趣。

她瘫在沙发上，下巴搁在枕头边缘，将手机开扩音放在耳边，直到听他讲完，才长长地叹了口气，闷闷不乐："拉帮结派好累啊，我讨厌这种精神消耗。"

时景了然。余葵最可爱的地方就在于心思纯粹，倘若硬要她把精力放在操控人心上，和那些职场老油条针锋相对，刀不见血地斗得有来有回，那实属为难她。

隔着手机，他似乎都能瞧见她垂眉耷眼的模样——真想摸摸她的脑袋。

想了想，时景又安慰："是会很累，有人的地方就有江湖，斗争在哪里都无可避免。你实力很强，所以可以选择不参与，但一定要了解对手的思维模式，提防他踩着你的肩膀，把你的耕耘变成他的收获。"

余葵这一天精神消耗太大，听着听着，有点儿困了。她努力睁大眼睛，换了个姿势爬起来，随手点开信息栏一看。

下一秒，她眼睛都瞪圆了："时景！"

"嗯？"他不明所以。

"微博后台，有个知名的漫画出版公司的策划找我，说想把我的日记出版。"

送走时景前，她抽时间将日记的上下册都扫描整理成了电子版，毕竟画了许多年，她怕万一以后日记本丢了，没个纪念。

扫描完，余葵自己又读了一遍，觉得怪有意思的，干脆截了些片段，凑成九宫格发到微博上。

这些年，她接过不少稿件，有的做了周边、贴纸、胶带，有的做了插画、广告、封面……但还是头一次，有人提出要给她出漫画。

尤其漫画的开端，她自己回头看都觉得初一的笔触稚拙，编辑反倒盛赞其质朴可爱。聊了半个小时，对方听闻她也在北京，便给出报价，约她见面详谈。

余葵盯着那报价公式，咬唇反复计算几遍，确定数额后，“噌”地站起身来。

天哪！首印的稿费竟然抵得上她劳碌一整年的年薪！

刚刚在职场触礁的余葵暗暗心动——要不改行算了。

当然，她只是想想。

她发出电子版原件后第三天，那位策划再次约她见面：“我们老大对这个项目非常感兴趣，我昨天把文件递上去，他看到今早才看完，觉得内容非常丰富。如果你晚上有空，咱们可以一起吃个饭，边吃边聊，顺道再谈一谈作品的影视版权。”

余葵有点儿蒙：“你们老大……”

女策划微笑：“中年男人，四十岁，也喜欢少女漫画。”

余葵每每觉得自己不够幸运的时候，就总是有些天上掉馅儿饼的事出现，告诉她生活还是充满希望的。

清明节假期的最后一晚，她通过同行从侧面稍微打听了一下行情，约上在外企做法务的陈钦怡，便雄赳赳气昂昂地奔赴约定的餐厅，畅谈关于怎么改编自己的漫画的事。

余葵认为自己身上确实是有点儿主角的运气。

平常公司购买版权，都会从挑选到审核、开会评估……有层层关卡，她的日记却恰好被一位资深策划发现，恰好得了老板青眼，而她恰好也在北京。

因此，双方进展神速地坐到了谈判桌前。

策划则认为自己独具慧眼。漫画上下册历时十年，几乎将一个女孩儿青春里所有稀奇古怪的可爱故事浓缩，汇集成册，有坎坷挫折，有亲情友情，也有女孩儿青涩的暗恋，温馨感动、至真至纯。最重要的是，它一点儿也不缺乏起伏和趣味性，想想看，从乡镇中学的垫底校花到清华学霸，真人真事改编，还有什么比这更励志、更有噱头？

尤其在见到余葵真人的瞬间，她促成合作的意向抵达顶点——真是个漂亮妹妹啊！但凡余葵肯出镜配合宣传，她绝对有把握能把漫画卖爆。

余葵听到要求后面露难色——配合出镜宣传当然是不现实的，她性格内向安静，很难想象自己进入公共视野中的场景。而且当初入职时，她注意过公司相关条例，稍有不慎容易引出纠纷，再者，她可不愿意自己的日记被老板和同事们传阅。

这顿饭吃了两三个小时。

对面大胡子少女心的老板也十分豪迈爽快，经过几轮拉扯，确定权责后，陈钦怡替余葵争取到一个不错的价格，合同会在拟好后发到余葵的邮箱里。

下一次他们再见面，就是正式签约了。

4 月，柳絮纷飞。

两人走出餐厅，晚风拂来，他们喝过红酒都进入了微醺状态。

“恭喜你啊，大漫画家。等这笔巨款到账，你最想干吗？”

余葵灵魂飘荡，脚底像踩在棉花上，摆手傻笑。

“陈律师同喜，等钱到了，先给你付法务抽成。剩下的嘛……给我外公外婆修整一下他们的小院子，再给爸爸买辆代步车……”

设想挺好的，可惜钱还没到账，余葵怕中间出变故，暂时只跟时景分享了这个好消息。

回家路上，车窗里漏进来的春风亲吻着她的额角。余葵心情愉悦地打开朋友圈，觉得全世界都面目可爱，挨个儿给亲戚朋友们点赞、评论夸奖。当晚连在睡梦中，她的嘴角都不住地上翘。

她只觉得真奇妙啊！

时景果然是她生命里的灯塔，八年前他隔着网络鼓励她以后可以当漫画家时，她只当那是天方夜谭，无论如何想不到，未来有一天竟真能如愿。

周三，徐方正和梁爽的婚宴。

余葵下班便急匆匆地转乘地铁。宾客里有不少昔日的老同学，出于尊重，她在西苑地铁站和陈钦怡会合后，借陈钦怡的化妆工具急匆匆地化了个妆。

陈钦怡看得啧啧称奇：“绝了，你手真稳，挤成这样，这眼线愣是一点儿没歪！”

“毕竟吃这口饭嘛！”余葵把眼线笔递回去，又掀开眼影盒盖，大刀阔斧地给眼周上色。

车厢四周不少人观摩她的操作，把余葵看得有点儿不好意思，动作都拘谨了不少。

陈钦怡准备给她递睫毛夹，又问：“班长不是也去吗？你怎么不搭他的车？”

“公司消息传得快，要是有人见我搭他的车走，明天新闻就满天飞了，那新来的主美 Feynman 巴不得大家给我多传几段桃色故事呢。再说了，老麻烦人家班长，多不好意思。”

“你不麻烦他，他才伤心吧。”陈钦怡提起这个，便继续说道，“班长真挺痴情啊，高中毕业追着你去清华，毕业又追着你进同一家公司，到头来还是没机会，你做了别人的女朋友。”

“你怎么会这么认为？”余葵手里的刷子顿了顿，“班长这样的人，是不会把前途寄托在别人身上的吧。他去清华，是因为清华很好，进公司，也是因为他哥哥也在公司总部任职啊。”

陈钦怡的神情有点儿复杂难辨：“你觉得他是哪类人？”

“目标精准明确，坚定自律的人。”

“这么概括，倒也没问题。”陈钦怡微偏头看着她，“就是因为他目标精准地定在你身上了，所以这么多年才你到哪儿，他追到哪儿。我觉得你一直对他有误解，像高中的时候，他喜欢的人明明是你，借你笔记、卷子，对你的特别全班人都看得出来，就你觉得他喜欢高年级的学姐。”

余葵：“我那时候问过他，他并没有否认。”

“但他也肯定没有承认。”陈钦怡笃定地继续说道，“你瞧，这就是你对他的另一重误解，他不善情感表达，内敛深沉，但不说并不代表没做。高一咱仨还在（9）班的时候，我记得有一次，老雷让我们在表格里写大学志向，他填的是斯坦福。我那时一直觉得，不说读博吧，以班长对自己的人生要求，他起码会读完硕士才出来工作，他家里又没有任何生计压力，结果念完本科，他就跟你一块儿投入职场了……”

在陈钦怡一桩桩的举例下，余葵的记忆缓慢复苏。

在时景转学来之前，班长是挺受欢迎的，当年姜莱讨厌她，不正是为了这个吗？

思及此，她叹气："钦怡，假设事情是你分析的这样，我更得离他远一点儿，以免辜负、耽误他。你知道的，我跟时景在一起了。"

陈钦怡也叹气："算了，不聊这个了，也只有对待不喜欢的人，你才能保持冷静吧。"

地铁巨大的呼啸声里，陈钦怡失神的侧脸似曾相识。

踏出地铁站口的瞬间，余葵终于想明白——那分明就是她从前暗恋时景时裹足不前、患得患失的模样！

难怪两人能做朋友——在喜欢谁打死不说这一点上，她们实在太像了。

婚宴厅门口放着两口子的结婚海报。徐方正比记忆中略微发福了一点点，新娘梁爽却更漂亮了。

夫妻俩不让同学们给份子钱，不过余葵还是买了份等价的新婚礼物。

进门后，余葵直接被向阳拉到了老同学那桌——特别大的圆桌子。

宋定初还没到，其他在北京的人倒是聚齐了。徐方正所言非虚，他果真把婚宴当同学聚会了。

向阳顺手给她拆着碗筷："叔叔上回寄来的樱桃真好吃，我们科室主任特别喜欢。"

"我爸也给你寄了？"

"我不就是他的半个儿子吗？他给你寄一份，当然也给我寄一份了。"向阳说到这儿，想起什么，"小葵，我跟你说个事，那晚我跟你爸视频的时候，他的嘴巴看起来紫紫的，我还听他说这段时间有点儿胸闷……我提了一下，叔叔当时没在意，你劝劝叔叔，让他有空去做个体检。"

"胸闷？"余葵立刻着急起来，"他没跟我说呀，严重吗？"

"别紧张，什么事也没有。你就当我这段时间在心血管内科轮转，瞧多了心脏病人，看谁都疑似有心脏病。让叔叔做个体检防患于未然，你也放心。"

余葵点头，当即打开手机给她爸发微信。

北京太大了，虽然都在同一座城市读书工作，但多数同学好些年没见了，和记忆中的模样差别挺大。有的同学还在读研，交流内容就是导师和课题，出来工作的，聊的就是各自的公司，旁敲侧击地打听彼此的职位和年薪。

这群人高中时竞逐成绩，现在攀比社会地位，人类的好胜心永无止境啊。

余葵也没能幸免地被提及了。

“咱们那么多人，就小葵没怎么变，还和高中一样脸嫩。小葵，听说你现在在大厂做主美，我怎么记得你当年报的是清华自动化系啊，怎么跑去搞美术了？”

整桌人的目光瞬时都集中到了余葵这里。

作为一匹高考黑马，她当年的成绩让（1）班很多学霸意难平。

时景一声不响地转学后，她被曝是学委异父异母的姐妹，大家瞧着她被学委的拥趸针对，情绪低落消沉。高考结束后，见她更是从没在班级群里发过言，大家猜想她应该考得一般。

没料张榜那天，所有人都大吃一惊，高考榜单上竟然是她排名最高的一次，网上现在都还能搜到喜报。学霸的执念通常比普通人深远——一个原本在班里垫底的花瓶，最后分数比他们都高，越是发挥不如意的同学，就越对这事耿耿于怀，眼下见她身上的衣服简单朴素，都不免打趣几句。

“兴趣所致嘛，”余葵淡定谦虚地说，“画画比搞开发简单。”

“唉，可惜了。你应该认识褚梦麟学长吧？他也是咱纯附毕业，是他们那届的高考年级第一名。”

余葵：“认识，我们专业的嘛，我入学那年他大四。”那个人还追过她。

“他现在在研究机器学习方向，年薪过百万了。”男生拿起手机，滑动列表展示人脉，“哎，要不我把学长的微信推给你呗，他对你的印象挺好的，前几年聊天儿，还说你特别可爱，学个数据结构都挂科。反正这种青年才俊，肥水不流外人田，你们俩谈谈看嘛！”

挂科的话一出，话题楼瞬时歪了，一群人都兴奋起来：

“余葵，你在清华还挂过科啊，所以改行去干美术吗？”

“信院的课程那么难啊，你们系挂科率高吗？我听说在清华挂科很恐怖。”

…………

被岔开“拉郎配”的话题，余葵松了口气，微笑着逐一回答。

“确实挂过，我是个学渣，不过成绩差跟我从事美术行业没关系。”

“课程难度因人而异吧，在清华挂科代价确实很大，没法儿补考，只能重修。重修后那门课不管几分，一律按挂科前的0，加重修后的1.0共同计入GPA（平均绩点），挂科超过12分拿专科学历，挂满20分劝退处理。我们班百分之十的人没拿到毕业证。”

虽对此早有耳闻，但听她说得那么可怕，他们还是纷纷倒吸凉气，甚至都有人嘀嘀咕咕地怀疑起余葵是不是没拿到本科学历。

宋定初就在这时候被伴郎领了进来。他把大衣挂在椅背上，笑道：“小葵，你快别唬人家了，不就挂过一科，第二年95分稳过？你这修双学位的还自称学渣，别人算什么？”

“班长？”

“人还是这么帅。”

宋定初的人缘儿很不错，众人都起身欢迎他，挨个儿跟他寒暄、握手，又听说他现在和余葵在同一家大厂就职，纷纷感慨两个人缘分深。

朝雅提议：“你们俩要不干脆处处看好了，高中同学、大学校友，又是同事，多难得……”

“等一下，这玩笑可不能乱开！”余葵赶紧出声打断朝雅，偷瞥手边的钦怡。

陈钦怡脸上挂着淡淡的笑容，更像是麻木了，没什么特别的起伏。

朝雅被打断也不恼，端着杯子，挪了个椅子挤开向阳，在余葵身边坐下来：“这有什么？还是你更欣赏刚才那位百万年薪的学长？白给你长了张漂亮脸蛋儿，人还是这么内向，大方点儿处处试试，说不定同学们明年就去参加你的婚宴了呢。”

余葵头上掉黑线，摆手道：“我暂时还不……”

她话没说完，朝雅想起什么，自己也叹了口气：“当然，你比着时景找呢，那是找不着了。话说，你们俩当年关系这么好，他有没有联系过你呀？”

余葵欲言又止，正琢磨着怎么组织语言，就听结束迎宾的新郎在门口高喊了一声：“同学们！大家看，谁来了？”

大家回头，朝厅口行注目礼，整桌人忽然都安静了。

隔着大概十米的距离，新郎陪着时景进门，不过所有人眼中都只映出时景的样子。

他唇边衔着浅淡的笑意，温润从容地闲庭信步。

婚宴厅的灯光越发衬得他的下颌线条流畅精致，喉结性感。他明明穿着随意，别人的婚礼地毯，却仿佛被走成了他的T台。

余葵抿了口水，瞥见身边呆滞的朝雅，赶紧跟着回头看，慢了半拍，人已经走到她身后了。

余葵心一紧，放下杯子：“昨晚不是说赶进度，来不了吗？”

时景将手搭在她的椅背上：“我提前把实验室的事完结了，跟导师一块儿来的，正好买了中午的车票，遇上堵车，还是晚了。”

众人安静了近十秒钟。还是陈钦怡率先起身，叫服务生在余葵身侧加把椅子，自己则又往左侧挪了挪。

大家终于陆续从震惊中回神，先后或热情或拘谨地与他打招呼问候。就连餐厅交响乐队也在这时就位，应景地奏起门德尔松的《仲夏夜之梦》。

“时景！未来大科学家！还是这么帅！”

“真没想到，这辈子大伙儿还有机会再碰面。”

“前段时间看到你的新闻，我们都呆了。我跟哥们儿说，这人是我同学，以前常跟我打球，他们都不信。”

“话说，时景你怎么去军校了？”

比起高中时期生人勿近的男神，成年的时景更添了几分坚毅挺拔，言谈却随和许多，一一回应大家的寒暄，席间攀比之风戛然而止，气氛陡然温柔和谐起来。

他是多少人青春时遥不可及的梦啊……女生们尤其不想在这样光风霁月的时景面前谈论世俗之事，急着把自己变得蠢不可耐。

朝雅捋了捋头发，犹豫几次才鼓起勇气，打算和时景说话，却正好撞见桌底下时景把手机递给余葵。

他偏头，温和地轻声与余葵说着什么，余葵闻言点头，接过手机便熟稔地输入密码，在屏幕上点了几下。

朝雅的声音一下子卡在了嗓子眼儿——这显然不是好朋友的范畴能解释的亲密行为了。她知道这两人上学时关系就好，但也绝没到这个地步，回想他来之前余葵的欲言又止，此时再重新理解，似乎又有了别的含义。

她咬唇，片刻后直接发问：“同学们刚才还说给小葵介绍男朋友，现在这情况……时景，你们俩是在一起了吗？”

时景挑眉：“小葵刚才没说？”

他含笑看着余葵，颇为幽怨地叹了一声：“哦，原来我见不得人呢……”

余葵听着像撒娇，耳朵立刻就麻了，赶紧摆手：“误会！误会！我这不是刚要拒绝嘛，你就来了。”

两人的互动仿佛一道惊雷，把整桌人炸得目瞪口呆。向阳更是差点儿站起身，目光在两人的身上徘徊，被身边的宋定初一扯，才极力找回理智。

众人看向余葵的眼神中只剩钦佩之意。

“可以啊，咱班的人生赢家就数你了，余葵，不声不响地拿下了咱们附中的校草！”

“当年在贴吧觉得你们俩有戏的那群人火眼金睛啊！我今晚回去就把那

帖子顶起来，告慰大家。”

有人小声驳斥：“贴吧里那么多时景的迷妹，告慰还是重创可说不定。”

“你们俩在一起的时候没通知我们，喝喜酒的时候可不准再忘了！”

…………

余葵心跳加速，耳朵滚烫，快被周围人拉满的关注度灼到头上冒烟了，时景却仍然淡定自若，貌似还因周边一声声的祝福眉眼舒展，心情愉悦。

有人问：“我特别好奇，你们俩到底谁追谁呀？”

“不明显吗？”时景偏过头凝视余葵，眼尾染着笑意，眼眸明亮灼人，声音却特别平和地给出大家想听的劲爆答案，“我追的。小葵脸皮薄，我要是不厚着脸皮，现在还躺在她的黑名单里。”

此话一出，气氛又被推到新一轮高潮。几乎没人能想象时景厚着脸皮死缠烂打的模样，缠着要余葵详细展开讲讲。她面红耳赤正为难时，时景又一次不动声色地帮她把话茬儿接了过去。

起哄声中，余葵收到了向阳发来的短信——

向阳：“你们俩什么时候联系上的？”

小葵：“你干吗？质问我？”

向阳：“不是，你上大学那会儿为他哭得有多惨，边吐边发烧被送进急诊，住了一星期院，眼睛还肿得像大桃子的事，这就好了伤疤忘了疼啦？”

小葵：“都是误会，怪我没问清楚，关时景什么事嘛！”

向阳：“你还当不当我是朋友？如果今天我不来，你打算什么时候跟我说？”

小葵：“抱歉……但我都二十五岁了，可以自由恋爱吧。告诉你，你肯定给我泼冷水。”

向阳：“我现在也想给你泼冷水。你冷静冷静吧，跟他在一块儿，整天担心那些女的往他身上扑，日子得多累。再遇到什么事，你都像以前一样哭吗？”

余葵用指尖飞速输入，回复还没打完，抬头便见时景看过来。余葵心虚地按息自己的手机屏幕，继续用他的手机给姑姑回复消息。

她前两天送了姑姑一套最新上线的限量联名皮肤。姑姑今天刚上游戏，得知她现在坐在时景旁边，立刻勒令时景把手机交给她，要跟她进行亲切友好的交谈。

说实话，握着时景的手机，余葵感觉呼吸急促，心像在“咕嘟咕嘟”地熬一锅麦芽糖，甜稠得发胀。

整个席间，时景左手边的位子是大热门。陈钦怡一走，不停有同学过来聊天儿、敬酒，手机再有消息进来，他只分神看一眼，便都放任余葵处理。

这就是正牌女友的待遇吗？时景几乎已经完全对她开放了自己世界的权限！余葵的胸口只剩兴奋激荡，这是他们俩自确定关系以来，第一次不再隔着电话，如此近距离地坐在一块儿，她抬手就能摸到他白皙细腻的皮肤和高挺细窄的鼻梁……

一片欢声笑语里，余葵悄悄地拧了一下大腿上的肉——剧烈无比的痛感传来。

她不是做梦，少女时代的男神是真的和她有了更深的情感联系。再遇到和当年同样的误会，她不必崩溃逃窜，躲起来哭哭啼啼，可以作为女朋友有立场、有资格光明正大地上前质疑问询。

向阳这个笨蛋懂什么呢？他甚至不知道时景也辛苦地暗恋了她七八年！

8点30分。

余葵从洗手间里出来，正好遇上新娘梁爽。在水池前洗手时，她们顺口聊了几句高中往事。

梁爽穿着深红色的敬酒旗袍，面若桃花，喝得微醺，烘手时突然笑起来："说起来，我应该是咱们学校最早知道时景暗恋你的人吧。"

"啊？"余葵错愕。

梁爽："你还记不记得附中拍招生手册那回？老师原定我跟他合拍，从办公室里出来，时景突然把我叫住了，我以为他要跟我说什么呢，结果他是求我帮忙。他那天说的话，我到现在还记得。"

余葵："他说什么？"

"他说，错过那次，不知道还会不会再有能名正言顺地跟你合影的机会，所以愿意退出省三好学生的竞选来跟我交换。"

梁爽偏头看着她："那时候我还不认识你是谁。我就想，他这个人可真残忍啊，他怎么笃定，在我心里省三好学生的奖一定比跟他拍宣传手册重要？不过，我还是成全他了，毕竟看他这么高高在上、无欲无求的人，也会远远观望、隐忍暗恋，感觉挺奇妙的。"

余葵高二期末才考进年级前三百名，那会儿，压根儿没人能预料她会踩线进重点班，包括她自己。

十六岁的时景究竟是怀着怎样的心情，在人前与她保持距离，人后费尽心机只为跟她合照，又是怎样小心地拿捏尺度，温水煮青蛙般地跟她在班级里顺理成章地成为朋友的？

从过去到现在，他的爱始终含蓄内敛、深沉隐忍，却从来不比别人少半分。

她心情复杂地平复了呼吸：“谢谢你，梁爽。”

“小事。”梁爽已经满不在乎地抿了抿重描的口红，“他跟喜欢的人合照，我评上了三好学生，谁也没吃亏。”

临近9点，婚宴结束。

客人们在餐厅门口排队打车，喝了酒后，晚风一吹，都有点儿上头。

时景怕余葵头疼，干脆把外套脱下来给她裹上，护着人坐上了网约车的后排座位。

降下车窗，一对璧人挥手跟众人道别，闪烁的霓虹灯灯光里，他的眉目依旧惊艳秀致，一如初见。

汽车汇入车流渐远，有人借着酒意酸涩地开口：“余葵这是什么运气？人生的每个节点，她好像都刚好被幸运之神眷顾了，高考也是，时景也是。”

向阳虽然一万个不赞成余葵跟时景在一块儿，此时还是没忍住回击：“我和小葵一起长大，真要论运气，她可排不上号，无非是聪明努力上进、情绪稳定了一点儿，配时景简直绰绰有余好吗？！”

余葵永远能自己把情绪调节好，给身边人舒服愉快的感受，这也是她从小到大，关键考试永远不会掉链子的原因——心态稳。换句话说，她是一个具有高情绪价值的人，和她相处的人很难感受到压力。

向阳说得认真，大家却都被他的“竹马滤镜”逗笑了。

有人终于想起问：“我刚忘了打听，小葵在什么游戏做主美来着？”

“《无字碑》。”声音从人群后传来。大家循声回头，才发现是宋定初在回答。他这一晚来者不拒，喝了很多酒，出门前已经醉得不轻，此时听他吐字，他又仿佛格外清醒。

“《无字碑》？”有男生后知后觉地反应过来，“是去年大热到现在，畅销榜前十名的那个《无字碑》？”他问完又觉自己犯傻——余葵就职的大厂，可不就是《无字碑》的出品方？

“这游戏我室友打好久了，真没想到，主美竟然是我的高中同学。小葵真低调，这么大的事从来没听她提过，改天再见，高低得让她给我签个名。”

有人不解：“这游戏很火吗？”

“当然！”旁边有人接话，“这游戏常上热搜来着，我也下载了，年初公交车站到处都是宣传广告，起码是个S级项目吧？小葵这双学位修得可太厉害了，刚毕业就单扛这种大型项目，咱都没毕业几年，她怎么做到的啊？”

人群中，大家的笑声渐停，表情复杂各异。

交谈结束后，大家各自沉默了一会儿，妒忌也好，羡慕驱使也罢，有人悄悄点开微信群，申请加余葵好友。

余葵来时穿得舒适朴素，话也少，听说她现在做主美，众人都只以为是什么抽卡、恋爱类的小游戏——漂亮女孩儿总是容易被当花瓶。大家万万没料到，当年垫底进（1）班的同学，如今已然悄然功成名就。谁不想自己的朋友圈里多个大佬？

沉默一整晚的张逸洋忽然问起：“咱们班……这些年有人跟谭雅匀联系过吗？”

余葵在车上，只听到手机“嗡嗡”地弹出同学们的好友申请。

她头晕乎乎地靠在时景的身上，一个一个地备注姓名，添加进列表，嘴里嘟囔：“你们（1）班这些学霸，胜负欲真的很强，吃顿饭也比来比去。”

时景伸手，替她把垂到额前的头发撩开，顺在耳后：“你不也是（1）班的？”

“错！要不是为了你，我才懒得去（1）班。”醉意上来，她说话便懒得过脑子，黜声黜气地撒娇，“你转走以后，他们都帮着谭雅匀欺负我，可凶了。要不是最后几天我发现了你寄给我的包裹，他们到现在还觉得……我是坏人呢。”

她秀气的鼻尖微红，眼睛里也有水光闪烁，皮肤的温度蒸腾，炙烤着他的心。

时景只觉得气闷，胳膊使劲把人揽进怀里，贴着胸口，轻声温柔地开口：“你告诉我，他们都怎么欺负你的？”

“水杯里加粉笔灰啊，往我桌子上泼墨水……”余葵说着说着，瞧他漆黑的眼神凶起来，话头一转，“其实也还好，我都没放在心上。”

时景问："谁干的？"

余葵扳着指头数了两三个名字，便记不起来了，懊恼地捶了自己的脑袋一下："哎呀，我这记性，怎么这都能忘？"

这就是她保持快乐的诀窍了——从不把仇恨搁在心里。时景却恰相反，一连念出好几个名字，让余葵确认——他猜得八九不离十。

余葵有时点头，有时摇头，到最后含糊道："有吧……不过最后好几个人都跟我道歉了。"

时景冷然："伤害可不是道歉能抵消的。"

她有点儿后悔提起这个话题了，抱紧他的腰，脑袋扎进他的怀里，鼻腔里被灌满男人清新冷冽的香气。

"其实他们之中从没人能真的伤害到我，我一点儿也不在乎，反正他们最后谁也没考过我。高考分数出来以后，我妈都差点儿以为我和谭雅匀的录取通知书寄错了。谭雅匀当年要是没把心思放在我身上，正常发挥，无论如何也不可能只念个交大吧。对她而言，这大概已经是非常残酷的惩罚了。"

时景垂下眼睛盯着她的发旋，似是难受极了，低低地唤她："小葵。"

余葵满足地被他的体温包裹着，听着他的心跳声，"嗯"了一声。

"我错了。"

那段日子余葵从未在日记里提及，她甚至懒得花笔墨记录那件事，这只能证明，伤害她最深的不是别人的针对，而是他一声不响地离开。

余葵仰头，抬起眼皮看向他："什么错了？"

"我那时候……只顾着自己。"他艰涩地开口。

余葵皱眉："你别再道歉了，我知道你那时很辛苦，现在想想，假如我经历你的人生，只会比你应对得更糟糕。"她说完咬唇，大着胆子立规矩，"但有一点，你以后再遇到事情，不可以一个人藏在心里，我也许没法儿帮你解决问题，但可以陪你一起度过。"

话音才落，她感觉眼皮上落了一个吻，轻柔得像羽毛。

余葵的心仿佛成了昆虫翅膀般的薄膜，因这细微的刺激震颤。

她想吻回去，又怕前排的司机关注到两人过分的亲昵举动，抱着他的腰的手环得更紧，压低声音说："你别光亲啊，答不答应嘛！"

时景又吻了她的额头，没辙地妥协："你这样躺在我怀里，不管提什么要求，我都没办法拒绝你。"

"真的？"

余葵将脸颊贴在他的毛衣上蹭，跟猫似的。不知道是不是车提速了，车程过半，她的意识有些放飞："怎么办？我有点儿热，是不是喝多了？"

"难受吗？家里有……"他话音没落，声音顿住。

余葵张口咬了他滑动的喉结，他的脖颈传来酥麻发痒、带着潮湿的刺痛感。

她得意地炫耀："你瞧，醉得不轻吧，完全失去理智了，你一说话，它就动，我就忍不住了。"

时景的瞳色蓦地变深了，提醒的声音纵容又无奈："小葵，还在车上。"

"我知道啊。"

把车窗打开一条缝，他盯着驾驶座的方向，几番克制，才把她乱动的手钳在掌心里，摸摸她的头，像安抚小孩儿一样哄她："别闹啦，等下就到家了。"

其实余葵倒也不完全像她说的醉到失了理智，只是喜欢看时景因自己的作弄和挑逗，失去一贯的从容镇定，眼尾被情动染红的慌乱模样而已。这样她会有真实感——时景爱她，属于她的真实感。

他不再是完美的圣人，和她一样有爱有恨，会癫狂，会沉沦。

门"砰"的一声合上，黑暗中，谁也没开灯。

余葵搭着他的脖颈，脊背贴在冰凉的墙面上，踮着脚和他接吻。大衣、外套和鞋兵荒马乱地落了一地，她却半点儿不觉得冷，脸颊、耳根、指腹全是烫的，他每碰到一处，便点燃一簇火苗，颅内像是有一团激荡的赤火，要把人的热情燃烧殆尽。

时景察觉她踮脚累了，人往下落时，便把她抱起来放到餐桌上。

余葵的唇发麻，颈窝和背脊也都是湿意。她居高临下地描摹着他那被染上薄汗的眉眼，手指摩挲过他漆黑的短发，听着他压抑地重喘着，只觉得自己也像被一张细密的蛛网捕住，有一种来自灵魂深处的渴望和痒意。

长期保持训练的身体年轻而坚实，充满生机和弹性，两人肌肤相贴，余葵胡乱碰着哪儿都觉得难为情。

幸好漆黑的室内，谁也看不到对方脸上羞怯迷乱的神情。

"母胎单身"的余葵生平第一次体验被吻到浑身软成一摊泥、难以喘息的感觉。大脑陷入了一种玄妙的窒息状态，神志被抽空，不知置身何处，她只能凭本能无力地虚虚揽着他的脖颈，拽紧他的衬衫，最后确保自己不要从桌上跌落。

直到裤子的纽扣一松，冷空气侵袭，余葵皮肤表面的神经末梢突然受到刺激。她一激灵，危机感沿着脊椎骨陡然升到后脑勺儿，她一把攥住时景的指尖："不行，不行……咱们没买……"

时景难耐的喘息一顿，他反应了两秒钟，才意识到余葵指的是安全措施。

他从未有过经验，又是临时起意，压根儿就没想到这层。此时箭在弦上，饶是像时景这般从来准备万全、冷静自持的人，都实在没忍住，低低骂了句脏话，颈部的青色脉络紧绷，身形僵在原地，闭眼忍耐了一瞬。

须臾，男人极力按下焦躁感，抬手胡乱地抹了把发茬，把她从桌上抱下来，单手扣着衬衫扣子，摸到搭在餐桌上的外套："小葵，你先洗澡，我现在下楼买。"

人走后，余葵在沙发上滚了两下，感受着身上未散尽的潮热和痒意，实在没忍住低低笑出声来。她想象着时景衣衫不整地走进楼下的便利店，顶着店员的关注和审视，目光焦灼凌乱地在货架上扫视、挑选……那场面，实属有违他高贵冷淡的形象。

余葵身上还是乏力发软，只是想到时景很快会回来，心便跳得很快，不安地在胸口乱撞着，又是紧张又是期待。她只能用手使劲捂着胸口，把这种感觉按下去，取下柜里的睡裙匆匆跑进浴室里。

镜面被氤氲的水雾笼罩，水流从发间流向趾缝里。

水声中，余葵隐约听见门响，身体下意识地颤了一下，更加手足无措，洗完头又抹上护发素。她下意识地磨蹭着，一遍遍地挤出泡泡往身上抹。

不知过了多久，身体到处都洗完了，将皮肤表面的水珠擦干净后，余葵穿好乳白色的少女睡裙，又打开吹风机。热风吹着她的耳郭，她低头打量，陷入纠结，天马行空地乱想起来——

她会不会稍微平了点儿？这种程度对异性有吸引力吗？男生是不是都喜欢大的？

余葵嫌弃地拎起蕾丝裙摆，又惊呼自己失策，搬进来住了这么久，怎么就从来没想过买身成年人的性感睡衣呢？时景会不会觉得她穿得像个小女孩儿啊？

头发干了，她还是没听到屋外有什么动静，时景没催她，也没唤她的名字。余葵紧张地把耳朵贴在门板上，想听听他在外面做什么，可惜门外静得连个脚步声都没有，她能听见的只有自己的心跳。

她心虚地拿起手机一瞥，大惊——一个小时竟然就这么过去了！

等等！他该不会等得睡着了吧？

她吓一跳，赶紧直起身开门。“吱呀”一声，眼睛来不及适应光线，她就被人扣着腰整个抱了起来，顿时重心失衡，天旋地转。

时景饱满完美的颅顶埋在她的怀间，他拉长尾音，低低地抱怨：“小葵，你不能这么折磨我。”

余葵捧着他的下颌，抬起他的脸。

时景刚洗过澡，短发上湿漉漉的水迹还未干，卧室昏暗的台灯光线里，他目不转睛地盯着她。那张天生带着疏离感的昳丽面孔被染上了情动的底色，渴望、脆弱又狂热。

余葵俯首，在他的额头上吻了一下，象征性地安抚他：“我一紧张就磨蹭，下一次你可以敲门，我尽量快点儿……”

她没说完，他便仰头贴上她的唇。

男人的胳膊紧致发硬，皮肤滚烫，快要把她完全熔化。

卧室很静，静得只有皮肤摩擦的声响，还有彼此急切的喘息声，房间的空气逐渐升温，身体的感觉被无限放大。余葵被放在松软的床上，睡裙的裙摆扬了上去，又被她手足无措地抚下去。

很快，他俯身而上。

时景高大的身形笼罩着她，他凑在她耳边说话，喉咙紧绷，声音也沙哑。

“我洗干净了。”他出言征询，“可以吗，小葵？”

余葵当然愿意，愿意极了，可被那专注灼人的视线盯着，想要“嗯”地应一声又觉得羞耻，干脆揽着他修长的脖颈压下来，将头埋进他的颈窝里，小声问：“能不能关灯啊？”

时景将手肘撑在她的脸侧，拉开距离，按下眼中的汹涌情绪：“可我想看着你。”

余葵感觉耳根都红透了，使劲磨他：“可我……我之前没经验，我害羞，咱们关灯会不会好点儿？”

时景没说话。

她的手腕被他攥得发潮，她把心一横，不管不顾地闭眼别开了头：“那行吧！”

余葵的耳边突然传来低低的轻笑，他指腹捏着她的下颌，把她的脸摆正：“你好像在准备英勇就义。小葵，给我点儿信心，我也是第一次，比你更紧张，所以，你得看着我。”

含混的低音如同浪潮涌来，像虫子在噬咬耳郭，一遍遍地冲击她的防线。余葵被蛊惑般稀里糊涂地睁开了眼："我看着你，你就不紧张了吗？"

"不，你看着我，我就有勇气了。"

他把衬衫脱了，皮肤白皙，线条精壮，肌肉紧致，完美得像雕塑馆里的艺术品。余葵吞咽两下口水，忽然变得无比服从，他怎么指挥，她便怎么做。

她脖颈雅致，骨骼纤细，身上却不缺肉感，玲珑柔软，黑色的秀发在枕头上散开，嘴唇泛着红润的水泽，她裹着雪白的蕾丝睡裙，躺在灯光下，像是正午的玻璃花房中一枝娇嫩艳丽的玫瑰。

他几乎吻遍她身上每一寸肌肤。余葵一会儿痒得发笑，一会儿胸口起伏，眼中泪光闪烁地讨饶："时景，别再继续了，求你了……"

时景这时便展现出性格中冷硬的一面，无论她怎么恳求仍旧不为所动。余葵只能攥紧床单，仰着头扒着床单一寸寸往后缩，直到背部贴着床头。她借力爬坐起来，剧烈喘息，脊椎都在战栗。

她颤着手捧起他的脑袋，瞧着他的唇畔，流泪吻了上去，咬着他的唇，声音带着哭腔："时景，你这样都不像你了。"

他抚摩她的头发，摩挲她的后颈："在你心里，我是什么样子？"

"反正不是这样。"余葵颤着声说，额角都是汗。

喘息的声音交错，浓郁的气息交融。

时景又笑了起来，把她扶起来，跨坐在自己身上。他收紧拥抱的力道，指尖在她的秀发间穿行，纠正："不对，我从来就是这样，我爱你，所以愿意为你做任何事情。"

这种快乐太陌生了，余葵生平第一次体验，忽然明白了人类为什么总对这件事乐此不疲。

小区里的灯光都灭了。

她哭得梨花带雨，实在承受不住了，想连滚带爬地逃下床，喘口气休息会儿，又被时景哄着、骗着、求着说这是最后一次。

余葵信了他的邪。

十分钟后，她浑身都绷紧了，后仰的脖颈线条像极了准备甘心赴死的模样。

她的瞳孔缺氧般地放大，视线模糊，指尖紧紧地陷入他的肩头，掐出血痕后仍不能控制抽搐的身体，她连咬唇抑制闷哼的力气也被榨干了，无力地任由声音溢出来，细碎软腻得几乎要把人的心脏拉扯成几瓣。

时景终于满足，把余葵揽在怀里，任由她趴在自己的肩头娇气地哭着。余葵哭得他心软，他便一声声哄着，一下下梳理她被汗浸透的头发。

余葵只觉得自己浑身都泛红，脑子混混沌沌的，心跳沉重得迟迟缓不过来，见他这样没诚意，更生气了，捶他："这比我跑了一千五百米还累。你这个骗子，我说停，你偏要继续，只顾着自己高兴，我喘不过来气，差点儿没命了。"

时景特别擅长认错，吻她的额发，用下巴轻蹭她："对不起，我试着克制了，没忍住。"

他也特别擅长提要求："我帮你洗澡，明天再来可以吗？"

余葵吸了吸鼻子，把眼泪都蹭在他白皙平直的肩头，陷入贤者模式，勉为其难地考虑了两秒钟，懒洋洋地回答："看我明天有没有力气吧。"

经此一战，两人坦诚相待后，余葵的羞耻心短暂离家出走了。哪怕是时景把她放进浴缸里，替她清理，她也惰性大过害羞，破罐子破摔地任他摆弄，只想着：算了，毁灭吧！

她一根手指也不想动，倦怠地闭眼靠在缸沿上，洗着洗着，身体就往下滑。时景赶紧把人拽起来，冲干净后用宽大的浴巾裹紧，上床前吹干头发。忙碌到半夜，他甚至还有闲心给余葵换了个干净的新床单。

余葵抱着他的胳膊，有气无力地抬起眼睫："你不累吗？"

时景想了想："也累，但我心里高兴，就睡不着。"

想到余葵的作息，他又侧躺下来，揽着她，轻拍她的背，低声说："你困了就睡吧，不要管我。"

"我第一次跟男生一起睡觉，"余葵揉眼，"真奇怪，虽然很困，就是不想闭眼睛。"她打起精神跟他聊天儿，下巴搭在他的颈间，问题东一个西一个，跳脱又没逻辑，声音也含混，听起来软绵绵的。

"我的床是不是很软？"

"比我的软。"

"你会永远像今天一样属于我一个人吗？"

"只要你爱我。"

"那要是有比我好看、比我厉害、胸比我大的女人喜欢你，你会变心吗？"

时景把唇线抿得平直，极力按捺笑意，平复气息，没发出响动惊动她。

连这都问得出口，看来她是真的困糊涂了。

黑暗中，他爱怜地摸摸她的耳朵，又戳了戳她的脸颊，只觉得没有一处不喜欢，认真地摇头："我喜欢小葵这样的……"从很多年前起。

6点钟，时景准时起床了。

余葵睡得浅，被身侧窸窣的响动唤醒。她没敢睁开眼，一想起自己昨晚酒后的放浪形骸、从玄关到门口的衣服、垃圾桶里用空的盒子就羞恼得想连夜搬离地球。

也不管脸上发烫，余葵努力均匀呼吸，继续闭眼装睡，直到感觉他从枕下抽走胳膊，替她把被子掖好，出了卧室，才翻过身把脸埋在枕头里，抓狂地揉乱短发。

啊！她今天都没脸走出这道门了！

想着，她立刻爬起来，光脚下地，连滚带爬地给卧室门上了锁。

时景听到锁芯转动，再回头已经来不及了。他轻叩两下门板，无奈地倚着门框："小葵，你是要跟我玩'小兔子乖乖，把门开开'的游戏吗？"

余葵扭捏地钻进被子里，龘声龘气地喊道："你别管我，我自己冷静冷静。"

时景颇有种被女朋友睡完翻脸不认人的失落感。他深呼一口气走开，在厨房里做完早餐，想明白了才回来，用指节重叩两声门，手肘撑着门板，思路清晰地与她沟通："小葵，我还是觉得，谈恋爱不应该一个人冷静，太冷就凉了。你要不打开门吃个早餐，顺道跟我讲讲，我昨晚哪里没做好，下次改进？"

不！你哪里都做得很好，是我脸皮薄！

余葵："我不饿，你自己吃吧。"

时景挑眉，抱起胳膊："也行，困的话你再睡会儿，我把泡的衣服洗了，等你醒来一块儿吃。"

转身时，他手插兜，懒洋洋地低声报备："我没洗过真丝面料的衣服，要是搓坏了，你别生气。"

话音未落，下一秒，余葵面红耳赤地开锁，大喊一声："放着我来！"

她所有的衣服里，只有内衣是真丝面料，时景这个心机鬼就是故意的。

果然，等她气势汹汹地杀到阳台上，才发现所有的衣服已经被洗干净了挂在晾衣架上，在朝阳下的微风中飘摇。

她被摆了一道……人既然出来，卧室也回不去了。余葵按下羞耻，顶着他的目光，挨到餐桌边坐下，讪讪地小声说："下次还是我自己洗吧，我长这么大，我爸妈都没替我代劳过这个事情。"

时景不置可否地偏了偏脑袋。

她疑惑地问道："这是答应了吧？"

他应了一声，又叹了口气："我长这么大，也是第一次替别人代劳这些事。你不习惯，也只能算了。"话音落下，他照常低头进餐。

男人半敛的眉眼无故叫人读出几分失意。余葵心一紧，头皮都麻了。

她对时景的脆弱永远没有丁点儿抵抗力。怎么办？像他这样的天之骄子，好不容易放下骄傲对女朋友示好，她不夸两句也就算了，竟然还不领情，余葵都觉得自己罪大恶极。

此刻，她浑然忘记了"底线"两个字怎么写，只想抓紧熨平他微蹙的眉头。她挠了挠短发，支支吾吾地找补着："唉，也不是不习惯，就是有点儿丢人……算了，你想怎么做就怎么做吧，以后我保证一句话都不说了。"

时景总算抬头。他按捺笑容，把唇角的弧度控制在合适的范围内，随手替她在一片吐司上抹了巧克力酱。

时景开口，用低沉的声音认真剖白："我博士还没毕业，离开北京的时间太长，能陪在你身边的时间太少，所以，别人的男朋友能做的事，我都想试着替你做好。

"小葵，未来每分每秒都在变化，朝夕万里，难以确定。我只是想你依赖我，给我更重的筹码。"

他把吐司递过去，起身前顺手捏了一下她的脸颊："快吃吧。"

余葵咬了一口，双手捧着吐司片，瞧着他洗盘子的背影发怔。

这种感觉太自然，也太亲昵了。她从来没跟世上任何人产生过这样深入的情感联系和肢体交流，两人之间像是一点儿空隙也没有，他撤掉界限，毫无保留地向她敞开了自己人生的所有区间，把灵魂的触角交到了她的手上，给予她生杀予夺的权力。

她固然不可能伤害时景，但这种信任让人觉得胸口被安全感塞得鼓胀，再容纳不下其他东西。

她试探道："这算溺爱吗？"

时景背对着她否认："怎么会？溺爱没有节制，没有底线，我认为这算偏爱，是我心甘情愿的关怀和包容。"

她觉得他现在就很没节制。

余葵的心完全化了，她暂时遗忘了早上羞得快要钻地缝的别扭，像小蜜蜂一样勤劳积极地起身收拾餐桌，把餐具一件件递到他手边。

中岛台横在厨房正中央，走动间难免有肢体碰触，时景被她扰得静不下心，没辙道：“小葵，你凌晨不是说累吗？去歇会儿吧。”

余葵攥紧拳头，把果盘“砰”地往桌上一放：“禁止再提夜里的事，再提我不跟你玩了！”

话一出口，她就后悔了——小学生才这么威胁人。

男人睫毛一颤，眼皮抬起来，目光灼灼地盯着她：“好啊，我不提，那你今晚继续跟我玩吗？”

余葵被他懒洋洋地拉长的尾音缠得耳朵酥麻，身体的条件反射还留在记忆里，心都荡了几下，回神后又恨不得敲自己的脑袋让自己警醒起来。

“我不是这个意思，你想哪儿去了？！”

她的脸涨得通红，她被自己脑子里闪过的画面臊得说不出话来，退到门口虚张声势：“反正你今天离我远一点儿，我的嘴巴到现在还痛呢。”

“这可怎么办呢，葵儿？”时景无辜地叹气，“我的朋友们都想认识你。手机上没拦住，他们等会儿来家里温居，今天一整天，我恐怕都得跟你挨近点儿。”

“你不早说！”余葵大骇，“几点来？”

“中午吧。”

难得的休息日，余葵画画也静不下心，扔下数位板到镜子前，琢磨着该怎么用遮瑕膏掩盖脖颈上昨晚留下的痕迹。

梳妆台上全是轻薄的粉霜，没有一支能用的遮瑕膏，她盖来盖去地折腾半天，下巴都仰累了，还是没能遮干净。她气得又用卸妆油一口气全擦了，洗干净，从柜子里找了块雪白的丝巾系上。

时景抱臂倚在门框上，眉眼含笑地看她折腾。

他颈上有好几条血印子，皮肤又白，血痕就特别明显。余葵觉得心疼，看着他满不在乎，气又不打一处来：“不准笑，你也得穿高领毛衣，不然他们都笑我挠人怎么办？”

“我在这儿，没人敢笑你。”

时景的发小儿们，追溯起来，余葵也不算完全不认识。高中那会儿，她曾和大家一起组团打过游戏。

这群人客气得很，每人进门送了一件礼物，有人送水彩套盒，有人送画集，甚至还有她做的全套游戏皮肤周边……件件送在余葵的心坎上，这哪里是温居，温的是她的心啊！

余葵实在没忍住，压低声跟时景嘀咕：“礼物该不会是你勒索来的吧？他们哪儿知道我喜欢什么？”

陆游岐耳尖抢话：“怎么会？小嫂子，链接虽然是他发来的，但哥儿几个绝对都是自愿付钱的！”

余葵红脸——她就知道！

她是个厚道人，拿人手短便赶紧忙前忙后地招待大家，给他们削水果、摆点心、倒水喝。

她本来还想在家招待大家吃顿饭，时景没同意，拿出手机，把早就订好的餐厅给她看：“他们一大帮人在外头吃就行，你哪儿忙得过来？累完又该走不动道了。”

席间，坐在余葵旁边的拔你鸽毛后知后觉地把余葵和当年游戏里的妹子小葵花生油对上号，难以置信地拍腿道：“银心铃这东西竟然真有效，失联五六年都没把你们俩拆散。我当年就应该认真做任务，和我的初恋也搞一个戴戴！”

银心铃？

余葵当晚回家，第一件事就是下载游戏。但这并不是个明智的决定，她好多年不玩这个游戏了，白占内存，也耗费精力，文件包太大，哪怕她网速快，游戏也下载了三个多小时，直到睡前才结束安装。

登录界面的古风音乐响起，记忆的浪潮一股脑儿地涌回她的脑海。

余葵上一次登录游戏，还是立志考进年级前三百名那会儿，而银心铃挂坠是 2014 年的七夕任务奖励——

就是说，时景在学校和她高冷地保持距离的那段日子里，一声不响地开着两个号，做完了所有的系列任务，领到了银心铃挂坠。

电脑界面上出现了蹦跶的毒萝，余葵操纵着鼠标，行走间，红色绳结的银心铃便随着动作轻轻摇曳。

两个铃铛是一对，刻着恋人的名字——

返景入深林。

道具说明栏备注：“这是一串银心铃，只给唯一的你。”

余葵在电脑面前静坐了好久。她早该发现的，那么多年，哪怕她只登录一次，时景的爱都不至于悄无声息地湮没在被人遗忘的游戏世界里。

余葵关掉显示器，猛然起身，大步走到长廊尽头，推开洗手间的门，也不管时景是不是还在刷牙，从后面紧紧拥住了他。

“怎么了？”时景察觉她不对劲，指腹探过来扳正她的脸，想看看她是不是哭了，“他们谁跟你说什么了？”

“什么也没说。”余葵固执地不肯给他看，用力把头埋在他的背脊上，

"时景，我觉得今晚还能再跑个一千五百米。"

从立志不肯再做咸鱼那天起，余葵就没怎么经历过放纵荒唐的假期了。

连续几周，一到周末她便不理邮件、不接稿、不工作，窝在家里享受快乐——打游戏、吃吃喝喝、和时景卿卿我我。

坦白说，余葵并不是失去了进取心，只是工作环境变化之后，她忽然有点儿疲惫了。

新任主美 Feynman 是个职场高手。他向上截断跟领导的汇报权，向下时不时约员工谈心，提拔了几位她之前不太重用的老员工，还给与余葵往来较多的下属重新分配工作内容，大刀阔斧地将她的团队肢解重组。

余葵很清楚，他在刻意弱化她的领导位置，降低她的话语权。

仔细想想，从他来到美术组后，余葵很少能畅通无阻地推行自己的想法，他总要在她主导的内容里加一些碍眼的元素和内容来做平衡，两者风格碰撞，最后呈现的效果也许老板满意，但在余葵眼中只能算差强人意。

曾总显然忘记了当初让她主导技术的承诺，上司态度不明，总监便成了"端水大师"，每次到了开会扯皮，敲定方案的时候，结局都是她和 Feynman 各退一步。

每每从楼上归来，余葵都感觉身心俱疲，像打了场大仗。

其实从前也累，但那种累有奔头，她知道自己还能把内容做得更好。现在的累却像根鱼刺卡在喉咙里，她逃避争斗一次，话语权就被削弱一分。她全被细枝末节的事情压榨了精力，都没空好好画画。

周五晚间，两人洗完澡，又闹了一阵。沙发上，余葵筋疲力尽地躺下来，枕着时景的腿，找了本漫画盖在脸上，挡住刺眼的光源休息。

躺了好一会儿，她忽然把书拿下来："时景，你说是不是我心态有问题？"

"怎么说？"

她眼神迷茫："从学校里出来以后，一切都太顺利了，遇到了很好的老师、很好的上司，以至于我以为世界就是这么理想，还在用学生的方式思考问题，稍微有争斗摩擦就觉得累。可换家企业，也许还有别的 Feynman 等着我，假如避免不了同样的困境，我是不是该调整自己？"

时景想了想："如果是别人，我会建议他们迎难而上。"

"换成我就不一样了吗？"余葵好奇。

“他们工作就只是工作，你工作却是在完成梦想，如果这个过程让你觉得束手束脚不开心，创作驱动力萎靡，干吗还要往不擅长的方向勉强自己？调整规划，把你热爱且擅长的事做到极致就好。

“喜欢你的人，只是希望你开心而已。”

余葵表面平静，内心却大受震撼。果然，无论在人生的什么阶段，时景都能成为她路上的导师和灯塔。

对“北漂”而言，北京这座喧嚣冷漠的大都市总叫人难以避免地生出迷茫焦虑的情绪，但此时此刻，余葵躺在男朋友的腿上，那些感觉都离她远去了。她有种无论做出什么决定，从什么样的崖壁上掉下来都有人能接住她的笃定感。

时景在灯下看文献。她在人肉枕垫上翻过身，侧头专心欣赏他的眉眼——哪怕她从这么死亡的角度看，男人的脸也仍然线条锋利流畅，光洁俊美。

她没忍住伸手，越过文献，指腹顺着他的下颌描摹，滑到喉结上。余葵再动时，被时景抬手攥住，他挫败地叹了口气，顺手把文献搁到一边的台灯柜上：“书翻开一整晚，五页都没看完。”

“怪我！”余葵也觉得这样不好，缩回指尖，撑着他的膝盖爬起来，“我现在就走，你看书吧，我去打游戏……”

话音没落，余葵的手腕就被时景束住，他稍一用力，便把她扯回来跨坐在了他的腿上。

男人的T恤领子松垮，白皙的颈间浮起青色的脉络，倾身时，低沉慵懒地吐字，气流几乎撞在她的耳朵上，扰得人昏昏沉沉的。

他说：“怪我，色令智昏，耽溺享乐。”

热恋中的情侣，不需要过多言语，眼神一交会就拉扯，暧昧的气氛再次升温。他们正吻得难舍难分，门铃突然响了。

余葵一激灵，嘴唇红肿地把人推开：“我没点外卖啊，是你点的吗？”

时景蹙眉，显然没有。

余葵突然慌起来：“这个点，会不会是你妈妈过来了？”

“不会。”时景开口，“她从没来这边找过我。”

余葵伸手够到外套，正打算去门口看看猫眼时，手机突然响起来——是她爸程建国打来的。

“小葵啊，我跟单位请假来北京一趟，现在到你租的房门口了。你下班没？在家里吗？”

平地一声惊雷！余葵脚上一踉跄，差点儿没站稳：“我在……我在家，在洗手间里洗澡呢！”

她趿拉着拖鞋往离门口最远的房间跑，边跑边压低声问：“爸！你怎么忽然来了？早点儿给我打电话，我去机场接你啊。”

“你工作忙嘛，我怕打扰你，下了飞机就自己坐地铁过来了。你别说，北京城真大，地铁线都修了那么多条，还挺复杂。”程建国把给余葵带来的东西都摆到地上，“你别着急，慢慢弄，我在门口站会儿，没事。”

大学四年，程建国来北京看过她两回，余葵怎么也没料到，上回寄樱桃的时候留了个新住址，她爸竟然就一声不响地找来了。

洗衣机里都是她和时景混在一起洗的衣服，杯子是成套的情侣色……这个家里处处是男人生活的痕迹，被老父亲堵在门口，即将被抓包同居，余葵头都大了——小地方的开放程度跟大城市比差远了，程建国再怎么开明，也是个传统的父亲。

她慌乱无措地环视四周，反应了几秒钟，才想到让时景一块儿收拾，把摆在外面有明显异性特征的物品都藏起来，鞋子一股脑儿地堆到鞋柜顶层，文献和电脑也都被塞进柜子里。

时景也有点儿蒙：“我也要藏吗？”

余葵把心一横：“委屈你了，我爸还不知道我交男朋友的事情，一来就发现我跟男人同居肯定接受不了，我们父女俩之间的信任就完蛋了。”

“行吧，我待在卧室里。”时景点头，“你去冲澡，我来收尾。”

等余葵头发沾水，裹着浴帽出来时，时景甚至连垃圾桶里的烟盒都清理过了。

看着紧锁的卧室门，余葵只觉得心虚，时景这朗月清风一样的人物，什么时候有过偷偷摸摸的经历？人家正儿八经的房东，现在被弄得像做贼似的。

来不及多想，她拧开门，瞧清楼梯间里的东西，惊诧道：“爸，你怎么拿那么多？寄快递就好了，搬过来多累啊！”

程建国的两鬓有点儿白了，他把地上的东西都搬进门，笑眯眯地开口：“有的是给向阳捎的，还有些是我的行李。前段时间你不是叫我体检吗？查出来有点儿小毛病，我就干脆来北京做个手术，顺带过来看看你。”

余葵急了：“身体怎么了？什么手术？”

“医生说是要给心脏装几个支架。”程建国换了拖鞋，瞧余葵脸都白了，笑道，“你瞧吧，我本来不想告诉你的，我问过向阳了，小手术，问题不大。”

程建国环视屋子一周：“这房子真宽敞，月租有负担吗？”

余葵还在手机上查装心脏支架的事，跟在他身后支支吾吾地回答：“分摊下来也还好。”

“多少钱？”

余葵胡乱说了个数字：“五六千……”

男人若有所感：“北京的房租贵是贵了点儿，不过这么漂亮舒服的房子，花钱也值当。”

他想起什么，小声问：“我记得你之前说跟校友合租，我这么晚在客厅里说话，会不会打扰到人家休息？”

“他不会介意！”余葵不敢提室友已经换人的事，含糊地答了一句。

程建国这才放心，背着手参观完屋子，神情十分欣慰：“小葵，你长这么大，屋子就数现在收拾得最整齐、最干净，真是长大了。看你生活状态不错，自己能照顾好自己，爸爸也就放心了。”

这哪里是她收拾的……

余葵用耳朵关注着卧室的动静，目光乱飘，心虚地转移话题：“爸，你饿不饿，要不我给你煮点儿东西吃？正好明天是周六，咱俩先去医院看看。”

“在飞机上吃过了。”程建国摆手，“明天你忙你的，不用着急，我也知道北京挂号多难。向阳不是在医院吗？他帮我问问科室老师，弄个加号，等办好住院手续，需要手术签字的时候，你再过来就成。”

程建国特别不愿麻烦孩子，就怕耽误余葵的正事，来之前连住处都在附近的酒店订好了。

余葵嘀咕：“爸，我最近没那么忙，上边又派了个主美过来，把事都揽走了，我现在清闲着呢，你只管使唤我。”

程建国从一无所有的乡下小子干到总工，人生大半的时间跟着项目走，跟什么人都打过交道，听余葵这么一说，就听出不对来了。他追着问了几分钟工作上的事，余葵轻描淡写，但他还是立刻摸透了女儿的处境。

“你从小就温和，要你争来争去的，确实难为你。钱嘛，挣多挣少都是那么回事，这里干得不开心，你就换个环境。我不是那些攀比的父母，要求孩子得有多大的成就，你自己日子过得舒心最重要，爸爸不用你操心，我有退休金。”

余葵泪目了一秒钟，谁料下一句，程建国便说：“不过有个事情，爸爸想跟你聊聊。今年院子里你那些叔叔阿姨遇见我，个个儿都爱问你谈恋爱的事，想给你介绍对象。我看了一圈照片，他们介绍那些孩子，模样还不如向阳呢。小葵，你觉得向阳怎么样？要不你跟他处处试试？”

时景还在屋里听着呢！余葵惊得一口水差点儿喷出来，压低了声音：“爸，我们俩是发小儿，要成早成了，怎么会等到现在？”

“发小儿怎么了？知根知底多好。我觉得向阳挺喜欢你的，门卫室给你养猫的荣大爷，可支持你们俩在一起了。哦，用现在时髦的词说，他是你们俩的‘西皮粉’。”

余葵震惊：“‘CP（网络用语，粉丝根据自己的喜好把偶像假想成情侣）粉’吧？”

程建国点头，试着学了两次余葵的发音：“我们上学那会儿，英文老师就教念字母‘西’，改不过来了。”

“你肯定搞错了，爸，他怎么可能喜欢我？”余葵把声音压得更低，“向阳高中的时候喜欢谭雅匀来着，那类型跟我差老远了。”

“他的眼光不能那么差吧？”程建国半信半疑，“前几天劳动节，那个小谭还把对象带回昆明了，你妈在朋友圈里发过，说是什么红圈所的高级合伙人。”

“她还在上海工作吗？”

“是啊，和她对象在同一家律所。”

余葵没刷到这条朋友圈，只能感慨：“她还真够厉害的。”

“厉害什么呀？你可别学她。”程建国脸有点儿黑，再三叮嘱，“小葵，找对象千万得看人。咱们不能找年纪悬殊的，住一起之前得先领证，还有，千万不能做未婚妈妈。”

想到卧室里藏着一个大活人，余葵头快要钻地缝里了，回过味来又诧异地问道：“谭雅匀怀孕了？”

“对啊。”

“爸，你怎么会知道？”

程建国叹气：“你外婆住院那几天，你妈送小谭去医院建档。小谭现在休假，在昆明养胎呢。”

信息量太大，余葵一时没反应过来，追问：“外婆怎么了？怎么会住院？这事都没人告诉我。”

程建国眼神微闪：“外婆不让跟你说，老人家年纪大了，总有些毛病找上门，在医院住了一周就要吵着回老家。没事，等端午节假期，你回去好好陪陪她，要是能把向阳领回去就更好了，她看见了，准开心得不得了。”

他又提一回！余葵闭眼，都不敢想象时景在里头听着，脸上是什么表情。她正打算硬着头皮铺垫一下，引出自己已经有男朋友的事，程建国聊罢起身，看了一眼表，道别：“时候不早了，我先回酒店了，小葵，你也早点儿睡。”

临走前，程建国上了趟卫生间。

余葵没来得及松口气，看着玻璃门合上的瞬间，心又猛然提到了嗓子眼儿——完蛋！时景的剃须刀她收进柜子里了，但剃须泡沫和男士洗发水这些瓶瓶罐罐都还在摆台上……这些东西应该不会被发现吧？

几分钟后，程建国洗完手出门来。见他神色平常，余葵赶紧殷勤地上前。

她取了门口的大衣，准备送她爸到酒店，程建国却摆手说不用送。换完鞋出门前，男人顿了顿，还是侧过身来问道：“小葵，跟你合租的校友，我之前一直没确认，这人……是小姑娘吧？”

余葵顿时感到五雷轰顶，在衣摆上擦掉手心里的冷汗，脑子空白了一秒钟。然后她做出了抉择：“爸，我有个事一直忘了跟你说，之前那房子上个月突然被房东收回去了，我临时搬了家，所以现在的合租对象不是大学校友，换成我的高中同学了。”

程建国一怔：“谁啊？”

“您也认识的。”她头皮发麻，在老父亲惊疑的眼神中吐出了名字，“时景。”

程建国蒙了好几秒钟，缓过来才确认道：“高中的时候跟你在贴吧传过一段，被你妈逼着断交的那个时景？”

余葵头都抬不起来：“嗯。”

“他人呢？”

“我刚才怕你误会……就把他推到房间里藏起来了。”

程建国深吸一口气，看着眼前自家水灵的小白菜，冷静下来：“你把他叫出来吧，我跟他谈谈，我又不是老虎。”

余葵还没来得及开口，房门应声被打开。时景身上的T恤和休闲长裤不知所终——他不知什么时候换了身正装，衬衫和西裤衬得他仪容清俊、风度翩翩。

他大大方方地走过来，跟程建国道歉：“叔叔您好，我是小葵的高中同学时景。不怪小葵，是我欠缺考虑，刚才应该早点儿出来跟您打招呼的。”

即便在这么尴尬的时刻，他也将礼貌维持得极好，三两句话就把程建国请回了客厅，言谈举止间一瞧就知道是高知家庭养出来的孩子，满身正气，眼神坚定纯良。余葵简直拜服，换作是她，估计说话都结巴。

可惜眼前的情况，哪怕他再优秀出色，程建国也很难压下情绪："我说这房子怎么那么整齐，都是你的功劳吧？小葵可没这本事。"

"怎么会？我待在北京的时间少，不在的时候，都是小葵帮忙收拾的。"

听时景交代清楚余葵搬进来的原委、替他看房的必要性，以及自己还在长沙读博，回北京只是学术交流这些事，程建国脸色总算回转一些，但还是继续说："谢谢你帮忙，是小葵没把握好和朋友相处的分寸，为了省那么点儿房租，打扰你这些日子。正好我明天有空，替她到处看看房子，重新租个地方，趁我在北京，替她把东西都搬过去。"

余葵一听这话就急了，刚要开口说话，时景及时递来眼神安抚她。

他认真解释道："叔叔，是我请小葵来帮忙，她的存在对我而言绝不是打扰。如果您不放心，我可以搬出去。这算是我的私心，我喜欢小葵，想让她有个稳定舒适的环境休息和工作。"

时景在她爸面前承认喜欢她！余葵只觉得心猛地一跳，偷瞥她爸。

程建国顿了顿，神情却还是不赞同："这是你的房子，仗着你喜欢她，让你搬出去怎么像话？"

话音落下，他便朝她看来："小葵，你觉得呢？"

这算是她爸递给她的台阶，让她自己同意搬走，余葵心知肚明。

说实话，在跟时景重逢以前，她也很难想象自己会以这么快的速度跟任何异性同居，当爹的生气、忧虑，她完全能理解，但她就是舍不得。

时景还在读博，要不是这次跟导师来北京交流，他们一年到头能相处的时间还要大幅缩减。她试图轻声商量："爸，搬过来是我自己的决定，我也喜欢时景，所以……"

程建国蹙起眉："所以你们不是合租，是以恋爱对象的身份在同居？"

时景赶紧起身灭火："叔叔，您别生气，小葵可能还没来得及跟您报备，我们确实恋爱了。

"很抱歉第一次见面是在这样的情况下跟您对话。我重新介绍一下自己吧，我叫时景，北京人，妈妈是医生，我的爸爸……可能您认识，他叫时希文，前些年被调到昆明工作，任期因病去世了。"

余葵诧异，猛地抬眸——他们认识这么多年，这是她第一回见时景主动提及自己的家庭背景。

程建国也瞳孔震颤，怀疑自己没听清，转头去瞧余葵的表情，得到答案之后，嘴巴都颤了两下——时希文绝对是个如雷贯耳的名字，从家里的旧报纸、旧材料上还能翻出无数报道。

时景仿佛没注意两人受到惊吓的表情，语气诚恳地继续往下说："我高二转学到纯附，认识小葵，高三跟她成为同班同学，本科在国防科大，专业是航空航天工程，保送硕博连读，工作上需要服从调配，大概率会在某科研所。"

他顿了顿，看向余葵的眼睛明亮真挚。

"叔叔，小葵正直、善良、坚定，是我见过的最纯粹可爱的女孩儿，和她在一起的时候，我总是很开心、很幸福。当年入伍后，考虑到种种现实因素，害怕耽误她，我一直怯懦，没有表明心迹。

"我花很长时间沉淀这份感情，来认清、确定我喜欢小葵，她对我而言无可替代。"他深吸一口气，"因为职业限制，我不敢百分百向您保证未来能时时刻刻陪在她身边，但我能发誓——我对她是认真的，我把她规划进我的人生里，想竭力给她最好的照顾，关心爱护她，做她的依靠。"

他的话好像婚礼誓词啊……余葵听得眼泪都要掉下来了。程建国及时瞪了她一眼，轻咳了两声，接话："我就叫你时景吧。时景，谢谢你喜欢我家小葵，只是我有个问题，你的家人知道你恋爱的事情吗？长辈们赞同你的恋情吗？

"虽然在我这个当爸爸的心里，女儿足够跟任何人相匹配，但确实，我们家就是普通的工薪阶层，门庭差异巨大，未来遇到现实阻碍，受伤的还是我女儿。既然你们俩现在已经恋爱了，可以试着相处、接触看看，但年轻男女，在有婚约之前就是不能住在一个屋檐底下。"

时景想要解释什么，被程建国打断——

"两情若是久长时，又岂在朝朝暮暮。"程建国严肃地说，"你可能会觉得我古板保守，但小葵是我的珍宝，我不想她因为年少轻率，未来受任何委屈。"

他说罢便指挥女儿："今天也晚了，小葵，你就跟我去酒店休息吧，明天再来收拾东西。那么久没见面了，正好爸爸也有好多话想跟你说。"

余葵只来得及拿上大衣和提包，便垂头丧气地被老父亲提溜着出了门。

程建国婉言拒绝了时景相送："就到这儿吧，酒店不远，我跟小葵走几步就到。"

夜晚的风微寒，丝丝凉意渗入心头。余葵回头看了一眼，见时景身上只穿着单衣，立在单元门口，短发和瞳孔漆黑，高大颀长的身形显得格外落寞。

“快把眼神收回来，你个不争气的孩子。”程建国背着手走在前面，走出几步，还是没忍住气道，“小葵，你是不是把爸爸当西王母了，是来拆散你这个七仙女和董永的？”

“我绝对没这个意思！”余葵“噌”地回头保证，小碎步跟到程建国身边，“爸，对不起，我应该先跟你说一声的。但时景真的是一个品性磊落、无可挑剔的男生。你别看他长成这样，其实男女关系很干净的，我认识他那么多年，他从来没仗着自己长得帅，随便跟人谈恋爱。”

“他不谈，别人就不会往他身上扑吗？”程建国冷哼了一声，“如果不会，你高中、大学那几回都是为谁哭的？”

余葵讶异：“爸？”

“你真当我不知道啊？我认识他，不就是你们纯附的年级第一名吗？家长会、学校光荣榜，有哪个家长不关注？高三的时候，有好几次他在楼下等你，你偷偷跟他跑出去玩，我都看见了，青春少艾，爸爸也是过来人。”程建国叹了口气，“小葵，这些话本来该妈妈跟你讲，但看你妈妈把小谭管成那样，也只能我来讲。

“你喜欢得太满了，这种满会让你每次受伤都痛不欲生。别的不说，你考虑过同居的后果吗？万一怀孕了，你做好结婚的准备了吗？对方家长因此看轻你怎么办呢？”

余葵一愣。

程建国继续说：“他人长得那么俊，家庭背景又那么高不可攀，你跟他在一起，未来你们会经历很多考验，我这点儿关卡只能算微不足道的考察。

“好在他今晚的表现算是有诚意，所以我不反对你跟时景接触，但再深的，小谭就是前车之鉴——她现在住在医院养胎，没领证也没办婚礼，男朋友工作又忙，一个月飞过来看她一两趟，平时都靠家里人照顾。小葵，哪怕对方家庭再显赫，我也不能让你变成她那样，身为父亲，我必须把任何让你受伤的可能扼杀在萌芽阶段。”

程建国的话让余葵无可辩驳。她这些日子只顾着开心了，多年的夙愿成真，她就像拿着一张巨额彩票，迫不及待地兑付，能享受一天是一天，压根儿没往深远处想。

余葵在程建国的隔壁开了房间。这一晚，她躺在床上，举着手机，界面停在跟时景的对话框上，辗转难眠。

酒店的夜晚很静，走廊的地毯上偶尔传来闷闷的脚步声。

习惯了时景躺在身边，她现在觉得耳畔空落落的。她想问问他的想法，输入好几次，又都一一删除。他们俩都还这么年轻，她如果转述程建国的意思，总觉得有逼婚的嫌疑。

屏幕息了，黑暗中，她心事重重地叹了口气。

时景的电话就在这时突然打了过来，余葵指尖一抖，机身差点儿砸到脸上，整个人连滚带爬地下床，怕隔壁的程建国听见动静，还小心地走到窗边，打开窗户。

月色和马路的车声瞬间流泻进屋内。

风扬起余葵的头发，她伸手把头发扒拉到耳后，闷闷地压低声音："时景，你睡了吗？"

"我睡不着。"时景顿了顿，又开口"小葵，我刚刚在给奶奶打电话。叔叔说得对，我们……"

结婚吧。

后边余葵还没听见，有通话插进来。她拿下手机一看，竟然是程建国的电话号码。

被抓包凌晨打电话的余葵赶紧接通，电话对面传来她爸急促的喘息声，他的声音有气无力："小葵，你给爸爸叫个网约车，心脏好像有点儿不舒服，咱们去医院一趟。"

余葵已经不记得自己上一次慌得浑身冒冷汗是什么时候了。

她从小纤瘦荏弱，此时却爆发出惊人的力气，扶着面色发绀的程建国来到酒店大厅，叫来值班的前台工作人员帮忙把人抬上车。

司机见这阵仗差点儿不敢载他们，想让余葵打别的车，她赶紧许诺多给几百块钱报酬。师傅神色为难，但最终还是没收，只叫她抓紧上车。

司机踩下油门，余葵终于有空颤着手给时景拨了一通电话。

向阳在的医院路程太远，她只能在就近的医院的急诊科挂号。快到医院时，程建国已经手足厥冷，虚弱地捂着胸口，呼吸都倍感艰难。

余葵只能把车窗开到最大，让风都吹进来，空气流通，喊师傅的声音都快带上哭腔了。

程建国勉强地笑了一下，只抬手拍了拍她，满头大汗地说："没事，你别着急，别催人家师傅。"

夜晚的急诊大厅灯火通明。

车才开到门口，余葵出示完健康码，一转身，就被门口的年轻女医生招手唤住："你好，你是余葵吧？"

余葵错愕地点了一下头。

"我是黎老师的学生，她有一台紧急开胸手术还在收尾，让我过来看看，给你帮帮忙。"

她说着，招呼护士把平板床推近，扶程建国躺了上去。几位急诊医生拥上来，把人推入绿色通道，进入胸痛的紧急救治流程。

"大致情况时景已经在电话里跟我说过了，你爸爸之前的体检报告带了没？"说是帮帮忙，但这位医生几乎有条不紊地替余葵处理了所有的情况，还顺道领她就近做了个核酸。

余葵大脑是蒙的，心也惶惶然，后知后觉地反应过来——"黎老师"大概是时景的妈妈。

她交完费，隔着帘子看着忙进忙出的医生给程建国打了针，建立静脉通道，上了监护心电……她只能在旁看着，什么也做不了，不停在搜索引擎里寻找病情分析和病例，既焦急又心痛自责。

程建国的心脏脆弱成这样，自己早该注意到的，要不是向阳提醒，要不是程建国来了北京，今晚又一定要带她回酒店，救治的时间恐怕还要延误。

余葵一下一下无意识地抠着手指，时不时地站起来，到病床旁边张望。忙碌的医生进去后毫不留情地拉上了帘子，将她的视线阻隔在外。余葵盯着帘子，脑子里忽然忍不住想起许多过去的事情——

那年她逃学，乘火车到成都去找程建国，回昆明登机前，他给她买了可乐、鸡翅和汉堡。

学校请家长，他下车摔得一身灰也顾不上拍，像座山一样将她护在身后，不顾斯文地怒斥对方家长。

高考结束，他美滋滋地打电话将她的成绩告知每一位远房亲戚，送她到北京上大学。

…………

画面一帧帧闪过，她恍然意识到，随着人生重心的偏移，她在程建国的生命里似乎逐渐变成了一只渐行渐远的风筝。

她给爸爸的关怀实在太少。

护士从她的眼前经过，走廊狭窄，余葵退后一步让道。

或许是之前使了大力气的缘故，她脚跟没有踩实，小腿脱力般一软，往后踉跄了两步。在就要摔倒的前一秒钟，她被肌肉均匀有力的胳膊接住，揽入了怀中。

时景身上永远有着清冽冷淡的香气，区别于急诊科强烈的药物和消毒水味，让人镇定。

他扶着她到走廊边仅剩的座位上坐了下来，瞧她脚上还穿着拖鞋，叹息道："怎么都不穿好鞋就来了？"

余葵没答，只抱紧他的腰，把脑袋埋进他的大衣里。

时景也没再说话，立在原地，一下一下轻轻地抚摩她的脑袋。

急诊科的日光灯彻夜不灭，走廊里的家属们脸上的神情或惨败或灰白。余葵躲在时景的怀里，似乎终于可以暂时把此起彼伏的制氧机冒泡声和呼吸机的"嘀嘀"声隔绝在外。

"会没事的，小葵。"他说，"你还有我。"

时景完全能理解余葵的恐慌，他们几乎有过一模一样的经历，区别在于，二十五岁的余葵，险险地把程建国从生死边缘拉回了人间，而十七岁的时景，父亲再也不会回来。

又不知过了多久，医生总算掀开帘子出来，把两人叫进了诊室。

底下医生打印完检查结果和单据，心内的肖主任接手，拿过来一看，便笑盈盈地说："小景，好多年不见，人真是越来越帅了，我一转头，远远就看见你，和黎主任长得真像！"

时景礼貌地应了两句，又问起程建国的病情。

主任的神情还算轻松，他拿着刚出来的检查报告解释给两人听——程建国属于急性心梗，虽然暂时缓过来了，但未来一周会是血管破裂高发期，主任说了两个方案，先溶栓看效果，或者直接安排手术。

主治医师和余葵沟通期间，肖主任环臂在旁，问起时景："未来岳父啊？你妈几分钟前刚出手术室就给我打电话，让我过来看一眼。我寻思，你妈这人从来不托人帮忙，过来一看你这紧张劲，没跑了。"

时景颔首，远远瞧了余葵一眼，再次诚挚地跟他道谢。

男人抬手够到时景的肩膀，使劲拍了两下："从小看着你长大，这点儿事还跟叔叔说什么谢？以后有空常来家里玩就成。你让女朋友尽快拿主意吧，确定了，我好尽早安排加台。"

程建国的疼痛总算缓过来了，虽然浑身都是监控仪器，但他平躺在床上，好歹能正常跟余葵说话。

余葵总算感觉自己能喘息了，跟他商量了做心脏支架的事。

程建国点头：“我听说就是个小手术，能尽早做了当然好，不过这边医院能排到吗？我听说大医院都可紧张了，要不去向阳他们那边做……”

他只信任向阳。

余葵赶紧把插着吸管的温水递到他嘴边：“爸爸，怕是不行。”

“为什么？”

余葵低声说：“你刚缓过来，哪能随便挪来挪去？再说，时景他妈妈正好在这家医院工作，都给你安排好了，刚才来给你看片的就是心内科的主任。”

啥？程建国傻眼了，眨了眨眼：“人家帮这么大忙，第一次见面就躺着，会不会太不礼貌，我用不用跟她正式打个招呼？”

“您都病成这样了，就躺着吧。”余葵叹了口气，把人按回去，“我都会解决的，你不用操心了。”

领余葵进门的女大夫提出把值班宿舍借给她休息，可惜她睡不着，婉拒了对方的好意，就跟时景一起等在医院的长廊里。

凌晨4点，余葵已经困了，但还是不敢合眼，套着他的大衣挡风，脑袋沉沉地枕在时景的腿上，有一搭没一搭地和他说着话。

“时景，你妈妈的手术应该结束了吧？”

“结束很久了，她大概已经回家了。”

“她知道你在急诊吗？”

“知道。”

她都帮了忙，面对许久未见的儿子，为什么连见也不见一面，直接回去了呢？余葵不解，抬起眼皮看去。

凌晨晦暗的光线从窗户的罅隙透进来，时景的头轻倚在墙壁上，英俊的眉目半笼在阴影中，平静的面孔像是藏着几分说不清道不明的寂寥感。

4点半，终于有护士过来喊余葵。

检查显示血管内的血栓大概通了百分之三十，药物有效，程建国的状态好了许多。还有一些手术文件要余葵签字，只是她这会儿嗓子发哑，像是有点儿感冒。

时景从护士站借了温度计，把热水瓶给余葵，叫她裹着大衣坐到一边，自己去替她办住院和其他手续。

人一走，气氛便活络起来。

护士站值夜的小护士难得有空休息会儿，有人瞧余葵冷得瑟缩，拿了自己的毯子递给她，顺嘴问道：“小姐姐，你男朋友是咱们医院黎主任的儿子吧？”

余葵这一夜好几次听人提起这个称呼，不太确定地点了点头：“你们也认识时景啊？”

“当然……不认识！”

值夜后，几位护士小姐姐的脸色略有憔悴，不过大抵是凌晨精神反扑，她们目光灼灼地对视一眼，继续说：“我们是听梁医生说的——就是带你去做核酸那位。”

“不过他和黎主任长得真的好像啊，母子俩都是那种高冷美人！”

“人又帅，又体贴，陪着你在走廊里坐一整夜，一点儿架子都没有。姐妹，你真的太幸福了。”

所幸温度计显示余葵没发烧，她灌了两袋冲剂下去，勉强打起精神。

听说程建国做手术，向阳特地请假赶来。可惜向阳刚到不久，人便从手术室里被推了出来。

余葵怕把病毒传染给她爸，戴着口罩不敢凑上前，倒是向阳跟亲儿子似的，一路嘘寒问暖地跟着小护士把程建国送进了 CCU（冠心病监护病房）。

门合起来后，向阳才抽空瞥了时景一眼。

“就说让你们俩悠着点儿吧，我要是叔叔，一来北京看见我天真可爱的女儿跟男人同居了，也得心梗发作。”

“向阳你是来探病的，还是来给我添堵的？”

接话太急，余葵咳得上气不接下气，时景及时给她拍了两下背，又递上了拧开盖的热水杯。

向阳胳膊伸到一半，又不着痕迹地收了回来。他懒得看两个人恩爱的模样，别开视线：“病了就回去躺着吧，反正疫情期间也不准家属陪护。”

“我爸让我招待你吃午饭。”余葵浏览着手机页面上的餐厅信息，“你想吃什么？完成了任务咱们赶紧各回各家。”

“缺你这顿吗？”向阳磨着后槽牙，“时间还早，我回医院有事。等会儿你爸问，我就说你请过了。”

余葵果然收起手机，干脆利落地说道：“行，那等你下回有空再说。”

电梯抵达一楼，外面在下小雨，余葵干脆让时景开车送向阳回那边的医院，自己留下买医生让准备的物品。

向阳不乐意：“我到门口自己打个车就行。”

时景已经把车钥匙掏出来了，抬起眼皮看他："走吧，不麻烦。"

2013年，时景刚转到纯附那会儿，向阳算是班里最早和他熟悉起来的那批人之一，篮球场上组队次数多了，两人关系还算不错。这种友情的转折就是从余葵考进（1）班开始的。余葵跟时景越走越近，与之相对的是，向阳与他一天天疏远。唯一的默契大概只有他们在余葵面前，不约而同地维持着和平的假象。

车子驶入主干道，走走停停，时景主动打破平静致谢。

向阳扭头看向窗外："谢什么？我又不是为了让你谢我才过来的。"

时景并不在意他话里带刺，平静地说："余葵慌了一夜，你安慰两句，她看起来好多了。"

他的态度让向阳浑身不自在。

"我是医学生，比不上你妈妈能立马安排手术，也只能安慰两句了。"想了想，他又说，"小葵是扁桃体发炎吧？她明天嗓子该哑到讲不出话了，你回家路上给她买点儿川贝和枇杷煮水喝，她从小就喝这个，管用。"

"我会的。"时景用余光瞥他一眼，状似不经意地问了一句，"你还在喜欢她吗？"

"喜欢什么？"反应过来，向阳像被踩了尾巴的猫似的，汗毛都奓起来，"你说的该不会是小葵吧？"

"哦，原来你不喜欢。"时景耸肩。

"怎么可能？！我们一块儿长大，跟兄妹似的，从她穿开裆裤起，什么狼狈的样子我没见过，我怎么可能喜欢上她？你会跟自己的妹妹谈恋爱吗？多畸形，多离谱儿……"

时景安静地等待他讲完一大通话，才点头："很好，我们达成共识了。"

向阳像被扼住了喉咙，意识到时景只是在故意引他否认，沉默了两三分钟，才重新开口："时景，我发现你小子挺阴的，这点倒是跟从前一样。高三看电影那晚上，有人到教室门口找余葵表白，是你把徐方正绊倒，让水洒到她的卷子上的吧？"

"彼此彼此，把那男生撵回教室的老师，不就是你引来的？"红绿灯前，时景漫不经心地用指节敲打着方向盘，"事实上，即便你喜欢她，我也不可能代你转告，而且我希望你永远守口如瓶，捅破这层窗户纸，对你们俩而言都不是好事。"

如果他越过友情的界限，这段关系会从此变得无比尴尬，一起长大的情谊就再也回不去了——向阳心知肚明，却仍觉得心脏被攥紧。狭窄的空间里，他几乎喘不过气，降下车窗，让和着细雨的风使劲吹进来，吹得他衬衫鼓荡。

他终于回头，望向时景：“你没必要这样，我比你更清楚风险和代价，那么多年，哪怕家长再撮合，我都从来没想越过那条线。当朋友也挺好的，只要小葵好好的，我心里就舒服。”

他只是偶尔不甘心罢了。

他比任何人都清楚，青梅竹马很难在一起——他们太熟悉了，熟得跟亲人没两样。他们知道彼此所有的秘密，和那些下饭的偶像剧不同，现实里的青梅竹马，青春期大概率会因为新鲜感而喜欢上其他人。他和余葵也不例外，区别在于，他喜欢的完美女孩儿是虚假的幻象，而余葵暗恋的男神真实存在。

未来所有的可能，都在时景主动朝余葵伸手时被打破了。除非她未来某一天和时景一刀两断，对时景彻底失去幻想，否则，向阳永远不可能冒着失去朋友的风险主动触碰高压线，让这段友谊付诸东流。

余葵买完东西，在超市排队结账，队伍突然卡住了。

大概因为信号不良，最前端的顾客的手机迟迟没能刷新付款码。见收银台上只摆了一个三明治，余葵干脆向前两步，主动给收银员递上手机：“刷我的吧。”

女人戴着口罩，诧异地回头：“谢谢。”

她指了指门外，声音冷淡中带着点儿温柔：“那边信号会好些，我在店门口等你结完账，把钱还给你，可以吗？”

余葵起先说不用了，见女人坚持才点头答应。

前面还有两三位顾客，余葵怕人等急了，捏着手机有点儿焦急，隔着玻璃，三番五次地看向女人的背影。

女人高瘦而纤细，保养得极好。回忆刚才的惊鸿一瞥，余葵只瞧眉目都知道那人是个大美女，身上有种高不可攀的贵气，对余葵而言，这气质异常熟悉。

余葵又瞧那人一眼，这回在对方的长大衣外套下发现了浅绿色的裤腿——看着像是医生的手术服。

顷刻间，有个念头从她的脑子里浮上来：长得那么好看的人终究少见，这里又离医院那么近……不会真那么巧吧？

收银员把结完账的袋子递过来，余葵手心有点儿汗湿，在衣服上擦了一下，才踟蹰着朝外走去。

脚步声近了，女人回头，这次礼貌地把口罩摘了下来："谢谢你，支付宝方便，还是微信？"

瞧清对方的全脸，余葵脑袋一蒙，心里"咯噔"一下。

她这下明白急诊那些小护士为什么说时景和黎主任长得像了，哪怕五官某些地方有细微的差别，但这令人感慨为什么没多生两双眼睛的容貌简直如出一辙。她唯一的疑虑在于，面前的女人看起来太年轻了，只是三十来岁的模样。

余葵无法克制自己的视线落在对方的脸上，晕乎乎地赞美道："您真漂亮。"

"谢谢。"女人眉眼半敛，将手机往前递了递。

码扫到一半，余葵从神游中回神，手猛地回缩，也顾不得冒不冒犯，把心一横："我能不能问您个问题？"

"你说。"

"您有没有生过一个……个子一米八七左右，脸长得很帅，脑袋也聪明，在军校读博的儿子？"

黎雁回顿了两秒钟，认真地朝她看去："你是余葵？"

余葵手忙脚乱地把手机塞进兜里，极力表现得乖巧端庄，欠身和长辈握手："阿姨您好，我是时景的女朋友，我叫余葵，第一次见面，刚才差点儿没把您认出来。"

女人轻触一下她的指尖，便矜持地收回手："你爸的手术还顺利吗？"

余葵连忙点头："很顺利，我爸让我一定好好谢谢您。他现在刚被转进CCU，我下来买清单上需要的东西。"

她有点儿懊恼自己的笨嘴拙舌，第一次和男朋友的妈妈见面，熬夜后只在卫生间简单洗漱，头也没洗，身上还穿着昨晚发皱的休闲服，简直处于形象低谷状态。

感觉对方的眼神似乎往自己的身后扫了一眼，余葵立刻补充："哦，时景送朋友去单位了，一会儿就回来……"

话音没落，走廊那端有声音远远传来："主任，您在这儿啊！"女大夫小跑着上前，"哎呀，您午饭就吃个三明治吗？那怎么能行？梁老师中午请客，订了大餐，就等您开席啦！"

"他请学生吃饭，找我干吗？"

"嘿嘿！"女大夫笑了笑，"我们都有问题想向您请教，昨天那台手术实在太厉害了，今早一到科室，大家都在观摩视频，真是享受。那么高难度的手术，竟然只花了四十分钟，术中出血不到一百毫升，老师，我现在努力的目标就是给您当一回二助！”

黎雁回把三明治放回大衣口袋里，回头瞥余葵一眼：“吃饭了吗？”

余葵一愣，诚实地摇头。

“一起吃吧。”

随着黎雁回的邀请，女大夫的视线终于落在余葵身上。女孩儿穿着白裙子和浅色针织开衫，黑发柔顺地垂在肩头，眉眼秀气精致，气质干净温和。

没听说过黎主任有女儿，她好奇地问：“这是您……？”

“我儿子的女朋友。”黎雁回言简意赅地承认。

余葵刚买的东西被女大夫托人送到了 CCU，她落后半步，忐忑地跟在大佬身后，听着两人讨论外行不太懂的医学名词，悄悄掏出手机，手速极快地给时景发了消息。

小葵：“你得一个人吃饭了。”

小葵：“说出来你可能不信，你妈邀请我去内部食堂参加他们的同事聚餐。”

时景大抵在开车，隔了五六分钟才回复。

A：“什么？”

小葵：“说来话长，超市偶遇的，我也满头问号，现在就是大写的紧张。怎么办？时景，你妈妈喜欢什么样的女孩儿？她会不会不喜欢我？”

A：“别担心，她连我也不喜欢。”

A：“你放轻松吃饭就行，我到了就过去接你。”

食堂餐桌上摞着大袋小袋的外卖盒，果然还没开席，不过人都聚齐了。黎雁回进去时，大家齐刷刷地站起来打招呼。

主任背后多了个小尾巴，听说是主任的未来儿媳妇，年轻医生们很有眼力见儿地按次序往后挪，移出个空位。

黎主任大抵有洁癖，落座前，先掏出医用酒精棉片把面前的桌椅擦拭了一遍，又朝余葵看过去。余葵的屁股还没沾到椅子，眼见主任的眼神飞来，她弹跳般地起身：“我也擦。”

她兜里揣着早上买来擦脸的香氛湿面巾，刚掏出来，黎主任不忍直视地又撕了一片酒精棉片，直接上手擦拭：“你那个没有消毒作用。”

余葵大惊，连忙接手：“我来，我来！”她把自己面前仔仔细细地消了遍毒，心想：总算知道时景的强迫症遗传谁了，这不是有其母必有其子吗？

整顿饭中，黎主任都在解答后辈们的问题。她讲话不疾不徐，冷冷淡淡的，是个全才，手术方案、药剂减量……无论哪方面的疑问都信手拈来。

外卖还挺好吃，余葵记下包装上的标志，努力做朵安静的壁花，听一群医生热火朝天地讨论。

就在她庆幸于这顿饭即将安然结束时，黎雁回终于抽出空闲，抿了口水，回头问她："我听时景的奶奶说，你们两个决定结婚了？"

余葵被一筷子辣椒炒肉呛到气管，脸涨得通红，扭头用湿巾捂脸，咳得上气不接下气。她想说这是谁造的谣，还没影儿的事，谁料黎主任美人蹙眉，叫人递了杯水过来："你这炎症挺严重的，别再吃辣椒了。"

余葵猛灌了一大口水，红着眼睛正要点头受教，只见黎主任打开手机的手电筒："张嘴。"

"啊？"

"看看你的扁桃体。"

余葵含泪缓缓地张大嘴巴。她万万没料到，人生第一次见男朋友的妈妈，竟然就是这般"坦诚相对"，女人能清晰地观察到她的牙齿、舌头、充血的扁桃体……

黎雁回让她"啊"，她就"啊"。

度秒如年的十几秒钟终于过去了，黎主任总算慢条斯理地抽回充当舌压板的干净筷子。

黎雁回关闭手电筒，问了余葵今早吃了哪些药，叮嘱她停了其中几样，又说了两个新药名，接着说："实在不舒服，可以用雾化辅助，减轻水肿和炎症，门口药店就能买到家用雾化器……"

说着，黎雁回怀疑："我刚才说的药名，你都记住了吗？"

余葵跟被老师抽查似的，紧张地扳着手指一一把那一长串的陌生药名复述出来，主任满意点头。

餐桌旁的医生已经陆续离席去忙工作。走之前，黎雁回似是想说什么，想了良久才开口："我结婚的时候，时景的奶奶给了我一些东西，等你们把婚期定下来后通知我吧，我把东西交给你。"

她要走了。

余葵话到嘴边想解释，又觉得多余，最后鼓起勇气道："时景到停车场了，您要和他聊两句吗？"

话一出，余葵敏感地察觉对方的情绪有了细微起伏。

黎雁回抬脚似乎想往外走，却又被余葵灼灼的目光盯着，定下来，勉强解释："不了，我还有工作。"

她快速转身朝外走去，盘在脑后的碎发垂落几缕，那瞬间，女人工作中坚不可摧的强大面具仿佛出现了一道裂纹，游刃有余消失了，无措和局促从裂隙间透出一角。

"您不想见他吗？"见对方没应答，余葵本能反应，焦急地追上去两步，"您是不是还在怪他？"

黎雁回脚步一滞，总算回头，漆黑的瞳仁平静得看不出情绪："他是这么跟你说的？"

余葵的声音弱下来："时景一直有很强的负罪感，大学很长一段时间，他甚至都把自己封闭起来了。这些年，他过得很苦、很不好。可从我的角度，他那时才十七岁，孩子即便无心做错了什么，惩罚也应该有个期限。你们把时景教得正直善良，他这么好，不应该背负这么沉重的包袱过完一辈子。我们俩昨晚待在医院的走廊里，他一直没闭眼，我猜，他应该也很想见见你。"

余葵混乱地一股脑儿说完，紧张地抠着指甲缝，觉得自己多事，但短暂地和黎雁回相处过后，又觉得黎雁回实在不像自己想象中那样完全对儿子漠不关心。

女人在余葵的注视下突然仓促地别开眼。日光灯下，她似是头晕目眩，脚跟后移，身形小幅度地晃了一下。

"我是不是说错了什么？"余葵赶紧上前扶她，"您身体哪儿不舒服吗？"

"没有。"她疲惫地闭了闭眼，摇摇头，轻声说，"你什么也没说错，我到今天才知道他原来是这么想的。我真是世上最糟糕的母亲，我……我不是不想见他，是不敢。"

话音落下，余葵便在走廊转角处瞥见了缩回去的裤腿和白色球鞋一角。

余葵昨晚在那腿上躺了一夜，怎能不认识来人是谁？她精神大振——这么好的机会，解开心结的机会在此一举，她此时不引着未来婆婆往下说，更待何时！

"为什么不敢？他是您的儿子。"

黎雁回沉默了两分钟，最终什么也没说，只是神色苍白地让余葵把手机拿出来，说了一个手机号："这是我的电话号码，你爸爸有什么事，你可以给我打电话。”

余葵瞧着她走出几步，马上就要离开餐厅，心里暗暗着急。时景终于从走廊转角处现身，面对面，安静地立在她们眼前。

“妈。”他像是什么也没听见，唤完这声，抬起眼，深深地朝余葵看过去：“小葵，咱们回去了。”

余葵捏拳。他们简直是复制粘贴版的两个漂亮锯嘴葫芦，中看不中用！她都要急死了，灵机一动开始假装咳嗽。

这一咳牵着五脏六腑，真就停不下来了，余葵忍着喉咙撕裂般的灼痛，偷看两人的表情，扶上时景的胳膊，上气不接下气道：“阿姨刚才给我开药呢，说了几个药名……哎呀，我又忘了，不如咱们坐下来再聊一会儿吧！”

安静无人的医院角落大厅。

撮合母子俩心平气和地坐下来之后，余葵借口上洗手间，功成身退。

在转角走廊等待的一个小时里，她跷腿坐在长椅上，跟在CCU的程建国通了视频电话后，回复了邮箱和微博后台的几条约稿信息，顺便跟漫画公司那位策划敲定了签版权合同的时间。

一墙之隔，她偶尔回头观察时景母子的聊天儿进展。

母子俩一开始尴尬拘谨，到后边，黎雁回红着眼睛低头擦眼泪，时景也沉默，隔着一个座位把纸巾递给她，低声不知说了什么。

和解迟来多年，那是属于亲人间独有的温情时刻。

余葵悬着的心总算着陆，她收回视线，也觉得心里发烫，胀胀的，像是做了一件重要的事。她抚平裙角，深深呼出一口长气。

真好。时景的妈妈高冷寡言，但对孩子的爱到底不像余月如那样有条件、有保留。像时景这般能轻易洞察人心的聪明人，其实比任何人都更追求高纯度的感情。母亲的爱意和原谅，是他抚平创伤最渴望的安慰剂。

檐外小雨还没停，淅淅沥沥的，隔着氤氲的玻璃窗，绿化带在视野中模糊成一片茂盛的深绿色。

下午1点。

从医院返家的路上，时景因为研究所的项目数据出了一些问题，被导师打电话紧急召唤。

车子即将驶上四环，车流挪动缓慢，余葵本想自己跳下去打辆出租车，被他扣住手腕：“别，不差这一会儿，我先把你送到家休息，你洗个澡，好好睡一觉。”

“这样不会耽误你吗？”

“导师给了一个小时，半个小时送你，剩下半个小时赶过去，来得及。

“其实我不困，虽然身体有点儿累，不过脑子现在特别亢奋。”

余葵把安全带扣回原位，好奇地问：“刚才吃饭，你妈妈说，咱俩定好婚期后通知她。时景，你跟奶奶说了些什么，她们是不是理解错了？”

“没。”时景短促地应了一声，盯着前面的车流，淡淡地答道，“我跟奶奶要户口本，方便打结婚报告。”

余葵起初还没反应过来，意识到时景在说什么，差点儿从座位上弹起身，蓦地转头盯着他，心脏像个乒乓球在胸口乱撞。

“打结婚报告？”她结结巴巴地问，“你……你认真的吗？还没问过我的意见呢！”

他扶着方向盘，含笑挑眉：“导师告诉我，求婚之前先准备好，将才不打无准备之仗。”

余葵故意问道：“万一我不同意怎么办？”

时景沉吟：“这次不同意，我就再问一次；下次不同意，就下下次再问……你知道的，我不是一个轻易言弃的人。”

他说到这儿，声音微沉，说话也轻了一些：“小葵，比起过去六年毫无希望地等待，现在的日子对我而言已经足够幸运。所以，我可以接受分开之外的任何答案，哪怕被拒绝的理由是再等等、太快了、没想好，只要回头想想过去的两千多个日夜是怎么过来的，我就有了用不完的耐心和勇气。”

男人的头发很短，眼眸黑沉透亮，开车时侧颜认真俊朗，像极了他十七岁那年骑自行车时的侧脸。

余葵的眼睛一眨不眨地看着他，眼泪滚烫，快掉下来了。她只觉得感动又揪心，扭头飞快地擦掉眼泪。不等他话音落下，她倾身凑上前，吻在他的脸颊上。

时景怔了怔，抬手触摸被亲吻的地方：“我现在相信你离不开我了。”

余葵的唇角已经翘得没边了，她仰头把眼泪憋了回去：“戒指呢？准备了没？”

时景原本计划周全的求婚忽然变成了半自助，他无奈地说：“你打开手套箱看看。”

余葵心痒难耐，极力控制因兴奋轻颤的指尖，把手套箱里的所有东西一股脑儿地翻了出来——

绒面戒指盒，还有个文件袋。

文件袋里头依次放着时景的银行卡、证件和两寸半身照，还有他准备递交上级的，只剩时间未填的一沓结婚申请报告和表格。

她先把戒指戴到自己手上，试了试尺寸，对着车窗外正午的光欣赏了一会儿，然后把它摘下来、塞回去，打开笔盖，低头在膝盖上写字。

时景此刻并不如表面这般从容淡定。

余葵突如其来地发问打乱了他的节奏，顺序全乱了。偏偏他开着车，瞧不见她的反应，悬着心偷瞥了副驾驶座上的人一眼。

见她忙碌，时景不大确定地开口："小葵，你在做什么？"

余葵得意地举给他看："给你的申请表填日期，怎么样，我这字写得还算工整吧？"

时景失笑，忽然觉得自己的顾虑和紧张实在多余。

四环的桥梁上，庞大的车流拥堵汇聚。交通电台的主持人播报完拥堵状况后，一阵信号不稳的电流声划过，音乐流淌出来，充斥了密闭空间内的每个角落，歌里唱——

"还好遇见你，那些不可能的事都变成了奇迹，如此的神奇。

"因为遇见你，才会相信原来我也能够飞过人山人海的世界找到你。"

余葵收起文件，歪头细听了一会儿："这首歌好熟悉，咱们是不是在哪儿听过？"

没过多思索，时景给出正确答案："2015 年纯附冬季运动会，你跑一千五百米的时候，主席台放过这首歌。"

"天哪！你的记性简直丧心病狂，这种细枝末节都能记得住！"余葵惊诧地望向他。

时景淡声解释："这首歌是 2015 年 7 月 7 号发行的，那天在田径场上陪你跑完，回教室的路上，我在搜索引擎里检索过它的歌词。喏，就是这一句——"

"平凡的世界闪过奇妙的光芒。"

等待音响里歌手的高潮演唱结束，他才接着往下说道："我觉得这句歌词很贴切，确实奇妙——高二刚转学那会儿，我去竞赛教室，偶尔路过你们班门口，每次都见你戴着耳机，收紧连帽卫衣的系带，把脑袋藏起来，仰躺在靠窗的椅子上，像沙滩上晒太阳的小鱼干，有种躺平的可爱。

"你看，即便命运没有因缘巧合，我们没有拿错书包，没有认识彼此，你还是会在我的记忆中留有一角。”

“这算夸奖吗？”余葵感到有些别扭，于是跟他商量，“要不你还是把这段回忆从内存条里删掉吧，记点儿好的。”

“驳回申请。”时景果断拒绝，无间隙地丝滑切换其他话题，“其实我父亲去世后的很长一段时间，我在世上最想感谢的人就是你了，小葵。”

余葵摸不着头脑：“谢我什么？”

时景：“因为跟你的约定，我在南方留了下来。尽管那时姑姑和老师都认为我放弃竞赛保送的决定草率任性。但现在想来，正因如此，我阴错阳差地又多陪了父亲一整年。”

哪怕父子间拉锯不断，偶尔冷战争执，他被训斥管教，但在成年之后的岁月里，他无数次庆幸当初的决定，没有给自己留下更深的遗憾。他继续往下说道：“你改变了我的人生轨迹，无论那时还是现在。

“在昨晚叔叔入院之前，我有大半年时间没跟我妈通过电话了。”

从医院出来，时景一直没提母亲，余葵也没敢主动问，直至此刻才听他敞开心扉，说起两人的沟通内容。

他讲述时，话里总算少了一些落寞，多了几分释怀之意。

时景的父亲患的是白血病，去昆明赴任那年正属于临床治愈后的观察期。

黎雁回曾犹豫要不要放下手上的研究和工作，跟随丈夫到昆明，照料儿子、替丈夫分担琐事。但当时的体检报告一切都好，丈夫身边也有专职的医护人员和秘书照料，她最终选择了让自己后悔的决定。

哪怕她的丈夫享有顶尖的医疗资源，从旧病复发到去世，过程还是快得令人猝不及防。

黎雁回的心态彻底坍塌了。作为妻子，她认为自己缺席失责，没有体察丈夫的身体透支、劳累；作为母亲，她更是从来没能平衡好家庭和工作。在面对双选题时，她永远自私地选择了实现自我价值。

等她发现隔阂成形时，壁垒已经牢不可破。

丈夫离开后，时景不爱跟她说话。母子之间相处疏离，越在冷漠中对峙，她的负罪感便越深，她只能麻痹自己做更多的工作，把时间挤满排解孤独。时景渴望着她的谅解，她何尝不是一样，渴望被儿子原谅。

亲情有时就这么简单，化解矛盾的唯一办法就是沟通尊重、坦诚相待。

两人回到小区。

余葵撑着伞下车，离开前捏着戒指盒子，趴在降下来的车窗上，想起通知他两个好消息——

“时景，我明天下午就去签日记的版权合同。谢谢你今天给漫画一个圆满的大结局，最后一章，我会尽量把你画得更帅。”

不等他说恭喜，余葵就眼尾弯弯地笑起来：“另外，我打算裸辞了。”

念头从萌芽到落地，余葵犹豫了很长一段时间，直到今早处理工作邮件才下定决心。诚然，这份工作给她带来了许多荣誉和历练，但那都是过去式了，她绝不要被动地待在同一个职位上，温水煮青蛙一般让人压榨、夺走自己的生长空间。

周一，余葵早起化了全妆，只为让她那张人畜无害的脸看上去更有气势一些，还特意挑高了眼线。

时景上班比她更早，出发前，她特意对镜给他拍了张照片。

黑色短发、长耳坠、红唇、宽大的西装加细腰带搭配细高跟鞋，她板着脸不笑的时候，看起来也有点儿“高冷御姐”的架势了。

小葵：“今日穿搭，怎么样？”

A：“特别好，可以穿去跟老板吵架了。”

A：“加油！”

余葵会心一笑，将手机息屏。

让她下定决心辞职的最后一根稻草，其实是周六助理抄送给她的那封邮件。

Feynman 瞒着余葵给 A 组发了新的需求表，推翻了上周五她下班前最后敲定的版本。新增的改动，和市面上另一款大受欢迎的游戏，在角色概念和细节上有细微的相似。

原作能大火，自然有其优胜之处，而 Feynman 的跟风借鉴，很巧妙地拿捏在一个玩家们会花钱，同行有争议，但又不至于引来版权纠纷的程度。

在余葵看来，自己前期无数次地推翻重来，优中择优，好不容易将游戏的风格和品质定调，Feynman 却不断试图往内部塞进乱七八糟的元素。

他或许是个成熟的商人，但余葵无法在留有污点的作品下方冠名。

今天的公司似乎格外明亮整洁，大楼入口处摆放着错落有致的鲜花，保洁工人不知是几点上班的，已经在做最后的收尾工作，大厅里，还有师傅在准备拉条幅。

余葵疾步走进电梯轿厢。

认识的策划部经理替她刷了工牌，赞美了她的穿搭后，两人并肩走进了二十四楼。他顺口打听："今天市里领导来参观考察，听说除了展厅，也路过咱们二十四楼，Kerry，美术组应该是你负责讲解接待吧。"

"曾总可能有其他委派。"

"怎么会？"策划部经理故作诧异，"Feynman 虽然空降过来，但论能力，论对项目的贡献，这差事哪里轮得到他呀？"

余葵没接话。细高跟鞋踩上厚重的地毯，无声无息，她轻挑唇角，微笑着点头，跟人分别。

人就是这么复杂的生物，余葵当初升任公司最年轻的主美时，这群年纪比她大的管理层没少在后头妒忌、使绊子，现在瞧她施展不开拳脚，被压一头，幸灾乐祸中又含了点儿同情。

余葵深吸一口气，推开了会议室的玻璃门——

室内一静。

余葵眼前是被 Feynman 召集的几位下属，一行人正在开早会，会议已经临近尾声，众人大概都没料到她今天来得出奇地早，气氛短暂地凝滞了两秒钟。

这个会议没有人告知余葵。

在座的老员工估计两头不想得罪，干脆两头讨好，这下被逮个正着，尴尬得面面相觑。Feynman 倒是老油条，面上丝毫瞧不出，把投影调至结束页面，热情地招呼余葵加入讨论。

然而嘴巴这么说，他稳坐主位，丝毫没有起身让座的样子。

余葵态度平静，将一分钟前打印出来的文件放到桌面上，用两根手指推至他跟前："Feynman，给我一个解释。你是打算越过我，将这个拼凑缝合的四不像角色上线吗？"

这话踩到了他的尾巴，Feynman 的笑容淡了。

"Kerry，我明白你的艺术坚持，但说白了，你这套方案没有兼顾商业性，我并没有完全否决你推出的版本，只是让大家在产品内容里加入一些商业考量，追求流行趋势，既能讨好玩家，也能让游戏挣钱，就这么一个小小的提议，能加为什么不加？我有理由怀疑你对我个人的意见，影响了对决策的判断。"

"你认为什么是商业性？你考虑过这款游戏的生存周期吗？"余葵面无表情地注视着他，音量逐句递增，"说得好听是追求流行，说白了不就是抄？

“假如您所谓的商业考量，就是靠一堆赶工出来的态度敷衍、打磨不足、全是锚点的网红风皮肤圈钱，那恕我不能苟同，因为它们明明完全有机会变成更完美的作品，给玩家更有深度的内容和角色体验。

“是你，让它变成了一堆质感廉价的垃圾。”

余葵鲜少有这么锋芒毕露的时刻，二十五岁的女孩儿目光沉得惊人，强大的气势在看似平静的表面下暗潮汹涌，令人瞩目。

两大主美开撕，员工们恨不得装聋，想留下来看戏又怕被波及，只得纷纷找借口远遁。

Feynman 下不来台，耸肩，举起双手，摆出投降的动作：“行，你年纪小，礼貌的问题我不跟你计较。大艺术家，既然你一步不肯退，我也不肯退，老规矩，咱们去找曾总裁决。”

市委领导的专车已经出发，只剩十来分钟抵达公司。

秘书为曾盛调整着领带。曾盛正最后一遍整理腹稿，准备下楼迎接领导，结果被两人绊住了，眉头皱了起来：“纪一帆，你怎么回事？同样的问题，我已经为你们解决过不止一次了，这点儿小事都解决不了，我看你的位置趁早换个人来坐。”

他看似公正地批评完 Feynman，才转过头拿余葵开刀。

“余葵，你年轻、率性、有情怀，但你得知道，情怀不能当饭吃，我把技术交给你把控，你觉得他加入的内容粗制滥造，可以补充，可以优化。纪一帆拓展美术创意和风格边界的尝试，本身值得鼓励，项目就是要集思广益，不是你的一言堂，假如不符合你的美学就必须毙掉，每轮制作周期你打算拖延多长？市面上每天死多少游戏，玩家们谁有耐性等你磨洋工？”

余葵从一开始就知道结果。曾总是个商人，手底下大大小小待开发的项目有几十个，有利可图就追投，没有盈利就搁置。作为开发部老总，他不是不懂尊重开发者的思路，只是打心底认为经验丰富的 Feynman 胜算更大，而二十五岁的她天真稚嫩罢了。

她仍旧上楼来的原因，只是不想走得憋屈。

她不再低头，抬眸反驳：“我以为游戏行业，情怀确实能当饭吃。

“曾总，我从入职公司那天起就在负责这个项目，它的潜力有多大，我比任何人都清楚，所以我精心雕琢，全力以赴地对待每一次更新，兢兢业业地保护它的口碑。绝对不粗制滥造，是我身为主美的原则和底线，优秀的商业游戏和优秀的艺术是否能共存，这一点，我想游戏目前的成绩已经足够证明。

“我客观公正地评价，如果 Feynman 在这个过程中，没有动辄唱反调，在每天九个小时的工作时长中花两三个小时找员工谈话；没有给不服他的员工穿小鞋、调岗；没有朝令夕改，给所有人增加工作量，那这次的更新方案在上周就已经提交了，不至于拖延到现在。”

她刚直得惊人，直接把曾总说得一愣。

Feynman 内心差点儿笑出声：到底还是年轻啊，他太了解曾盛的脾气了，曾盛现在居然被和自己的女儿一般大的下属指着鼻子骂……余葵捅大娄子了！

果然，曾盛的脸彻底沉下来：“你是不是觉得美术组没你就不转了？项目不是非你不可，既然你在二十四楼待得不顺心，现在就写申请，我调你去美术中台。或者你随便去哪个新项目开荒，你要是有能力，证明给别人看！”

“抱歉，曾总。”余葵微微欠身后，不亢不卑地挺直腰，一字一顿地回答，“我想我的能力有目共睹，不需要反复证明。我不会去美术中台，比起留下来亲眼见证我的作品怎样一步步被毁掉，我选择离开公司。”

此话一出，在场的人大惊。

曾总脑子转得很快，立刻问道：“你接受了哪家猎头挖角？别忘了，你签过竞业协议。”

“协议我会遵守，前程就不劳曾总操心了。”余葵把辞职报告拍在桌上。

Feynman 险些以为自己听错了，毕竟在他眼中，以余葵的年纪，她离开游戏行业，去了任何公司都很难再拿到同等级别的年薪和待遇。

消化半晌，出了门，他假意劝她：“Kerry，大家都是为了工作，不要争一时之气，我跟你争执的初衷只是为了项目能做得更大更好。”

“我很清醒，也考虑了很久。”余葵翘了翘唇角，“Feynman，我会持续关注游戏评分，衷心祝贺你如愿。”

看她阴阳怪气，眼含威胁，Feynman 总算羞恼：“当然会，谢谢。”

嘴上答完，纪一帆心里却闪过一丝慌乱。虽然他平时处处看余葵不顺眼，但她确实是个好用的工具人，组里起码七成以上的核心角色要么由她绘制，要么由她层层参与把控、修改。他的初衷只是要抽走余葵的管理权，接手掌控项目而已，没料到余葵这小地方来的孩子竟也有这么大的心气，能豁得出去，直接放弃了这份金光闪闪的工作。

她走以后，游戏短时间内能靠库存支撑，再远……他暂时不敢想。

他唇畔带着胜利者的微笑，回击："竞业协议签了两年，希望那时你的实力还没有退步。Kerry，我也祝你好运，毕竟你不是每次都有机会遇到因病离职的主美，捡现成的。"

他伸出手来，余葵没有回握。

"捡现成的是你，不是我。"余葵穿上高跟鞋后，个子便比男人高出一截，此时居高临下，悲悯地望着他，"你到现在还没能认清这一点，我很遗憾。"

余葵大步流星地回到二十四楼，一边跟助理进行工作交接，一边收拾办公室的个人物品。

她的助理伤心地挽留："Kerry，您就不能留下来吗？"

助理像条小尾巴，跟在余葵屁股后头小声劝解："曾总没当场应下你的辞呈，不就说明他其实内心也认可你对项目的贡献吗？更新品质孰优孰劣，时间一长，玩家们自然会有评断，你这一走，就永远没机会拨乱反正了。这是你的心血，你怎么忍心扔下不管？再说，你都没找好下一份工作，离了职的空窗期，你打算……？"

"我打算成立个工作室。"余葵把小盆栽放进纸箱里，回头拍了拍她的肩，"其实我做出离职的决定后，最担心的就是我走了 Feynman 会针对你，好在我跟总监的关系还算不错，昨晚跟他打了声招呼。你好好想想，公司在运营的其他项目中，你最想去哪个组，离职流程走完之前，我尽量先把你安排好。"

"Kerry……"助理泪目了，吸了吸鼻子，"也对，以你的履历和名气，你成立工作室接外包项目，甲方们肯定抢着跟你合作，也不算违背竞业协议的内容，肯定比你目前在公司挣得多。"

以余葵画画的品质和精度，一幅原画市价起码五位数，从这个角度衡量，她目前拿的年薪价值其实远低于她的工作内容。

谁料余葵摇头："再说吧，除了外包，我想先试试转行创作漫画。"

签完日记的动画和影视版权合同后，余葵的卡上进账了她有生以来见过的金额最大的存款。西南边陲小镇长大的小孩儿，穷了二十几年，钱在她面前突然膨胀成了一堆数字，简直叫人失去概念。

她睡不着觉，举着手机翻来覆去，把小数点前的位数数了一遍又一遍。

在实现财务自由之前，余葵最大的愿望是在北京买房落脚，昨晚躺到凌晨，她实在没能按捺住兴奋，起床到隔壁，把睡梦中的时景摇醒："你说我是付个首付慢慢还呢，还是一次性买套小的？”

时景的作息太规律了。他黑发凌乱，疲懒地半抬起眼皮，伸长胳膊把她揽到怀里躺下：“你都有了，还买它干吗？”

余葵：“那套在昆明嘛，怎么能一样？”

他半梦半醒，嗓音也含混低沉：“我的房子就是你的。小葵，别犯傻，把钱花在你真正想用的地方。”

上午10点。

清理完工作电脑里的信息，余葵最后看了一眼二十四楼的风景，告别自己工作两年的地方，抱着纸箱走出了办公室，几位同事不舍地上来送她，都被她赶了回去。一朝天子一朝臣，情谊既在，大家没必要为两声道别得罪新领导。

余葵转头出了大厅，但没走几步，便听前方传来人声。

她远远看去，一行穿白衬衫、扎黑皮带，领导模样的人从电梯内走了出来，公司的几位高层在旁小心作陪，其中就有刚刚被她拍桌子的曾总和Feynman。记者小跑着跟上，簇拥在旁，收音拍照，灯光闪烁。

二十四楼是美术组主场。

Feynman被委派讲解重任，正是春风得意的时刻，此时跟领导随便拍一张合影都是莫大的荣耀，足够装裱在办公室里吹到孙子辈了。

他走在队伍最前方，恭谦地微侧着身，边讲边比画，走在中心的大领导静静倾听，偶尔点头。

路被堵了，那边都是媒体，余葵本要绕道去搭乘电梯，却被开路的公司安保拦住往后劝：“余主美，那边在拍照，不然您走楼梯下去……”

余葵不想为难他，只得妥协：“我的箱子很沉，走楼梯太绕远了，我退远点儿，等他们走了再过去，这样行吧？”

胳膊酸痛，她疲惫地抱着纸箱，正静待一行人从眼前鱼贯而过时，突然听到人群中有人喊了她的名字——

“小葵？”

她以为是同事出声，回头环视后方工位，却又听前面的人唤了她一下：“小葵，这儿呢！”

一位穿着蓝衬衫，拿着笔记本的年轻人溜出人群，穿过媒体筑起的人墙，笑吟吟地凑到了她旁边。

余葵定睛一看——来人竟是时景的哥们儿吕开，上回他去家里温居，还给她送了本画集。

他面皮白净，亲切地压低声说："之前听时景说你在这边工作，我上周核对工作日程，还想会不会那么巧呢，真遇上你了。"

前两次见面，吕开都穿着牛仔裤，瞧着还挺潮，今天却西裤革履，打扮得正儿八经的。余葵刚才一眼没认出来，这时赶紧放下箱子跟他打招呼，也含笑学着他压低声说："原来你是公务员呀。"

"可不，干秘书的……"他话说到一半，见领导目光四处巡视，话没说完又赶忙跟上去归位。

不远处，领导轻声问了吕开一句什么，他干脆附耳轻声作答："是小景的媳妇儿，叫余葵。我听时景说，人家是二十四楼最年轻的主美呢。"

Feynman距离他们最近，属于刚好勉强能听见两人耳语声的范畴，辨清口型，笑意顷刻微僵——余葵不是未婚吗？

脑子转了几转，他忽然隐约意识到，余葵清早拍桌子辞职的底气从哪儿来的了。她竟然嫁了个来头不小的老公，连跟这种大人物都能搭上匪浅的关系。

不容他多想，领导听完，回头看了一眼，便招手叫余葵到身边来。

余葵拨头发的手一顿，她左右看了一眼，有点儿蒙，还是边上的吕开提醒她："愣着干吗？快过来啊，领导想问你一些问题。"

曾盛连忙拦着："年轻员工就是这样，呆头呆脑的，性子也愣。纪一帆，还是你来给领导答一下，美术组接到企划……"

Feynman暗暗叫苦。

果然，领导不赞同地摇头："她不是二十四楼最年轻的主美吗？我们在工作中，不能光听好听话，光让会说话的人出风头，也要多吸取那些虽不善言辞，但有真才实学的优秀员工的想法和经验，人人都需要表现的机会。"

余葵上一次这么紧张还是在时景的姑姑家，跟他姑父同桌吃饭的时候。

听到大领导提了几个工作中的问题，她屏住呼吸，大脑飞速地梳理着作答要点和语言顺序。

余葵第一次当着那么多媒体的面说话，众目睽睽之下，闪光灯不停，她第一次知道，人紧张到了极致之后连声音都不敢颤抖。

她有条不紊地一顿生猛输出，包括但不仅限于她在公司工作两年，对福利安排和加班文化的看法，管理制度的缺漏和压缩制作周期的弊端……

曾盛在旁边心悬一线，面色黑青，差点儿仰倒。

好在余葵点到即止，留了点儿余地，最后总结："我今天就从公司离职了，不过还是非常感激诸位领导，还有在公司和团队一起为了梦想共同奋斗的时光，非常宝贵，也使我得到了巨大的成长。”

领导点了几下头，异常有耐性地继续往下问：“你辞职的原因是什么，能说说吗？”

天啊！Feynman 腿一软，差点儿退后撞到拍照的记者。

这次余葵没有立刻作答，先往 Feynman 的方向定定地望了一眼。

这一秒钟的时间漫长得像过了一年。

在场的所有公司高层，心都提到了嗓子眼儿，怕极了余葵不知死活地在媒体面前暴雷惹祸，尤其曾盛刚刚接管公司两个月，这么重要的时刻出了任何舆论上的岔子，总部董事会随时可以发起票选，将他卸任。

好在她并没有说什么，扫视一圈后收回视线：“是个人原因，我考虑到自己的发展暂时陷入瓶颈，想调整职业规划，走出舒适区，看能不能重新获得更高速的成长。”

“呼——”所有人都瞬间松了一口气，包括 Feynman，他手瘫脚软，直到此刻脸上的血色才回转，用手擦了擦额角的汗。

“你叫余葵是吧？”领导点头肯定，“非常有想法的年轻人，敬业奉献，也勤恳踏实，好好努力，未来大有可为。”

人离开不久后，余葵的手机振动了两下。

她低头一看，是吕开发来的短信。他们一行人上次来家里做客，都互留了手机号。

开头就是一个笑脸表情——

“小葵，领导夸你呢，敢说敢讲，让你下次有空叫上时景到家里吃饭，他们挺想他的。”

啥？余葵这才反应过来。她差点儿真以为领导是随机拉个人提问，居然又是时景的叔叔辈的关系！不过她也算出了口恶气。

也不管时景在研究所忙不忙——反正他工作时段通常会静音——大获全胜的余葵心情正妙，掏出手机，“噼里啪啦”地给他连发十来条信息，活灵活现地把事情分享一遍，又添了两个快乐托马斯旋转的表情包才作罢。

一顿折腾就中午了，员工账户上还有百儿八十块钱，余葵懒得退账，打算去食堂消费一空。

高跟鞋穿了一整个上午，脚尖被磨出些许痛感，余葵走路便慢了些，进食堂之前被刚得知她辞职消息的宋定初追了上来。

他气喘吁吁，长声将她唤住：“小葵！”

“为什么不告诉我？”宋定初脸上一贯温文尔雅的微笑不见了，眼睛乌沉疲惫，他失落地开口，“这么多年，到头来你离开公司，我竟然还需要从别人那里获知二手的消息……”

话没说完，一群结束用餐的市场部同事迎面走来，擦肩而过前，一一和他打招呼。

“小宋总！”

“宋总好。”

…………

宋定初全然没有心情出声搭理人，眉心下意识地蹙紧，从来礼貌迎人的他，只敷衍地颔首算是回应。

认识多年，余葵从来没见过宋定初这样情绪外露，可见他的心情是真的很糟糕。

她自知理亏，也笑脸迎人：“班长，你来得正好，我的员工账户上还剩好多钱，离开公司前还能请你吃顿大餐。”

说罢，她主动退回两步，和他并肩走，温声解释：“你也知道，我爸爸做心脏手术住院了嘛，辞职是我这周末才匆匆做的决定。没来得及跟你说是我的错，其实你不来找我，我也正打算给你发消息呢。”

宋定初最终没让她请客，两人就在长廊的椅子上坐下来，食堂的落地窗能俯瞰城市景观。

远远望出去，入眼是林立的高楼，规整的园区同时呈现着错落杂乱、规整秩序，以及城市里每一位北漂者的忙碌和孤寂。

地上摆的两杯热美式，从冒着热气被放到冷却。

他们对着落地窗静坐，聊了很久。从余葵离职的起因、矛盾的累积，到今早爽爆的回击，其间他们相互补充着，回忆了他们俩从高中起同班，到考入清华、入职公司，许多共同经历过的时光。

说到最后，余葵笑声渐落：“从那时候起到现在，我一直想跟你好好说一次谢谢，这些年真的很幸运，能有你这样一个朋友。”

宋定初松了松领带，将地上的杯子捡起，把咖啡一饮而尽，捏着空纸杯的骨节泛白，像是做出了什么重大决定般偏过头来，英俊的面孔定定地望着她。

“小葵，你在这个项目做得不开心，我来想办法。我去找我哥，无论是调走纪一帆，还是给你换个规模更大的工作室、项目组，我都可以替你办到。留下来，别走，好吗？”他的声音近乎哀求了。

余葵顿了顿，摇头："班长，你没有责任，也没有必要为我付出，辞职是我自己的决定。工作这两年，我一直在超负荷输出，现在也许可以暂时缓下来，照顾家里人，也创造些更有意思、更有价值的内容。"

宋定初只感觉到一种似心脏被钝刀刺过的痛感。他试图按捺，放轻声循循诱导："你不是喜欢这份工作吗？刚进公司的时候，你还跟我说过你热爱你的职业。小葵，你为什么就不明白，这样的帮助对我而言只是举手之劳，不算付出？它本就该是你的，我只是想替你拿回来。"

余葵低头片刻，再次拒绝："假如未来有一天，我重新回到游戏行业，再坐到同样的位置，没人能动摇我的决定，希望那不是因为任何人的帮忙，而是我的能力已经真正无可置喙。"

"离职后，你打算做什么？"

余葵沉吟："太远的还没想好，我先把从前的账号经营起来，学点儿东西，画画漫画，起码时间安排上应该比现在自由……"

她说话时，顺手把垂到脸颊上的鬓发掠到耳后，刺眼的银光闪得他短暂失明。

宋定初突然别过眼，几乎颓然地倾身，掌心扶着额角，手肘借力撑着膝盖，低头问："你答应时景的求婚了？"

余葵后知后觉地抬起右手，小心点头："嗯。"

"我突然想起来今天还有工作，现在就得回去处理，不能跟你继续聊下去了，咱们下次再见吧。"他不敢看她，几乎手足无措，落荒而逃般起身朝外走去。

"电梯在右边。"余葵提醒他。

男人如梦初醒般掉头，大步换了个方向，步伐无序，自始至终不敢跟她对视。

"宋定初！"余葵唤住他。

男人的背影定在原地。

余葵看不见他脸上的表情，也因此终于能没有负担地轻声道歉："对不起。找个喜欢你的人做女朋友吧。"你不要再喜欢我了。

也就是这一句话音落下，宋定初猝不及防地转身。他眼圈泛红，大步流星地回到她面前，深深地将她揽进了怀里。

带着力道的拥抱袭来，余葵完全怔住了，几乎喘不过气。在她将人推开之前，他总算开口说话："原来你不是不知道。"

声音清晰地传到余葵的耳畔，他嗓音哽咽，像是在流泪，却又极力平静抑制着发颤的呼吸，呼唤她的名字："余葵——

"我这辈子后悔的事有很多，但最后悔的是高二过生日，我那时候就应该告诉你，我喜欢你。哪怕被拒绝、被疏远，即便你的眼睛永远在看别人，永远看不到我……起码……起码我有了克制自己的理由，我的自尊心或许就会告诫我，安分守己地在你的人生里做个普通观众。"

"对不起……"余葵脑袋空白一片，不知该说什么，只能再次道歉，掌心无措地轻拍他的背脊，安慰他，"你这么好，值得遇见更好的人。"

他终于松开胳膊："真丢脸。"

男人别开脸，若无其事地拭掉脸颊上的眼泪。他深呼吸后，把脸摆正，发红的眼睛深深地凝视着她的眼眸，鼓起最后的勇气，近乎卑微地问她："就一次，哪怕就一次。小葵，如果时景没有回来，你会回头看我吗？"

"对不起。"余葵不忍地垂下眼皮。

"真果断啊……"宋定初退后两步，呼吸终于彻底平稳，"被爱的人不需要道歉。对不起，小葵，我可能……没办法再和你做朋友了。"

余葵心头难受地一紧，她点头："我理解，怎么样能让你好受些，你怎么做就好。不联系我也好，讨厌我也好，在我心里，你永远是我和时景重要的朋友。"

他努力挤出最后的笑容道别："以后好好的。"

余葵心酸地将视线下移，落在他的唇畔，轻点了几下头。

正午的阳光穿透大厦投射进来，带着温度的金芒落在他的背影上，光影交错。

人走远了，她才挥手道别。

一上午经历了太多事情，余葵转过身，疲累地往椅子上一靠。高跟鞋磨得脚生疼，她弯腰捶了一下小腿，从兜里掏出振动的手机。

时景的午饭时间到了，他大约这会儿才看见消息，给她打来电话："辞职顺利吗？"

"嗯，本来还有一个月交接期，我刚吵完架下楼时，曾总直接让秘书把签好字的辞职报告送过来。他一发话，我干脆就在内网预约今天离职，现在审批走完了，等会儿吃口饭，我就去找 HR 办手续。"

时景弯腰，从自动贩卖机里取出芬达汽水，停顿了两秒钟："你的声音听上去怎么有点儿闷，被欺负哭了？"

余葵永远跪服大神敏锐的洞察力。

她心虚含糊地扯开话题："我在饭厅，可能是空间传声介质的问题。再说，我是那么容易哭的人吗？他们今天才是被我吓得想哭吧，那么多媒体，Feynman 真应该好好谢谢我心慈手软。”

听着她的嗓音总算得意轻快起来，时景含着笑开启拉环，抿了一口饮料：“宋定初没送送你吗？那么要好的老同学。”

余葵肩膀一垮，把掉落的高跟鞋踢开。

“好吧，好吧，他来送我了，看见我戴着订婚戒指，说以后不能再跟我做朋友了……哎，奇了怪了，我记得昨晚上看完明明塞回抽屉里了，说实话时景，这是你早上起来悄悄套在我的手指头上的吧？”

领导的大巴车刚走。

见园区的安保撤了，余葵便卡着点，在人力资源部结束午休后去 B1 栋办手续。还没见到预约的 HR，她倒是先在部门楼层入口处的阳台处遇着了跟人力总监喝茶的 Feynman。

才见她出电梯，Feynman 立刻放下二郎腿，起身笑脸迎上来：“Kerry 啊，这么急着过来办手续，吃过饭了吗？”

这可奇了，余葵饶有兴致地挑眉：“您有事吗？”

他搓了搓手，邀请余葵坐下来。余葵瞥了一眼位子，没动。

他便只能继续站着说：“我正到处找你呢，你瞧你，一桩小事就提离职，年轻人到底火气旺，性子也急，眼睛里容不得一点儿沙子。曾总今早太忙，被你一顶撞，也是脾气上来了，其实曾总心里是非常看好你的，美术组少了你，确实痛失一员干将啊！今天正好郑总监也在，你们两位要不好好聊聊，Kerry 你对目前的岗位有什么不满意的地方，薪资还是位置？都可以提。”

“我究竟为什么离职，Feynman 您不是最清楚？”余葵勾起唇角，“您这脾气也真是收放自如，叫我们年轻人佩服。”

“别这么说，Kerry，其实我个人对你是非常欣赏的，专业强、个性刚直有态度。工作中难免有冲突，大家都是为了项目更好嘛。千万别把情绪带到生活中来，为赌一口气辞职，得不偿失啊。今天中午，曾总一得空就批评了我，可能之前我负责的游戏，在定位和运营上跟现在的项目确实少有重合之处，观念没能及时调整过来，走了不少弯路。现在想想，你提出的问题并不是没有道理的，这一点我反思。”

这话真稀罕。

从空降到现在，这位笑面虎主美向来只有表面客气，实则能叫余葵舒心的事一件都不干，热衷争斗，从没退过步、服过软。

余葵盯着他的眼睛，试图从他那热情的面孔上找到一点儿不甘，可惜没有，那双眼睛里只有急于达成目的的市侩和急切。

她抱臂捉弄：“哪怕我提涨薪 30%，以后组内以我的意见为主，曾总也答应？”

费尽心力才拿到手的蛋糕转眼就要拱手让人，只是想到余葵深不可测的背景，他笑容僵硬了一瞬，还是咬着后槽牙继续笑道：“曾总诚心挽留人才，既然你提出来了，一切都可以沟通，今后咱们和睦相处……”

刚刚她在媒体面前答了一通大实话，公司不仅没在离职程序上刁难她，反而为挽留她退让到这个地步，余葵用脚指头想也能猜着原因。

“我开玩笑的，不必了。”她虚晃一招，叹气捋了捋头发，订婚戒指从他的眼前闪过，她笑容嘲弄，“就算涨薪再多，但我对工作环境有要求，在职的时候都和睦不了，走的时候，劝您还是省省吧。”余葵甩下这句话，也不管他脸色如何，便径直走进部门大厅。这下她可神清气爽，彻底释然了。

不用想，Feynman 肯定是曾总派来的，她明白曾总的想法——不管有没有打听清楚她跟市政领导的关系，先把火降下来再说，哪怕没成功把她留下，也不能让她带着怨气离开公司。Feynman 这样的人能在曾总面前如鱼得水，也正因为他有令必行，缺乏下限，能屈能伸。

她跟这种人计较，实属没有必要。

余葵办完手续，注销账号，交还门卡，离开前在园区最后拍了一张照片——塔尖、天空和绿树的构图。

她点击编辑，发布微博。

小葵花生油：“离职了，是时候开启人生的新篇章了。”

她的微博账号因为 3 月份那次时景的热搜，意外涌来不少流量，粉丝从四十四万涨到了四十七万。这群新粉丝的活跃度还挺高，微博才发出，她下拉一刷新，已经多了十几条回复。

画笙：“救命！我的宝藏小葵太太终于发博了，离得好！以后专心做全职博主，专心画画吧！”

粉毛小野：“哎，这建筑的尖角好眼熟，太太是在我每天路过的那家互联网大厂工作吗？说不定还曾经和太太在地铁站擦肩而过呢！”

…………

余葵的微博没有和工作绑定，她只是感慨一声，发完微博，便直接退出了软件。

难得有这么澄澈的天空，要不是程建国还在住院，她都打算请朋友们吃顿火锅庆祝庆祝。

程建国昨晚刚刚被转入普通病房。

余葵怕老父亲太激动，坐在床边一边削苹果，一边把从公司离职和收到版权费这一悲一喜的两件大事中和了一下，传达给他。

和她想象的有点儿不同，程建国对离职这事的反应竟然还没有发现她跟男人同居大。

程建国只问了几句她离职的经过，趁她出门上洗手间时，立马从枕头底下摸出手机，给老朋友们打电话："老向啊！哦，恢复得不错，谢谢你记挂啦！我女儿照顾着呢……唉，婚姻这问题，我哪儿管得了她呀？人现在是漫画家了，收了几百万块钱版权费，她爹这辈子都没挣过那么多钱，说话都不硬气了……"

挂断电话后，程建国又打了一个。

"老夏！手术顺利着呢，在北京的医院做的，哈哈……女儿啊……版权费……"

站在走廊上的余葵仰头望着天花板。她出门后绕着医院兜了一大圈，估摸着程建国把交情不错的朋友都通知完了才回到病房，并假装什么都没听见。

跌宕起伏的一天结束了，为避免像昨天一样兴奋得睡不着，当晚睡前，她特意喝了半杯红酒助眠。第二天早上醒来，她忽然发现事态脱离了控制——

睡眠模式一关，手机里涌进不少新信息，就连沉寂多年的附中同学群都被消息顶了上来，老同学们纷纷现身，手机列表里都是问候她和时景谈恋爱的消息。

消息的正主大清早就去研究所工作了，而她十点钟才起。她早饭也没吃，顶着满头乱发，盘腿坐在客厅沙发上"嗒嗒"地操作手机，十几分钟后总算把事情的来龙去脉梳理清楚。

时景昨天跟随老师参加了一场航天类学术研讨会，多位院士出席交流，影响力极大，词条很快被媒体送上热搜。论坛禁止媒体入场，如果事情就到这儿也还好，关键是午餐场外休息时，模样英俊的时景夹在人群中间，再次被媒体的镜头捕捉到。

其实照片里不止他一个人，但谁让时景个子高、长得俊呢——照片里的背景人物自动被网友们虚化了，观众只瞧得见他。

修身的正装更衬得他身形挺拔，气质出尘俊逸。照片里的时景胸前挂着入场证，右手握着手机，骨节分明的左手捏着已开罐的芬达，头部微倾，在和某人通话。

我小星河："天哪！高冷帅哥喜欢喝芬达，这样的反差好可爱啊！"

慈母手中键："大帅哥不戒糖都这么帅，在人群中简直闪闪发光！不要客气，把我的眼睛也带走得了。"

盒宝蛋："你们拍我老公干吗？"

论坛活动宗旨的第一句就是培养服务航天大国的新域新质人才，也因此，各路媒体选照片时，采用的就是这张象征年轻人蓬勃朝气的帅哥写真。

网友们初见倾心，二见钟情，但在这群被美貌糊住眼睛的迷妹准备合力把他推举为新一任"顶流老公"的路上，出了点儿岔子。

请擦亮眼睛啊："帅哥好像不是单身。你们看照片里的他眉眼舒展，唇角带笑，目测接的是女朋友的电话。"

奶茶三分辣："什么样的美女能配得上他？楼上表情断案真厉害，谁想看你扮演福尔摩斯？离谱儿！"

我给大家表演个切："同上，帅哥属于全人类！"

…………

几百楼后，总算有个带点儿实干精神的粉丝，从时景高中时期的个人贴吧里扒来了截图证据——

"参加同学的婚礼，见到了阔别多年的校草，第一眼还是没出息地被帅哭了。

"当年跟他传过恋爱绯闻的女同学现在居然是他的女朋友，有点儿意外，但更多的是松口气吧。起码青春没有错付，少女时代暗恋过的男孩子真的是个优秀且长情的人，完美的结局。

"婚礼上喝了好几杯酒，回家的路上又吹了一路冷风，现在坐在卫生间里一直在吐。惆怅也有，遗憾也有，但也算放下执念了，祝他幸福。"

主楼最后，她附上了一张隔壁桌视角的偷拍照片。

死亡顶灯打光，放大后的模糊像素仍然藏不住时景优越的侧脸线条，在他身边的余葵同样侧脸入镜，微微低着头在玩手机。

万恶的互联网！

就这么一张侧面照，大批网友再次顺藤摸瓜涌进余葵的微博。大家也不管脸记没记住，事情确没确认，一上来就先喊"嫂子"，试图教唆余葵多发几张时景的高清盛世美颜照。

看到她昨天发的离职微博，大家顺着那图片里的塔尖，扒起了余葵所在的互联网公司和职位，甚至@了好几位和余葵算是前同事的大V（网络名人）、高层过来解答。

二次元和三次元之间的壁垒岌岌可危！余葵的心“咯噔”一跳，她赶紧将这条离职微博删除，把几万点赞和评论同时清空后，才算暂时长舒了一口气。也幸好时间早，事情发酵得还不算广，还没人点破她的名字。

从家到医院，整个上午，余葵在“噼里啪啦”地回复完老同学们突如其来的关心消息后，怒火抵达顶峰，带着怨怼给时景发去截图和消息。

小葵：“你都没告诉我你昨天没有在研究所工作，而是去参加了探讨会。”

小葵：“你的名字不叫时景，叫不省心！”

A：“反对。”

A：“我戴了订婚戒指，只能怪记者朋友的相机还不够高清。”

余葵半信半疑地将图片放大，果真在他拿着汽水的左手中指上，瞧见了一道模糊的银光。只可惜易拉罐顶部远远看去也是一道细窄的银色，二者完美地在照片中糊成一团，压根儿没人发现。

余葵的注意力成功地被带偏，她美滋滋地放大图片，欣赏起他性感白皙的手、修长漂亮的指骨……直到指尖。她再次下滑至评论区，瞧见粉丝评论：“小葵姐，我不是来破坏你们的，我是来加入你们的！”

看到这条评论，余葵才猛地回神，想起自己的身份已不是男神的迷妹，而是他的女朋友了。立场一变，幸福感立刻化作了自己的东西被觊觎的危机感，她颇为忧愁地叹了口气。

小葵：“我是不是该发个匿名帖求助——男朋友长得太招蜂引蝶，压力太大怎么办？”

A：“放宽心，小葵。”

A：“你的未婚夫先天条件不足，还有后天定力弥补。”

简直暴击！余葵把手机屏幕贴在胸口上，后仰着躺在沙发枕上翻滚，笑容洋溢，一整个上午的怨气立刻烟消云散，现在胸口只剩一堆在不安分地乱撞的粉红泡泡，爱意抵达顶点。

时景的话怎么每次都能戳到她的心坎里呢？就仿佛他知道她的不安、她的恐惧脆弱，然后全数接纳，给出温柔的反馈。

6月上旬。

身体恢复后的程建国在北京城再也待不下去了。室外气温连日走高，飙升至三十几摄氏度，他想念极了昆明凉爽的夏天和新鲜的空气。

最重要的是，他实在看不下去自己未婚且天真烂漫的傻女儿跟男人同居，还被那个一表人才但心机深沉的小伙子哄得团团转，整天心花怒放，你侬我侬。

观念守旧的70后，见多了这种场面心脏容易犯老毛病。

要是生病之前，他还能拿出父亲的威严强行将小情侣进行居所隔离，偏偏他住院期间，从手术医生到床位安排，大小琐事都仰赖时景和他的主任母亲忙前忙后。出院后，他悲哀地发现，自己再三告诫叮嘱的“未婚男女不能住同一个屋檐下”那番话，早被女儿当屁放了。

时效一过，他这会儿再教育孩子，显然已无济于事。

余葵为了让他宽心，还特意展示了自己的订婚戒指，眼睛发亮道：“你瞧，他跟我求婚了，爸爸，所以我们现在算是有婚约的人……”他们可以住一起了吧？

准岳丈的内心世界总是复杂的。总的来说，他希望女婿优秀，但不能优秀到让女儿掌控不了，孩子以后容易吃亏；对方可以聪明圆滑，但不能比女儿聪明太多太多，免得以后变了心，孩子还帮他数钱；他也希望对方家庭不错，但门槛不能高到能轻易让孩子受委屈……

想到这些，程建国恨不得戳戳余葵的脑门儿，提醒她长个心眼儿，可到了最后也只能无奈地劝诫：“早点儿把婚期定下来吧，有空也把人带回家给你外婆外公看看。两个人相处，遇事要多包容，多换位思考，不过也别一退再退，咱们家门户虽小，但还用不着孩子委曲求全……”

原本在他的心目中，向阳是最合适的女婿人选，各方面条件都完美，但余葵不喜欢，还自己找了个光环闪耀的金龟婿。

他只能安慰自己，自家姑娘也很优秀，清华毕业，前大厂主美、现任漫画家……算了，这也许就是傻人有傻福吧。余葵对人对事的真挚鲁钝，也许恰恰是她触动对方和对方的家庭的关键。

哪怕人家心思重、城府深，但只要对余葵真心，保护她一辈子无忧无虑，那又何妨呢？

时间一晃，入了秋。

余葵从公司离职后，用空白简历和刚毕业那会儿做出的作品集去参加应聘，最终面试上了一家她最喜欢的国内著名漫画工作室的助手职位。

余葵跟别的漫画新人一样，认真学了几个月经验，结果因为绘图速度和能力太强，太有打工人的自觉，离职前还被老板深情款款地再三加薪挽留，老板还给她颁了个季度优秀员工奖。

工作室正在连载的作品是余葵近些年最喜欢的漫画之一，能参与创作，她也感觉到非常荣幸。面对挽留，余葵中途几度动心，只是想到自己存了多年的灵感快生锈了，到最后还是婉拒了老板的盛情挽留。

她在家附近的写字楼租了一个面积不大但宽敞明亮的办公厅做工作室，请了位刚毕业的美院学生做助手，便风风火火地开始了她新题材的漫画创作。

平凡的高中生小橘，在奶奶去世后突然拥有了能看到别人的生命进度条的能力，生活的宁静从此被打破，一段段陌生人的感人故事从此被引出……余葵想创作一部关于成长和孤独，体现幸福纯善的作品，为了让画面看起来有治愈力，她几乎放弃了大部分炫技的画法，尽量使用细腻温柔的笔触，让画面明亮美好，直抵人心。

刚开始的进度很慢，余葵也不着急，反正她的账户里的余额还够支撑她认真打磨很长的一段时间。

余葵每天一上班就先泡一壶花茶，坐在宽大明亮的工作台前抬眼望去，落地窗外，远处是朝阳灿烂、绿树成荫的公园，接着在白板上整理一下今日任务，把琐碎的工作分配给助理，然后慢条斯理地开机，启动数位板，继续昨天的征程，勾勒自己喜欢的世界。

小时候的余葵，是无论如何没有想过，长大后的自己能过上这种舒坦日子的。

正午，阳光明媚。

休息间隙，她仰靠在椅子上，让眼睛离屏幕稍远些，打量构图，抬手去摸杯子，悠悠地抿了一口金盏花茶。那边正在互联网上冲浪的助手忽地抬起头来，带着颤声试探地问道：“小葵姐，或许……你从前是《无字碑》的主美 Kerry 吗？”

余葵好几个月没听到别人这么称呼自己了——刚刚离职的那家工作室的老板和同事都叫她“小余”，多亲切。

她是不大愿意自己的真实信息被挂到网上去的，皱眉问道：“你在哪个网页看到的？我记得我之前搜过关键词，网上没我的个人信息啊？”

“啊啊啊！竟然是真的！你就是 Kerry！”

小姑娘激动得拳头都捏紧了，原地尖叫，蹦跶到余葵桌前：“小葵姐，你是我的偶像！我每天午休时都在打《无字碑》，你都看见了，居然从来没有跟我提过这游戏是你画的！我好幸运，竟然跟偶像一起单独相处了那么多天！”

“也不算我画的吧，是团队共同的作品。”余葵纠正了一下，又问，“你是在网上见着我的大名了吗？在哪儿见的？官网、论坛还是贴吧？我现在就联系人删帖。”

“怕是来不及了，现在传得到处都是。”助手弱弱地把自己的电脑屏幕转过去给余葵看，“你也知道嘛……这几个月以来一直有玩家吐槽新出的几款角色的立绘和皮肤画风割裂，尤其上周更新以后，都丑到大家团结起来开始联名抵制了。”

她说到这儿，忍不住骂起来：“那个 Feynman 不知道干什么吃的，他的风格是‘宁烂勿缺’吧。好好一款游戏，被他上了一大堆垃圾东西圈钱，收破烂都没人要……”

余葵放弃了跟一名愤怒玩家的无效沟通，接过鼠标自己看，查找半天，源头就在贴吧飘得最高的爆帖里，有疑似公司内部人士最先爆出了她的部分个人信息。

10 楼：“搞不懂大家为什么都骂现任主美，从《东野黎明》到《基因商店》，Feynman 的能力起码是经过认证的，是业内公认的强，上任主美有什么？她才二十五岁，连本科都是学自动化的，画龄几年？有任何大项目的美术工作经验吗？长眼睛的人都明白，当初方委病了，她副手上位，本来就是名媛空降捡漏儿，大小姐命好离职得早，现在又有 Feynman 替她背锅罢了。”

12 楼：“二十五岁做到主美确实有点儿扯，Kerry 长得好看吗？家里有矿还是睡上去的？”

楼下还真开始有人被带了节奏，骂了几十楼后，终于有热心前同事跳出来实名反对。

41 楼：“利益相关，前某大厂策划。工位在《无字碑》美术组楼下，10 楼你可以黑 Kerry 从方委那里接手《无字碑》，成为公司最年轻主美有幸运因素，但说一半藏一半我就不明白了——她本科拿的是清华双学位，除了工学还有艺术学，人家两门兼修，正儿八经的学霸，光明正大进的公司，怎么就成了名媛空降？从前工作接触过一两次，很谦逊很有实力的小姐姐，楼上造谣小心被告。”

43 楼：“别管画龄几年，美就是美，丑就是丑，玩家的眼睛没瞎。从 Kerry 离职到现在，角色质量滑铁卢翻车是事实，美术风格割裂、建模丑陋是事实，游戏评分持续下跌是事实。上周更新一出，评分直接从 4.5 跌到了 4.1，前任主美在的时候，就没掉下过 4.7。作为一名从内测之初就对这款游戏寄予厚望、到处推荐的玩家，现在脸都被打肿了，心痛！”

44 楼：“连唯一好评的周年限量皮肤，都是上任主美 Kerry 的‘遗产’，靠‘遗产’撑了几个月，现在库存没了现原形，还来给人家泼脏水，丢不丢人？”

46 楼：“什么？周年限量皮肤是 Kerry 的‘遗产’？天哪，亏我之前还发帖夸它是 Feynman 接任以来最惊艳的作品，欺骗感情，现在就回去怒删！”

…………

骂着骂着，有人扒起了余葵的个人信息。

78 楼：“就我一个人好奇吗？二十五岁，清华双学位，听描述大概率长得不错，25 岁就做过《无字碑》主美，有没有知情者能提供点儿更详细的情报，比如照片什么的？有偿。”

事情就是从这儿起走上了无可挽回的道路。

余葵入职公司的内网头像、证件照、姓名、团建合照等都被扒了出来上传至贴吧，围观群众见她有几分姿色，又看热闹不嫌事大地将信息搬运至各大论坛和微博，甚至连国内知名的问答网站都出现了问题：如何评价《无字碑》前任主美余葵的颜值？

下拉第一个答案，就是她在清华学生证上的大头照，这人还顺便 @ 了她在微博拥有五十万粉丝的账号。

…………

事情发展到这个地步，难怪昨天，在国外治病的《无字碑》第一任主美方委突然找她扯闲篇儿，话里话外都在问她想不想回公司力挽狂澜，估计就是曾总派来试探的。余葵也理解他带病当说客，真正为这个游戏倾注过心血的人，谁也不愿看它就这么毁于一旦。

但余葵已经有了现阶段更想实现的抱负。从很久以前开始，她就是一个不达目的不罢休的人。

玩家们群情激奋，爽是很爽，就是不该暴露她的个人隐私。余葵用无情铁手在问题下方点了举报，又一一联系版主删帖，劳累了一中午，还没来得及歇口气，就猝不及防地接到了漫画编辑打来的电话——

“小葵，择日不如撞日，咱们就趁当下的热度，赶紧把你的日记《惠风少女》上市吧！”

10月1号，国庆节假期开始了。

余葵给助手放了假，趁这机会回了趟昆明探亲访友，休养生息。

云南的天湛蓝如洗，云朵像半悬在低空中的棉花糖，大团大团的，中午的阳光给它们又烫了金边，耀眼的光芒穿透云隙洒在高楼上。

城市林荫道上，梧桐和香樟的枝丫被金秋的叶片压矮。

她和四饼约好在步行街逛街。见面时，四饼震惊地瞧了她好几秒钟，上下左右拉着她打量后叹道：“小葵啊！你现在完全是个大城市的女孩儿了！”

余葵当即便被她逗笑了：“大城市的女孩儿是什么样？你现在也是时髦漂亮的都市丽人呀，饼！”

四饼前几年在广州学文眉、做美甲，攒了笔钱，回昆明开了家店，因为口碑不错，生意没怎么受疫情影响，去年年底又开了第二家分店，事业小有所成。她还在昆明买了房，有辆奥迪A4。虽然没能实现小时候开网吧的愿望，不过她嫁给了隔壁店开网吧的老板，两个人强强联手，她也算是曲线救国，达成梦想。

此刻她卷着精致的头发，穿着质感舒服的丝绸裙子，笑容舒展，容光焕发。

要是有时光机，余葵都想把她现在的样子拍下来，送回过去给十六岁因被弃养而辍学，在理发店里打工，每天洗几十颗头的四饼瞧一瞧，告诉她未来的她有多厉害。

“不一样，我的打扮在表面，你的改变是内在。”四饼绞尽脑汁地找着词，“虽然你现在就穿着普通的牛仔裤和卫衣，但是气质和过去不一样了，这可能就是舒展随性、有底气的文化人的感觉吧……哦，和时景很接近！”

她总算想到一个最贴切的形容：“我刚才一见到你的感觉，就像我十六岁时见到时景一样，气质就很让人仰望。这么一说，你们俩现在真的太像了，难不成人在一起生活久了会被同化？对了，时景呢，他怎么没跟你一起回来？”

余葵答：“他有工作，上个月跟导师去西安做技术支持了，还不知道什么时候能回来呢。”

说到这儿，她叹了口气，有点儿想他了。

那天凌晨，时景被一通电话唤走，余葵起初以为他去趟洗手间，没料到第二天早上睁眼，人已经跟随攻关小组到了西安。时景干的又是国防类的研究工作，工作上的事巨细无遗都有保密条例。有时余葵想了解他的科研内容，只能在网上搜一搜，看看报道出来的只言片语。

她是挺骄傲，就是分别的日子太难熬。

两人挽着手，边走边聊天儿。路过书城，余葵在橱窗里瞧见了《惠风少女》的巨幅海报，贴满一整面墙，非常气派，看来宣发下血本了。

她顿下脚步，想了想，带着四饼往店里拐。

“要逛书店吗？”四饼好奇地打量着书城的布局，“现在的书店可真奇怪，卖文具，卖咖啡，就是不卖书……”

“我送你个礼物吧，四饼。”余葵踮脚，从书塔的最上方取下一整套漫画，排队在收银台前等待付款。

“我都好多年没买过实体书了，你突然送我一套漫画，我又想起咱俩初中的时候，在校门口租书看……”四饼回忆起两个人当年偷偷把书藏在课本底下看少女漫画，被老师发现罚站了一整个晚自习的时光。

队伍总算排到余葵，她付了钱，笑着动手拆开塑封。

四饼只是翻开瞧了一两页，动作就定住了。

漫画开头，沮丧的短发咸鱼主人公，在开学第一天塌着肩膀，生无可恋地走进教室，和麻将脸的长发女孩儿成为同桌，交换了刚申请的QQ号——女孩儿的名字叫四饼。

四饼的一生当中，这是第一次有人把她平凡无奇的人生画进书里，甚至出版成漫画发行。四饼的眼睛里充满了泪光，她半晌才吸了吸鼻子，使劲拍了余葵的肩膀一下：“你干吗不早点儿告诉我？你现在居然都成真正的大漫画家了，余葵！”

“不是才刚刚上市吗？我也想给你一个惊喜。”

“这就是你从前读书那会儿画的那本日记吧？当时还打死不让我偷看，你这究竟画了多少年呀？这么厚一套……”

“也就画到大学毕业吧。”

四饼一边抹泪，一边佩服地说：“有这样的毅力，你不成功谁成功？！余葵，我宣布你是我这辈子最好最好的朋友！”

余葵揽着她的肩膀，温声坚定地说：“你也是我最好的朋友。”

陪最好的朋友吃饭、逛街、看电影的一条龙服务还没结束，余葵举着冰糖葫芦，接到了余月如打来的电话。

才瞧见来电显示，余葵便不由得蹙起眉头。

四饼凑过来看了一眼，小心地安慰："你妈妈也真是，女儿都这么厉害了，她还有什么不满意的，还不琢磨好好跟你改善关系？我要是有你这样懂事聪明的女儿，都高兴死了。"

余葵无奈地叹气："打上个月她知道我辞职的事以后，隔三岔五就催我找份正经工作，估计觉得我现在无业游民的身份给她丢人了吧。"

四饼纳闷儿："她怎么会知道？你不是跟你爸商量好了瞒着她的吗？"

"谭雅匀估计在网上看见，告诉她了。"

"八婆！这么多年，谭雅匀怎么一点儿没变？"四饼气愤道，"从前告你早恋，现在告你辞职。跟她做异父异母的姐妹，你真是倒了八辈子血霉。小葵，快点儿把你出漫画的事昭告天下，看他们还敢不敢编派你。"

"算了吧，我可不想让他们欣赏我的作品。"余葵滑动指尖，在铃声停止前的最后几秒钟接起电话。

余月如的声音隔着声筒传来："余葵，你在哪儿呢？怎么周围闹哄哄的？"

"跟朋友逛街。"

"5 号就是考研报名时间，你现在怎么还有心思出去玩？余葵，你辞职出来，难道就打算这么游手好闲地混下去？现在的社会竞争这么激烈，等再过几年，你年纪上去了，青春不再了，精力也跟不上，履历还是空白一片，你打算怎么办？要么工作，要么考研……"

过了刚开始大发雷霆的阶段，余月如鞭长莫及，也只能隔三岔五地打个电话念念叨叨。

余葵把话筒挪远些，直到听她数落得差不多了，才移回来，刚要找借口挂断，又听她说："今天是雅匀的孩子的满月酒，你换身像样的衣服，等一下过来金鹰广场的酒店吃饭。"

谭雅匀的孩子的满月酒，她去凑哪门子的热闹？只是余葵没来得及说话，对面的人便挂了电话。余葵暴走，捏着手机疯狂晃了好几下，才给程建国打电话。

程建国倒是想得开："去就去呗，四饼跟你在一块儿，你也叫上，好好吃一顿。你现在一年到头在北京，也见不着你妈几面，给她的外孙女封个红包，说不定她怨气散了，就不逮着你念叨了。"

余葵不指望靠一个红包改变什么，内心深处已经明白，有的孩子生来就和父母缘浅。当小时候的眷恋和依赖都落空后，长大后的她早就不是母亲能掌控的风筝。血缘的纽带拉扯不断，她不会逃避作为女儿的赡养责任，但也仅此而已。更多精神上的抚慰和温暖，她从没有得到过的，也无力给予。

酒店的位置离她不远，余葵想通之后，瞬间心平气和了，干脆就跟四饼一路闲逛过去，在酒店对面的小超市里买了个红包，写上大名随礼。未承想她如此不计前嫌，在这么有诚意的状态下，还是被余月如摆了一道——在毫不知情的情况下，她被安排了一场相亲。

男方据说是某“双一流”高校的教师，二十九岁，有海外留学经历，家里有两套房、两辆车……当然，所有的信息，是余月如亲切地挽着介绍人的胳膊，两人在花厅里你一句我一句，合伙在余葵面前演戏时吐露的。

和饭桌对面相貌周正的腼腆男人面面相觑，余葵深深觉得自己脸上好像写着三个字——大傻子。

她起身借口上洗手间，进了厕所，靠在隔间门板上，掏出手机委屈地给时景发消息。她本来有一堆话想抱怨，“噼里啪啦”地敲了半晌屏幕后，叹了口气，又删得只剩一行。

小葵：“你在西安的工作什么时候才能结束啊？想回北京，想你了。”

她发完消息便息了屏，也没指望时景能立刻回复。基地有纪律，手机禁止携带进入工作区域，他每天也只能在休息时间集中给她回消息和打电话。

她冲水出门。

余月如抱着手在边上等待，见她出来，难得放轻声哄道：“余葵，你可别摆架子，人家这么优秀的小伙子，父母都是机关领导，我好不容易托人才介绍到的资源。雅匀现在都把孩子生了，就你八字没一撇……”

余葵平静地垂眸，对着镜子洗手：“是啊，她要是没生，也轮不着给我介绍。”

余月如拿出化妆包，往余葵跟前一摆：“你阴阳怪气什么？把妆补上，你要是有她的本事，能带个做红圈所合伙人的上海女婿回来，我用得着替你操心吗？”

老公大了九岁，孩子满月还没领证，在因婚前协议拉扯的夫妻，也值得成为鞭策她的范本。

想起谭雅匀刚才挽着老公的胳膊路过，听介绍人说出那男生的条件时，脸上带着优越的胜利者的微笑，余葵只觉得无趣。她有时实在不懂这对半路母女，她们对幸福充满功利的定义和注解，仿佛只要物质和地位得到满足，旁的一切感受都可以牺牲和忽略。

“确实用不着。”

她今天出门急，洗澡后忘记戴戒指，否则直接把手往余月如跟前一亮，就能直接省了废话。她开门见山地拒绝：“妆我不会补，吃完这顿饭我就走，这是看在外公外婆的面子上。至于你请来的人，自己跟他们解释吧。我有男朋友，他比任何人都好，就是我未来要结婚的对象。”

余月如怔了两秒钟：“朋友圈没有，你爸也没提过，你哪儿蹦出来的男朋友？他在哪儿？人都没领回来过，你该不会为了推拒相亲在蒙我呢吧……”

余葵关掉水龙头，慢条斯理地抽纸擦手，已经心如止水：“你瞧，无论我跟你说什么，你的第一反应永远都在质疑和否定，哪怕你根本都没尝试了解过我。你明明对我的工作和交友一无所知，却仍要简单粗暴自顾自地替我安排规划。比起相信我自己能过得很好，你更在意能否掌控我。”

余葵的话一针见血，她把垃圾扔进纸篓，抬头凝视着余月如。

“妈，我感谢你在我小时候对我的成长不闻不问，让我能度过舒心快乐的童年，现在你也像那时候一样做就好了。你不需要替我操心任何事，无论工作还是婚姻，我有能力过上比你安排的更好的人生。

“关于这一点，我想在你上一次质疑我的时候，我已经证明过了。”

受余月如重视、偏爱的谭雅匀去了交大，而脱离她的管教的余葵，从成绩垫底考进清华。未尽的反驳悉数被堵在嗓子眼儿里，余月如这辈子很少尝过权威被挑战的滋味，明明怒不可遏，但被那双眼睛看着，忽然失语，一个字也吐不出来了。

洗手间暖色的顶灯下，余葵足比她高出半个头，精巧秀致的五官像极了程建国年轻的时候，看似温和，实则坚定、大胆、充满主见。那眼眸明亮坦荡，但没有了小时候的孺慕和畏惧，也没了中学时代的不甘与倔强，没有爱也没有恨，只剩风轻云淡，无比熟悉，也无比陌生。

余月如恍然意识到——

余葵没有嘴硬，是真的不再渴求从她这里得到任何东西，无论物质、母爱还是关心。哪怕两人有着世上最近的血缘关系，可母女间的裂痕像一道巨大的鸿沟横亘在彼此的人生里，在经历漫长岁月的侵蚀后，她早已无处下手修补。余葵确实没有说错一句话，她对自己女儿的了解，甚至比不上外面席间那个叫四饼的陌生人。

余葵再回到花厅时，服务生已经快把菜上齐了。

四饼刚吃了两口，见她回来，悄悄擦嘴："咱走吗？"

余葵压低声说："吃饱再走，我爸让我封了两千块钱红包。"

"那么多……"四饼眉心一凛，恶狠狠地夹了一口"波龙"塞进嘴巴里，"叔叔真是厚道人，我必须挑贵的替你吃回本！"

她倒不是馋这几口吃的，就是为好友不值当。谭雅匀的生日、升学宴、孩子满月宴……从小到大，余月如这继母帮忙操持得妥妥当当，一样没落下，轮到亲女儿余葵，什么都没享受过。就连余葵考上清华，换在别家光宗耀祖的事，在他们家，只因为谭雅匀发挥失常，怕伤到那颗玻璃心，最后都悄无声息地揭过了。

隔壁啃肘子的小男生被她的吃相震慑，跟她搭话："姐姐，你能替我盛碗甲鱼汤吗？我胳膊短，够不着。"

四饼欣然答应，盛完又听小男孩儿问："你隔壁那位就是余葵姐姐吗？我听我妈说她是山坝子里长大的，怎么一点儿也不像？她好漂亮呀，比雅匀姐好看……"

这小崽子……四饼眼一眯："你叫什么名字？"

"我叫谭雅声。"

"谭雅匀是你堂姐？"

"对啊！"

"那你可得听好了，余葵姐姐不仅长得好看，还考了清华大学，学习也比你雅匀姐厉害，最重要的是，男朋友还比你雅匀姐的老公帅！厉害吧！"

小男生藏不住表情，听见"清华"这俩字，嘴巴张圆了，"噌"地站起来回头，扯着嗓子冲隔壁桌问："妈！余葵姐姐是清华大学毕业的吗？

"我不要雅匀姐给我辅导功课了，我要余葵姐姐！我也要考清华！"

谭雅匀本来在摇篮那边逗孩子，男孩儿的话音一响，闹哄哄的花厅突然静了一瞬，全场的焦点移了过来。

孩子妈尴尬地揪他的耳朵，想把人拎到外面去教训，未承想男孩儿痛得颤声，还捂着耳朵喊："我不要雅匀姐，一写错题雅匀姐就掐我，让她去掐自己的孩子吧……"

但凡稍微熟悉这个重组家庭结构的人，此时视线都不着痕迹地在谭雅匀和余葵身上徘徊。

谭家的妯娌暗地里嘀咕：

“真是女大十八变，高一那会儿看着余葵瘦瘦怯怯的，谁能想到长开了这么漂亮有气质？她跟着她爸爸几年，清华也考上了。月如真是，当年我就跟她说，让她对自己的孩子有点儿耐性，别把抚养权让出去。俩孩子要是都养在跟前，现在一个清华一个交大，一对学霸姐妹花，多讨人喜欢。”

“还不是雅匀性子霸道。都结婚的人了，让她辅导几道奥数题都没耐性，还掐孩子。两姊妹当年住一个屋檐下，余葵估计没少被她欺负……”

“唉，她之前说是疫情耽搁了婚礼，现在孩子都满月了，到底还办不办？”

“谁知道？说年纪大的老公疼人，我瞧这位跩得够呛，眼睛都长天上去了，敬杯酒还要雅匀这个才出月子的媳妇给叔伯赔笑脸。”

“毕竟人家是红圈所高级合伙人，也算阶层跃迁了，傲气点儿难免的。雅匀也是心气高，憋着一口气非要在哪方面都压人一头。”

“有钱又怎么样？日子过得太憋屈了，我可不会让我女儿受这种罪。”

“你家小奇不是6月份就毕业找工作了？我听说余葵之前在那什么互联网巨头企业当领导，你让他去加个微信，难得碰面，余葵这么优秀的孩子，哪怕问问经验也好。”

“多亏你提醒我！小奇，快过来！”

…………

饭没吃完，余葵发现自己被过来加微信、讨经验的谭家孩子包围了。

他们叽叽喳喳地一说话，中间人就插不上嘴了。男嘉宾被晾在边上，显得有点儿无措，好不容易才鼓起勇气接过孩子们的话茬，顺势问起余葵的微信。

余葵看向余月如，见她一副失魂落魄、欲言又止的模样，到底没继续当众落她的颜面，只是假装在包里找手机，翻翻左口袋，又摸摸右口袋，同时不着痕迹地给四饼使了个眼色。

以她们俩的默契，四饼瞬间接收到信号，手藏在桌底下偷按拨号键，余葵的手机应声振动。

余葵装模作样地掏出手机来，走开两步，滑动接通，捏着嗓子，声音切换到嗲里嗲气的模式：“宝贝，你工作结束了没有呀？我？我妈的外孙女过满月，还在这边吃饭呢……不行，我不喜欢，你现在就回来陪我嘛！我好想你啊……”

她对着空气胡乱地一通撒娇，估摸着在座该听到的人都听清楚了，正打算挂断电话功成身退，原本应该安静的话筒那端突然溢出一声轻笑。

“宝贝？”男人重述了一遍，同样的词语从他的喉咙里吐出来便显得格外低沉，带着天然的性感。

他懒洋洋的，饶有兴致地问道：“葵宝儿，你知道吗？从我幼儿园毕业，家里就再也没人这么叫过我了。”

“轰——”余葵的脑袋空白了两三秒钟，脸颊瞬间爆红。她一回头，只见四饼捏着手机，疯狂地朝她眨眼示意那不是自己打的电话。

晚了……谁能想到，时景今天竟然有时间在这个点给她回电话。

余葵一想到从自己嘴巴里不要钱般往外蹦的那堆劝退人的肉麻话全被正主听见了，就只想把头埋在故乡的红土里，交代父老乡亲每年来给自己上坟。但偏偏桌边的人这会儿都盯着她，她只得镇定自若地继续演：“好了，好了，不说啦，我吃完饭就回家了……”

时景不接茬：“想我都是骗人的吗？才听两句话就挂。”

“那你要怎么样嘛！”余葵急了，脸颊绯红，耳朵滚烫，又觉得不好意思，捂着话筒压低声说，“刚才是接错了，人有点儿多，我现在有点儿忙，晚上回去再打电话给你。”

阔别昆明多年，时景又一次领教了这座城市的交通状况，看前面堵得水泄不通，干脆提前结束订单，下车才迈出两步，便听余葵敷衍地说要挂断电话。

小白眼儿狼。

时景差点儿信了她想他的鬼话。他千里迢迢地才落地，饭也赶不及吃一口便打车过来，此时只感觉太阳穴突突跳，磨着后槽牙：“不准挂，你原本打算接谁的电话？”

余葵的求生欲总算上来了，她老实答：“四饼。”

“那些甜言蜜语你原本打算说给谁听？”

男人太敏锐有时不见得是好事。余葵往席间瞥了一眼相亲对象，心虚地咽了口唾沫：“我妈。”

时景这才放缓了声音，像跟小孩儿说话一样哄她：“吃饱了没？”

“嗯，就要走了。”

“真的想要我回来陪你？”

“想。”

“好吧，既然你如此要求——”时景翘起唇角，“再等几分钟，我过去接你。”

余葵本来只是顺嘴一说，闻言一个激灵清醒过来：“来接我？你从哪儿来接我？你们国庆节不是没有假期吗？你在西安的工作结束了？”

“嗯，本来该回长沙，但我请了婚假，就转机来昆明了。”

背景中传来车流的鸣笛声，他的声音顿了顿，轻了一些，听上去便更显得认真：“小葵，我也想你了。”

余葵脚底发飘地挂断电话，回头迎上了满桌人好奇、怀疑的目光。介绍人试探地问：“小葵，是男朋友？”

“嗯。他来接我，我得走了。”余葵面上还礼貌带笑，拿包、穿外套的动作明显急促起来。她不知道时景走到哪儿了，生怕相亲的事被他撞破，忙不迭地要赶到酒店门口和他会合。

偏偏有人还趁机生事起哄：“余葵，男朋友来了就叫上来呗！是什么样的青年才俊，也让你妈妈帮你看看。”

余葵回头，说话的人是谭雅匀的堂妹。

余葵记得她在省内一所师范大学读书，今年大四，锋芒比从前收敛不少，脸上虽然笑吟吟的，但内里的攻击性一点儿没变，这人还是她堂姐的忠心铁杆粉丝兼马前卒。

余葵懒得搭理对方，漫不经心地起身退席：“他今天挺忙，我也挺忙的，再说吧。”

她才不乐意时景成为自己出风头的工具，尤其是在一群没必要的人面前——谭家的多数亲戚她甚至都记不清了，只有青春期一些不大舒服的感受还在脑海中模糊留存。

瞧余葵一副推拒不情愿的模样，谭雅蓉以己度人，立刻觉得抓住了余葵的软肋，估摸着余葵的男朋友和堂姐夫相比多半上不了台面，故意扬声道：“反正我们也吃得差不多了，大伙儿都正要去雅匀姐家玩，一起送你走嘛！也看看余葵姐姐的男朋友长什么样。弟弟妹妹们也很好奇吧？”

小孩子们还没察觉到机锋，一股脑儿地凑热闹响应。

谭雅匀看了自己的老公一眼，也温婉地笑起来：“妈，你帮我抱一下孩子，咱们一起下楼，你应该也还没见过余葵的男朋友吧？让我爸留着签单就好了。”

余月如的脸色快要挂不住了——安排的相亲被搞砸了，她刚刚还在卫生间里被亲生女儿冷淡地通知，以后的人生不用她管。她这辈子没受到过这样的挫折和打击，气到发抖偏又无话反驳。整顿饭，她勉强在人前维持着仪态，内里早已思绪纷繁、心乱如麻，偏偏雅匀还唯恐天下不乱，当着介绍人和男生的面就开始煽风点火。

谭雅匀就不能消停一次吗？余月如突然觉得这个自己平日疼爱的继女，仿佛从没真正在意过自己的感受，胜负欲和小心眼儿都实在令人讨厌。

谭雅匀见余月如没动，便让自己的老公去停车场取车，强行把孩子的襁褓递过去，自己推起婴儿车，柔声说："妈妈，咱们到酒店门口等他。"

一行人浩浩荡荡地进电梯下楼。

余葵蹙着眉不大高兴，四饼却兴奋极了——想想她十几岁第一次见时景的呆样，都已经能预料等会儿的名场面了。

就让时景的美貌震掉这群凡人的下巴！红圈所有什么了不起？上海女婿有什么了不起？在绝对的颜值面前，一切都是浮云！她走两步后还磨蹭几步，看看后面一群人有没有及时跟上。

谭雅匀想的却是，那年高考查到成绩后，她把自己关在家里，不敢联系同学那段暗无天日的时光。如果没有余葵，一切意外都不会发生，她会顺顺利利考上顶尖的大学，成为整个家族的骄傲……幸好，幸好哪怕跌入低谷，她还是爬起来了。

她骄傲地昂起头颅。余葵上了清华了怎样，是大厂主美又怎样？她老公一年收入三四百万元，在上海那寸土寸金的地方还坐拥千万元的房产，余葵哪怕辛苦挣一辈子，也很难过上她今天的优越生活。

在场的几个人心思各异，个个儿等待着扬眉吐气的时刻到来，除了余葵——

分别大半个月，她心里只剩想念。

越临近酒店门口，余葵的心跳得越快，明明她从前一个人待在北京，六七年都过来了，谈恋爱后短短几个月，她的心理状态却好像回到了小时候，忽然对人有了依赖。

强烈依赖的戒断反应令她无所适从。东西找不到了，哪怕只是件忘记放哪儿的衬衫，她也要第一时间发消息问他；上网冲浪瞧见好笑的事情，每每回头分享，却只瞧见空荡的房间；做了厉害的事，哪怕只是画完一幅满意的作品，比成就感更深的念头是：假如时景在就好了。

这大概就是时景的阴谋吧。他无微不至地渗透进她的生活里，让她甘愿被这张温柔细密的捕网笼罩。

离酒店大堂只剩几步，余葵一眼瞧见了在那儿等待的背影，黑色的风衣更衬得他身形颀长高大，俊秀挺拔。

城市的白昼即将落幕，几盏霓虹灯亮起，背景的干道上车来车往，光线交融，他就是这时在檐下若有感应般地回头的。

天地失色，烧红的晚霞更衬得他皮肤白皙，灯光错落地将他昳丽的眉眼点亮。

“小葵。”他目光灼人，张开胳膊，唇畔的笑容漾了出来。

那笑意攥得余葵心一紧，随后情绪饱胀地翻涌，鼻腔酸涩。她越走越快，几乎跑起来，像小鸟一样一头扎进他的怀里。

清新冷冽的薄荷香气充斥着她的鼻腔，余葵抱紧他的腰肢，总算有了真实感，低声抱怨：“你怎么也不提前跟我说一声？”

“怕说了又来不成，让你失望。审批慢了一点儿，还好在放假前下来了，我拿到文件就离校赶着上飞机，所以没来得及给你发消息。”

后来的人在几步之外定住，尤其是几个年纪小的中学生，目不转睛地盯着时景的脸窃窃私语，神情或兴奋或激动，连几个大人都被镇住了。

四饼暗爽：附中校草的魅力不减当年！

毫不夸张地讲，在边陲的省城，人们的长相或多或少带了一些地域特征，加上强烈的紫外线和气候饮食影响，像时景这样突破次元壁的大帅哥，见一次少一次。他优越俊美的骨相、清贵冷峻的气质，仿佛凝聚了天地间的灵气，独得造物主宠爱。

最震惊的要数谭雅匀了，她这辈子绝不可能忘记这号人物。她压根儿没想过余葵的男朋友竟然是时景——他高考前不是转学回北京了吗？为什么他又和余葵联系上了？这两个人是怎么在一起的？

一分钟前她还沉浸在沾沾自喜中，此刻，无数的疑问在她的脑海中萦绕，强烈的忌妒几乎将她淹没。

为什么？余葵这样的乡下人，原本只能上个专科，到底哪儿来的运气让她能轻易地得到自己费尽努力都得不到的东西？从前是，现在也是。她就像是自己人生中的克星，每当自己满足于现状时，她就蹦出来将自己的骄傲和优越感打破碾碎。

余葵把余月如介绍给时景：“我妈。”

她又回头对余月如说：“时景，我男朋友，他是我高中同学，我上高三，你庆祝生日那回见过的。”

余月如当然不可能忘了——她还记得余葵高中几次和他传出恋爱绯闻。她起初是不悦的，直到生日那天，男孩儿被丈夫巴结的院长毕恭毕敬地迎进来。未承想，兜兜转转，这两个孩子竟还有这样的缘分。

余葵虽然不听话，找男朋友倒还有几分眼光。

余月如一时把刚才的愤怒都忘了，权势和面子对她而言比什么都重要。

她将怀里的婴儿还给继女，如春风般笑起来，和时景握了握手：“假期还长，等你们有空，叫小葵带你过来家里坐坐。”

那笑容将谭雅匀的眼睛刺得极痛，眼见时景跟准岳母的寒暄结束，就要带着余葵离开，谭雅匀不知哪儿来的恶气，在旁插言：“余葵，你不和刘老师交换个微信吗？相亲不成，还能做朋友吧。你又不说你有男朋友，还枉费妈妈替你操劳一场。”

此话一出，被谭雅匀提及的刘老师在旁站立难安，脸都涨红了。连余葵都诧异于谭雅匀这么会伪装的人，竟然蠢到选择在这时候撕破面具，给自己添堵。

还是余月如眉头一凛，将谭雅匀往后拉了一把：“雅匀，你怎么胡乱揣测？人家刘老师是我的客人，大家同桌吃顿饭怎么就成相亲了？”

谭雅匀还要再说什么，余月如怕金龟婿真被她挑唆跑了，顾不得斯文，三两句话跟时景道别后，接过哭闹的孩子，使劲钳着继女的手，将人往停车场的方向带。

出租车后座上，余葵靠在时景的怀里，笑了半晌才缓过气，把玩着他风衣的扣子，疑道：“我们俩在一起，真能刺激到她吗？你说她怎么想的？十七八岁假摔断腿那回还没长记性，都这么大人了，还干这么蠢的事情。”

四饼接话：“也许在她看来，世上所有情侣之间的信任，都像她跟她老公之间那样不堪一击吧。”

时景这会儿约莫猜透余葵假接电话撒娇的原因了，胳膊懒洋洋地搭在她的肩膀上，指尖挠着她的下巴，故意说：“葵宝儿，我就这么见不得人，还得瞒着你妈妈？”

见他又提这个称呼，还当着司机和四饼的面，二十五岁的“葵宝儿”老脸一红：“哪有……她一打电话来老是说我这不对、那不对，也从没问我谈恋爱的事，所以我才没特意提过。”

“不过你妈今晚总算也干了一回对你好的事。”四饼感慨，“也让她看看，她那个不省心、不靠谱儿的继女，心肠有多黑。”

余葵没想那么多，满心已经被身边的男朋友占据。她仰头，看着他精致的下颌、英挺的鼻子、如灿烂星辰一般的双眼。窗外的夜景飞逝，他的侧颜少了平日与生俱来的冷峻和傲气，只剩安静平和，美好得仿佛能熨平世上一切不开心。

车子开过熟悉的十字路口，颠簸了一下。她一下子想起高二那年，宋定初过生日，时景晚上送她回家，也是在同样的路口，被她的矿泉水泼了满身。

“你应该早忘了吧？”

提到这事，她原本以为只有自己记得，未承想，男人漆黑的眼眸情绪复杂地望向她：“哪儿能呢？小葵，那是我生平第一次被女孩儿占便宜。”

“怎么占你便宜了？”余葵据理力争，“我就是怕你生气，给你擦水，你不知道，你十七八岁那时候冷着脸的样子有多吓人。”

“那不是冷脸。”时景纠正，“我不敢看你，那叫红着脸。”

出租车把四饼送到家后，余葵直接带时景回了家。

听到准女婿还没吃饭，程建国亲自下厨，给他做了碗面条。

有早上剩的红烧牛肉汤打底，余葵眼睁睁地看着她爸又舀了一大勺西红柿鸡蛋做浇头，刚要出声制止，汤面已经被红红黄黄的汤汁覆盖。

她的神情一下子变得难言起来，她又不好直说，从程建国手里接过碗筷，转身放在时景面前，压低声音叮嘱：“吃不下就算了，别撑着。”

“叔叔的手艺很棒，没事，闻起来挺香的。”时景满怀信心。

他对程建国的厨艺已有耳闻，但在集训拉练的时候，他连压缩饼干和硬馒头都能吃得津津有味。他想着这辈子第一回踏进准丈人的家门，吃碗面条的诚意怎么都得奉上。

男人仪态优雅地先浅尝了一口，随着咀嚼的次数增加，他的从容消失了，笑容凝固在脸上，吞咽的动作缓了下来。

程建国从厨房里出来，边摘围裙边期待地问：“味道够吗？缺盐还是缺醋，我去给你拿？”

“很好吃，什么都不缺，叔叔您不用忙了。”

时景的礼仪无可挑剔，干呕的冲动一涌上来，立刻被他条件反射般垂眸掩饰，神情仅用零点几秒钟就从食道抽搐圆滑地切换至失落模式。

程建国面带怀疑之色：“不好吃吗？”

时景怀缅地答：“好吃，我父亲在世的时候，也给我煮过西红柿鸡蛋面。”

真诚的赞美让程建国成就感倍增，他父性大发，背着手在客厅里来回溜达，不时看看时景的汤碗下降刻度，琢磨着要不要给时景再来一碗。

时景终究没能拗过准丈人的好意，两碗面条下肚，有种中毒的错觉，头晕眼花，胸口翻腾。

余葵十分同情地给他倒了杯水，戳开一瓶藿香正气口服液双手送上，小声安慰：“其实我爸的厨艺属于正常发挥勉强能吃，越用力就越接近暗黑料理的状态。他喜欢把所有好吃的东西加在同一口锅里，一努力就咸咸甜甜酸酸麻麻……从这个角度看，他其实蛮喜欢你的。”

这样的喜欢实属让人有点儿负担。时景面色潮红，有气无力地把水喝完。

余葵觉得有点儿不对，伸手摸了摸他的头，突然起身站在门口探头：“爸，你刚才在面条里加了什么野生菌？是不是没炒熟？时景看着怎么一副中毒的样子？”

“不可能吧！”程建国连忙跑过来，又是观察他的瞳孔，又是给他量体温，见时景体格这么强悍的年轻人显而易见地变得不舒服，才懊恼道：“不会是扫把菌炒肉丝中毒了吧？我刚才扒拉了一点儿调味……可我今早也吃了，没事啊！”

“可能他吃到的没熟透。”余葵叹了口气，给时景烧温开水催吐，又再三叮嘱，吓唬程建国，“爸，你以后可千万别再买带毒性的野生菌回家自己炒了，万一出点儿问题，我就没爸爸啦！”

程建国有点儿讪讪的，刚进门时的岳丈谱儿也不摆了，烧水买药，忙前忙后。所幸时景的症状并不严重，就是刚咽下去的两大碗面条又被他扶着马桶吐了出来。

余葵也不知道该不该说他因祸得福。

时景洗漱完，头重脚轻，虚浮地往洗手间外走去。然而他人高马大，才迈开腿，额头就在门框上“哐当”撞了一下。

这一声实在清脆。

这房子使用了十几年，从来没有一位客人因为个子过高而被门框误伤。时景的气质跟老式的单位楼格格不入，面积不大的房子让他这长手长腿的孩子住起来实在憋屈。

瞧时景英俊的面庞上额头微肿，眼周因催吐而泛红，白璧微瑕，程建国难得良心发现，主动请缨给时景铺床。

家里三室一厅，剩下的卧室本来是杂物间，上次余葵的外婆住院，被程建国收拾出来，添了张新床进去。这会儿把杂物堆在一边，他麻利地换上了新床单、被罩，叫女儿搀着时景进来。

不知道是跟这地方风水不合，还是今日运势持续走低，时景才进门，又被满地的书堆绊了一下。眼见他就要倒地，程建国心说今天绝对不能再让这孩子第三次挂彩，于是手疾眼快地冲上去给他当人肉垫。

时景趴在未来岳丈的背脊上，脑袋“嗡嗡”的，过了两秒钟才想到要爬起来给程建国道歉：“对不起，叔叔，今天不知道怎么了，手脚有点儿不听使唤。”

“我懂，我在你这么大，刚来昆明参加工作的时候，吃牛肝菌也中过毒。”程建国揉腰，咬牙装出若无其事的样子，“你好好休息吧，今天是叔叔对不起你，等你明天好了，我重新给你做顿好吃的。”

眼看着时景喉咙的生理性反应又快上来了，余葵赶紧把老父亲赶出去：“爸，我们明天就回老家，在外公外婆那儿住几天。领证前总得通知他们一声，让时景认认人，是吧？”

程建国听她说得有道理，本想跟着一起去，奈何项目国庆节没有停工，他还得往工地跑，思来想去只得叮嘱：“你记得帮我把买给你外公的降压药和新鲜松茸都带回去，还有你外婆的电子播放器里的经文，我给她又下载了一些新的，保证是庙里版本最齐全的……”

“知道啦！爸爸晚安！”

余葵把人送到门口，正要关门，程建国感觉不太对：“你怎么在里面，不出来吗？”

也是……余葵被他问得愣了两秒钟，急中生智地把在地上溜达的狸花猫抱起来：“物理想认识认识它小时候的救命恩人，我等会儿就带它回房间睡觉！”

程建国勉强信了她的解释，走两步又回头，仿佛在说——我会盯着你们俩。

余葵深呼一口气，刚把门掩上，回头就见时景翻起刚刚差点儿绊倒他的那沓漫画。

她起先并不在意，直到凑近一看，才奇怪道：“《银魂》？”

她扔开猫，让它自由活动，蹲下身往床底下瞧，竟然又扒拉出来两袋漫画，除了国内出的第 1 至 66 卷，甚至还有原版的第 67 至 77 卷，一堆加起来有十几千克重的《银魂》全集。

余葵盘点完震惊了，往地上一坐，开始拆塑封：“我家里怎么有这个东西？我没买过！老家的漫画店老伯送我的那几本都是旧的、散的……”

“你当然没买过。”靠在床头养病的时景幽幽地说，“因为这是我买的，庆祝你考入清华的礼物。”

余葵怔住，猛地想起高考前似乎确实有个周末，时景约她打网球。那晚，两人筋疲力尽地并肩躺在露天球场上，仰望头顶的白炽灯穿透深蓝色的夜空，畅想未来时，时景问她考进清华想要什么礼物，她说想挣钱买《银魂》全集。

长大后的余葵早就把这个愿望抛诸脑后，而这段被她遗忘在记忆间隙中再琐碎不过的对话，时景不仅记得，竟然还兑现了！

她愧疚难耐，掏空脑袋也实在想不起这件事："你什么时候寄来的？为什么我一点儿印象也没有？"

时景倒是记得很清楚："2015年，我从北京出发，去长沙报到之前。"

"那时候我应该刚到北京吧，竟然错过了！"

余葵不死心地爬起来，"哐哐"地去敲程建国的卧室的门："爸，床底下那几袋的《银魂》，时景寄来的时候你怎么都没跟我说一声？！"

程建国还在贴膏药，被她敲门的动静吓一跳，放下衣摆去开门："时景寄东西来了？他什么时候寄来的？"

瞧见那五颜六色的一堆书，他疑惑道："啊？这不是你买的啊……包裹寄到的时候寄存在门卫室那儿，下雨把牛皮纸泡烂了，签单看不清楚，荣大爷说是你的，我一想这花花绿绿的漫画书除了你没人会买——当时学校不是还给你发了高考奖金吗？我下晚班之后就直接把它扛回家了，怕打扰你休息，转头第二天忘了跟你说……"

阴错阳差，77卷的《银魂》全集待在杂物间里吃了六七年灰，直到他们俩准备回昆明领证，险些把他绊倒，才被送出礼物的时景本人从书堆里翻出来重见天日。

冥冥中，这也许就是另一种奇妙的缘分。

到昆明的头天晚上，时景受了不少罪，不过第二天，两人还是风雨无阻地踏上了回老家的大巴车。

在余葵的漫画里看了无数次，时景第一回真正踏足这片土地。

秋风起，绵延起伏的山脉护在小镇东西两端，近处有密林，田野开阔，屋舍俨然，田埂上垒满了金黄色的草垛子，连空气中都充满稻草的香气。

得知余葵拐了个北京夫婿回来，整个村子无所事事的中老年妇女都扔下麻将、扑克牌，从老年活动中心拥来参观。堂屋被人里三层外三层地挤得水泄不通，连村里的青壮年下地干活路过，都忍不住探头进来瞥两眼。

余葵总算知道古代美男子卫玠是怎么被"颜控"看没的了。

哪怕是她考上清华那年，村委会在村口扯横幅、杀鸡宰牛，她都没享受过父老乡亲这般隆重的待遇。

七大姑八大姨趁余葵一个不注意，你戳一下，我摸两下，纷纷上手，以验证这英俊得像大明星的小伙子确实是有体温的真人。

外婆担忧极了，暗暗把余葵拉到一边："小葵，你谈恋爱也就算了，结婚咱怕是不能光看脸哟！他长这么俊，结了婚以后，你要有多操心……"

余葵佯装受伤："外婆，我长得丑吗？怎么就不能是他操心我？"

外婆戴上老花镜，看看她，又看看时景，半晌无言以对，叹了口气，再瞧堂屋里一屋子的老姐妹，越看越不顺眼，干脆把供桌上的电子播放器打开，扩音放起《大通方广忏悔灭罪庄严成佛经》，驱赶这群上了年纪的女妖精。

乡下的时间过得很慢，或者说是时景和余葵待在一起，时间就会变得很慢。

时景走过余葵小时候上学必经的田埂，摘了把小黄花插在她床头的案几上，也认识了纵容她许愿的菩萨娘娘，不着调的两人一起天马行空地许愿，烧了折子上书。

他早晨跟外公去水库钓鱼，午间躺过她曾跷着二郎腿睡觉的糖心苹果树，醒来渴了，就扒下枝杈，脱下衣服装满一整兜苹果，在夕阳的余晖里牵着吃饱的水牛回家。

他们再回到昆明，已是国庆节假期结束。

谢天谢地，他们总算等到民政局上班了！

晨间的一场小雨过后，余葵对着镜子仔细涂抹着玫瑰色的口红。她在白色蓬纱短裙的外面加了件保暖的米色长风衣，让刚刚蓄到肩膀的头发柔顺地垂下来，戴上素净简单的头纱，便跟时景出发去领证了。

一切都很顺利。

照片已经提前拍好了，民政局里甚至没什么人排队，他们取号、领证、宣誓一气呵成。直到步行回家的路上，余葵捏着小红本子反复看，忽然有了种强烈的不真实感。她伸手拧了时景一把："痛不痛？咱们这就算结婚了？"

"怎么不算呢？"时景连眉头都没皱一下，把她的小本子接过来放在外套兜里，"好好保存，别在马路上看丢了。"

"不是，这流程也太简单了吧？"

"一点儿也不简单。"

时景握紧她的手，十指交扣，声音在风里显得很轻，却仍清晰地传抵她的耳畔：“我等这一刻，已经很久了。”

绿灯亮起，不知不觉，两个人已经走到纯附门外，走过斑马线，便能隔着整齐的栅栏看清校园全貌。

鸣噪了一整个夏季的蝉，抓住夏天最后的尾巴疯狂地鸣叫着，红白色校舍传来朗朗的读书声，远处的塑胶场上，体育生在绿茵坪上奔跑。

“年轻真好，可惜我们再也不会有第二个高中时代了。”

她走累了，便要在路边的长椅上坐下休息，凳子上还有水迹，时景便把外套脱下来给她垫着。

余葵见他俯身，突然问道：“时景，你昨天给菩萨烧的折子里许了什么愿呀？”

“说出来就不灵了。”

“那你还知道我全部的愿望呢！”余葵不服气，“我现在是你老婆了，互通愿望，符合咱们村庙许愿的基本法。”

“这法是你立的吧？”时景实在没忍住笑起来，伸手摸了摸她的头纱，心突然变得很软，叉开长腿，往椅背上一靠，答道，“我没写别的，只希望维持现状。”

余葵追悔莫及：“我昨天捐了双倍功德，你这样躺平，折子不是白烧了？”

时景想了想，说：“也不算吧，更早之前，其实我已经许过愿了。”就在他在操场上替余葵寻四叶草的时候。

他贴满最后一页那天，是他本科毕业授衔的日子，时景用尽毕生的虔诚，祈祷他们能重逢。

“我许愿，你能爱我。”

而现在，这唯一的愿望，他的妻子已经替他实现了。

余葵坐在原地，呆呆地凝视着他。胸口的情绪饱胀地涌动，她鼻间酸涩，差点儿落泪，在他话音落下的瞬间，她迫不及待地倾身，仰头吻上他的唇角。

他们呼吸交缠，捧花落地，雪白的头纱被微风拂起。

阳光穿透繁茂的香樟树绿枝间隙，细碎的光点斑斓，一切就像青春电影的结尾，寻常而又不寻常。

番外一

生命中平凡无奇的某一天

高考结束后，余葵回乡下小住。

高三压力太大，她结束了持续很长一段时间的苦读冲刺，体重险些跌破四十千克。外婆一瞧见外孙女扶风弱柳般的体格，便不住地摇头，连洗碗、扫地这样的活都不肯让她干了，只说让余葵去躺着，长长肉。

用外婆她老人家的话讲：“瘦成这样，你二表哥单手就能把你拎起来甩圈，你要是猪，根本就卖不上价。”

余葵是个听话的孩子，借此机会过上了混吃等死的幸福生活。她将高考前心痒难耐想看的漫画没日没夜地全补了一遍，立志要做全村晚上最后一位熄灯，早上最后一位起床的年轻人。

饿了、渴了，她就拨床头的座机，或扬声喊一嗓子。大到一日三餐，小到喝汽水、吃水果……她都使唤她六岁大的小侄子二毛。二毛会“哐哐”地跑上楼，把东西送到她的床前。

他常常人未到，声先至：“小姑，你的橘子汁！”

“小心脚下。”余葵头也不抬地提醒，可惜还是晚了一步。

小萝卜头一个趔趄被门槛绊了一跤，橙汁瞬间洒了半杯，他做错事般小心翼翼地偷瞥余葵一眼，见她并不在意，才擦擦手，献宝似的把杯子端到她的床头柜上：“小姑，我今天可以借《七龙珠 5》吗？”

余葵往书架那边努了努下巴：“喏，把地擦干净，你自己去找。”

作为一个漫画大户，余葵有着全村小孩儿最羡慕的卧室，尤其二毛。

这孩子脑瓜聪明，可惜四肢不太发达，这一点随余葵，每次进门都不看脚下，要在卧室的门槛上绊上一跤。

他搬个小凳子，踩上去抽下《七龙珠5》，捯着小短腿爬到余葵的床尾坐好，兴奋地翻开第一页。偶尔遇到不认识的字，他就拿过去问余葵读什么。

余葵都不用查，远远瞥一眼漫画内容，就能把台词大致复述出来。

二毛觉得小姑是天底下绝顶聪明的人，每每思及此，便愤愤地转述："小姑，村里的大人都说你肯定是考不上大学，受打击了回来才自暴自弃，连家门都不出。我觉得他们才是笨蛋，大学要是考《七龙珠》，你肯定能拿第一名。"

"我也这么觉得。"余葵深有同感，"二毛，你妈熬的梅子糖，你带了没？"

二毛闻言，下意识地捂住瘪瘪的裤兜："我妈说糖吃多了生蛀牙，只让吃一小袋。"

余葵赞同："你妈说得对，让姑姑来替你生蛀牙吧。"

二毛边流口水，边委屈地坐在床尾看着余葵进食："甜吗？好吃吗？"

"不好吃，可酸了。"余葵把剩下的梅子糖一口塞进嘴里，拍干净手上的砂糖粒，把小塑料袋还给他，"二毛，下次再有生蛀牙的机会，你一定要拿来让小姑帮你解决。"

二毛本想舔舔剩下的糖渣，抖抖袋子刚送到嘴边，浸着梅子汁的砂糖就一股脑儿地从破洞里漏出去了。

他怔了几秒钟，"哇"的一声哭起来。

楼下天井聚了一堆剪元宝、纸花的奶奶。余葵生怕村里又传出自己欺负小孩儿的言论，手足无措地想捂住对方的嘴，瞧见孩子的鼻涕泡又放弃了这个想法，不甚熟练地哄道："二毛，我给你零花钱买辣条怎么样？"

小男孩儿不为所动。

"买冰棍儿？"

哭声弱了一些。

"现在就停，一块钱的冰激凌买俩！"

二毛猛吸一口气，擦干眼泪，把鼻涕泡收回去了："真的吗？"

余葵叹为观止，点头应下："真的。"

离开昆明前，余葵用铁丝从自己的小猪存钱罐里钩了三百块钱出来，请小孩儿吃零食还是绰绰有余的。她踩着拖鞋下床，套上防晒衣和帽子，带着侄子二毛，半个月来第一次迈出家门。

池塘绿水荡漾，波光粼粼，阳光耀眼到刺目。

余葵抬手挡住眼睛，适应了好一会儿，突然想到：时景人在北京，他那里也会有这样好的天气吗？

一大一小的姑侄俩，并肩坐在村口树荫下的台阶上舔着冰激凌，大黄狗被馋得在边上直摇着尾巴晃圈。村里人路过，个个儿都忍不住要停下脚步跟余葵聊两句。

原因无他，余葵离开村里几年，模样生得越来越漂亮，个头儿瘦高，盘靓条顺，在他们这山野小镇能长出一株余葵这样精美的玫瑰，是件稀罕的事情。

村里的媒婆周姑妈盯了她半天，挪不动脚，干脆在她身边坐下来，拉着她的手，亲切地说："小葵啊，你这段时间窝在家里不出门，我真是看在眼里，疼在心里。高考失败也没什么，人又不只有读书这条路嘛。你长这么漂亮，姑妈给你说个大户人家，小伙子家是在市中心开大超市的，今年二十二岁，就缺一个乡下朴实的媳妇儿……"

余葵的手被紧握着，她眼看着冰激凌快化了，只得把蛋筒换到左手上，在媒婆诧异的目光下，三两口吞咽下去，打了个嗝，小声说道："姑妈，说了怕您不信，其实我考得还不错。"

周姑妈一副不忍拆穿她的样子，摇头："唉，三本大学有什么好读的嘛，浪费那个钱。姑妈知道，你从小不是读书这块料，不用勉强自己，人要扬长避短，你这么漂亮，做了阔太太舒舒服服地过日子多好……"

余葵笃定地说："明天就查成绩了，您要是不信，咱俩明天村口小卖部见。"

打从考场出来，余葵就一直心态很平和。她自我感觉是正常发挥，但不知道能不能进排名前二的高校——这东西神仙也不敢有百分之百的把握，也许粗心看错一道理综大题，便会和清华失之交臂，错过跟时景的约定。

这些日子的堕落，让她有一种时景从来没在她生命中出现过的恍惚感。

有时夜间醒来，听着窗口呼啸的山风，她按亮手机，看着列表里那暗淡的星云头像，胸口仍然会不自觉地发紧，像破了个洞，风灌了进去，空荡荡的。

假如她真的没考上清华，那也许就是命运的安排。

遇到时景，她已经足够幸运——她变成了更好的人，上了更好的大学，拥有更好的人生，只是无缘和他在一起罢了。

6月23号。

村里今年有好几个高考生，众人麻将也不打了，把麻将机一停。在小卖部里三层外三层的围观下，余葵深吸一口气，拿起座机的话筒，开始拨号查分。

意外的是，她的成绩被屏蔽了——

“您的位次已进入全省前五十名，具体情况请于27日查询。”

她怔在原地，不信邪地挂断电话，又拨了一遍。她捏紧话筒，眼神看了一圈眼前的大伯大姑，心脏“怦怦”乱撞，气流鼓荡。

“小葵，行不行呀？到底多少分？”

“别人也等着查呢。”

…………

这次，她拨号的手都开始发颤。待到拨完考号，话筒里同样的回复传来，她“砰”地挂断电话，失魂落魄地往外走去，直到被外围的二表哥担忧地一把拉住。

“小葵，你别想不开啊！多少分？咱不怕，大不了再复读一年！”

余葵沉默片刻才开口：“虽然不知道多少分，但我觉得应该能上清华。”

小卖部寂静了两秒钟后，众人背过身窃窃私语，流言再次传开：“完了……建国家那孩子考得太差，受打击了，都开始说胡话了。”

29号学生就必须返校确认志愿，接完班主任的电话后，余葵开始收拾行李准备乘最后一趟车回昆明，临出发前给她爸打了通电话。

“什么？”程建国差点儿把手机扔出去，颤着嗓子确认，“全省前五十名？你不是估了670分吗？！坏了，刚才有人给我打电话，说是北大招生组，希望我去他住的宾馆聊一聊，我以为是电话诈骗——单位前几天才宣传电话防诈骗——哄了他两句我就给挂了！”

“我肯定往低了估啊，万一没考好你心理落差多大。对了，向阳多少分？”

“他687分！”程建国懊恼地捶脑袋，“我刚才特意去隔壁问了，还想着向阳这么高的分数都没接着北大的电话，肯定是骗子忽悠人呢。不行，我现在就拨回去，问问人家宾馆在哪儿……”

余葵：“别打了，爸，他们再找你，你就说我想去清华。”

话音没落，她只听程建国美滋滋地诧异道：“哎！这电话又来了，不跟你说了，我先去接电话啊！”

用程建国的话讲，他这辈子没体验过这种孩子被哄抢的感觉——

自这天起，清北复交等招生组轮流打电话来刷存在感，一通接一通恭喜、邀请详谈的电话。

事实上，高三的 4 月份左右，就已经有清北招生组陆续来过学校，跟有潜力的学生开座谈会。余葵那时候还在年级第十五名左右徘徊，压根儿不在被重点关注的行列里。直到回昆明，被北大的招生组暗地透露，她才算提前知道了自己的分数——裸分 702，理科排名全省第十九名。

知心的招生组哥哥姐姐们，一会儿关心余葵想读的专业，分析她的未来规划、人生理想，一会儿关心她在哪所学校好找对象的问题，顺便相互攻击对家哪个专业不行，去年许诺哪个师兄的专业没兑现……

而老父亲程建国则被动辄几百字的小作文微信轰炸，一会儿顾虑这个，一会儿担忧那个，繁忙到甚至无暇喝口茶水。

北大对理科优质生源的争夺十分迫切，在得知余葵的志愿意向后，大手笔地开出了整整一万元奖学金的诱惑！

清华招生组一听——那还了得，商务车直接开到家属院的老式单位楼里，价码怒加一万元！

余葵就这样和清华招生组签署了意向协议。

双方都觉得自己捡了个大便宜。

临别前，听说隔壁有个 687 分的向阳，领队还在门口挺有诚意地聊了几分钟，得知向阳实在属意北大医学部后，一行人才意犹未尽地下楼远去。

商务车费力地在老单元楼的车位狭隙间腾挪，几次险些碰擦，数分钟后，总算艰难地擦着缝驶出小区的大门。

“看他们抢人这么搞笑接地气，光环好像突然就没了。”向阳笑了半晌，笑声渐低，才低声感慨，“真厉害啊，小葵，哪怕抛开朋友这层身份，你也是我见过的最励志的人，超出想象的那种励志。要是你爸没被外派，你那几年没被送去乡下，有更好的教育资源，说不定你都能考个省状元。”

余葵想了想，说：“也许一直在城里，我反而只能上个普通大学呢？”

在纯附的后两年，她确实付出了很多努力，但能考到这个分数，不能说没有心态的加持，而这份大不了躺平的松弛感，是外公外婆在乡间放养她的生活给予的。

她懵懂地凭着暗恋的信念，朝喜欢的人靠近，却没想到靠近他后，非得做点儿什么的想法越发强烈。

天边的余晖渐淡，晚霞似火。两个人就趴在楼梯间的露台上，看着招生组的车影渐远，都有点儿感慨。

向阳的心情既高兴又复杂：他高兴的是，继十几年的青梅竹马情谊后，未来的他们也许仍会在同一座城市读书生活；复杂的点在于，他很清楚余葵斩钉截铁地选择清华，醉翁之意不在酒，在时景。

说不上来哪儿憋闷，他努力把那种若有若无的感觉挥开，像以往一般大大咧咧地偏头问道："时景回北京以后，到现在还没有给你回过消息吗？你怎么确定他也报清华？"

傍晚的蚊虫没头似的乱撞，空气中弥散着夜来香的味道，有点儿熏人。余葵送走一只胳膊上的绿色小飞虫，情绪突然低落下来，趴在阳台栏杆上，眼睫低垂，挺翘的鼻尖发红，半晌没说话。最后她才叹了口气，自言自语道："如果他在，我的排名应该是全省第二十名吧。"

小镇历史上从未出过一个北大清华的学生。

7 月，余葵的录取通知书被寄到小镇邮局的那天，全镇都轰动了！邮政局局长亲自打电话通知镇长，层层通传后，村长派办事处的花灯舞蹈队敲锣打鼓地把邮件送到家门口，鼓声结束后还不忘在大路口放了大炮仗。

余葵正跟二毛在楼上看漫画、啃鸡爪，听到鞭炮和唢呐声，只以为是谁家娶新媳妇，本想探头从窗口瞧热闹，却猝不及防地和全村男女老少的目光对了个正着。

李姑妈抱着孙女在楼下挥手，笑得像朵菊花："哟！小状元刚起床呢。来，来，来，我儿媳妇让我把孙女抱来跟你合张照，沾沾文曲星的喜气。"

这可真是冰火两重天的待遇。

一个月前还在传她高考受挫、精神异常的家长们，现在纷纷抱着孩子，挨个儿排队在院子里等待合影，叮嘱自家孩子向状元学习。

余葵甚至没来得及换掉身上的小草莓睡衣，便被外婆扯下楼，成了一个无情的假笑合影机器，衣摆险被沾喜气的孩子们的小手摸出黝黑的手印。

村口和镇上扯起了庆祝条幅，二表哥也兑现承诺，连夜宰了头大肥猪给她摆升学宴，流水宴摆了两天。宴席结束后，村里再没人叫她"小葵"，都喊"文曲星"和"小状元"。

余葵在村里拥有了仅次于村支书的崇高地位。哪怕她只是去村口老年活动广场锻炼两下，也能见到家长强行把蹲在电视机前的自家孩子拎着衣领扔出来："去跟状元玩，长大你也考清华。"

就这样，余葵被迫开始了带着一群小萝卜头，在村里砸卡片、跳皮筋，斗鸡追狗、游手好闲的生活。

北京却是与之截然不同的氛围。

一连几日阴雨过后，时景的门板自始至终紧闭着，录取通知书静置在案头，没人去拆。

父亲的追悼会结束，从公墓回来后，时景整整三天没有踏出房门半步。

“没动静，不会是晕了吧？”时辰把耳朵贴在门板上听了半晌，提议，“要不我直接踹门进去，把人送医院得了！”

“不准乱来，小景又不是你！”姑姑着急，喊了一嗓子，又怕里头的人听见，压低声深吸几口气。抹干眼泪，再三权衡后，她终于说道：“找你爷爷奶奶过来吧，这样下去不行，大不了一家子抱头哭一场，这孩子不能再这样下去了，他都遭的什么罪啊……”

少年丧父，人间至痛。

最可怕的是，时景从此背负起了对任何人都难言的秘密——

父亲前脚刚刚情绪激动地怒斥过他，后脚便突发脑出血进行抢救，这事说给任何人听，都很难界定他这个儿子对父亲的病故究竟有无责任。

世人的评判结果是什么不重要，在时景这里，他对自己的审判是无期。

无论父亲对他的要求有多么苛刻，但父亲这辈子没有让他受过一丁点儿来自外界的压力与不公。恰恰相反，在成长的过程里，他因家庭受尽优待。

在这纷繁的人世间，父亲是时景头顶遮风挡雨的参天巨树。时景敬畏他、仰慕他，渴求他的认可与赞赏。可作为一个不称职的儿子，时景直到他白血病复发时，才明白他忍受病痛，独自背负了什么。

要时景更改志愿，无非只是一个父亲病入膏肓时的执念——他恨不得替独子安排好十八岁以后的一生，确保自己身故后，儿子未来的路还能有亲眷照拂、领路。

“不孝”二字，恐怕是时景后半辈子想起父亲时对自己唯一的注解。

父亲去世后紧接着就是高考，时景甚至没有过多的时间放纵情绪的陷落。高考结束后，又马不停蹄地操持后事，停灵、火化、填报高考志愿、下葬……追悼会。他自始至终不敢看母亲，因为觉得羞愧；更不敢在人前展露软弱的模样，因为没资格。

他就这样麻木地跟着走完所有流程，直到回到姑姑家那晚，把门一关。

就是那一秒钟，他感觉所有的力气都被抽空了。

身体变得沉重而倦怠，没有食欲也没有睡意，把窗帘拉得严严实实，时景躺在床上，充满血丝的双眸望着一片漆黑的天花板，脑海里一遍遍自虐般回忆过去，给自己上刑。

又不知过了多久，门外传来奶奶的哭声和爷爷的劝慰声。

两位老人晚年丧子，比起他痛苦只多不少。时景本该起身去开门的，可不知为什么，也许是躺了太久不动的缘故，他的指尖颤了颤，大脑却没能顺利地指挥身体做出反应。

“小景，一切都会好的。随着时间过去，所有痛苦都会变淡，你想想爷爷奶奶，想想其他值得你留恋的人和事，别把自己关在房间里。要是不想去长沙，咱们就再复读一年，清华也好，北大也罢，跟你喜欢的那个昆明女孩儿上同一所学校也好，你想做什么就做什么，只要打起精神来，一切都会往好的方向发展……”

那些话里，不知哪一句触动了他。

生命中所有重要的人渐次在眼前闪过，时间最后定格在十六岁那年，余葵费力地骑车载着他，满头大汗地回头看向他，脸上带着腼腆愧疚的笑容。

他像一艘迷失航向的、被凿破的船，在下沉深海的过程里，总算抛出求生的绳索，抓住了最后的希望。

门终于被打开。

少年昳丽的面孔憔悴惨白，下颌消瘦，唇瓣因脱水而干裂。他抿唇，费力地弯腰，指尖拾起柜子上的录取通知书，伸手将老人搀起来，声音嘶哑道：“奶奶，别哭了。我去长沙，我还有很多事没做完，我会好好的。”

他不知在向谁承诺，又像在对自己说。

时景算是半个大院子弟，却从未想过要参军。

他天生棱角太过，崇尚自由，不愿被拘束，然而军校纪律严明，令行禁止，磨人个性，连每日上课吃饭都必须在集中点名后列队进行。

用队长的话讲，军队需要集体主义精神，打穿上军装那一刻起，他们就算是龙也得盘起来，就算是虎也得卧在地上，服从命令是军人的天职，奉献是他们一生的使命。

十几年的天性想在一朝一夕间强行掰正，势必是一番痛苦的拉锯和改造。

入学的前三个月新训，时景全程是麻木的。体训、长跑、拉练、夜间隔三岔五地紧急集合……身体上的疲惫暂时麻痹了神经，他内耗的时间少了一些。

偶尔熄灯号响过后，闭上眼睛睡着之前，他会尽量控制自己，不要再在脑海里重演那段从 ICU 到殡仪馆的黑暗日子，只是一个劲地回想开学当晚跟余葵的通话，用美好的记忆覆盖痛苦。

真好，她没有怪他一声不响地断联，也没有怪他失信改了志愿。

父亲去世后的大多时间，面对急转直下的人生，时景仿佛活在真空般的玻璃罩里，倦怠且自闭，只有电话接通的时候才能恢复些许对世界的感知能力。

余葵轻声细语地安慰他，就像从前一样与他分享自己的生活琐事。她的温柔洒脱像静谧的光源，有着致命的吸引力，不偏不倚地把光从电话的那端透过来，也能让他感受到快乐。

隔着电话，他伪装隐藏，仿佛自己仍像过往那般骄傲从容、无所不能。但他心里清楚极了，他的人生已然发生了翻天覆地的改变。

这是一份畸形且不健康的爱恋。无论他怎样克制，都无法粉饰自己把暗恋的人当作救命稻草的事实。他打心底觉得自己腐朽不堪，不配被这样耐心对待，但又本能地、贪婪地想要抓紧希望。

他对她有了无限的耐性。

新训结束，每周领回手机，时景都在第一时间阅读余葵的留言，逐字逐句地回复后再给她打电话。

他偶尔患得患失，偶尔紧张心动，但毫无疑问，所有跟她共度的时间里，他的精神状态会前所未有地稳定，甚至开心到亢奋。在跟她交流的过程中，时景重新体验到了正常人的喜怒哀乐，将坍塌成废墟的内心一点点重建。

军校的生活忙碌紧凑。

时景努力地维护着这段朋友式的情谊。他不能越雷池，唯恐她被自己的情绪殃及，更不能疏远她，因为他贪恋这份温暖。

他不要余葵心怀怜悯地爱他，得自己重塑起无坚不摧的意志，光明正大地走回她的面前。

可惜所有的计划，都在余葵删除他这天戛然而止。

她的号码起初是忙线，后来是停机。

他翻来覆去地查看两人过往的消息记录，想要从中找到她突然厌恶这段关系的端倪，最终答案都指向同样的结果——余葵厌倦了。

相隔数千里，两人仅有的联系都在对话框里，这更像是他单方面的情绪索取。她是他的精神寄托、情感依赖，但他不能给予她陪伴，甚至渴望从余葵那里获取这些珍贵的东西。

1 月 30 号，就在从大排档返校的路上，同寝的几个人已经发现了时景的不对劲。

平日温雅谦和的校草室友时景，双手捧着手机，视线冷漠空洞，像是一尊俊美的雕塑，阴晦无声地僵坐在车子最后一排的角落里。

时景表面平静，实则像极了一锅寂静无声的滚油，仿佛只需零星的变量，下一秒便能炸开。

贺丘试探着问："班长……你怎么了？"

没得到对方的回应，他悄悄地探过脑袋，用余光偷瞄好兄弟手机屏幕上的对话框。

两人上次联系，还是大半个月前。

时景告诉对方："小葵，学校寒假集训，暂时不知道结束时间，接下来几周可能没法儿及时回你消息了。"

女孩儿显然不太高兴："啊？又拉练！"

贺丘记得，就这么一条消息，还是时景管指导员借了手机，在上车前发过去的，只来得及匆匆道了声歉，便又重新把指导员的手机交还。

结束集训一回来，两个小时前，时景才领到手机便通报自己的行程，告诉那个叫小葵的女生，他结束了集训，在和同学们吃晚饭。

这条时隔三周的消息，不知是刺激还是提醒了对方。时景等不到回复，再次给对方发出消息时，界面上出现无情的提示："对方已不是你的好友。"

她真下得去手啊！贺丘收回视线，心中只剩这一个想法。

世上竟然还有人舍得删除时景，像他这种人品好、能力强悍、俊美无匹的完美男神，竟有人能把他弄到失魂落魄、求而不得，贺丘真心钦佩对方是个狠人！

车子离学校越来越近，路过地铁站时，时景突然毫无征兆地朝驾驶座上的人开口："师傅，麻烦靠边停车！"

"怎么了？"

车上几个人纷纷回头："忘买东西啦？"

"我要回北京。"

"现在？"

所有人都瞪圆眼睛，面面相觑，没人敢信这竟然是从时景的嘴巴里讲出来的话。

“现在回北京干吗？不是过几天就放寒假了吗？”

“私自离校和逾假不归都是要记处分的，严重点儿要被退学的！”

…………

贺丘也难以置信：“不是吧，班长，就因为女朋友拉黑你？事情闹大了，能影响你一辈子。等几天有那么难？你这么帅的男人还缺女朋友吗？”

时景不管这些，焦虑症状发作，心悸到难以喘息，浑身冒冷汗，恐惧和过往的记忆如千军万马般向他袭来。他不能让自己重新陷进去，付出代价是之后的事，在那之前，他必须保证自己能先活下来。

时景是在机场大厅入口处被指导员逮回去的。

几个学员钳着他的手脚，四仰八叉地把他往吉普车上一扔，在几个小时的假条时间结束之前，让他顺利返校归队。

“时景啊时景，我就想不明白了，你这么优秀的一个人，居然犯这种大忌！你知道不假外出、逃离学校是什么后果吗？这是铁打的纪律！如果我今天没把你逮回来，不管你在学校表现多出色，谁都保不了你！部队不需要一个无组织、无纪律的兵！”指导员的肺都要被气炸了，“你这算什么班长？给所有人带了一个坏头，影响恶劣！我看你今晚不用睡了，去操场上跑到你脑子冷静为止！”

熄灯号响过，时景不在的315寝室一片寂静。黑暗中，有人开口问：“贺丘，你说班长的女朋友把他拉黑了？怎么回事？”

“我怎么知道怎么回事？”贺丘无语，“我就凑过去扫了一眼，瞅见他们俩的消息页面了。”他把手枕在脑下，揣测，“估计人家觉得跟军校学员异地恋没劲吧，跟养了个常年不在线的电子宠物似的。我估摸着不是感情淡了就是被挖墙脚了，咱们打新训开始，一学期都分多少对了，不都是这点儿原因吗？看不见，摸不着，你长得再帅，也没有陪在身边的人管用。”

这话勾起了大家的伤心事。

有人感叹：“唉，正常的异地恋都坚持不住，咱这手机都不让用的异地恋就更没戏了。别人分手痛哭流涕我可以理解，我就是没想到班长这么冷静理智的人，居然也是恋爱脑。”

“对啊，前程都不顾了，跟疯了似的，说回北京就要回北京。”

“刚开学那会儿，我心想这哥们儿长这样，手机里估计一堆大美女的号码呢。可惜了，他这么专情，那女生真是瞎了眼。”

话题歪着歪着，就歪到了校草铁石心肠的前女友身上。

“听说对方是清华的，难怪这么聪明有手段。”

“你从哪儿听说的？”

“之前学校发东西，班长寄包裹的时候，我偷偷瞄见的……对了，你们想看照片吗？我知道他藏在哪儿。”

“可以啊远坤！”

“强烈谴责！这种好东西，你竟然没有第一时间跟兄弟分享！”

电筒亮起来，枕巾蒙住多余的光线，乔远坤偷偷摸摸地起身，伸手在时景的床架下方摸索，奇怪地嘟囔：“我记得他之前就放这儿啊……”

摸了半晌，他总算抽出一个盒子，打开之后里面是本相册，还有本日记。一整宿舍人围作一圈，借着电筒微弱的灯光欣赏。

贺丘“啧啧”称赞：“果然是美女，可以封个清华校花了，清纯又精致，真有灵性。看着她的脸，我感觉都能原谅她劈腿了。”

“这俩人是高中同班同学，初恋啊，难怪呢。”

“时景真人不露相啊！看起来高高在上、仪表堂堂，谁能想到是个痴汉，偷存了人家那么多照片。手机都上交了，还专门打印成相册，晚上睡不着觉，就是躲在被窝里睹物思人吧。”

…………

这样的行为自然被时景发现了。

第二天凌晨，起床号还没响，上铺的乔远坤刚睁眼就被眼前幽幽的人影吓了个肝胆俱裂。

“班长，指导员罚你了吗？你什么时候回来的？吓得我魂都飞了。”

“我的照片，是你动了吧？”时景的状态显然不大正常，他的眼睛里布着红血丝，额发在滴水，看不出是流的汗还是刚洗过澡，昳丽的脸阴郁晦涩，整个人的气质中都泛着一股说不上来的疯劲。

乔远坤心里“咯噔”一下，他彻底清醒了，来不及想时景是怎么发现的，利索地爬起来认错：“我动的，我有罪。全寝室的人都看了，班长，要揍的话，每人平摊两拳。”

时景当然不可能听他的，拳头最终没有平摊。第二天就是散打强化训练，时景打着练习的幌子，名为切磋实为泄愤。乔远坤觉得自己仿佛在面对一台没有感情的武力输出机器，拳风迅疾，拳拳到肉。

他独自承受了太多——

班长被女朋友删号的痛苦、因告密被逮回来的怒火、室友的鄙视，以及……乔远坤身上的瘀青直到话剧表演那天还未消尽。

他作为一个穿裙子的反串女角，登台前，编导师姐不得已往他露出来的胳膊上抹了两斤厚的泥子粉遮掩瘀痕。

挨了这么一顿揍，哪怕时景那张脸俊美得像太阳神，乔远坤也吻不下去了，看见他就肌肉痉挛，肚子生疼，哪里还演得出饱含爱意的样子？

话剧登台，演到离别那幕，他磨着后槽牙，捧着时景毫无表情的脸，当着首长的面，也不管台下嘘声一片，借位胡乱亲了自己的大拇指了事。

这口气一憋多年，直到时景婚礼当天，他才从新娘口中得知自己偷看的破绽出在哪儿——

"他就为这个揍你啊？"余葵戴着蕾丝白手套，手拎婚纱的裙摆，在婚礼入场前听乔远坤讲起这桩旧闻，笑得前仰后合，"时景在相册的第一页夹了根鹅绒枕头的羽毛做记号，羽毛一掉，他肯定猜着了。"

这些当然都是后话。

无论2016年的时景如何焦躁绝望，余葵再也没有通过他的好友申请，再也没回过他一通电话，逢年过节所有装作群发的短信全部都石沉大海，失去音信。

十五天寒假，余葵所在的清华宿舍楼下面对宋定初退缩的那一次，成了时景一辈子的遗憾。

他厌世、暴躁，但每每想起世上曾有人这么拉过他一把，哪怕她不愿再理他，爱意还是回笼，顽固地在胸口盘踞。

事实上，失魂落魄地从清华园回家的那天，时景凌晨4点才入睡，做了一个梦。

过往如走马灯一般在他的脑海中涌现。梦境深处，余葵坐在家乡开往昆明的绿皮火车上，火车"哐当哐当"地响，阳光从窗外斜照进来，她穿了件鹅黄色的卫衣，将黑发别到耳后，安静地捧着漫画的侧脸显得格外美丽安详。

似是感知到某处的视线，少女摘下耳机从窗边看过来，大眼睛弯成月牙，盛满笑意。

那一刻，他用自己的灵魂抵押立誓，与远方的神明交换承诺。如果他能成功迈过这道坎，从黑洞里爬出来，与世界重新建立联系，重塑坚不可摧的意志，命运便给他最后一次得偿所愿的机会。

天亮清醒时，时景恍惚意识到——他从未乘过那样老旧的绿皮火车。

然而，当在搜索引擎里查询当年成昆线的慢车途经站点时，他竟真的查到了紧挨余葵家乡的那一站。空荡荡的站台上，站牌上写的三个字赫然与梦境中的重合——泽润里。

那是命运给过他最神奇的提示。

从 2021 年回首，时景已经无从确认哪条路走向余葵更近，唯一能确定的，是他确实攥着那点儿希冀的火苗，在沉浮煎熬中挣扎自救，用日复一日枯燥的训练和学习将虚无的光阴填满，坚持爬上了岸。

所幸上天践诺，以结局告慰了他所有的执拗顽固。

余葵在清华不算是个低调的学生。

第一年考试挂科后，大二跟着学弟学妹们上了一阵子课，她被一个疯狂的公子哥儿缠上了。

起初只是表白墙的动态里出现了一张余葵的照片。

余葵那天只穿了简单的白 T 恤和牛仔裤，短发因踩点爬起来赶课而凌乱地翘着，不知何时被人从侧后方拍了个不修边幅的侧颜。

表白墙配上了投稿的截图——

“墙总，这学期的课快上完了，鼓起勇气捞人。

“妹子真的太可爱了，是我 7 点半起床洗澡吹头，从不迟到、从不缺席的动力。喜欢她每堂课都狼狈地踩点进门，带着大杯浓缩美式，永远抢不到教室前排座位，苦大仇深奋笔疾书的样子。

“匿了。麻烦万能的校友，求妹子的联系方式，急，在线等。”

评论区热闹非凡。

JOJO7788：“羡慕了，年轻就是好啊，竟然还有那么多头发。”

锦治：“下次赶课不洗头了，学妹哪个院的，用的什么洗发水？蓬松的睡醒头真显脸小，果然美女不修边幅也有美感。”

Bill：“背景板没人权吗？稿主捞人就捞人，往美女隔壁的人脸上糊那么丑的马赛克是什么意思？（利益相关：被糊的就是本人，信院 2016 级，身高一米八以上，这门课学的是数据结构，有小姐姐的联系方式的话同求，自行车后座上还缺个女朋友。）”

单挑 18 个：“长得有种不太聪明的好看，眼睛里写满慢半拍的蠢萌，目测是美院蹭课的。”

一只白鹭向青天：“哈哈哈，楼上猜得对，美院小班授课遇到过两次，妹子的绘画技术非常厉害，绝对是个大佬。”

…………

等余葵的室友刷到这条捞人动态时，时间已经过去了两周。

她回头看看台灯下正伏案画美院作业的余葵，指尖放大屏幕上偷拍的照片对比，小声嘟囔：“你别说，还真像。”

余葵没听清，懵懂地摘下耳机：“像什么？”

室友递过手机：“表白墙上有人拍你，评论区都猜你是美院的，要不我现在开号上去替你澄清一下？”

“难怪这周老是有陌生好友申请。”余葵凑过去看了两眼，漠不关心地趴回手绘板上涂色，“费这劲干吗？反正我修美双，美院就美院吧。”

熄灯后，寝室开起夜谈会。

清华的挂科率居高不下，期末考临近，人人心里的弦都骤然绷紧，考前不是在图书馆刷夜，就是在肯德基里自习。舍友们好不容易凑齐一晚，熄灯后整整齐齐地躺在宿舍里，为了解压，聊起了各自的初恋。

下床的室友充满好奇地问：“小葵，我发觉你好像真的没有要在大学谈恋爱的打算，衣柜里的衣服比我读高中的妹妹的还朴素。大一那会儿，你不是还跟我一起逛街买过裙子吗？当时跟你聊天儿的高中同学，是你喜欢的人吗？”

余葵迷迷糊糊地听见有人问起时景，神经还没从浅层的睡眠中苏醒，眼泪已经不自觉地从闭着的眼睛里溢出，浸湿了枕巾。她轻轻翻了个身。

“嗯。”她承认后，又打补丁，“以前是，现在我不要再喜欢他了。”

“为什么？”

哪怕时间已经过去一年，余葵再想到从长沙返回北京的那个寒冷的冬夜，心口仍然忍不住生出寒意。

她用一种冷静到近乎讥讽的口吻挖苦自己：“为了他上清华，结果他没来。千里迢迢地去表白，结果目睹他跟女朋友接吻。偷窥情敌的微博，被他们俩同居的恩爱日常秀到吐血，够惨吧？”

寝室里彻底没声了。

半晌，下床的舍友安慰道：“小葵，你这样的美女，何苦要在垃圾堆里选暗恋对象？天涯何处无芳草，今晚我在表白墙评论区一替你发声，好几个帅哥就曲线救国地来加我的微信。要不我把照片发给你看看，你瞧哪个顺眼，挑出来试着跟人吃顿饭呗？”

虽然跟时景是没未来了，不过听室友同仇敌忾，说他是从垃圾堆里选出来的，余葵还是有点儿不得劲，小声解释：“其实他挺好的，长得帅，个子高，唯一的缺点就是不喜欢我。”

室友：“再帅他还能比得上那几个顶流男星？没有‘天涯四美’的脸蛋儿，不值得你做‘舔狗’。”

“呃……”余葵话到嘴边，忍了片刻，还是说，“他有。”

“没图没真相，我不信！除非你把照片给我看。”

这该死的胜负欲。

本该黯然神伤的夜晚，话题一转，事情莫名其妙地发展到了难以挽回的方向。余葵擦干眼泪，从枕头底下摸出手机，指尖“噼里啪啦”地在搜索引擎里输入关键词。

“我把刚刚的话收回来吧。”十分钟后，室友拍了拍她的肩膀鼓励道，“我就不信他们大学四年不分手。勇敢点儿小葵，谁能拒绝你这么可爱的女生？你多打听着点儿，等他下次恢复单身，不用走心，你直接生扑就行，别再错过机会了。”

“对了，照片还有吗？”

“除了证件照，有没有校服照、生活照什么的？”

“哎，哎，别翻走啊！这张多帅，哥哥的鼻梁简直可以滑滑梯！”

…………

几个女生眼睛发亮，聚在余葵的蚊帐里，敦促她“爬楼”，一张张地寻找时景的个人贴吧里的旧照。临考前的紧张氛围，被这晚帅哥的盛世美颜品鉴会一扫而空。

初次认识的滤镜太过美好，哪怕后来的学弟请客、送包贿赂，也没能收买几位室友的心。

黎朗据说是在表白墙上认识的余葵，被她天然去雕饰的清纯面孔击中了心脏。学期末剩下的几堂数据结构课，他一堂不落，堂堂准时到达，坐在余葵身旁蹭课。

“对不起。”余葵无奈婉拒，“您能不要和我说话吗？我这门课已经挂过一次了，不想再挂第二次。”

“行，你让我坐远点儿，我就坐远点儿。”男孩儿挪开一个座位，“谁让我不忍心惹你生气呢？”

“我有喜欢的人了。”余葵强调。

黎朗眯起眼睛微笑。

“我知道啊，不就是那个辜负你的初恋吗？他能有我喜欢你吗？我对你的心天地昭昭，日月可鉴，你要是答应做我的女朋友，我保证这是你一生做过的最正确的决定。”

余葵吐出一口气，扔开笔，不留情面地戳穿他：“那些三个月被你送包分手的前女友，你对她们每个人都说过相同的话吧。”

“你关注我！”黎朗笑得更深了，小虎牙都露了出来，“这句话我只对你讲过。学姐，我是认真的，你是我迄今遇到的最合眼缘的女孩子，我对你一见钟情。”

“我对你没有感情。”余葵低头写字，“我室友说你是航院的，说你给她们每人送了一个名牌包，还说你入校以来谈过的女朋友能组个啦啦队了。真希望你能及时止损，停止这种没有意义的败家行为。你不是我喜欢的类型，我喜欢高冷型的。”

“啦啦队也太夸张了，小姐姐们可真不讲义气，说好的不提这个……不过我对天起誓，从幼儿园到今天绝对没有超过一支足球队。你要是喜欢高冷的男生，我现在也来得及往你喜欢的方向改。”

余葵匪夷所思地抬头，打量他两秒钟后，认真地说：“你改不了。”

黎朗嬉皮笑脸的模样，一瞧就是这辈子没受过挫。

女生越拒绝，他越来劲，余葵参加围棋社，他也参加围棋社，还请社员们吃日料。余葵去图书馆，他也雷打不动地到她常待的区域报到，甚至跟隔壁金融系的宋定初都能称兄道弟，有说有笑……

按说这么一个极度有存在感的人，余葵不该忘记他。可直到毕业前某天，瞧见舍友收拾行李，把压箱底的 miumiu（缪缪）包放在床头时，众人才猛地从记忆中扒出这号人——不知道从什么时候开始，黎朗悄无声息地放弃了他死缠烂打的金钱攻势。

“果然是花花公子，追的时候声势浩荡，一个月就歇菜了。”

“你说黎朗啊？”寝室长接话，“我知道他为什么歇菜。他不是好奇小葵的暗恋对象吗？大二有一天在食堂吃饭，我就把小葵的暗恋对象的照片从贴吧里翻出来给他看看。他当时跟见鬼似的，饭没吃完就走了，打那以后就没来过咱们信院，估计是自惭形秽吧。”

真相当然并非如此。余葵也是结婚当天，才在自己的婚礼上重新见到了这位昔日的追求者。

当着时景的面，她刚要开口打声招呼，黎朗一个劲地求饶般给她使眼色。

时景抬手喊他过来，给余葵介绍。

黎朗当即装作不认识的模样，热情地上前握手寒暄：“哟，表嫂呀！听说咱们还是清华校友，这可真是缘分，那句话怎么说来着？不是一家人，不进一家门……”

余葵这下咂摸出味道来了，敬酒结束后，转过身跟时景嘀咕：“他看起来好像挺怕你的。”

“可能吧。”时景饮酒后，眼睛黑得惊人，指尖慢条斯理地整理着风纪扣，“他小时候性子霸道，喜欢抢我的东西，把书房里的模型砸得稀烂，被我教育过两次。”

余葵好奇：“你都怎么教育的？”

“绑在家门口的树上揍一顿。”

余葵：“这么凶残！他回家不告状吗？”

时景：“当然会。他告完，我爸揍我，我继续揍他，他被吓尿两回裤子。养成条件反射之后，我一抬胳膊，他就知道该规矩地把我的东西放下。”

原来如此……

余葵就是从这时开始坚信上天待她不薄，实在给了她太多次和时景重逢的缘分和机会。想想看，北京那么大，她竟然也能在清华园里和时景的表弟产生交集。

而时景本人大概率永远不会知道，他童年的积威在不知不觉间，兵不血刃地替自己解决了一个可恶的情敌。

《惠风少女》上市次年，再版三回，登上了图书网站畅销金榜。

数家业内赫赫有名的图书出版公司辗转加上余葵的微信，问她新作的计划，以及有没有意向给这部作品画第三部，预约合作。

余葵忙着筹备婚礼，头都大了，好长一段时间连工作微信也不敢再登录。

她试婚纱当天，时景还在学校里准备博士论文，她只能约上正在休假的陶桃一起上婚纱店。

从北影毕业后，陶桃当了好长一段时间的龙套演员，去年在一部大热的仙侠剧里，走运演了个女 N 号，现在也属于上街偶尔会被路人认出的十八线演员，需要戴墨镜了。

试衣间内，她一边给余葵的裙子绑系带，一边感慨：“一眨眼，谢梦行结婚了，你也领证了，咱（9）班当年的三剑客，就我还孑然一身，孤苦伶仃。”

余葵安慰她：“你的梦想是荧幕嘛，结婚太早粉丝会心碎的。”

主纱试到最后一套，余葵总算遇到了最惊艳的。她举起手机“咔嚓咔嚓”拍了两张照，一股脑儿地给时景传了过去。

照片里，她肩背纤薄，锁骨线条平直，肌肤雪白。

纱裙像小时候看的动画片里那样梦幻，大摆裙间有手工缀珠，带着冰河般粼粼的冷光。

她这些日子为了婚礼，把头发稍微蓄长了一些，刚好够盘起来，戴上头纱和手套以后，从小到大就没怎么注重过打扮的余葵差点儿被自己美哭。

陶桃替她调整着头纱角度，同样赞不绝口：“答应我，就这套！真美啊，穿上以后，连时景都配不上你了。”

她说到这儿才想起来：“话说结婚以后，你会随军吗？”

余葵认真想了想，说：“应该不会吧，时景说在家属院里进出不方便，还不能随意点外卖。”

“难不成你们俩要异地恋吗？那得多苦啊！”

余葵歪头打量着镜子里的自己。

“等他结束博士答辩，应该会被分配到北京的单位。时景说，如果过些年往别的地方调，就在驻地城市买个房子，我待在北京也行，过去住也行，省得在家属院里头走动不自由。”

陶桃羡慕哭了：“高中的时候谁能想到，景神竟然是这种绝版好男人。小葵，你可真幸运，不仅少女时代的暗恋成真了，还是双向奔赴，偶像剧都没你们俩的剧本精彩，从校园到婚纱，顺顺利利地把人生大事解决了。”

“其实，也没那么顺利。”

婚纱好看是好看，就是穿在身上太重了，让人既不能蹲也不能坐。在店员量好精确的尺寸后，余葵解开系带，换回自己的衣服，才接着往下说：“我上周不是跟我婆婆住了几天吗？时景不在，我就住在他的卧室里。准备回来的那天早上，家里没人，我就想着走前帮忙打扫一下卫生，结果在他的床垫底下的抽屉里，发现了一堆过期的抗抑郁药物。”

陶桃怔了几秒钟后摇头：“或许是别人的药呢？时景的人生已经这么完美了，他怎么可能吃这个？”

“你瞧，也许就因为大家都是这么想的，所以他才越要表现出符合大众印象的样子。”

余葵坐在地板上系鞋带，安静地垂眸叙述：“时景不是那种痛苦了会喊叫的人，他把所有的事情都藏在心里，独自消化。我看了那个药的生产时间，保质期大概就在咱们刚进大学那两年。他过得这么苦，跟我聊天儿的时候，竟然一点儿也没在我面前表露。我真的好后悔删除他好友，他一个人走到今天，该有多难啊……”

她每每思及此，自责都几乎化成泪水流出来。

好在一切都过去了。

陶桃想了半晌，还没来得及劝出口，换完衣服的余葵已经满血复活，低头看表。

1 点 40 分，这个时间段，手机应该在时景手里。迟迟没等到婚纱的反馈，她唇角上翘，往键盘上打了一堆字，夺命连环追问。

陶桃无语地望向天花板——又是为别人的爱情潸然泪下的一天，受伤的只有她这个“单身狗”而已

6 月的长沙，绿意盎然，蝉声扰人。

大阶梯教室里，座谈会还没开始，台下的研究生已经坐得整整齐齐。

时景在提前帮助导师准备座谈会课件。

电脑刚连接上显示屏和网络，他转过头跟师弟交代了两句流程和内容，师弟点着头退后，然后往多媒体上靠，不知怎的误触到鼠标，对话窗口便弹了出来。

小葵：“婚纱不好看吗？”

小葵：“快选呀，哪一套？”

小葵：“你怎么不夸我？景哥哥，你老婆试婚纱你都不回复。”

小葵：“呜呜呜，你是不是已经厌倦了，有了别的葵宝儿？！”

投屏上，他老婆穿着不同款式的婚纱和晶钻细跟鞋，对着镜子歪头自拍的图片一张张从对话框里闪过。

时景意识到台下声音不对，回过头时，已经来不及了。

整个系的师弟都已经看到了他老婆犯傻，他又好笑又无奈，忙关掉对话框，把数据线和投屏分开。

碰到鼠标的师弟忙着道歉，台下的师弟忙着起哄。

“景哥哥，嫂子问你婚纱式样呢！”

“选蕾丝，蕾丝的最好看……”

“真是人比人气死人，师兄看起来这么高冷，竟然‘英年早婚’，不仅科研做得好，媳妇儿也没落下，尤其嫂子还这么可爱。”

“叫什么媳妇儿？人家师兄管他老婆叫葵宝儿。”

…………

自这天起，时景在学校里走到哪儿，认识的人的调侃就跟到哪儿，就连他德高望重、头发花白的院士导师，都知道了他老婆的小名叫葵宝儿。

余葵生来脸皮薄，让她知道这事，怕是得羞愤得撞墙，时景只能独自承受了。

只是天底下没有不透风的墙。

时景的博士毕业典礼和授衔仪式，做老婆的自然不能缺席，余葵画完最新的一话漫画，迫不及待地将稿件交给编辑校对后，便提前一天坐飞机抵达了长沙。

当晚，她第一次迈入国防科大的校园。

时景在这个度过了他人生近四分之一时间的地方，跟余葵并肩闲逛。

高大参天的乔木遮天蔽日，林荫道上落着零星叶片，年代久远的两层小楼缀在其间，风景优美，空气清新。

路过的穿军装的学员，无论去食堂还是教室，两人成行三人成列，在大马路上也齐步走，余葵看得眼直：“你们学校都这样？”

时景点头：“违反纪律被纠察员逮到，会被往本子上记名字。”

余葵从小最怕这招，吓得立刻跟他拉开两米距离：“那我们刚才这样手牵手，也会被纠察员逮到吗？”

“嗯。”他点头，故意吓唬完她，又不疾不徐地捧起她的脸，俯身在她的唇畔磕也似的吻了一下，而后总算满足地喟然长叹，“你总算来了，小葵，我好想你。”

余葵一脸“别挨我”的样子，紧张地把人推开，跟间谍似的四面环顾，到处找纠察员：“你胆怎么这么肥呢？万一被发现，别人记你的名字怎么办？”

“我现在没穿军装。更何况，咱们是合法夫妻。”时景被她逗笑了，放松地伸展了一下胳膊，“都要毕业了，抓到就抓到吧，大不了我就跟他们认真反省、承认错误：对不起，我不该在学校里吻我老婆。”

博士学位授予仪式就在第二天。

偌大的体育场馆正中央，校长亲自为时景的博士帽拨穗。

宽大庄严的袍子不掩时景挺拔颀长的身姿，作为代表，他留在台上发言，说话咬字标准而清晰，带着天生的性感，声音被话筒的扩音器传遍体育场馆的每一个角落。

周边的场景分明都变了，然而余葵站在看台上，远远注视着大屏上的时景，恍惚中有一种回到十六岁的错觉。他的脸没变，但气质里多了几分沉淀后的稳重内敛。

少年时代的时景站在附中的国旗下演讲时，也曾如今天一样意气风发，备受瞩目。

不知为何，她突然心潮澎湃，莫名其妙的感动和兴奋浮上胸口，鼻尖酸涩得想哭，却又觉得与荣有焉。

这就是她爱的人呢，无论把他扔进怎样的环境里，他都能咬着牙披荆斩棘，最终站上最耀眼的高点。

人说少年时代不能遇见太惊艳的人，可余葵正因为遇到过，才知道人应当活成什么样——不要麻木，不要平庸，哪怕黑暗蔽日，也得拼尽全力从尘埃中爬起来闪闪发光。

四饼说她的气质和时景越来越像大抵就是这个意思吧，分别的那些年里，她自律专注，读了很多书，修了双学位，生活被忙碌填满，没有虚度太多的光阴。

无法否认，她就是不知不觉地在朝时景的样子靠近。或许伴侣的意义也在于此，双方正向积极的影响，让他们彼此都变得更强大。

学员的家属们在校园内不能随意掏出手机拍照，但在仪式结束后的体育馆内总算可以放开，让大家合影留念。

"这好像还是第一次只有我们俩入镜自拍。"

余葵感慨着打开手机摄像头，然后遗憾地发现，由于她胳膊不够长以及时景个子太高，但凡她全脸入镜，他便只能被拍到一个精致的下颌。

她高举手机，拍照拍得手腕酸痛，见时景还在跟旁边的师弟说话，有点儿恼羞成怒："不拍了！你长这么高，咱俩都拍不到一个镜头里。"

"我来。"时景没有废话，接过手机，右手揽着余葵的腰，把她整个人举到跟自己同样的高度，"这样行了吧？"

以往的他拍合照，摄影师都会把他拍得玉树临风，却只记录她的青涩傻气。微博粉丝老说他们女才郎貌，所以余葵这次特地化了全妆，卷了头发，耳坠随着她的动作摇曳，宝蓝色的裙子显得她整个人珠光宝气、高冷美丽。镜头里看起来，他们总算是对颜值势均力敌的夫妻了。

双脚离地后，余葵悬空适应了一下，开始指挥："机身抬高，竖起来……摄像头往后偏，对，就这样，可以拍了。"

闪光灯闪过后，她又懊恼地怪罪时景：“哎呀！我说拍摄，你怎么偏卡在我眨眼睛的时候点下去？”

边上一群硕士生环臂，看得“啧啧”称奇，望向余葵的眼神只剩钦佩之色。

“嫂子厉害啊，能把这么一个不食人间烟火的男人变成‘妻宝男’。”

“这算什么？师兄的本子上、课本上、电脑壳上……都有他老婆的漫画涂鸦。上回政委来教研室抽查，拍摄宣传素材，把他训了一顿，以他为耻，他却反以为豪，还问政委——难道画得不好看吗？”

“初恋都这么甜到掉牙的吗？”

“可不？人活得越长，心动的成本就随着年龄翻倍增长，我都有点儿后悔高中没谈场恋爱了。”

中间的师弟怅然答完，叹了口气。

“上个月葵宝儿感冒引发肺炎，在医院住了几天院，你不知道那段时间，我们教研室那个氛围啊，咳嗽都不敢出声，景师兄完全就是一个低气压的恐怖状态。直到她在北京舒服点儿，打电话过来说出院了，我们才敢大喘气。我觉得师兄跟他老婆大概就属于那种，在彼此构建世界观的阶段就出现在对方的生命里的人，对彼此的人生的参与程度太深，有分离焦虑，想扯开他们都很难。”

余葵拍到了满意的照片，而后被时景领着介绍给他的师弟、朋友们认识。

令她奇怪的是，虽然从未谋面，但大家都仿佛认识她一般，并且一致亲切地叫她：“葵宝儿。”

余葵大骇，背过身压低声问：“怎么回事啊，你让他们叫的吗？哪儿有老公教外人叫自己老婆‘宝儿’的？”

时景无奈地自辩：“这是你教的呀。”

“胡说！我都没见过他们，怎么教？”

男人用着不带丝毫感情起伏的优雅声音复述道：“呜呜呜，你是不是已经厌倦了，有了别的葵宝儿——”说完，他摊手，“就这句，我那天在开座谈会，大家从投屏上看见了。”

余葵愣在原地，脸青一阵白一阵地回忆半晌，才想起来捂脸，不肯再往下拿。她怀揣最后的希望，从指缝里露出眼睛试探：“座谈会人多吗？有多少人看见？”

时景：“这不重要，反正认识我的人基本传遍了。”

“对不起。”余葵深感愧疚，“都怪我连累了你，咱俩算是一起‘社死’了。”

时景沉吟：“也算‘死得其所’。”

余葵：“啊？”

时景：“导师说葵宝儿这名字挺好的，一听就是个幸运孩子，给他们家刚出生的孙女也起了这个小名。为报答你的名字，他会给咱们做证婚人。”

院士导师亲自给时景做证婚人，这排面算是弟子当中头一份儿。掂量两下分量，余葵被说服了——好吧，这脸总算没有白丢。

余葵觉得婚礼凑合凑合就行了，反正时景都已经是她的丈夫，仪式办成什么样不重要。可惜这个想法一经提出，就遭到了婆家全票否决。

首先是时景的姑姑，她认为家里对侄子亏欠太多、关注太少，一辈子一次的婚礼，非要隆重地替他操持。时景的奶奶也拿出压箱底的宝贝，往余葵的脖子上戴了条光滑圆润、色泽均匀的珍珠项链。

酒店化妆间内，两位伴娘陈钦怡和陶桃看得口水都快流到余葵的婚纱上了，借着灯光看了又看：“葵葵啊，你嫁的这大户人家，对媳妇真够大方的！又是房产添名字，又是给珠宝项链。”

“奶奶说，项链是她婆婆给她的。”余葵把它摘下来，递给她们看，“婚礼结束还是还给她吧，沉甸甸的，戴一会儿脖子就酸了。”

她刚说完，两对大白眼朝她扔了过来：“有的戴你就偷着乐吧！”

小时候的经历，让余葵从来不敢把未来的人生畅想得太好，以免得不到又失望。坦白说，从那年删除时景的好友，不再畅想与他的未来之后，她从没想过自己能这么早就踏入婚礼殿堂。

《婚礼进行曲》响起，宴厅的灯光大亮，大门敞开，余葵扶着父亲的手，一步、两步……她抬眸望去，在红毯尽头那唯一的光源里，瞧见了她俊朗无双的丈夫。

他穿着军装转身，阔步朝她迎来。正如那年她在机场初见他的第一眼，他眉目俊朗，惊心动魄。

这一次，余葵终于对上了那双眼睛。少年视线滚烫，黑亮的眼眸中映出她的身影，又在折射的灯光里浸透水光。

番外二

宇宙时间

时景的人生规划像他的腹肌马甲线一样明晰。

因在博士后期间参与的一项科研项目取得重大突破，他被破格留校提拔为校史上最年轻的副教授，除去完成原本的研究任务，也得分出精力来带学生了。余葵年纪轻轻就晋了辈分，每每在路上被一群军校生嗓门儿洪亮地喊“师母”，还是要被吓一跳。

待在长沙七年，她在国科大教职园区不远处的写字楼里买了间工作室。她当年的助手从北京跟来，如今已在本地结婚安家，刚准备给孩子办周岁宴。

周一，余葵一觉睡醒已经是下午。

眼看宴会时间快到了，她才火急火燎地爬起来，穿着睡衣满屋子游荡着找东西：“奇怪，我给冬芩家的孩子买的周岁礼物呢？”

她身后的卧室里是遍地凌乱的衣裙。

她头痛地抚额，冲客厅抱怨：“时景，你太过分了，起床怎么都不叫我？！”

小女儿时间今年刚满三岁，后脑勺儿上扎了两个小鬏鬏，正坐在桌前笨拙地用叉子戳餐盘里的西蓝花，闻言抢答——

“爸爸叫了！

“送我上幼儿园前，爸爸叫妈妈吃早餐来着，妈妈说困，怕妈妈睡久了饿肚肚，他还抢了一块我的芝士蛋糕塞在妈妈的嘴巴里呢！”

余葵那时半梦半醒。

她移开牙刷，似是真回味起了嘴巴里残存过的咀嚼记忆。

时景将碗筷摆好才进卧室，瞥了一眼她被睡裙半掩的雪白腿根，顺手把空调升了两摄氏度：“开席晚，你先在家吃两口垫垫。”

“来不及了嘛。”余葵边搽水乳边撒娇，“我答应了冬芩给孩子主持抓周仪式，还得化妆呢，再晚就赶不上了。”

时景上个月出差西北，今天凌晨才归家。

两个人小别胜新婚，榻上妖精打架，难免折腾得过了度，他私心就想让余葵多休息：“我开车送你，你手稳，妆在路上化也来得及。”

“那你多累啊——讲一天课，回来还接送孩子、干家务，晚上还得送我出去玩……”

“这才哪儿到哪儿？”时景把地上的衣服塞进洗衣机里，替她翻箱倒柜地找礼物，“出差在研究所赶进度的时候才叫累呢，基地外面漫天都是黄沙，我每天都翻日历，想什么时候能把项目做完赶紧回家。”

他们的二胎是个意外。余葵本来就是体力废材，孕期三十五周踩空楼梯差点儿难产，伤了元气，身体更是羸弱。

那时候，时景参与的项目正在发射前的关键时刻，等他收到消息，风尘仆仆地赶到医院时，孩子已经提前一个月落地了。

黎雁回把时间从保温箱里抱来，想让时景看看女儿。他没接孩子，只迟疑地伫立在门口，不敢上前，盯着病床上虚弱的余葵，远远地问她痛不痛、渴不渴。

他转过身，八尺男儿的眼泪，险些当着众人的面掉下来。

他休了工作十余年来最长的假期，领导问，就是要在医院里陪老婆坐月子。

伺候月子期间，余葵洗头、擦身、吃饭，他全都不假人手，甚至默不作声地约了结扎手术。等余葵得知这事时，手术早就做完半个月了。

余葵大惊：“你怎么都不跟我商量一声呢？我是不是你老婆？”

那天夜里，夫妻俩背对背，谁也没睡着。黑暗中，时景沉默了很久才低声道歉：“别生我的气，小葵。我知道你喜欢孩子，但我再也担不起任何风险。

“咱们不生了。接到你摔倒的电话，在那夜回来的飞机上我度过了这一生最漫长的两个小时。我克制不住，手一直发抖，就像回到我爸刚走的时候。你知道的，人拥有的东西越多越害怕，我再不会有十八岁那样的抗性和勇气了。我花了那么多时间才走到今天，现在，你是我在这个世上最亲的人，但凡你出了意外，我也活不下去。”

“这孩子就不该要的。”他轻声喃喃，像对着空气说话，又像在自言自语。

余葵震惊于枕边人竟会生出这样的想法，眼窝酸痛忍耐半晌，终究一言不发地转身，紧紧环住他的腰，把脸埋在他的背上。

女儿生下来就没喝过母乳——时景不让，怕折腾余葵。

他在对这件事的态度上前所未有地强硬，哪怕余葵撒娇卖乖，他也坚持把两个孩子留在北京。

大儿子时宇宙在“卷王圈”海淀上小学，小女儿时间由育儿嫂和时姑姑带着，余葵就随军待在长沙养病、调养身体。因为空闲时间太多，三年里她一口气出了五册漫画单行本。

女儿快三岁时，余葵终于为这事和他大吵了一架。

母亲爱孩子是天性，时姑姑把孩子照顾得再好，余葵也还是想孩子，每每想起假期回北京探望，小女儿又一次重归陌生的好奇眼神，她只觉得心痛如绞。

两人冷战了两周。或许是看在余葵的身体好了不少的分儿上，这回时景终于妥协，答应把时间接到长沙上幼儿园。

时间不记事，刚到长沙的时候还每夜哭闹，要找姑奶奶，半个月后总算不用哄，肯让爸爸妈妈带着睡觉了。

每天关灯前，余葵看着女儿睡得香喷喷的小脸蛋儿，就觉得心里有了无尽的温柔。她强迫时景每天睡前写两百字对孩子表达爱意的小作文，企图用最简单粗暴的方式培养亲情。

时间还不识字，就苦了时宇宙——北京海淀的小学生，每天睁眼的第一件事，就是查收并回复老父亲每夜 12 点准时发来的关心问候。

时景不出差的时候，每天的日常就是清早起床做饭、接送孩子上幼儿园、上班。作为孩子爸爸，他俨然已经习惯了这样的忙碌生活，偏偏家属院里有人看不惯。

这年，女儿上中班，时景工作调动，余葵随军到甘肃。

他们刚搬进家属院时，军嫂们看余葵脸嫩面生，猜测大抵是她老公刚升衔，她才获得随军资格，态度还算随和热情。

直到发现这个女人每天除了掐点到机关幼儿园接送孩子，其余时间闷在屋里不知道在干啥，从不参与嫂子们的茶话会，大事小事一问全是老公包办时，她们逐渐开始在余葵背后嘀咕：

“你说现在的女孩儿真是懒得不行，随军享福来了，十指不沾阳春水，天天吃食堂，又不工作，从没见她买过菜，做过饭，什么人娶了她也是倒霉。”

“谁说不是呢？像我们这代人，又要工作又要兼顾家庭，什么心都操了个遍。”

“我看他们家每天凌晨一两点还亮着灯，估计刷视频看剧呢。”

“上次我送点心去，站在门口，看到她家的客厅里有一整面墙的漫画。都当妈的人了还不务正业，什么都等着老公去做，那么可爱的小宝，她就不怕带歪了吗？”

…………

前后几道脚步声在楼道里停下。

一声咳嗽慌忙地打断了嫂子们的交谈，男人试图把人群驱散，拼命给自家媳妇使眼色：“菜择完了吗？聊什么有的没的，还不回去做饭？”

女人在姐妹们面前被驳了面子，不悦地把菜一扔，端着盆转身进屋。

男人擦了把汗，偷瞄一眼时景的脸色，赔笑道：“小时你瞧，实在是对不住，我还说今天请你跟弟妹来家里吃顿便饭呢，你这嫂子，白让她虚长了岁数，整天就知道论人长短，我都没脸了。你等着，我今晚就让这婆娘上门给弟妹道歉。”

一群人这会儿才算知道了眼前陌生青年的身份——是余葵的老公啊！男人年轻高大，眉目俊美，气质高贵谦和，只是脸上的两三分笑意显得略微冷淡。

说人媳妇的坏话被逮个正着，几个人当下也觉得臊得没脸，刚要开口找补两句，就听男人淡声说——

“嫂子们，我替我老婆说两句。她没有全职随军，是个画家，有自己的工作要忙。她比我厉害，也比我挣得多，为了家庭才放弃北京的工作跟我来西北，那些琐碎的事是我不让她干的，因为她生小宝的时候伤了身体，我这辈子最对不起的人就是她，所以听不得别人说她一句不好。”

时景话已经说到这份儿上了，大家都是邻里邻居的，不好结仇，女人们赶紧当场给他赔不是。还有人说要上门赔礼道歉的，被时景三言两语拦了下来：“她生性纯善，喜欢把人往好了想，既然她这次没听见，也就算了，各位嫂子往后对她好点儿就是了。”

一群人闹了个大红脸。

当晚，时景楼下的钱中校回家，制服都没来得及挂上，听闻这事吓得回头问老婆：“你说她了？”

“大家都说了。我可不是那种当面一套背后一套的人，我当着她的面也劝她。”

“你啊你！”男人气得头上冒烟，“我从前只觉得你好为人师，什么时候又跟三姑六婆学了嘴碎的毛病？你说她什么了？”

“我长她一轮，又是妇联执委，给年轻小夫妻两句中肯的建议怎么了？我有分寸，又没说什么难听话，你用得着这么大反应吗？”

“人家清华大学的双学位高才生，轮得到你给建议？你就是看人家脸嫩，要充大姐，人不围着你转你就不舒服是吧？”

女人愣了一瞬，嗫嚅道：“清华怎么了？先做人后做事，她来随军，就该照顾老公孩子。你瞧他们家，男人辛苦一天回去还得洗衣做饭，像什么话？”

男人猛拍桌子：“关键是人家时景乐意，你还想管到太平洋上去？你闯祸了知不知道？”

“能闯什么祸？小时不都说没关系了吗？”

“小时是你叫的吗？人家年纪比我小，军衔比我高，学问比我强，是科大的副教授，我还想让儿子读他的研究生呢，这下好了！真是糊涂啊你！”

…………

余葵不知道楼下的吵闹。她刚耗时一整天，完成了一幅满意的作品，把沾着颜料的笔随意地扔进水桶里，起身退后两步端详画作——

家乡一望无际的水田里，铁路桥延伸向远方，田埂上微风拂过，两个孩子追赶一群飞起的白鹭。

时景将洗干净的餐具沥水，清扫干净厨房，脱了围裙，才解开衬衫的风纪扣，悄无声息地走到她的身后环住她：“想家了？”

余葵摇头：“没有，昨天夜里我梦到了咱们一家四口。”

时景了然：“时宇宙下周放暑假，我让大哥送他过来。

“我呢，你把我画在哪个位置？”

…………

父母间流淌的温情，时间不懂，她还是个宝宝，自顾自地趴在桌下捣蛋——

她解开爸爸的公文包，倒出教案和移动硬盘，把第二天足以摧毁老父亲教学生涯形象的教母魔法棒、仙女翅膀、芭比裙子以及过家家用的塑料锅碗瓢盆一股脑儿地塞进去藏好。

番外三
如果那年

宇宙中任何物质、能量都有机会被重新排列，而纵横交错的时空里，任何微小的变动，都有机会成为诞生一个全新宇宙的端口。

2015 年 5 月 15 日，一切就从这里不同——

早自习数学卷子发下后，因魏垅闹的大乌龙，余葵拿数学满分的消息不等老师表彰，已经在班里传得沸沸扬扬。

中午，理综考试结束。

（1）班的同学成群结队，赶往学校礼堂去录采访。余葵落在后边，跟身边的女同学说笑，探过手替她拨弄等会儿上镜的刘海儿。

时景腿长走在前面，察觉到余葵没跟上来，缓下脚步停顿了两秒钟，手插在校服裤兜里，回首慵懒地催促：“小葵，快点儿。”

“小葵，校草跟你关系真好，他不管干吗，视线都先找一圈你在哪儿。”女生说到这儿，实在没忍住问道，“哎，你们俩是不是有点儿那啥？”

“别瞎说，没有的事！”余葵下意识地摆手否认，腿倒是诚实地追了上去，美滋滋地小跑越过马路，刚要和时景说话，只听身后传来一阵刺耳的刹车声。她再回头时，只见谭雅匀已经被车撞了出去，躺在减速带上。

全班同学都被这突如其来的变故吓到了。

车主急得团团转：“同学们，可不关我的事啊！我这车速开得最多二十迈，你怎么突然飞扑出来呢？”

魏垅第一个跳出来：“对啊，好端端的，怎么会扑出去被车撞呢？雅匀，是不是谁推到你了？”

他说话时，谭雅匀坐在地上扭头朝身后的方向看去，又环视四周，当看清人群中跟时景并肩立在马路对面的余葵时，神色瞬间变得惨白。

刚刚让余葵帮忙拨弄刘海儿的女生无语：“都看着我干吗？我伸手就是看见她快摔了，条件反射想拉她一把。你们都有被害妄想症吗？推倒她对我有什么好处？”

见谭雅匀擦掉额间的冷汗，挣扎着站起来，魏垅赶紧上前搀扶她：“别乱动，万一腿骨断了错位就麻烦了。”

女生干脆直接问：“谭雅匀，你自己说嘛，这儿有人推你了吗？”

“没有，是我自己不小心。”谭雅匀的回答平静中带着零星冷意。

女生“哼”了一声，瞪向魏垅：“听见了吧？你这护花使者做得可真够尽职尽责的。”

因绊倒被车撞裂了小腿，谭雅匀被送往医院治疗，下午的考试自然也没参加。不知道是刚下过暴雨，还是同桌的位子空出来的缘故，余葵总觉得周边的空气氧含量骤然增加，连神经都舒缓不少。

晚自习上课前，她哼着歌写着笔记，脑子里偶尔回想起谭雅匀被撞飞那一幕，后颈总是不自觉地发麻，有种劫后余生的庆幸感莫名其妙地一阵阵涌上来。

余葵甩甩头将杂念驱除，把一整页的英语错题笔记整理完。她刚收起彩色荧光笔，便听班主任姚老师举着手机，站在门口喊她：“余葵，你出来一下。”

程建国给老师打来了电话。因为工作突然出差，他有几天时间不能回家，通知余葵三餐在学校食堂解决，晚上回家的路上注意安全，睡前要锁好门窗……

余葵听着听着，只觉得哪儿不太对劲——她爸平日可不是会为这些琐事专门打电话的人。

哪怕工作紧急，等下晚自习，他再拨她留在家里的手机叮嘱不也一样吗？怎么这一次他还特意麻烦班主任一趟呢？他明明知道她挺怕姚老师的。

挂断来电，把手机还给班主任之前，余葵最后瞥了一眼通话列表，意外发现拨号的竟然不是程建国的手机，而是一组座机号。

转过身没走两步，她猛然记起来——这区号不是老家的吗？程建国没有出差，而是回了外公外婆那儿？

思路一打开，余葵的脑子便控制不了，开始胡思乱想了。

后两节晚自习，她坐在时景身边写了两套卷子，明显心不在焉。

时景抬眸瞥她一眼，慢条斯理地圈出错题而后调侃道："椅子上长钉子了？"

"我怀疑我爸没出差。"余葵将笔戳在下颌上，"会不会家里出了什么事？"以至他都焦虑到往学校打电话来确认她的情况。

正好第二节晚自习铃声响起，少年将订正完的卷子递还，从挂在椅背上的外套里拿出手机，往她面前推："别瞎想，你打个电话回家问问就知道了。"

四楼都是成绩靠前的班级，下自习出来玩的学生少。走廊上的灯不怎么亮，只有三三两两的学生趴在过道的防护栏上聊天儿。槐花香从绿化带飘上来，沁在夜晚湿润清新的空气里。

学校晚自习禁用手机，时景倚在教学楼长廊尽头的阳台上替她放风，余葵挑了个避开摄像头的安静角落，开始往老家打电话。

她拨了几遍座机，"嘟"声一遍遍响过，总是没人接。

余葵纳罕：这个点，哪怕外公在外边打麻将，外婆总该在家里看电视吧？

回忆片刻，她又开始拨村口小卖部的电话号码。听到电话接通后，余葵便迫不及待地开口："三外公，我是小葵啊，家里的电话没人接，我爸在吗？我外婆哪儿去了？"

对面的人迟疑了一会儿，模棱两可地避而不答："小葵，你还在学校上课啊？"

余葵心里"咯噔"一下，又缠着人追问半晌，总算从他那儿得到确切的消息：外婆因为黄疸高烧几天不退，今晚被送到镇上的卫生院了，程建国和余月如急着赶回去也是这个原因。

三外公叹道："你外婆那么好的人，操劳一辈子，没享几天福……"

余葵的心一寸寸发凉。

电话那头，不知是哪位买东西的客人，说着方言接了一句："月如她妈啊，运走的时候，我瞧着人怕是不行了。"

余葵脑子"嗡嗡"的，听不清声，连对面的人什么时候挂断了电话都不知道，直至时景高大的阴影笼罩下来，他从她的掌心里把手机夺过去，她才回神。

一抬头，余葵才发现值周老师不知什么时候从楼梯那端过来了，还没走近便肃声大喊：“刚才谁在玩手机？我都看见光了，别藏了，拿出来！”

余葵来不及说话，时景已经应下：“我。”

听声音耳熟，老师顿了顿脚步，在黑咕隆咚的楼道里睁大眼睛辨认：“时景？”

面对这位品学兼优的好学生，他下意识地放柔了声音：“晚自习手机怎么不上交？公然在教室外面玩，影响非常不好。你又是年级第一名，同学们很容易有样学样的。”

“抱歉，老师。”时景敛目，“家里有急事，打了通电话，如果需要的话，我现在可以交给您。”

他不疾不徐地把息屏的手机递了出去。

值周老师原本怒气冲冲地跑过来，都计划好了抓典型，准备收手机、扣班级操行分一样不落，此刻见人是时景，时景的认错态度也不错，想想他的成绩单，到底没接手机。

“算了，看在你是初犯的分儿上下不为例，以后使用手机，必须等晚自习放学。”他挥了挥手，“先回去自习吧。”

时景没动，似乎在等他先走。

“还有什么事？”出于资深教师的直觉，他狐疑地朝时景身后探头，定睛一看，竟又瞧见一个人。

女生身量过于单薄纤细，时景个子高大，把她挡得严严实实，老师刚才全然没注意，现在打开手电筒仔细一看，见女生短头发，脸小小的，生得楚楚动人。

见俊男靓女单独在阳台上，他用脚指头判断，都知道这些年轻人脑袋里想什么。

余葵被电筒光直射，瞳孔骤缩，下意识地偏头。时景立刻伸手，巴掌横在她眼前，替她挡住刺眼的光线。

值周老师莫名其妙地生出一种信任被愚弄的感觉：“你们俩什么关系？在这儿谈恋爱呢？”

余葵声音干涩地解释：“老师，我们没有谈恋爱。”

老师当然不信，重新把记名的册子拿起来，提笔问她：“同学，你是哪个班的？叫什么名字？”

这次，时景慢条斯理地站直身形，目光沉了下来：“老师，她叫什么重要吗？男女同学一起待在阳台上，就只能谈情说爱？”

说罢，他抬手示范，胳膊搭在余葵的肩膀上，把人揽过来，避开手电筒的光源："起码得这程度、这间距，您的怀疑才有落脚点吧？否则全校那么多同学，怎么能怀疑得过来？"

见少年的面色实在冷静坦然，值周老师分辨不出真假，想想自己刚才的语气，觉得确实有点儿过分。他紧皱的眉头微松，声音放缓了一些："说话就说话，把放在女同学身上的手拿下来。时景，即便你考年级第一名，对自己的要求也不能放松，我会转告你们班主任，让她持续关注你的。"

人一走，余葵瞬间塌下肩膀，有气无力地跟时景道歉："对不起，连累你被老师盯上了。"

"我现在受的关注也不见得少到哪儿去。"时景耸肩，浑不在意，"电话里怎么说？"

"我外婆病了，高烧不退。"她低垂着头，鼻头酸涩，心下惶惶，"我妈和我爸都回了老家，情况肯定很严重，怕影响我学习，他们都瞒着我。"

时景走出两步，偏头看她惨白的脸，心被拧了一下，开口："瞒不瞒影响都已经造成了，你要是实在担心，干脆回去看一眼。"

余葵蓦地抬眸："可以吗？"

她是外婆带大的，知道老人病成那样，不可能装作什么都不知道的样子在教室里刷卷子，她只觉得如坐针毡，听时景这么说，念头一冒出来，便如野草般疯长，再也控制不住了。

大巴车已经停运了，余葵只能包车回去。手上的零钱不够，她下了晚自习还得先回家把小猪存钱罐里的积蓄拿上，等回了老家，明早再让程建国给班主任打电话请假。

一切计划就绪，余葵魂不守舍地煎熬到晚自习下课，快速地蹬着自行车进小区时，被不知什么时候跟在她后面的时景拽住后座。他冷静地提醒："这个时间点，你一个人回去很危险。"

余葵单脚支地——

"我会保持手机畅通的，遇到事情就报警，放心，我从前也一个人去过成都。"

她蹬了两下，车还是没动。轮胎碾得地上雨水飞溅，余葵回头一看时景没动，急道："快撒手啊，等会儿大家都睡了，半夜就更打不着车了。"

路灯下，少年蹙眉，沉默两秒钟后做出决定："是我的提议，我得为你的安全负责，我跟你一起去。"

余葵瞪大眼："那怎么行？你家里会乱套的。"

"我爸下乡两天，家里没人。"

余葵："明天早上怎么办？"

时景掉转车头，把车跟她一块儿推进家属院的车棚，淡定道："6点钟我给周秘书打电话，告诉他我身体不舒服，让他帮忙请假。"

"会被发现吗？"

"反正他们不在。"时景抬眸，朝她看过来，"朋友就是要共患难的，不是吗？"

余葵忍住泪光，低头看表，时间已经超过10点半。来不及多想，她匆匆上楼收拾背包，把她的存钱罐塞进去，走出客厅时叫上了时景："咱们走。"

附近的大排档门口，在夜间常常停着一排倒夜班的出租车。

踩着夜幕下五光十色的水洼，步行抵达后，余葵挨个儿敲窗叫醒司机，问有没有人跑夜间长途。

她一连问了好几辆车，总算有人愿意接单。司机把烟头掐了，竖起两根指头："先说好啊，我拉你们过去，就得空车回来，车费得要两倍。"

"五百块钱？"余葵小声说，"可里程只有七十多千米……"

"妹妹，你这样算可不对，夜间加班费、油费、过路费，还有一段山区县道……这个价钱不过分吧？"

余葵心急如焚，哪怕知道司机在狮子大开口，也只得咬牙把钱数给他。

高速路两侧的风景飞速掠过，一面是漆黑起伏的山野线条，一面是隔离带常绿的塔柏林木，风声呼啸，像刮在她心里。

司机开车风格狂野，刚上高速，时速就飙上了一百二十迈。安全带坏了，卡扣不稳，余葵像只小鹌鹑，惴惴不安地抱紧书包，晃来晃去，有点儿想吐。

时景也好不到哪儿去，自小在首都养尊处优，别说经历这种阵仗，他到过的偏远乡镇，扳着手指头都能数得过来。

车里很久没有清洗过，味道很重，尤其下了高速路后，蜿蜒颠簸的县道，再加上司机不要钱地踩油门，几乎要把人的脑浆摇匀。

时景克制着不适，瞥见余葵扒着前座不动，拧开矿泉水瓶递给她："晕车了？"

余葵有气无力地"嗯"了一声，就着递到唇畔的瓶口抿了口水，把恶心的感觉强压下去："你晕不晕？"

"我没事，你难受就靠着我。"

接下来的时间里，时景抓稳了扶手，胳膊揽着她纤薄的肩膀，替她固定身体重心。

这个夜晚实在太漫长，不过一切还远没有结束。

才下高速，开出二十来千米后，司机便不愿再往前走了，熄火下车瞅了一眼："这路在水库边上，黑咕隆咚的，谁敢走啊？反正导航说到镇里了，你们就在路边下吧。"

余葵急了："师傅，这是双车道，目的地还没到呢。"

司机把烟点起来，吐出烟圈，用方言慢悠悠地说道："你又没说路这么难走，要往前走也行，得加钱。"

余葵就算是傻子这会儿也听明白了，这黑心司机坐地起价。

"路这么宽敞，怎么就不能走了？而且我报的地名是卫生院，现在只剩两三千米，你当时也答应了的，怎么能半路把人甩在马路边上？"

她据理力争，说着说着便感觉嗓子发哽，明明没想哭，但想到外婆，眼泪就快要掉下来了。

这该死的吵架困难户体质！她狠狠擦脸，只觉得懊恼，还是时景轻拍她的肩膀，把她的情绪安抚下来。

事实上，大段方言里，时景只零星听懂了几个词，但并不影响他判断局势。他淡淡地开口问司机："您想加多少钱？"

"你瞧吧，还是男孩子明事理。"男人露出得逞的笑意，"再加五十块钱，我把你们送到卫生院。"

少年点头："行。"

见余葵还要说什么，时景给她递了个眼色，把手机地图导航的声音开大指挥。

七八分钟后，车子顺利驶入小镇上第一座蓝白色建筑的后院。时景下车后，第一件事就是先把院子的大门关起来，然后敲响值班室的窗户。

司机直觉不对劲，定睛往窗外看去，猛地发现自己竟然在导航的指挥下直接把车开进了派出所院子里！

这小子真阴险！他再想倒车跑已经来不及了。

当着值班室两位民警的面，时景打开手机录音，将司机坐地起价、半路勒索的全过程播放了出来。

"警察叔叔，我们俩都没满十八岁，还是高中生，请务必从严处罚。另外，副驾驶座前方公布的上岗证上的照片并不是他的，我怀疑他没有上岗证件。行车途中，他还多次违反交规超过限速……"

揣着退回来的两百五十块钱，余葵和时景并肩走出了派出所大门。

小镇的月亮朦胧地挂在公路尽头，清辉洒满柏油路。

卫生院在街尾，只剩下三百米的路程。

真的不顾一切地回到这儿，余葵反而退却了，望着远处亮灯的白色建筑，外婆的面孔在眼前闪过。她停下脚步，小腿发软，手心渗出冷汗，只觉得混乱紧张。

时景坚定地握紧她的手，声音从容，干燥温暖的触感直抵她的掌心："走吧小葵，别害怕。无论结果是什么，你总要看了才知道。"

"她会没事的，对吗？"余葵眼中泛泪，寻求肯定。

"我不知道。"时景并没有撒谎，向她做出无法保证的承诺，只顿了顿，说，"但我知道，见到你，外婆一定很开心。"

来自田坝的风从耳边掠过。

余葵的脑袋还是"嗡嗡"的，脚下却终于生出一点儿力量。她紧紧地回握他的手，深一脚、浅一脚地往前走去："时景，如果从来没有认识过你，我该怎么办呢？"

"我很确定，即便从不认识我，你也能在所有的人生路口做出正确的抉择，爱是你的勇气。"

外婆在七十四岁生日后的第三天被确诊到了肺癌晚期，考虑到她年纪太大，不想让她受罪，家里人选择放弃手术，化疗抑制。病情稳定了小半年，直到这次高烧来势汹汹，连医生也束手无策，癌细胞在她的身体里疯狂增殖，一家人守在病床前，个个儿忧心忡忡。

偏偏余葵在这时候冲了回来。

在高三生面前，大家还得装出若无其事的样子，蒙她只是普通高烧。

"你呀你……"程建国戳她的脑袋，都不知道该说什么好，心中惶惶又无奈，"你这不是添乱吗，小葵？招呼都不打一声，你这么跑回来，万一路上出了什么意外，外婆没病也要替你急病了。"

余葵早有预料，举起两根手指诚恳认错："对不起，爸爸，我吸取上次去成都的教训，这次不再是一个人单独行动了。你瞧，我还带了个朋友组队呢！"

她说罢，扬声把院门口的时景唤了进来。

救护车灯闪烁的深蓝色夜幕里，少年颀长的身形出现在门口。

长廊里值夜班的医生、护士抬头，目光聚焦，不约而同地怔了一下。少年从容淡定，矜持地向程建国颔首，礼貌问候：“叔叔你好，我叫时景，是余葵的同班同学。”

程建国大惊：“你还拐了个大活人回来？”

余葵慌张摆手，还是时景替她辩解：“叔叔，是我自己跟来的，我觉得小葵一个女孩子夜间乘车不安全，所以才想把她送到家。”他善解人意地顿了顿，又说，“您觉得不妥的话，我现在找车回去也成。”

少年以退为进，弄得程建国异常愧疚：“都深更半夜的了，怎么能让你一个半大孩子自己回城？谢谢你送小葵回来，叔叔不是那个意思，就是怕你父母担心。”

时景点头：“这倒没事，我爸爸工作挺忙的，家里就我一个人，我明早准时向班主任请假就是了。”

程建国哀愁地叹了口气，事已至此，只得说：“算了，来都来了，看看外婆吧。今天在这儿休息一晚，明天我亲自送你们返校。”

高考只剩半个多月，他无论如何不能在这时候叫孩子分心。

急诊病房里，外婆拉着余月如的手叫“阿葵”。余葵见状，赶忙上前拉过外婆的另一只干枯的手，俯身凑近喊：“外婆，你认错了，我在这儿！”

余月如瞅她：“你别这么大声，把你外婆的耳朵震聋了。”

余葵委屈地撇嘴：“哦。”她放小声音，又来一遍纠正，“外婆，我才是余葵。”

老人将头偏过来问她：“院子里晾的柿饼收了吗？晚上露水重，会发霉的。”

又不是10月，哪儿来的柿子？她知道外婆是烧糊涂了，只是为了让外婆放心，还得忍着眼泪答：“收了。”

“外面怎么那么吵，是不是下雨了？”

余葵看了一眼窗外静悄悄的田坝：“昆明今天下了暴雨，我们这边倒是没动静。”

凌晨，医生又往输液的瓶子里兑了一些药。

余葵起身跟着接电话的余月如出门：“妈，你们实话告诉我，外婆真的只是发烧吗？我瞧她眼睛都烧黄了，要不咱们去昆明的医院看看吧。”

“用得着你说？该检查的早就查过了，老人年纪大了，免疫力不行就是这样，容易感染发烧。”余月如坐在长廊上揉太阳穴，“你让我安静待会儿吧。”

说到这儿，她想起什么，抬头望向时景。

上次在餐厅见过面，她对院长毕恭毕敬的模样印象深刻，想了想，从包里掏出一沓钱，放缓声说：“余葵，你带同学到对面旅社开两个干净的房间，今晚累了你们俩就先在那边洗漱休息，别耽误明天上课，大人们在这儿守着就行。”

见余葵还要再说什么，程建国使了个眼色。她被时景拎着书包从病房里带了出来。男孩儿淡声说道：“走吧，病房里本身也挤不下那么多家属，别让你外公操心。”

开好房间，余葵又哪里睡得着？她蔫头耷脑地在白床单上趴了一会儿，起身拉开窗帘，看着对面卫生院急诊病房的窗户发怔。

她隐约觉得外婆的病情不会像大人说的那么轻巧，可到底只是个学生，只能在网上输入症状乱搜一通，最后心惊肉跳地退出网页，并祈祷无论是哪种病情都不要发生在她的外婆身上。

不知不觉又看了几分钟后，余葵转身打开门，旅社的门板“吱呀”一声响起，她抬头，看见了对面同样开门出来的时景。他刚洗过澡，黑发湿漉漉地垂在额间，穿着半湿的T恤衫和长裤。

她吓了一跳：“你怎么没睡？”

房间里泛着雨季的霉味。

时景放下擦头的毛巾：“睡不着。”

旅社后院有一棵巨大的柏树，树上挂了一盏常亮的小夜灯。

此时夜深人静，几只小飞虫绕着灯打转，他们俩就在柏树下的摇椅上并肩坐了下来，远处是水田里一望无际的青绿色秧苗，近处是扰人的蛙声和虫鸣。

余葵的视线不知聚焦在哪一点，眼睛怔怔地泛红。

“你在想什么？”时景问她。

余葵用指尖在半空中画了一下，指向远处长满杂草的小道。

“七岁那年，有一天我发烧的时候，外婆给我买了小熊饼干，输完液，她就是走这条路，从卫生院把我背回家的。那天趴在她的背上，我第一次思考人类生命并不永恒的问题。我在心里跟菩萨说，如果每个人都逃不开生命的轮回，那就在外公外婆离开的时候，也把我一起带走吧。”

“真是笨蛋的想法。”余葵低头，用脚跟磕着沙土地上的小石粒，“我很笨吧，都一二年级了，每天脑子里装的还是汽水和小熊饼干。那之后，可能是潜意识地抗拒，我再也没有想过这些……直到今天。我还那么年轻，她却已经很老了，也许有一天，我终究要目送外婆离开我。”

生老病死，万复不息，世间规律本就是如此，可无论余葵这么坚强的人怎么说服自己，眼泪却还是在不知不觉间淌满脸颊。她怕被时景发现，微微偏开了头，刚想抬手胡乱地擦两下，时景却抓住了她的手。

少女的眼睑和鼻尖泛红，纤长的睫毛上沾着未干的泪痕，眼眸浸满哀伤透亮的水光。

他看过余葵的日记，见过她在童年奔跑过的田野，院里炉子上炖得冒泡的骨头汤，大锅里焦香油亮的火腿肉，还有酸甜的果酱面包和坐在台阶下品尝的山楂卷……这一切美好的记忆，都仰赖她的外婆。

当画面从日记中鲜活地跃出来，与真实空间里的景物交融时，他深深感受到了同样的哀戚和悲恸。

时景拨开她脸颊上被沾湿的发丝，直视她的眼睛，微沉的嗓音在夜空下响起：“余葵，事实上，宇宙间没有永恒不灭的生命，甚至连星辰都无法永恒。

“但他们在你的生命里留下的痕迹是真实的。我只是想告诉你，人类无法参透离别在什么时刻降临，所以，不要把生命浪费在对那一天的畏惧里，好好珍惜她在的时候，起码记忆是真实的。

“伤心、崩溃、想念……这是世间每个人的必经之路，时间会冲淡这一切，直到你也被时间带走。

“没关系的。”少年的眼眸温柔悲悯，指腹抚过她的脸，将她脸上的冰凉和湿意一并擦干净，“总会有人陪着你经历。”

余葵怔怔地看着他。

山间吹来的夜风卷起发丝掠过耳畔，身上的校服“哗啦”作响，快要把她淹没的不安和无助终于缓慢退潮，感知焦虑的神经暂停了接收信号。

柏树下的两道人影交叠，正如他们交织在一处的人生，她既清醒又懵懂，恍惚间有一种灵魂正在被轻触抚慰的感动。

翌日清晨。

余葵再睁眼，天已经亮了。她原以为这一夜会很难入睡，却没料到睡过了头。匆匆洗漱后，她趿拉着来不及提起鞋跟的帆布鞋，一口气穿过马路，跑到了对面的卫生院。

可喜可贺，外婆刚醒。

老人刚刚补打过镇痛药，神志一回笼，瞧见匍匐在病床前，眼神担忧懵懂的外孙女，便开口支使她："阿葵，你去帮我买个黄桃罐头。"

"高烧病人可以吃糖水罐头吗？"余葵狐疑，"要不等我问问医生……不然还是给你买粥吧外婆，等好了再吃罐头。"

"你个中学生怎么比我这个老太太还磨叽？我上次吃黄桃罐头，都是四十多年前了，吃一个没事。你就到小学对面的王美芬家买，她家的东西都比超市便宜一两块钱。"

想到要为一两块钱多走一里路，余葵再怎么抠门儿也头一次愁得眉头紧蹙。

"我马上就要回城里上课了，外婆怎么就不想多看看我呢？"

她踢着小石子朝前走着，低声跟时景抱怨，路过小学门口，正好被操场上的侄子瞥见。二毛眼前一亮，使劲儿趴在栅栏里冲她叫唤："小姑！你什么时候回来的？"

余葵偏头，只见二毛拖着把比他的身形还笨重的竹叶扫帚，正隔着校园围栏追着她跑。

余葵同情道："怎么大清早就出来扫操场，老师罚你？"

"被逮到早自习打瞌睡，老师骂我说跟你读书的时候一模一样，罚站和扫操场，让我自己选。"二毛跟小大人似的叹了一口气，瞅到她手边的袋子，突然眼睛发亮，"小姑，那是黄桃罐头吗？"

余葵还沉浸在刚刚被他揭老底的尴尬里，偷瞥一眼时景的神情，才问道："你要吃吗？我给你开一罐。"

二毛纳罕，以往小姑通常会用小孩子要少吃甜食搪塞他。

"小姑，你今天可真大方。"他视线后移，落到时景的眉眼上时，怔了两秒钟，他终于顿悟，"我知道了！"

"你知道什么？"

"罐头是哥哥出钱买的吧！"

余葵脚下一个踉跄，差点儿把开了一半的罐头瓶扣地上，在时景看不见的角度，瞪眼吓唬二毛："还吃不吃？"

"吃！"

隔着围栏，她用罐头附赠的叉子喂了侄子几块黄桃，二毛一边囫囵往下吞，一边用他那大眼珠子滴溜溜地打量着时景。

时景见状干脆问他："小孩儿，你在看什么？"

二毛直言："哥哥，你长得好像我小姑的漫画里的男主角啊！"

"我和小葵是平辈，你再想想，应该叫我什么？"

“叔叔？”

时景满意地翘起唇角，温柔地隔着护栏摸了摸二毛的呆毛：“像哪本漫画的主角？”

“就是那个我小姑自……”

“我书架上的《银魂》的主角坂本银时！对吧！”

余葵手疾眼快地戳了块大黄桃往他嘴巴里塞，把他接下来的话全给堵上，严肃地训诫道：“我们走了。二毛，你认真听讲，好好学习，别老看漫画来操场扫地。”

二毛像只失落的小仓鼠，鼓着腮帮子点头，见她转身走出两步，实在没忍住把整块黄桃吐回巴掌心，扯着嗓子喊：“小姑，你下次什么时候回来？！”

“等你聪明点儿的时候。”

余葵还不知道，前脚自己出门买罐头，后脚外婆就叮嘱程建国：“吃过早饭就把小葵送回去上课，高考前别让她再回来了，孩子一辈子的事，耽误不得。”

程建国在卫生所外边的小馆子的冷柜前，菜都点上了，突然接到余葵的班主任的电话。

“余葵父亲，我这边有点儿事情要跟您确认一下。班里有位同学，今早请了病假后人不见了，由于他的父亲比较特殊，不排除勒索绑架事故，目前警方已经展开调查，他家里人现在非常着急。班里的学生，就您家余葵跟他关系不错，或者……他有没有跟余葵透露过可能会去哪儿？”

程建国手一滑，机身差点儿没拿稳：“你说那男同学叫啥？”

“他叫时景。”

小镇太平，几年来从未发生过大案，乡镇派出所接到上头的电话如临大敌，根据手机最后的信号定位，没等他们吃完饭，就已经包抄了小饭馆。

程建国才挂断电话，警察就冲进来了。

“是你啊！”

外围的民警里，有个昨晚值班的小伙子把时景认了出来，率先收起警棍，跟同事说：“这孩子机灵得很，昨晚谈笑风生间就把黑车司机送进了咱们所的院子里，还让对方把车钱吐了出来，把人家给哭着弄走的。他要是不愿意，谁绑得了他呢？”

话虽如此，几位老警察还是再三确认当事人时景的手机只是因没买到充电器而关机，又排查了他身体没有任何不适，毫无被绑架的迹象后，才不约而同地松了口气。

所长打完电话，主动提出把两个孩子护送回昆明。时景拒绝得很果断，借了民警小伙子的充电宝，把手机开机后，先给家里回了条报平安的消息。

再进门，少年立在玻璃门口提议：“我看了昨晚旅店门口挂的列车时刻表，或许我们可以坐火车回昆明，正好可以赶上下午的课。”

余葵觉得这个主意好，既省得程建国租车，也不劳烦警察叔叔。可惜两个人好说歹说，警察叔叔还是坚持要把他们送到火车站。

认识时景后，余葵这是第二回坐警车了。

所长是个长相质朴善谈的小个子，听说他们俩在纯附上高三，余葵又是隔壁村的，立刻从副驾驶座上回头，饶有兴趣地拉着孩子展开了中学生常见提问大全：“女孩子学理科呀，不容易，平常能上 500 分不？”

他判断了个大概的分数。他倒不是看不起纯附，主要镇政府文化展览室里陈列着一张几十年前的议长夫人的黑白老照片，余葵的模样跟她长得挺像，灵秀娇俏，十里八乡也鲜见这么标致的姑娘。他先入为主，把余葵划进了那种脑袋不错，恋爱、学习两手抓的女孩子中间。

余葵摸了摸鼻子，不过想想去年县三中的理科状元也才 580 分，顿时又了然，低调地点头：“能吧。”

所长点头夸了她两句，又说道：“等高考结束，来家里串串门啊，我介绍姐姐给你认识。我家孩子成绩也不错，打小儿就是年级前五名，考上了西南政法大学。别放松，最后一个月努努力，说不定你们俩还有机会做校友呢……”

余葵和时景对视一眼，都忍住笑意。反倒是坐在边上的程建国几次想开口插话又都忍住了，憋屈地看着所长夸自家孩子。

临到火车站时，终于让他逮着了机会。

昨天下午的月考卷子已经批改完，通报短信正好发到家长的手机上，感觉口袋里的手机振动，他掏出来看。这一定睛，他都不用演，声音就惊讶地扬了起来：“呀！小葵，你这次联考的数学是满分呀？”

老父亲的调子实属起高了，整车人都回头看过去：

“这么厉害？”

“看不出来啊，不愧是纯附的高才生！”

余葵在班里已经享受过一次注目，几个大人看她的眼神里都写满了难以置信，她颇不好意思地压低声说：“还好吧，这次三联的卷子比较简单。”

她越低调，反而越突出学霸习以为常的淡定气质。

所长傻眼了两秒钟才反应过来：“数学满分，那就是150分了，这么高的分数，其他科目瞎考也能上个不错的大学啊。”

金杯面包车的最后一排座位上，那个年轻的小民警凑上前，读出了程建国短信里的成绩：“语文124分，英语136分，数学150分，理综286分，总分696分，年级第九名。老天，能在纯附的高三排上前十名，这怕不是得上清华北大！”他肃然起敬，“妹妹，你太厉害了。我从警官学院毕业那么多年，现实里第一次看见高中数学能考满分的人。”

所长甚至都开始跟程建国交换手机号码：“这么聪明的孩子，你怎么培养出来的？现在已经这么了不得，再大点儿绝非池中之物啊！”

程建国美滋滋地分享：“也没怎么培养，小时候嘛，就是给孩子寄零花钱买点儿漫画书看。现在嘛，就是给她做做饭，监督一下她按时睡觉，别学坏身体。我读书的时候也没考过满分，全靠她自己争气喽！”

无论阶级间的流动怎样减弱，当今社会，把书读到极致，仍然是实现阶级跃迁最快也是最有效的途径之一。所长起先还想着，余葵能把大领导家的孩子拐到这个偏远小镇上，绝对是个心智厉害的姑娘，到此时，他脑海中的印象已经完全被这个极具冲击性的分数覆盖。

漂亮又优秀的女孩儿，哪个小男生会不喜欢呢？

短信被几个大人传着看了一圈，程建国身心都舒坦了。

余葵虽然也诧异自己首次考进年级前十名，但当下更多的是班门弄斧的腼腆，尤其纯附的年级第一名这尊大佛还在旁边抱手坐着呢，大家就天花乱坠地夸起自己来了。

终于到了车站，如坐针毡的余葵跳下车，长呼一口气。

所长不仅直接把两个人送到二楼的候车室里，还跟检票员打了声招呼，让他们俩提前进闸口。余葵和时景绕过闷热哄闹，鸡鸭鹅乱叫的候车室，站在二楼的站台上吹风。

隔着闸口，程建国瞧着一对少男少女言语亲近，肢体默契，眉宇间流露出几分忧心忡忡的神色。只是想着高考没剩几天，余葵的成绩又处于稳步上升阶段，多说无益，话涌到嘴边，老父亲忍了忍，又按捺下去，只叮嘱她回到学校不用担心外婆，按时吃饭，别学得太累，多休息这些话。

碧空如洗，远处群山连绵起伏。

下午2点的阳光带着点儿灼人的烫感，两人躲在油绿的松柏树荫底下，周遭没人，余葵总算找到机会问情况："你爸爸不是下乡了吗？怎么会突然回昆明？他是不是很生气？怎么办，时景，你不会挨揍吧？"

她忧虑的问题太多，半晌没听见回应后，她回头，只见时景拧开瓶盖，在仰头喝水。他坐在瓷砖贴边的花坛边缘，长腿散漫地叉开，将校服外套随意地搭在膝间，身上就只剩一件松垮的白T恤，露出领口白皙的锁骨，胳膊的肌肉均匀而纤薄，两边的短袖被撸了上去，搭在宽阔的肩头，皮肤被阳光晒得微微泛粉，喉结吞咽的线条流畅性感。

天哪！余葵的心脏"哐哐"狂跳，她只感觉鼻间一热，下意识地抬手触摸——万幸，没有不争气地流鼻血。

她不敢再看时景，目不斜视，专注地盯着铁道中间的枕木数数，眼睛都看花了。时景的矿泉水总算见底，他把瓶子拍扁，用投篮的姿势准确地把它扔进了站台上的可回收垃圾桶里。

"我说我发烧，他以为我真病了，所以赶着回去。挨揍不至于，他不会因为这种小事打人，顶多罚我。"少年淡然地答完，顿了顿，又说，"真奇怪，这种情况好像是第一次。初三中考那年，有一次我患流感发烧到三十九摄氏度，他忙着发改委的会议，从我住院到出院，全程只有秘书去过。"

余葵被暴击的心跳还没缓过来，她用掌根挨着胸口揉了两下，问道："他一般都罚你什么？"

"背诵、抄写。小的时候是《论语》《孟子》，长大了是《春秋》《左传》……我定不下性子，越讨厌什么，他就越罚我做什么。现在还好，心理上的抵触消失之后，哪怕再被罚背《唐六典》《贞观律》也不觉得无聊，也能找着意义。"

这就是学神的幼年吗？年级第一名语文稳定130分以上的秘诀找到了！

余葵大开眼界，眼睛直了："你背过那么多书，脑子装得下吗？"

"也不是只抄一两次，大略都有印象。"

余葵可没读过四书五经、兵书策论，学的知识大多是应试教育体系下的东西。她上网搜了几个少见的段落考他，而时景竟当真大差不差地背出来了。

人和人的脑子确实有差距，哪怕是年级第一名到年级第九名也如此。

"唉。"余葵羡慕地叹了口气，"这次他再罚什么，我跟你一起做好了，说到底，你都是平白被我连累了……"

话音未落，她视线扫过，刚刚缓过来的心脏又一次狂颤。

少年的额角渗出薄汗，他大抵真热得不行，扯着领口，让风灌进去。别的男生做起来粗鲁的动作，在他身上莫名其妙地养眼起来，有种从容自矜的野性。

“高原上的太阳就这样，辣辣的，体感就会更热一点儿。”让男神受这样的罪，余葵深感愧疚，忙不迭地从包里抽出一本书，给他扇了几下，“这样好些没？”

时景疲懒地后仰，靠在树干上，舒服地眯起眼睛：“小葵……”

他刚要说什么，远方传来绿皮火车进站的鸣笛，巨大的响声划破长空。

余葵拎着包蹦了起来，拉紧他的手腕：“快上车，咱们找个靠窗的位子，能吹着风就不热了，动作慢了就只能去大棚车厢，跟鸡鸭鱼鹅挤在一块儿。你有洁癖，肯定会崩溃的。”

踏上火车台阶前，时景最后回望一眼站台——泽润里。

阳光斜射的角度，站牌上这三个字的黑色印刷体、如士兵般整齐排列的松柏树，都让他觉得眼熟，似乎在上辈子见过。

周六下午第一节是物理课。

余葵和时景再回到学校，见两个人一起喊“报告”进门，台下人立刻炸开锅了，哪怕物理老师在台上强调了好几遍纪律，也压不住教室里蔓延开来的窃窃私语声。

下午，余葵到小超市买汽水和面包，总感觉路过的同学的眼神都忍不住在她身上停顿。

上了高三后，她在年级里稍微有了一点儿知名度，不知道是学习上升还是个子猛长的原因，走在校园里，偶尔会有陌生人主动冲她微笑、和她打招呼，但他们像今天这么明目张胆地回头看她，还是头一次。

从超市结完账出来，余葵百思不得其解，索性在小花园里找了个僻静角落，掏出手机登录学校贴吧。

果然！她就知道，托时景的福，她又上热帖了。

贴吧里都是人才，短短几节课的工夫，传闻已经到了因恋情遭到围剿截杀，余葵跟校草愤然离家私奔，计划中道崩殂，被警察叔叔定位带回学校的地步。

发帖的同学信誓旦旦地保证：“早上我路过办公室，亲耳听到主任给警察叔叔打电话，他们肯定是私奔！”

临近 6 月的日子实在枯燥，没有其他的乐子，帖里的人你来我往，聊得热火朝天。

4楼：“余葵学姐还是有两把刷子的，打着恋爱之名，拿的却是大女主剧本。不仅蹭了学神的一对一的小班辅导，还一路逆袭上了第一梯队，头脑清醒的女生，运气不会太差。”

5楼：“佩服。老学姐稍微代入一下，我男朋友但凡能有景神五分之一的帅气，我铁定变恋爱脑。哪个女生路过他的座位，哪个女生给他送苹果、送贺卡、抛媚眼，稍微有点儿风吹草动都在脑子里过一遍，上课看黑板想的是他的俊脸……谁还有心思学习啊？说到此处，再次感谢我长相平平的男朋友。”

9楼：“根据我的经验分析，全校第一名和前十五名谈恋爱，双强情侣，老师们和德育处应该不至于反对吧？最大的可能是景神家里人不同意，余葵挟天子以令诸侯。”

…………

余葵一口橘子汽水差点儿喷出来。

她的视线穿过小花园的树林，努力在篮球场上跑动的身形中，寻找时景的身影，很快在左边第二块篮球场的人群中将他锁定。少年正好站在三分线上，跳起来越过防守，胳膊一晃，轻松便进了一个球。

球员爆发叫好声，他调整节奏，回头往对家半场跑。

不知道他看到这些奇奇怪怪的流言会是什么反应……生怕下面再冒出什么惊世之语，余葵鸵鸟般收起手机，心虚得不敢再往下看了。

晚自习时，谭雅匀从医院回来了。

她小腿打了石膏，护花使者们连忙冲上去扶女神进门。怕她进出不方便，姚老师调整了座位，把她的桌椅换到了紧挨教室前后门的那列，又选了身强力壮的体委张逸洋负责背她上下楼。奇怪的是，这次姚老师叫自愿背她的男生举手时，一向积极的向阳竟然不在其列，而是默不作声地低头写卷子，其余几个没被选上跟女神亲密接触的男生都有点儿失落。

整间教室里，最开心的怕要数余葵了——谭雅匀被调走，意味着她从此都不用挤着椅缝进出座位，简直可喜可贺，尤其新同桌还是陈钦怡。桌子一搬过来，她就积极地帮陈钦怡整理东西，两人对视了一眼，唇角抿平，都强忍着笑意。

座位都搬完了，陈钦怡坐下来，铺开卷子，总算找着机会小声问她：“小葵，你们俩昨晚去哪儿了？不会真私奔了吧？”

余葵头痛，小声回道：“没有！我外婆病了，发了好多天烧，家里人瞒着我。昨晚我想打车回老家，时景劝不住我，怕出什么意外，就说跟我一起去。他昨晚上真的帮了我大忙，不然我差点儿被黑车司机狠宰一笔，还不知道会出什么事儿呢。”

陈钦怡听完，咬唇片刻，吐出一个可能：“哎，你说，景神不会喜欢你吧？”

余葵才听清前几个字，心脏便“怦怦”跳起来，脸热到连声音也绷紧了，故作镇定，严词申明：“怎么可能？我们就是朋友，正好家在一条路上罢了。时景只是看着高冷，其实内心挺善良的。”

“怎么不可能？他对别人可不这样助人为乐。”陈钦怡分析，“小葵，我觉得你对自己就没有清醒的认知。尚坤说他前几天去男厕所，还听到学弟们议论你，说你的名字。你上次运动会穿小裙子举牌的照片，好多人保存在空间里，美女要把自信提起来，我觉得你就是还没从高一的心态中转变过来。再说，爱情又不是交易，喜欢一个人就非得势均力敌、门当户对？就不能是灵魂的碰撞、日久生情？你们俩天天这么一起上学、放学，我要是男的，也喜欢你。”

余葵开始还小鹿乱撞，强装镇定，听到后来，肩膀无力地塌了：“来到（1）班之前，我还跟向阳同进同出呢。这根本就不准，自作多情很容易失去朋友。”

虽是这么说，但陈钦怡的话到底在余葵的心中掀起了波澜。

剩下的时间，余葵写了半张数学卷子，边写边回忆过往跟时景的相处中，除了自己的单箭头、独角戏，时景有没有过超出友谊界限的回应。答案令人很沮丧，无论是网络上的安慰、运动会的陪跑，还是他出于担忧跟她一起回老家……所有的举动，似乎都能用“朋友”二字概括。

算了！只剩不到一个月就高考了，她多想这些也无益，尤其在对完卷子，发现她心不在焉完成的选择题竟然错了两道题之后，余葵的危机感陡然升至后脑勺儿。她使劲摇头，彻底把乱七八糟的绮念晃出脑袋。清华在省内每年招生名额有限，她现在的位置那么悬，哪儿来的底气分心？

最后一节晚自习，余葵到教室后排接水，余光发现谭雅匀还在看成绩单。她没记错的话，上一次自习课结束时，谭雅匀就已经保持这个低头的姿势了，难不成谭雅匀看成绩单看了一整堂课？

不得不说，世上有时候彼此了解最深的人，反而是对手。

谭雅匀确实看了一整堂课的成绩单，因为摔断腿缺席英语考试，她的成绩直接掉到了年级下游。这是最后一次省内联考，失去成绩反馈，前所未有的焦虑和挫败感将她覆盖。所有人都安慰她，只是因为意外才被余葵赶超，但谭雅匀很清楚，即便她将英语成绩按照过往考过的最高分值往上加，总分也还是落后了余葵整整 10 分。

在附中重点班相差 10 分，是极为恐怖的断层领先优势。

尤其她现在还被摔伤的小腿拖累，假如这个成绩延续到高考，她的遮羞布将彻底不复存在。所有亲戚同学都会知道，她辛辛苦苦地念那么多年书，哪怕在省重点的尖子班名列前茅，最后还是比不过那个乡下来的不学无术的野丫头。

余月如会怎么想，会不会后悔把资源和心血向她倾斜，亏待了自己的亲生女儿？爸爸又会怎么想？但凡成绩出了差错，她以往得到的所有偏爱和优待还会存在吗？

整节晚自习，妒忌和不甘心如藤蔓般将她的心缠绕紧缚，她几乎难以喘息。她攥紧成绩单，一个阴暗的念头在心中缓缓成形，在看见余葵跟陈钦怡说笑的那一秒钟，她终于下定了决心。

晚自习放学铃声响起，余葵今天没能跟时景一起回家，因为时景的父亲下班路过学校亲自来接他了。

刚骑自行车出学校，她单脚支地顿住，远远望去，夜幕中，黑色的小轿车静静地停在绿化带一侧——看车牌不是以往那辆。

倒不是余葵视力出众，看清了数字，而是那个车牌实在太有辨识度了，只瞥一眼，她就模糊地辨认出好几个零。

时景将书包单肩斜背，手插在裤袋里，迈开长腿径直朝车走去。

途中，他似是感觉到视线，回头朝余葵的方向看了一眼，给了她一个安心的眼神。

余葵咬唇，目送车子开走之前，见后排的车窗突然缓缓降了一半。她猝不及防地对上了一双眼睛，那双眼睛黑沉睿智、喜怒不定。

男人已经年过五旬，皮肤白净，五官板正，身上有一种无与伦比的凛然气质。

他在审视她。

余葵意识到这一点，浑身的细胞都僵住了。她大气都不敢出，直到车子彻底消失在视线中，肺部的氧气耗空，才脱力般长长地呼出一口气。

原来，那就是时景的父亲吗？

她第一次知道，人的威严竟然能犹如有介质般传递，有着巨大的辐射范围。有这样的父亲，时景的光环也完全能理解了——他完全就是他父亲的复刻版，都让人不敢造次。

她小腿发软，有气无力地蹬了两下自行车，刚拐过路口，就见向阳把车停在前边等她。见她来了，向阳才用脚踢开支架："时景呢？你今天怎么不跟他一起回家了？"

向阳说话带了点儿鼻音，不知道是不是错觉，余葵总感觉他今天的语气有点儿奇怪。

"他跟他爸回去了。"

男生没有再说话，两个人一路默不作声地骑到家，直到在车棚里锁车时，向阳才重新开口："小葵，我问你个问题。"

"什么？你说。"

"你外婆病了怎么不告诉我？咱俩认识十几年，还不如时景跟你相处两个学期更值得信任吗？"

向阳大大咧咧惯了，心里从来不装东西，突然说出这样的话，让余葵有点儿蒙。她解释道："我爸是借口出差回老家的，家里人都瞒着我。我当时不确定，就借了时景的手机打电话，后来赶着回去，没来得及说一声，不是故意瞒你。

"你今晚就是为这个事情，不高兴一整晚吗？"

向阳想再说什么，车棚的声控灯突然灭了。他跺了一下脚，待到灯光重新亮起来，已经把情绪和涌到嘴边的话都按了下去，只开口道："算了，我信你。咱俩还是最好的朋友吧，小葵？"

怎么回事？怎么大家都想跟她做最好的朋友？时景也问过这个问题……余葵头大地用鞋尖踱地，沉默时瞥见向阳脸色不善，又要恢复那消沉样，赶紧答应："当然。"

但余葵在内心疯狂地给时景道歉，在脑子里狡辩：时景算她暗恋的人，中间横着这最大的秘密，严格划分起来，"最好的朋友"奖确实不能颁给他。

向阳总算被安慰到了，长舒一口气："高考没剩几天了，以后咱俩还不知道能不能上同一所大学，以后我等你下晚自习吧，跟你一块儿回来，正好我妈也老埋怨我不等你。"

"啊？"余葵脚步一顿，为难地说，"可我跟时景说好了。"

"三个人一起骑自行车会挤吗？"向阳反问，"还是你刚才都是骗我的？"

城市另一端。

行驶的轿车里，时希文也久违地放软语气在跟儿子交流。

原因无他，实在是时景这次干的事太出人意料。今早返昆发现时景不在家，且监控没有发现他昨晚回大院的记录后，哪怕是时希文这般经历过大风大浪的人都没忍住思维一滞，乱了阵脚。

经历过一次丧子之痛后，他只剩时景这唯一的孩子。无论面上再怎么严肃、严苛管教，内心始终是一片拳拳爱子之心，否则，他怎么可能执意在赴任时，将孩子从北京带过来？为人父母，无论做出什么决定，都会担忧孩子的安全，不能有丝毫闪失。

时景在这边没有朋友，他想过孩子可能躺在医院里，可能因不可抗力发生危险……但千算万算，没想到他一向冷静自持的儿子，借口请病假竟然只是为了跟班里的女同学偷跑去她老家的偏远小镇。

时景大了，已经到了喜欢一个人的年纪，只是喜欢的对象与众人料想的稍微有些不同——女孩儿家境平凡，人生经历与时景完全没有重合之处，唯一值得称道的，或许就是有个还算聪明的脑袋和有很强的执行力，两年之内，成绩从年级倒数冲进了纯附前十名。

“她是个什么样的女孩儿？”儿子不说话，他只能开口打破僵局。

时景诧异于父亲竟然没有先问责，而是问出这样的问题。想了想，他言简意赅地概括：“聪明，善良有趣。”

幸而不是对方漂亮，或者其他无聊的理由。男人停下翻阅文件的动作，偏头看向他：“时景，马上就高考了，像今天这么出格的事，我希望不会再发生第二次。”

他淡声提点时景：“我不会打压你的情感，这有违人的本性，但你还是个学生，需要知道红线在哪儿。这个年龄阶段的感情，十有八九难以修成正果，维护好你自己的声誉，也不要伤害对方。你就快成年了，终究是要回到北京去的，不要辜负对方的感情，也尽量别做不负责任的事。”

“这些话，不必任何人提醒我也知道。”时景吹了半晌风，总算关上车窗，回头，“如果我是做事莽撞不顾后果的人，不会等到现在。当然，您大可以把我的任何行为当作一时兴起，事实是什么，我自己清楚就行。”

周一，学生们再回到学校，大榜刷新了。

余葵的排名首次跻身全校前十名，照片刚好和时景在橱窗第一排的两端。下早自习后，她等着工人把榜贴完，满意地端详了好长时间。

这次联考，谢梦行是进步之星。

陶桃将视线落在他和余葵之间，打量照片半晌："你别说，这榜上也就小谢帅点儿，你们俩还挺有夫妻相的，都是那种元气的少男少女脸，精致可爱。"

"嗯？"这话余葵可不爱听了，她指着第一名问道，"这不也挺帅的吗？你怎么不说我和时景有夫妻相？"

"唉！"陶桃叹气，"时景不在普通帅的行列里。再说，我还不了解你吗？贴吧里的那些传闻，听听也就算了，你怎么可能跟他私奔？想也白想。"

周一早操结束，例行国旗下演讲。

姚老师提前通知了余葵写稿子，在前十名的颁奖仪式结束后，只剩余葵留在国旗台上。

国旗被风吹得"噼啪"作响，她接过老师调试好的麦克风。

她曾无数次在台下仰望喜欢的人站在这个位置讲话。她开口时下意识地想结巴，但当目光扫过台下黑压压的脑袋，想到此刻投来的视线中有一道属于时景，他会像她过往注视他一般凝视着自己时，心间便汹涌澎湃起来。她深吸一口气，分泌的肾上腺素覆盖了所有的不安和紧张。

附中的每周国旗下演讲，都有校电视台的老师负责录像，存在校广播室里留念，赶在毕业前，她终于也支棱了一次，跟时景留在同一届的影碟筐里。

下台时，余葵的耳朵还带着紧张后的轰鸣，她见时景在教学楼前的路口等她，便小跑奔过去和他并行。

"我刚刚没有结巴吧？"她把手摊开，检查了一遍小抄，当即懊恼地敲头，"狂风骤雨屹立不倒，百经挫折……完了！表决心这段让我给忘了。"

女孩儿的短发刚被大风刮起一缕，软乎乎地趴在发旋正中，很可爱。时景抬手掩住上翘的唇角，克制话里的笑意："没事，已经很流畅了，比我只差一点点。"

"真的？"

"当然。"

余葵立刻又满血复活，在校服的几个口袋里扒拉了一会儿，把废稿的纸团扔进垃圾桶，傲娇地背着手："唉，遗憾果然是人生常态啊。"

午休结束，余葵收起英语范文集，从小花园里回到教室。

班里今天似乎格外热闹，几个学生冒着被摄像头发现的风险，聚拢成一圈在看手机里的视频，不知在看什么。一见她进门，为首的那个立刻把手机音量按小，有人心虚地朝她投来视线，又在余葵回望时躲开。

这种窒息的氛围，让人觉得似曾相识。

她顿了顿脚步，狐疑地回到自己的座位，刚准备好复习课本，陈钦怡也从外面回来，表情凝重："小葵，不知道谁把你初中的视频找出来了，在班里传得到处都是，我午休去这层的公共洗手间，回来就发现我们宿舍的女生背着我偷看。"

"视频？"余葵奇怪，"初中的什么视频？我初中连照片都没拍过几张。"

接过手机，余葵才瞧清画面，脑子里有股气血直往上冲，唇色发白。

该怎么说呢？那确实是余葵初二时的视频——

乡村中学的教室里，桌子被推得到处都是，课本文具散落一地，那是两拨男生争强混战后的现场。而她迷茫地站在教室的最后一排，刘海儿齐眉垂下来，低头接受老师唾沫横飞、劈头盖脸的指责。

老师骂她仗着长得漂亮，不把心思放在正道上，整天想着和男生谈恋爱，调唆他们为她打架，而后又逼迫她去水龙头旁洗脸、卸妆……视频不知道是谁躲在后门处拍的，镜头乱晃，画面不算清晰，却刚好能把人辨认清楚。

这段经历一直被余葵视作噩梦，无论过去多少年，还是偶尔会回到她的脑海中兴风作浪。她所有的谨小慎微、"躺平"放纵都很难说没有这段经历的影响。

现在，这些回忆变成视频找上她了。

"太过分了，你初中同学在附中的就那么几个人，肯定是有心人扒出来的，为的就是在高考前搞你的心态！"陈钦怡愤愤道。

坦白说，仅凭这段视频，众人并不能判断余葵真的做错了什么，但视频里的所有要素，都值得这群"没见过世面"的城里学生津津乐道——简陋的乡村校舍、站成一排打架的男生、非主流的衣着发型……

刚刚在纯附国旗下做完演讲的漂亮学姐就是在这样的环境中生长大的——一群混混为她打架，被老师痛骂，勒令洗脸卸妆。大家乐于看到这匹逆天的黑马背后不为人知的另一面，仿佛这样便能解释，为什么余葵能做到的事情，大家做不到——因为她经历过所有人都没有经历过的恶劣环境，吃过大家都没吃过的苦头。

余葵没有看完视频，把手机还给陈钦怡："视频是从哪儿发出来的？"

"听朋友说，好像是学校贴吧自己组的新生入学群里发的，那里又没有实名认证，谁也不认识谁。"陈钦怡在手机屏幕上点了一会儿，把头像截图发给余葵，随口猜道，"该不会是姜莱吧？可你们现在都不在一个层级了，她这么费心费力地坑你，有什么意思？"

余葵摇头："不是她，她都不知道我毕业的初中叫什么、我在哪个班，怎么可能找到这个视频？"

陈钦怡："你知道这是谁拍的视频吗？"

余葵摇头，很快又点了点，垂下头去："隐约能猜到吧。"

初中时代的余葵，在教室后排看小说、漫画，每天稀里糊涂地虚度光阴。她努力把存在感降得那么低，确实少了很多麻烦，也许仍然会有人看不惯她，但大多上升不到憎恶的程度，也只有那个女生了……

安慰陶桃失恋的时候，余葵曾提到，那时班里有个优等生女孩儿对自己很好，一起打饭、买汽水。然而自从余葵告诉她，她喜欢的男生在四饼家的早点摊子上跟人调情之后，她就不再跟余葵往来了，直到毕业各奔东西，也没再说过一句话。

学校不大，视频里的两拨混混发生混战时，那女孩儿喜欢的男生也是其中一员，那时候他还没有正大光明地撩拨其他人，算起来，那应该是女孩儿最讨厌余葵挑拨离间的时候。

最重要的是，余葵那天从教室跑出去洗脸，记忆中，还曾在走廊上和那女孩儿擦肩而过，见对方慌张地把什么东西塞进了校服兜里。现在余葵想起来，那也许就是手机。

陈钦怡："那你要不要去问问她？都隔了那么多年了，她为什么把这段视频传到新学校来，什么仇什么怨值得她这么干？"

"我们都不在一个地方念书，再说，找到人也于事无补，无所谓了。"

上课已经半个小时了，看着老师的嘴巴一开一合地对答案，余葵有些恍惚，红笔仍顿在页面的第一行上，直到看见桌角贴着的目标"清华大学"时，她才猛地从混沌中清醒，坐直了身子，强迫自己认真听讲。

余葵不想在这时候分心折腾，说她鸵鸟也好，什么都罢，高考前，她不想再把一分钟浪费在这种乱七八糟的事情里，一遍遍地重提那段回忆。

她当天放学前便想通了。可惜，总有人不想让事情那么过去。

放学轮到他们组值日，她打扫完卫生，跟向阳去操场那边的垃圾池扔垃圾，刚走出教学楼，便被楼上一盆水泼下来，淋了个透心凉。

凉水迅速浸透校服，余葵身上湿了一大片，水滴顺着她的发梢、衣摆落到地面上，形成一摊水迹。

向阳大怒："谁干的？！缺德吧？在楼上泼水，没看见下面有人吗？"

三楼传来得逞的哄笑声，混乱中，不知谁喊了一声："不好意思啊，没看见。不过水清着呢，给黑马洗洗脸，以后别老在学校化妆。"

余葵仰头看去，只剩一片空旷的阳台。

她面无表情地收回视线，告诉向阳："走吧。"

"不行，我非上去跟那人打一架，说的什么乱七八糟的？你哪里化妆了？神经病，我看他们是故意的！"向阳抬脚刚要往楼上跑，被余葵抬手抓住了。

"没用的，你上去，他们早跑没影儿了，楼道里又没有监控。"

向阳火冒三丈："那就调教室里的监控视频，一间一间地调呗！你怕什么？！"

没有老师愿意为一盆水兴师动众，再深究，老师们也会看到她初中的视频，这是余葵最不愿见的场面。

她伸手把下颌上的水擦干："我不是怕，只是没有时间跟他们计较，等下晚自习，物理老师还要讲今天的几道重点大题。他们不就不想让我好好考试吗？我偏不，我要比他们任何人都考得好。"

看到两个人扔完垃圾再从篮球场边折返教室，在场上奔跑的时景动作突然顿了下来。

"景神，带着球发什么呆呢？"

"你倒是传啊！"

…………

少年目光睐着场边没动，随手把球扔了过去，一把扯下挂在篮球架上的校服，径直朝场边走去。他人高腿长，起先还走得镇定，后面几步小跑着追上余葵，皱眉先问道："你怎么浑身湿淋淋的？"

向阳吐槽："三楼有几个缺德鬼，不知道在干吗，泼了人就跑……"

"我没事！"余葵不想让时景知道这事，赶紧堵住向阳的话头。

她说话间，时景不着痕迹地朝两人中间挤去，抬手时，不慎把她身上披的男式校服外套碰掉了。

向阳还没来得及发难，时景就率先抬手："抱歉，手滑。"说着，他弯腰捡起校服外套，随手扔给向阳，跟余葵说："我的干净，穿我的。"

向阳："你这话是什么意思？我的哪儿不干净了？"

时景："没说你的不干净，但显然没有我的干净。"

…………

两个男生一左一右地隔空过招，但凡现场有个熟识时景的人瞧见这幕，恐怕都得大跌眼镜，难以想象校草这高岭之花，也会跟同龄人幼稚地拌嘴。

可惜余葵再怎么三缄其口，最后一堂晚自习，时景还是从前桌那儿看到了视频。

一模一样的画面，他曾在余葵的日记本中见过，但漫画本身美化了现实中很多残酷的事情，真实的画面远比余葵笔下的更痛苦、更令人窒息。

他没看完，就直接拿过前排那人的手机，将缓存的文件删了个干净，然后将手机扔回对方的怀里。

徐方正吓了一跳："景神，你生气归生气，别拿我的手机撒气呀！"

时景没说话，眼皮半垂，立在原地几秒钟后，蓦地起身。讲台上没有老师，他没跟任何人打招呼，出门径直往外走。

没等余葵回头发现时景不见了，下课铃已经响了，后门处传来一阵哄闹声，陈钦怡站在门口惊慌地唤她："小葵，你快出来！"

怎么了？

余葵狐疑地扔下笔，还没走到教室门口，眼前已经辟开一条道，几个男生老老实实地排好，浑身湿淋淋地站在门口，蔫头耷脑地跟她道歉。

"对不起，余葵，由于我们今天下午的玩笑和失误，给你造成了困扰，你要是还在生气，可以泼回来。"

余葵视线后移，在阳台那边，瞧见了几个篮球校队的壮汉，正抱臂远远地监督这几个男生道歉。

余葵当下心中已经了然，又是时景替她出了气，就是不知道，他是怎么费劲把人揪出来的。

校服上淋的水已经干了，乱翘的头发在脑后扎成了鬏鬏，但那种当头被人泼水的感觉很难从脑海里挥走。她沉默了好久，直到看见面前的男生中有一个沉不住气，悄悄抬眼看她的神情，才开口问道："我认识你们吗？"

"不认识。"

"那你们为什么要泼我水呢？"她的声音很轻，没有起伏。

"对不起。"

背着人下手还好，当面被一个长着初恋脸的漂亮女孩儿质问，男生们都低着头。若说一开始他们还只是不情不愿地被押过来，此刻倒是真的生出了几分羞愧后悔之意。

“泼水的人是我，是我临时起意，我就是觉得你在学校展现的形象跟你初中的时候不太一样，有点儿装。一人做事一人当，跟他们都没关系，无论如何，我不该为难你一个女生，你骂我吧，泼我多少盆水都成。”

余葵还是没动手，只继续问他：“你知道我初中时是什么样子吗？就凭一条视频？”

男生彻底无话了，抬起头来看了她两秒钟，又低下头去：“对不起。”

“我不想原谅你，但希望你以后别再做同样的事情，无聊、恶劣，除了给当事人造成创伤，给你的人生抹黑，没有任何意义。”

几个男生灰溜溜地走了，而余葵直到放学才被时景校队的朋友在教室门口叫住。对方告诉她，时景被叫去年级办公室写检讨了。

他晚自习旷课，找了几个朋友翻窗户进了学校监控室，挨间查了下午时段高三理科楼二楼以上的监控录像。

他前脚刚把人揪出来，后脚就在回程的走廊上和教导主任撞个正着。他拖着老师，让帮忙的哥们儿先跑了，自己却因无故旷课外加包庇掩护，被提溜进办公室写检讨。

余葵抱着书包，坐在教学楼下的台阶边等他。

向阳不肯先走，干脆也陪着一起等：“他还挺讲义气的，早知道他晚自习去干这个，我也跟他一块儿……”

话没说完，便被楼道里的声音打断——

“小葵。”

大部分教室已经熄灯了，时景从被黑暗隐没的楼道中走了出来，眉眼昳丽冷淡，斜背着单肩包站在原地，淡声喊她：“过来。”

余葵起身跑到他身边：“姚老师怎么说？她知道你们偷看监控录像的事吗？她没为难你吧？”

“她不知道，我没说，没有为难我。”时景的语气稍好一些，但仍称不上缓和，余光瞥着向阳，“他怎么回事？我以后还得跟他一道回家？”

这……余葵咬牙，在喜欢的人和竹马间瞬间做出选择：“向阳，要不你先走吧，我有点儿话想跟时景单独说。”

“有什么话不能当着我的面说？”向阳急了，“小葵，你上周六才答应得好好的，说我是你最好的……”

他还没说完，被余葵一把捂住了嘴。她瞪大眼睛，用眼神疯狂示意向阳：求你了！就这一次！

向阳也用眼神回她：不行，中学生要说话算话。

余葵：再磨叽我跟你绝交！

向阳咬牙：太过分了，小葵，最后一次，你就是仗着我会让你。

他生着气，一把将余葵的包扔到她的怀里，转身独自大步往车棚走去。

人倒是走了，时景却似乎更不高兴了："你们刚才用眼神交流了什么？"

"没有啊。"余葵无辜地把书包背起来，补充道，"阿姨埋怨他放学不等我，所以他以后可能得跟我们一块儿上下学了……"

路灯下，她殷红的嘴唇一张一合，时景的脚步突然停了下来。

余葵抬头，只见他眼神黑沉，酝酿着人看不懂的情绪："小葵，你觉得我很好骗吗？"

余葵呼吸一窒，心忽地乱了，猛摇头："没有，我没有这个意思，我真的就是让他先走而已。"

时景朝前一步，身形逼近："那下午我在篮球场边，问你发生了什么事的时候，你为什么不告诉我？"

余葵退后一步："我觉得没有必要，不想让别人跟我一起生气。"

"我是别人吗？"时景冷冷地挑起眉来。

真正刺痛他的，是她和向阳十几年共同经历的人生产生的默契，只一个眼神，外人便仿佛再也无法插足他们中间。这种默契让人抓狂，他看不懂，所以更恼怒。

"不是，你不是别人，是我的好朋友。"余葵语塞，愧然地垂下脑袋，"好吧，我承认。我就是觉得很丢脸啊……我想不出能毫不费力，在不影响学习的情况下把事情完美解决的办法，所以只能当它没有发生。反正很快就高考了，我想上清华，就得把这些事情排出先后，拣着更重要的做。"

"你的头脑还挺清醒，"时景轻嗤一声，"偏偏就是没想过告诉我。你没有办法，我有的是办法。"

"什么办法？"余葵用亮晶晶的眼睛望向他。

时景抬手想敲她的脑门儿，给她个脑瓜崩，指尖悬在半空中，最后没敲下去。他抱手转身，一个人走在前边："你跟向阳说，放学识趣点儿，别上赶着讨人嫌，我就告诉你。"

这就为难了，她是说过，可向阳不听啊。

余葵当晚苦思冥想着拒绝向阳三人行的说辞，差点儿把头皮挠破。第二天一早到学校时，她才发现贴吧热议的帖子不见了，而传播视频的那两个贴吧群也已经被学校勒令解散。

不到一周时间，同学们热议的话题，很快从这件事更新成楼道里年级第一名旷课的检讨公示，事情顺利得叫人难以置信。

回忆时景那晚的话，余葵险些要怀疑是他干的，细想又觉得不太可能，附中的老师大多一视同仁，不太可能因为个别人出手扼断学生间的舆论。

他们大概是觉得影响不好吧，余葵这么想。

而当天午休，她久违地在QQ好友的申请列表里，发现了来自远方县城那位初中女孩儿的好友申请。

余葵本打算装作没看见，在桌子上趴着睡了一会儿，终究没抵住好奇心，通过了申请，想看看这位旧日的好友找她要说些什么。

她原本都打好了质问的腹稿，未承想女孩儿上来先道了歉——

“对不起，余葵，我没想到事情会闹得那么大，让你们学校的人都知道了。”

余葵像是带着拳头上了八角笼的战士，还没出手，对方上来先抱住腿滑跪。她咬唇删掉原本输入框里的一行字，重新打了一行。

小葵花生油：“那你把视频传开的本意是什么？”

“那不是我传开的，我没有想传得尽人皆知！”

女孩儿解释，自己几天前被一个陌生账号加了好友，那人说是余葵的追求者，想了解一些余葵过往的事。女孩儿当时不知道怎么回事，就鬼使神差地把视频发了出去。

“我听同学说，你现在在纯附，能考600多分，从前初中的时候，都是我把作业写完，给你们传着抄的。你就当我忌妒心作祟吧，余葵，我真的很羡慕你，我喜欢的男生曾经当着我的面，夸你长得比我好看，甚至还为了兄弟替你打过架，哪怕后来我知道他不是什么好东西，那种羡慕也没办法从心里移除了。”

女生顿了顿，又发过来一段话：“你讨厌我吧，其实我也知道这么做不对。但无论如何，我没有想坑害你的意思，我没想到那个男生会这么可恶，把视频发得到处都是。我在你们纯附的贴吧里看见大家那么议论你，心里觉得很过意不去。”

真相大白。

余葵想了想，问她：“那个加你的账号，你们还是好友吗？”

对方很快传了一张截图过来。

“是好友，但他好像是个小号。我问了几个人，怀疑他把咱们班同学的QQ号大多加了一遍，都问了同样的问题。不知道他是哪儿弄来的号码。”

余葵把小号输入搜索框，弹出一个动漫头像。犹豫半晌，她没有打草惊蛇，将指腹从添加好友的按钮上移开，返回首页，拿出刚发下来的真题，继续刷卷子。

初中班级群里几年没添加过新人，这个男生是从哪儿得来的同学们的账号信息，很值得商榷。余葵的第六感告诉她，这个人非但不是什么追求者，反而对她十分熟悉。

一下午的时间，她偶尔抬头，视线在教室里打转，直到看到张逸洋推着坐着轮椅的谭雅匀从面前的过道路过，她脑子里灵光一闪，冥冥间有根线被接通了！

那些QQ号，余葵之前的初中的同学录里都写着，偏偏搬家的时候同学录被漏在谭家的抽屉里忘拿了。

她的成绩首次在年级排行上领先谭雅匀，这绝对是谭雅匀能做出来的事！

之前她刚住进谭家，余月如给两人买过同款的帆布裙，就因为谭家亲戚在厨房里嘀咕了一句“余葵长得比雅匀标致”，第二周，她的裙子就在洗衣机里被绞坏了。

余葵灵机一动，将这组账号输入登录页面中，低头操作半晌。

此时老师正在黑板上布置周末假期任务。

上课前上交到讲台篮筐里的手机已经被课代表分发给众人，同学们懒得抄写，纷纷举起相机拍照。等谭雅匀拍完黑板，放下手机时，她才发现余葵不知什么时候已经走到自己跟前。

余葵站定：“你翻了我的同学录吧？”

周围的同学听见声音，疑惑地回头。

谭雅匀拧眉，用余光给了余葵一记“你发什么疯”的警告，在她看来，在学校隐瞒两人来自重组家庭的事情，是她们不约而同的默契。

可惜余葵并不理她，再次质问：“偷看我的同学录，加我的初中同学的联系方式，拿到偷拍我的视频，然后用小号在学校传开，这事是你干的，我没冤枉你吧？”

余葵声音不高，咬字清晰，调子四平八稳，内容却堪称石破天惊——

视频？是他们看过的那段？

听清内容的同学们火速回头，用一种嗅到火药味的饥渴眼神在两个人的身上来回打转。

自从谭雅匀伤了腿，为了方便她进出，班主任便将她调到了靠近后门的位子，此时虽然伸长脖子看戏的人不多，却还是足以令她恼怒。她暗自巡视四周一圈后，无辜地抬眸：“你在胡言乱语什么？余葵，如果你想找事的话，你找错人了。”

余葵点头，早已料到会这样，探身抽出她正在拍作业的手机，切入短信页面递到她眼前。

“那你怎么解释这条验证码？就在刚刚，我用散播视频的QQ账号的找回密码功能发送了验证码，这么巧，你马上就收到短信了。”

谭雅匀的冷静表情有一瞬间出现裂痕，她试图起身抢夺手机。

然而她本就腿脚不便，余葵退后半步，她扑了个空跌坐回轮椅后，眼神彻底冷了下来，缓缓地威胁：“这算什么？余葵，你抢我的手机，还要给我扣上一个莫须有的罪名，我到底哪里得罪你了？”

余葵：“我才是想问问我哪里得罪你了——装作暗恋我的男生，去找我的初中同学，挨个儿打听我的黑历史，您可真有创意。”

教室本就闹哄哄的，听见这么个大新闻，四下当即议论起来。

科任老师还没来得及觉察不对劲，便放下粉笔被教导主任叫出门去，大半个班级的学生的注意力不加掩饰地集中到两人白热化的争端中。

“你算什么东西？真是欺人太甚！”魏垅向来是第一个跳出来做护花使者的，见女神吃瘪，仗着体形差距，三步并作两步上前抢回手机，挡在谭雅匀身前与余葵对峙。

东西被抢走的力道震得余葵手发麻。

魏垅继续道：“甭管谁传的，那视频又不是假的，你怪得了谁？别哪儿听了两句风言风语，就恼羞成怒出来冤枉好人，说难听点儿，雅匀她人美心善成绩好，你身上有什么值得她妒忌陷害的地方？”

话音未落，教室后方传来一声突兀的桌椅挪动声响，将他打断：“抱歉，这话叫人耳朵不舒服。”

男声低沉冷淡，让教室寂静了一瞬。

所有人后知后觉地意识到，发出这声音的人是时景。时景自转学到今天几乎从未当众与任何人产生过矛盾冲突，像轮孤洁的月亮飘在天上，而非地上，而现在……

他为余葵跟班里的男生杠上了！

少年长腿后撤，拉开椅子，不疾不徐地起身，走道狭窄，行经魏坺时，肩膀还撞得魏坺一踉跄。

“手机——”少年的脸上没什么表情。

余葵仔细观察着他的眼神，想知道他在想什么。可惜时景掩藏的功夫实在太好了，她啥也没看出来，只能乖巧地将自己的手机双手奉上。

接过手机后，时景第一时间又发送了一次验证消息。

众人还没反应过来他在干什么，谭雅匀的心重重一颤，她下意识地猛按手机侧面静音键，等众人的目光集中到她的手上时，她才后知后觉自己已经不打自招。

谭雅匀嘴唇翕动，脑子里还在一团乱麻地想着借口，时景已经下达最后通牒：“你可以现在就登录你的小号自证清白，展示你的列表和消息记录，向大家证明刚才那些话出自旁人编纂，是子虚乌有的谎言，你没有因为成绩下降而刻意抹黑余葵，没有传播视频试图打压摧毁她的心态。”

“我本来就没有！”

女孩儿的负隅顽抗只换来时景无所谓地耸了耸肩：“很遗憾，你错失了最后的坦白机会。”

他冷淡而平静地陈述：“我还没有跟任何人提起过，高二上学期，在我转学第一天，既不认识你，也不认识余葵的时候，就曾经撞见过你们在楼梯间争执。在欺负和构陷同学这一点上，学委你似乎是个惯犯。有人告诉我，几年前，你也曾经诬陷她窃取你保管的班费，带头使用冷暴力迫使她在中考前转学，最后你以第一名的成绩进入高中部……”

“你闭嘴……那不是我做的，我没有！”

时景挑眉，“你想和人证当面对质？”

他的模样实在太过笃定，谭雅匀终于不敢再赌，泪光中逐渐燃起火苗：“你以为自己很聪明吗？你知道什么？你什么也不知道！你向着余葵，当然为她说话，她已经把我所有的东西都抢走了，现在还要继续逼我……”

见到女神崩溃，同学们的脑子都快跟不上了，就连魏坺也一时没反应过来，试图去拉她的手腕，让她冷静，却被谭雅匀一把挥开：“离我远点儿！谁稀罕？即便世界上没有一个人理解我，我也根本不在乎！”

事情往不可挽回的方向狂奔而去，归来的科任老师一只脚悬在门口，看傻了眼：“发生了什么？”

时景最初只是想替余葵找出视频传播者，便主动联系一位在北京参加信息竞赛，对社会工程学很感兴趣的同学帮个小忙。谁料互联网没有秘密，那位大神顺着邮箱信息拔出萝卜带出泥，挖出了谭雅匀的一串黑历史，包括她初三时用同样的办法霸凌同学、迫使同学转学。

事情最终闹到了年级办公室里。

班主任姚老师、谭父和余葵的父母都到了，闹哄哄地说了大半个小时，老师们才算厘清了这两家人复杂的关系。

虽说优等生通常会比同龄的其他孩子心思更重，但像谭雅匀这样一向乖巧听话的女孩儿竟不止一次做出这样的事，的确让一帮老师大跌眼镜。在高考前搞人心态简直缺德，附中对违纪行径向来严惩不贷，但鉴于只剩几天就高考了，事关孩子们的前程，谭父又一直说好话求情，姚老师思前想后，只得先松口，留待高考结束后再讨论处理此事。要么警告处分，要么记过、取消三好学生评优，总之，完美无瑕的学生档案，谭雅匀是别想拥有了。

校方能暂时按下不表，却禁不住同学们私下议论，尤其谭雅匀本就是学校的风云人物，余葵是她重组家庭的妹妹的事很快就传遍了高中部。

甚至就连余葵被分到八中高考当天，还有好事的附中校友在出考场后专门跟她求证这件事的真实性。

空气潮热，蝉鸣聒噪。

余葵踩过地砖上的水洼，缓下脚步真心地感慨："同学，你心态这么放松，发挥一定很好吧！"

"嗐，高考嘛，重在参与。"女孩儿拨弄了一下蛋卷头，掩唇小声补充，"上个月我们全家移民了。"

余葵瞬间了然。

高考对她来说有着改变未来的意义，对女孩儿而言却只是人生路上多一种体验。或许是刚从紧绷的考场出来，思绪骤然松弛的缘故，她有一搭没一搭地应了女孩儿两句，聊着聊着，对方的话题不知怎的就转移到了时景的身上。

"唉……想当初，我还偷过艺术节展板上时景的书法作品呢，他那篇不是写了《六国论》吗？我跟寝室的小姐妹拿着刻刀，一人分了一段。想到以后我要是去国外上大学，可能就再也见不到他了，还挺惆怅的。"

女孩儿的耳环在树荫下的阳光间隙里摇晃发亮。

余葵有些感同身受地点头——她要是考不上清华，以后跟时景天南地北的，说不定这辈子见一面少一面。

女孩儿却挑眉："少来，你可别装，你们俩关系那么好，时景在附中也就跟你走得近点儿，你了解我们这种迷妹的心态吗？瞎跟着点什么头？"

余葵："重在参与嘛……"

见她既没否认自己的话，也不展开解释她和时景的关系，女孩儿又开始心情复杂："时景跟你说了没？这两天他在三中那边的考场，每场考完挤出学校，在大门外头一抖外套，身上全塞满了写着手机号的考场座位条，就热情奔放这方面，咱们附中的学生还真比不了别的学校的。"

余葵震惊："你怎么会知道？"

女孩儿耸肩："我舍友也在三中考试喽！"

余葵从前对这类现象常有种与有荣焉般的自豪感，这类心态放在追星的人身上，大抵该被形容为：从出道就开始追的偶像今天也被动触发"神颜技能"大杀四方了，开眼了吧，你们这些没见过大帅哥的普通人类！

这次她跟女生挥手道别后，却不知怎的，中午进考场前饮下的那半杯酸梅汁开始作怪，后劲顺着喉管往上蹿，后槽牙直泛酸水。她赶紧对着学校的镜面外墙揉了揉腮帮子，调整心态。

镜面中的女孩儿黑发低垂，皮肤白得近乎失去血色，因为天热，额头汗津津的，看上去有点儿蔫头耷脑的。下狠手扼住那猝然生出的贪欲，余葵默念三遍提醒自己：平常心、平常心、平常心！

时景跟她关系再和睦，也不是她的，谁能将月亮据为己有？

等在校门口接孩子的程建国，一眼在人流中看见女儿跟个小鹌鹑似的塌着肩膀出来，心下凉了凉。在被孩子发现之前，他将唇角努力扬到耳根，拧开矿泉水迎上去："葵啊，考场里热吧？快喝口水，爸爸今天给你熬了绿豆汤，今晚当夜宵。"

夕阳燃烧，傍晚回家的车流把路堵得水泄不通。

余葵坐在程建国借来的小桑塔纳的副驾驶座上，趴在车窗边吹风时，他的心灵小课堂终于开课了："其实我当年高考，从考场里出来时，也觉得天都暗了，听着第二名瞎嘚瑟，就在纠结我不应该错的那两道题，结果后来你猜怎么着？学校里就我一个人考上了。葵啊，爸爸知道你很想上清华，在这个过程里，你也确实全力以赴，我看了都佩服，不过老话说——三分天注定，七分靠打拼；谋事在人，成事在天……反正无论你怎么发挥，爸爸是无论如何也考不到你的分数的，咱们家往上数几代，也没出过像你念书这么厉害的孩子……"

余葵疑惑地偏头看他一眼，觉得老父亲好似误会了什么，还没来得及说话，手机振动了一下。

她解锁屏幕。

消息是时景分享的一张图片。他似乎是在车上抓拍的，赶在红灯的最后一秒钟，尾灯通明的六车道尽头，晚霞似橘火般绵延盛大。

余葵抬头，隔着风挡玻璃看到与照片中同样的天空时，只觉得眼睛发热。

她好像一下子梦回在易冰家桑拿酒店的那晚，爱意汹涌。他们默契地没问对方发挥得怎么样，闲聊了两句，她玩笑般地提起他在三中被塞了满怀字条的传闻。

消息才发出去，她便后悔了。

这种级别的试探，时景经历的不要太多。生怕被他看破自己的小心思，她懊恼地“啊”了一声，立刻自欺欺人地将手机扔到后排座位上，翻出复习资料用功，发誓今晚再聊天儿就是小狗。

对面的人整整隔了三分钟才回复消息。

听见振动声，余葵忘记刚才的毒誓，犹豫一瞬便艰难地伸长胳膊去拿后排座位上的手机。

返景入深林：“谁传的？”

返景入深林：“明天不穿外套了。”

他是不是迁怒她了？他会不会觉得她太闲，高考还不专心？

隔着屏幕，余葵都能想象到时景拧眉的样子，刚点开输入框，打算不争气地为自己申辩两句时，对面的人又发来了消息。

返景入深林：“其实我兜里现在什么也没有，都抖干净了，给你看看？”

“砰！”

心头的小礼花齐齐炸开，轰得余葵灵魂移位，五脏六腑都雀跃震颤。这种饮鸩止渴般的暧昧，简直是世间最美妙的滋味，一句就足够做整夜的美梦。

高考结束当晚，陶桃通了网，才在（9）班同学聚会前听说了谭雅匀考前给余葵使绊子被学校记过的事，生气地给余葵打电话：“你有没有把我当朋友，这么大的事你都不告诉我？你们俩竟然还有这层关系！谭雅匀这朵‘黑心莲’真歹毒啊，一辈子就一次的高考，竟然想搞你的心态！我手上还有她的黑历史呢！要不是考试前我妈把手机扣了，我怎么可能——等着，我给你出气！”

什么黑历史？余葵没来得及开口，那边的陶桃已经风风火火地挂断了电话。

余葵把手机塞回口袋里，没有回拨。原因无他，她当下的全部思绪已经被不安占据。她紧随程建国一路穿过医院大厅，换乘电梯上楼，直到抵达肿瘤病区。

这层楼的病人大多上了年纪，身上挂着引流袋，吸氧重了都随时能带出一串咳嗽。余葵脚步踌躇，眼看爸爸越走越远，不知怎的，只觉得那背影凝重而萧索。

走廊尽头临终关怀病房的牌子在视线中清晰起来时，她内心的恐慌也终于放大到极点。

“爸！”她不确定地唤程建国，“走错了吗？咱们不是来看外婆吗？”

程建国一整晚都没想好怎么跟女儿坦白，直至此时才痛下决心：“小葵，你要做好心理准备。”

“准备什么？外婆得的什么病？不是发烧吗？”

“肺癌，晚期。”他顿了顿，继续说，“她病得很重，这个星期昏迷好几次，烧得都糊涂了还惦记着你要高考，让谁也不准告诉你。现在高考总算结束了，小葵，你得坚强，好好陪陪你外婆最后一程，不枉她从小养你疼你一场。”

余葵只觉得晕头转向，脑子“嗡”地蒙上一层雾般不真实。她听清了这句话里的每一个字，却浑浑噩噩的，反应不过来其中的含义，站在原地愣了片刻，才迈出步子就被擦肩跑过的家属撞了一下，人一踉跄，手机没拿稳，砸到地上，屏幕摔了个粉碎。

程建国弯腰捡起手机，沉重地抬起手，拍了拍她的肩膀。

临终关怀病房里有不分白天黑夜沉沉昏睡的病人。日光灯下，外婆的面容已经呈现出一种病入膏肓的黑黄色，她双眼紧闭，水米不进，艰难疲惫地蜷缩着身体，偶尔发出短促的痛哼声。

余葵费了好大的劲才忍住没崩溃，在亲戚朋友们的注视下走上前。

二外公给她让出床头的位置，叹气：“阿葵，你外婆一辈子没享过什么福，总算你高考结束了，眼看要出息了，她又病成这样。你多陪陪她，她现在是过一天少一天了。”

接下来两周，老家的亲戚一茬茬地来探病。他们坐在床畔，你一句我一句地感慨余葵的外婆这辈子没享过福，吃了那么多苦，积德行善，老了竟然让她受这等罪……余葵则把病历看得滚瓜烂熟，一次次在上网搜索、向医生问询，却都收到同样的答复，最终在绝望中接受了现实。

亲戚们聊天儿时，她就沉默地守在病床前，不厌其烦地拧热毛巾给外婆擦拭身体，用棉签擦拭干裂的嘴唇，尽力让老人在生命尽头舒服体面一些。

天黑了，余葵就在旁边支张小床眯一会儿，每隔几个小时掐着点去找医生开止痛剂。

老家的乡亲们出了医院门纷纷感慨：

"秀英总算没白养这个外孙女，忙里忙外，比她妈孝顺多了。"

"谁说不是？小时候看这孩子懒洋洋的，对什么事都不上心，结果最重情义的也是她。"

"月如这人哪，真是迷了心窍了，亲娘都病危了，还惦记那份工作呢，蜻蜓点水似的来几趟就不见人影了。"

"人家大小是个教授，指导学生巡回演奏是早就定好的行程，她也是不得已，再说医药费不也是她交着？"

"呸！谁稀罕她那几个臭钱？"

…………

余葵从未在昆明经历如此漫长的雨季。整个6月乌云蔽日，空气中弥漫着没完没了的潮湿水汽，味道像极了砖缝里的霉菌，沉闷而压抑，一眼望不到尽头。

手机在那晚被摔碎屏幕，她没时间修理充电，回家洗澡时，干脆把它扔进床头柜的抽屉里，用外婆的老年机接打电话。

向阳连续在家门口蹲守好几天，才逮到了余葵回来取换洗衣物。

"葵啊！你怎么累成这样？"他惊愕地从台阶上起身，"你爸说换你回来休息，你没答应啊？"

余葵找钥匙开门，低头回道："我不想休息，我又不累。"

"怎么可能不累？你的脸色难看死了，眼圈都熬青了。"向阳担忧地跟她前后脚进门，"明天就出高考成绩了，要不你今晚就别去了吧，好好休息一晚，这样下去，身体怎么吃得消？"

"女儿不在也就算了，我想我外婆在最后清醒的时候能看见外孙女。"余葵认真地扭头看向他，"向阳，我外婆把我从小拉扯到这么大，我还没来得及孝敬她呢，起码要守到她安心合眼，才算尽力。”

她的脸上写满熬夜后的疲惫之色，只有一双眼睛依旧黑白明澈，执拗得惊人。

向阳头一次知道，余葵长大的面庞像极了一只釉薄半透的瓷器，骨子里有易碎又坚韧的美感。他呆怔地望着她转头时发尾在空气中划过的弧度，立在原地，只觉得心里有什么震颤的东西在晃动。直到余葵进了洗澡间，他才想起来问：“班里的人都在问你的消息，问你怎么连同学聚餐也没去，电话也联系不上，要我把你的手机坏了的事告诉他们吗？”

洗手间的玻璃门沾上潮湿的水雾。

余葵用香皂使劲洗掉皮肤表面的消毒水，很久才回道：“算了，回学校确认志愿的时候，我自己跟他们解释吧。”

这答案好歹叫向阳的负罪感轻了点儿。其实聚餐那晚，时景曾在餐厅走廊上叫住他，问余葵这段时间在忙什么，高考一结束就再也没能联系上她。大概是喝多酒上了头，向阳明知她的手机坏了，外婆在医院病危，却鬼使神差地什么也没解释。

他做人磊落，从来没干过这种小人行径，总觉得亏心。他坐在沙发上等余葵洗完澡出来，才又问她：“有什么事是我能帮你的？要不我晚上陪你去医院吧？反正我也没其他事，你睡觉，我帮你看护。”

“你还没走？”余葵诧异，又摇头道，“医院挺挤的，住不下。你真想帮我，就替我留意一下，要是时……再有人找我，你就让他打这个电话。”

把外婆的电话号码抄给他后，余葵匆匆将洗衣机里洗好的衣服晾上，便再次返回医院。

当晚夜里，余葵在半梦半醒间睁眼。

她这段时间生物钟有些紊乱，呆愣地盯了床畔的点滴挂钩几秒钟，才猛地想起看墙上的挂钟——5 点 15 分。

还差一刻钟，她要找医生补打镇痛剂。

清洁工已经开始打扫病房，余葵打算起身擦把脸，却隐约听到病床上传来低低的唤声：“月如……月如啊……”

外婆在一遍遍地呼唤自己的女儿。

余葵强忍心酸，把耳朵贴近，终于听清，外婆在微弱的呼吸里，最后吐出的话语是——

“不准流，生下来，我替你养。”

也许昏迷中，连外界的呼喊声都已经听不真切的外婆，人生回到了女儿怀孕的那一年，又一次地阻止了女儿试图流产离婚的想法，坚持让余葵降生在这个世上。

半个多月来，余葵一直强忍着没哭，老人家信这个，她害怕哭声会让鬼神听见。

直到此刻——

天欲破晓，身旁空无一人，在帘子的遮挡下，伴着监护仪的“嘀嘀”声，她再也没能忍住，把脸埋进老人逐渐失去温度的掌心，崩溃痛哭。

她紧紧地抓着外婆的手。

余葵一生中从未这么努力地试图留住一个人。她羞于向任何人表达自己的爱意，直到此刻才追悔莫及，上气不接下气地呜咽着哀求外婆。

“外婆，你看看我，我是小葵……我错了，我就不应该答应你去城里上学，连你病了也不知道……”

十七岁的孩子第一次直面这个世界有关死亡的真相，把一切错误归结于自己忙着考大学而忽略了病重的亲人，崩溃绝望，却没有能和命运对抗分毫的能力与勇气。

6点整，护士撤掉监护仪，外婆永远停止了呼吸。

余葵一边哭，一边替外婆穿寿衣，最后一次给她梳头，整理仪表，给她戴上她最喜欢的珍珠项链——那是高二那年，余葵省吃俭用，用零花钱送给她的礼物，明明不贵，老人却只有过节做客的时候才舍得戴。

她做完一切，便擦干眼泪，终于拨通了外公的电话，到外面的走廊上叫醒打盹的程建国，然后按着通讯列表通知外婆的亲朋好友。

从完整的人被推进焚化炉，到变成一个坛子就十五分钟。程建国想也没想地就要接过骨灰坛，余葵却拦下他，自己抱进怀里：“我来。”

清华招生办的老师赶到乡下那天——

余葵穿着孝服，跪在蒲团上，把高考成绩单填进黄纸折子，连着金银元宝一起扔进了火盆里，成绩单在灵堂的供桌前化作灰烟。

她身后，低低的议论声传来。

“考了702分呢，她外婆去得真不是时候，这么好的消息都没来得及听。”

“别说全镇，全县都没出过这么有出息的孩子吧？清华大学赶来家里抢，要不是赶上白事，镇上肯定要敲锣打鼓庆祝的。”

"我说那天上山，见他家祖坟上长鸡枞呢，巴掌大一朵，出了一大丛。"

…………

院子门口挂丧幡、贴孝联，天井里扯篷布，摆满酒席。

村民们讨论着余葵创造的奇迹，感慨余家竟然出了这样的高才生，背过身就打电话，叮嘱家里的婆娘带着孩子来沾文曲星的喜气。

小孩儿多了就闹腾，追逐推搡着从谭雅匀身后经过，飞溅起大片混合了雨水的汤渍，在她的蚕丝外套上留下了油点。谭雅匀高考失利，本就窝火郁闷到极点，此刻更是一句话也听不下去了。她将筷子拍到桌面上，破口大骂道："跑什么跑？没长眼睛啊，没见人在这儿吃饭？溅我一身脏水。"

小孩儿的妈妈带着人过来道歉——正是刚才夸余葵有出息的那位。

谭雅匀头也不抬，自顾自地抽出湿巾擦拭衣服："什么穷山恶水的破地方，烦死了，一个个都这么没素质。"

年轻的媳妇神色难堪起来："你别这么说话，要不你先穿我的，我替你把衣服洗干净……"

谭雅匀挥开对方："滚开啊！别用你的脏手碰我的衣服，你洗得了吗？这衣服洗过就报废了！"

闹声终于引起余月如的注意。她本来跪在堂前烧纸，听到最后一句话，终于起身径直走入人群，抬手，往继女的脸上狠狠挥去一巴掌："这里是灵堂。"

余葵被罚过很多次，谭雅匀却从来没挨过打。从小到大，无论做错什么事，继母始终把她捧在手心里，无论真心或是假意，余月如的确用尽了人脉和力气培养她。

谭雅匀被打蒙了，侧身捂着脸，满脸难以置信，久久不能回神。

余葵漠然地收回视线。

对她而言，眼前人生的高光时刻已经和低谷紧紧缠绕，从和清华签下意向协议，到确认志愿，确定被录取，夙愿得偿，她都没有太激动的情绪，心里平静空洞。三天的葬礼宴席结束，她浑浑噩噩的，像演完了一场跌宕起伏的戏剧。

整个暑假，余葵一直住在乡下。

外婆的手机号销号了，余葵谁的电话也接不到，谁的消息也不用回，她睡醒了吃，吃饱了就随着外公去田间地头，戴着草帽坐在田埂上，看云薅草。

外公有时干完了农活也劝余葵：“你这样不和你妈说话，也不行，始终是她生了你。我瞧她现在也醒悟了，她给你上清华的奖励，你该拿就拿，不然就被姓谭的小丫头花了，那姑娘才是小白眼儿狼…”

“无所谓，反正我以后会挣更多的钱。”余葵把画册垫在枝叶间，后仰躺平，从绿枝的缝隙里看向天空，任凭刺眼的碎光直戳瞳孔，好一会儿才伸手覆在眼睛上，“外公，等我长大了一定好好孝敬你，所以你要好好保养，不能生病。”

“人吃五谷杂粮，都七老八十了，哪儿能不生病？”外公拄着锄头擦汗，“你也不要太介怀，阿葵。其实你外婆过了七十四岁生日那晚就跟我说，她做了一个梦，梦见菩萨来接她了。可不，第三天就查出了这毛病。有些事，都是上天早就安排好的，你外婆说，她这辈子也活够了，唯一遗憾的就是没能看到你上大学、结婚。

“哦，她还说，上次跟你回老家那个后生，长得挺俊，看模样心肠也好。转院之前，她去庙里给你们俩求了支签，是上上签呢，普贤菩萨都觉得你们俩有姻缘。”

“真的？”余葵听到后面半信半疑，“后半段该不会是你编的吧？”

“我哪儿能拿菩萨的事情跟你开玩笑？”外公戴上草帽，“行了，你躺着吧，我把这垄地翻完，咱俩就回家烧火做饭。”

当晚，余葵犹豫再三，总算鼓起勇气，把卡从坏手机里退出来，装进镇上奖励给她的新手机的卡槽里。

她登录账号，满屏信息爆炸似的一股脑儿涌进来，大多是恭贺她的高考成绩，恭喜她被清华录取。陶桃给她抛来一条贴吧链接——试了几百种密码组合，陶桃总算找到了高二在楼梯间里的那段视频，于是在贴吧里把谭雅匀欺负余葵的证据曝光了。帖子飘红好几周，楼下一片不齿的骂声。

当然，也有人拍了附中的录取红榜。

时景的名字高居理科状元首位，这是她从未怀疑过的结果，而她在不远的第二行紧挨着，后缀是相同的归属——清华大学。

余葵等这一刻已经很久了。

关灯躺下，她蜷在被窝里，放大照片，抚摩着那个名字，思绪万千，胸口没来由地生出一种失而复得的感动——就算一切再糟糕，他们总算都兑现了对彼此的承诺。

黑暗里，她一条条地阅读时景发来的信息，从高考结束第一天，到回学校确认录取志愿，二十来天几乎没有间断。

他先是问她出了什么事，为什么不回消息，又事无巨细地跟她讲述自己的生活。

他告诉她自己最近看了什么书，是哪天乘飞机回北京，哪天见了爷爷奶奶。

他也跟她讲述，父亲在高考前体检被查出指标异常，旧病有复发征兆，幸而在北京住院治疗期间，恰巧赶上中外交流，在一位外国教授的再三建议下，启用了一种在研发阶段的新药，疗效非常不错，目前已经出院观察。

医生都说，好在发现得早，假如体检再晚两周，新药控制不住，情况可能又大有不同。这一切都要感谢余葵——如果那晚他没有逃学跟她回老家突然失踪，把父亲好一通惊吓，父亲也不会被秘书劝到医院做全方位检查。

父子之间多年来的隔阂，终于在父亲住院期间悄无声息地瓦解。时景或许可以对运筹帷幄、风光无限的父亲冷硬，唯独无法对病床上仍劳神为儿子筹划未来的中年男人狠下心肠。

最后一条消息发来的时间是返校确认志愿的日子。

全班六十个人，只有余葵缺席。

他迟迟等不到她的回复消息，耐性似乎已经告罄，希望她最好给出像样的解释。提问还是无果，他最后一次抓狂地重复。

返景入深林："回我，回我，回我。"

能把淡定从容、自矜自持的时景气成这样，也算她的本事。

余葵立刻咬着指头紧张起来，懊恼地把脑袋埋进枕头当了好一会儿鸵鸟，组织好语言，才掀开被子坐起来，猛吸一大口气，开始往对话框里输入道歉的话。

千里之外的北京。

KTV 包间里，时景仰头靠在沙发角落里昏睡。

"小景今晚喝多了吧？我刚才在他耳边唱《站起来》，他眼皮都不带掀的。"

"他这段时间怎么了？通知书都下来了还臭着个脸，是我，我都乐疯了。我家老头儿天天小景长、小景短，小景才是他的亲孙子吧？"

"可不。"吕开愤愤地接茬，"要是偷孩子不犯法，我妈当年一准在襁褓里就把我们俩换了。"

…………

几个可怜人一拍即合，立刻又点一首旋律激昂的《保卫黄河》，整个包间里都回荡着七上八下嘶吼的男声。

裴姝从洗手间回来，才进门便不耐烦地掏了掏耳朵，正要开口痛骂，余光瞥见角落里时景闭眼的侧脸，好歹又把脾气忍了下去，挑了个离时景近些的位子落座。

她也不敢挨得太近，就靠在沙发枕上，趁他睡着，支着下巴，贪婪地欣赏他光洁俊美的轮廓线条。

平时时景清醒的时候，她哪里有这机会？她甚至差点儿没忍住上手描摹，指尖刚接近鼻梁，沙发缝隙里，时景的手机振动了几下，掉在了地毯上——有消息进来了。

余葵的老家旅馆后那棵巨大的柏树，时景又梦见它了。

伴着夏天夜晚的蛙声与蝉鸣，余葵坐在石板台阶上，轻声细语地和他说着话，晚风也清凉温柔地拂过她的发丝和脸颊……他猛然醒来时，震耳的音乐和斑斓五彩的氛围灯，竟让他有一瞬恍惚不知置身何处的不适感。

他下意识地伸手去拿手机，摸了半晌，还是裴姝从旁将手机递了过来。

“你在找这个？我才刚看它掉在沙发缝隙里，就帮你捡起来了。”

时景不着痕迹地皱了一下眉，接过手机触亮，瞧着空荡的锁屏界面，淡淡地说：“谢谢，但下次别碰我的手机。”

裴姝气极：“你现在脾气怎么比我还大，帮你捡手机还捡出毛病了？你就仗着我喜欢你，想说什么说什么，我也是有自尊心的。咱们好歹认识那么多年了，你非要这么疏远我吗？”

时景看了她两秒钟，收回视线，沉声说：“抱歉。”

少年低头，用白皙的指尖点开空空如也的对话框，往下拉，仿佛那样就真能刷出新的消息来。

时景心里清楚，自己确实是迁怒裴姝了。

表哥早上才搭着他的肩膀劝他：“在现代互联网社会中，有人能几个月不回你消息，不接你 电话，说明人家就是真不想和你联系。时景你照照镜子，你是个帅哥，求你别整那么纯情，行吗？”

返校确认志愿那天，时景特地从北京飞回昆明，找借口在老师的办公室里坐了很久，最后却等到向阳带来余葵签好的志愿表。

“你为什么能替她交志愿表？”话问出口的瞬间，时景觉得自己像个妒夫，和云淡风轻的向阳比起来尤为可笑。

“她回老家了，那边昨天夜里开始下暴雨，车出不来。”

老师大概是被时景动怒的模样惊到了，也跟着点头：“余葵的爸爸跟我确认过的。”

时景这辈子没有过这样的经历——他一腔爱意空付，为她的失联担忧焦灼，向阳却能作为青梅竹马，毫不费力地洞悉她所有的秘密，和她保持联系，甚至替她递交志愿表。

总之，他生气了。

他克制住分享欲，像个小学生，用同样的态度回应余葵不知缘由的单方面冷战。

擦掉手心的汗，裴姝松了一口气，嘟嘴装作不情愿地看自己的美甲：“既然你都知道错了，我勉为其难地原谅你好了。你明后天有安排吗？要不咱们去承德……”

假期转瞬即逝，等余葵收拾行李北上时，已是8月下旬。

程建国把她送到学校，顺便参观了这个所有父母心中的精神沃土、教育圣殿，应同事们的要求，拍了一堆照片带回去给孩子们看。安排好一切，次日临上车前，他又给余葵塞了一笔钱。

余葵不要：“我卡里的几万块钱奖金都还没花呢。”

“奖金是奖金，爸爸该给的还是要给，这是大人的责任。”

隔着车窗，老父亲挥挥手，想起来叮嘱余葵：“小葵，你柜子底层的那双鞋记得穿，是外婆买给你的大学礼物。她听二毛说，之前给你买的那双是拼错字母的盗版鞋，外婆也不懂什么字母，什么盗版，就觉得你穿起来好看，让你表哥在昆明的商场重新给你买了一双。她说，她的外孙女值得最好的。”

夏天已经到了尾声，明明不怎么热，余葵却觉得眼睛又出汗了，莫名其妙地记起那个使劲搓着肥皂泡沫洗鞋的夜晚。

她吸了吸鼻子，使劲点头：“我知道了。”

车子启动，她又追出几步，喊了一声：“我爱你，爸爸！”

夕阳将天空和高楼染红，万丈霞光里，程建国把手探出窗户挥了挥。

进入清华，余葵还没来得及领略国际大都市的繁华，开学典礼一结束，接下来的生活就被将近三周的军训占据——这可比学习还要了她这个体育废材的命。

站队列、打军体拳、野营拉练……更要命的是，教官还时常把她单独提溜出队伍，让众人欣赏她不协调的正步和体操，逐个纠正动作。每每这时候，下面的人就笑成一团，教官则一脸生无可恋的表情：“余葵啊余葵，你说你人长得那么标致，手脚配合怎么跟不上呢？”

“社死”是“社死”，但也有好处，整个信院的新生很快都认识了这个每天被教官拉出来单独操练的笨蛋美女。余葵去小卖部时、打饭途中，随时能遇到人叫她的名字打招呼。

遗憾的是，她一次也没遇到时景。

军训开训典礼上，在那三千多穿着军训服的乌泱泱的人头里，她盯着航天学院的方向找了半晌，眼睛都看花了，愣是没把人找出来。

他生气到都不愿意再理她了吗？

或者在她失联的这个暑假里，时景已经和那个叫作裴姝的漂亮女孩儿在一起了，所以才不愿意原谅她、回她消息。

余葵正吃着泡面胡思乱想，被室友推了一下。室友用眼神示意她往超市门口看：“喏，刚才走过去那个人就是时景，我听说他被评为这届新生里的超级神颜，航院钱学森班的。”

排行老二的学神室友本来还无动于衷，听见是“钱班”的，立刻扶了一下瓶底厚的眼镜，视线追随着少年颀长挺拔的背影品鉴半晌，赞许地点头：“虽然没看清脸，但瞧气质是比很多明星强。”

一场雷雨刚刚落地。

晚间训练的队伍难得提前半个小时解散，空气潮热，商店的灯光将挂在玻璃门上的雨雾晕得五光十色。

余葵回神，抬眸。

路灯下，时景穿着橄榄色军训服，疏离的少年感具备极强的穿透力。左脚踩过水洼时，他拧开矿泉水瓶盖喝水，分明是平凡无奇的动作，却永远有着能将人视线牢牢套进他的磁场旋涡中的能力。

人生若只如初见……这一幕像极了 2013 年昆明长水机场的那一幕。

“绝了。”直到人走远了，寝室长才愣怔地赞道，“真养眼，男的女的都爱看，我建议学生会去找他主持大小活动，给校友们谋福祉。”

余葵捏紧筷子，想要起身追过去，半晌却还是一动没动，心不受控地“怦怦”跳，患得患失的心酸使她唇焦口燥，说不出话来。

如果时景刚刚是从她们旁边走过的，那他认出她了吗？他是故意不跟她打招呼，还是没看见？

刚吃了几口的番茄鸡蛋面缀着皱巴巴的、被泡发的蔬菜干，余葵放下叉子，顿时胃口全无，失落沮丧，还有些说不上来的委屈感。

军训仅仅二十天，时景已经名震校园，风头无两，原因没别的，就是那张脸。论坛上，甚至有同学自发地组织了分享后援会，和纯城附中贴吧的小粉丝们交流，互传照片。

余葵每天能从各种莫名其妙的渠道听说他的最新动态，比如时景入选国旗护卫队、野营拉练荣获第三名、评了标兵……好几次，她鼓起勇气想给时景打电话，一回忆起那天深夜听筒里传来的女声，又莫名其妙地觉得胆怯。

她有心想要等在他常走的路上，制造偶遇，像朋友一样若无其事跟他打声招呼，主动破冰，却又总是等不到人。

军训结束前一晚。

她吃饭时觉得口腔里火辣辣的疼，对着镜子照半天，发现大约是这些日子急火攻心，长了个巨大的溃疡，寝室长用老家带来的西瓜霜碾碎给她敷上一层，痛感才稍缓。

衣服搓到一半，还把借来的水壶打翻了，趁着没熄灯，余葵郁闷地趿着拖鞋下楼买新的。她刚回到宿舍门口，不知哪儿伸出来一只手，将她拉入了黑暗中。

脊背被抵在坚硬的墙面上，她撞得骨头都差点儿发出闷响。

余葵初时还下意识地要喊，直到那熟悉的味道侵入鼻腔，掌心覆在她的嘴巴上，涌到唇畔的呼声蓦地消失了，新买的水壶掉在地上，又一次发出脆响，她不再挣扎。

昏暗的光线里，黑发垂在少年的额前，他紧蹙着眉，向来沉静的双眼情绪翻腾。他扼住她细瘦的手腕，像是气极了咬着牙根才发出声来："我不来找你，你就不会找我，是吧？余葵，你把我当什么？看我给你发了那么多消息，好玩吗？"

余葵甚至能感受到他紧绷的胳膊肌肉，贴在自己的脸颊上温热跳动。她费了好大劲才把他的手掰下来，瞧他那居高临下俯视的冷漠眼神和生硬的态度，鼻子一酸，也来了脾气，睁大眼睛憋着泪。

"我失联是我不对，我的手机摔坏了没修好，我不是都道歉、告诉你了吗？你不是也没理人？我都没生气呢！你冲我发什么火？"

一向冷静自持的时景，瞧着她唇齿开合，从这副理直气壮的样子想到自己这段时间的煎熬，太阳穴突突跳，都被气糊涂了，竟也没第一时间思考她说了些什么，缚住她的手腕压到墙上，气恨地反问：“你什么时候道歉？我又是怎么不理你了？”

“你……你！”余葵被猛然缩短的距离吓了一跳。

她咬紧充血的下唇，恨不得立刻掏出手机跟他对质，好不容易把手挣脱出来，解锁屏幕的手都在抖：“你自己看嘛！这怎么不算道歉？还不承认……”

时景接过手机。

她自顾自地控诉，“叽里呱啦”地说了一堆：“我跟你解释，你没回，那天晚上12点，我给你打电话，接电话的女生骂我不懂分寸，别再缠着你、烦你了。我又给你发消息，你还是没……”

“我没收到。”少年的声音终于沉了下来，屏幕照亮他窄细挺拔的鼻骨、紧抿的唇，“对不起，我没收到你的道歉消息。”

“啊？”余葵急得口齿不清，突然噤声。主要是后槽牙咬到嘴巴内壁的溃疡，疼得人一激灵，她低头捂嘴，手拿下来才发现沾了血。

顾不上伤，她吃痛地捂着嘴巴问：“为什么会没收到？”

“那晚人太多，有人不知道用什么办法解开了我的手机锁屏，删除了那些信息，还偷接了你的电话。不过这不重要，我会解决。”他盯着余葵手上的血迹，捧起她的脸，“你怎么回事？哪儿在流血？”

余葵都要丢脸死了。她万万没料到，在跟暗恋的人这么激动争辩的关键时刻竟然直接吐出一口血。她极力轻描淡写试图揭过：“没事，就长了个溃疡，泡被咬破了。”

时景：“普通溃疡不会流血，你张开嘴巴给我看看。”

啊？

情况急转直下，饶是余葵脑洞惊人，也没料到今晚事情会往这个方向发展。

少年俯首偏头，借着路灯橙黄的光线，寻找她口腔内壁的伤口。

小飞虫在灯下“嗡嗡”乱撞。

余葵满嘴都是血腥味，含混地嘟囔：“我没事，不疼，回去擦点儿药就行……”

话音未落，毫无防备地——

少年伸手探进她的口腔，用冰凉的指腹压住了出血点。

如此亲密的距离，他的气息无孔不入地钻进她的鼻腔，暧昧发烫的气息在狭小的空间内流转，少年的眼眸漆黑剔透而热烈，她受到了巨大的冲击，心魂荡漾，几乎无法在那样灼人的注视下正常呼吸。

顷刻间，余葵的下颌几乎紧张得战栗起来，心跳快要顶破胸膛了，她下意识地垂下睫毛，手指攥紧衣服下摆，却还是止不住地轻颤。

“这样就不流血了，被你咬开一个大口子。”时景说。

可这样的解释，根本没办法说服余葵的脑子不去天马行空地胡思乱想，她羞耻得脚趾抓地，却又思绪混乱地庆幸——幸好敷西瓜霜前刷了牙，不然时景这么漂亮的手指伸进她的嘴巴里……

余葵发誓，自己这辈子从未度过如此矛盾的三十秒钟，漫长无比，却又转瞬即逝。

“好，血止住了。”时景终于宽宏大量地宣布。

他收手，掏出帕子慢条斯理擦拭手指，模样赏心悦目到极点，任谁也想不到那里沾着余葵的血渍和唾液。

局面和节奏被少年完全掌控，他瞧余葵一眼，敛目随意问道：“你们系的新生舞会，你打算找谁做舞伴？”

余葵本想说自己不会跳舞，不打算参加。话到嘴边，她突然想起，要是真的不在意，他为什么会关注信院自动化系什么时间办舞会？她福至心灵地改口：“我没有其他认识的男生，你要来吗？”

时景强行按捺住上翘的唇角，掏了掏耳朵：“什么？没听清。”

“我说，我没有新生舞会的舞伴，你要不要跟我一起参加？”

“向阳呢，你怎么不找他帮忙？你连志愿表都让他替你交了。”

余葵内心吐槽：这个傲娇难搞的男人。她表面还得顺毛：“他没有你帅，再说他是隔壁的，身在清华园，我哪儿能叛变呀？”

时景终于轻咳一声，清了清嗓子：“行吧，我答应了。”

“谢谢你，景神，你可真是人美心善的大好人——”余葵拖长了调子。

11 点整，寝室熄灯，楼下的光线越发暗了。

他想摸摸余葵的头，想到时间还长，最终手只是悬在半空中，碰了一下鼻子：“水壶碎了，你先上去，明天给你送个新的。”

次日。

大家辛苦暴晒一整天，军训会演总算圆满结束。

余葵在澡堂里把自己搓得喷香干净，和老二相约到水房继续搓迷彩服，寝室长和老三洗澡动作慢了些，晚一步才进门，进来便吵吵嚷嚷道：“姐妹们，宣布一个重磅八卦新闻——校草‘名草有主’了！

“我们俩刚才看他在咱们紫荆五楼下等人还纳闷儿呢，走到楼道里就听人说，他昨晚和女朋友在下面的林荫道卿卿我我，熄灯了还舍不得上来。听说他女朋友长得像小泽真珠，还是他的高中同班同学。你们说，跟神颜帅哥谈恋爱是什么体验啊？”

“小泽真珠是谁？长什么样？”老二好奇地探头，推了推眼镜，查看从旁递过来的手机网页。她看着看着，视线落在余葵的脸上，像是发现了新大陆：“哎，别说，小葵，你也有点儿像……”

话音未落，有人站在门口递了个热水壶进来：“谁是余葵？余葵在吗？时景说你的电话打不通，让我帮你把水壶拎到水房，顺便告诉你一声，他在楼下等你。”

顷刻间，所有人的目光灼灼地集中在余葵身上。

她倒退一步，识相地举起满是泡沫的手掌投降：“同志们，我可以解释，没有卿卿我我，他没有女朋友，同班同学倒是真的。”

“啊啊啊！余葵，你不仗义，咱们讨论那么多天，你都和人关系那么好了，竟然一声不吭，看着我们花痴犯蠢！”

余葵逃避着左右的人的追打：“我错了，我不是故意的，我要求给犯人一分钟陈述抗辩时间！”

“坦白从宽，还不从实招来！”

余葵擦掉糊了满脸的泡沫，无辜道：“高考以后，我家出了点儿事情，我和时景之间产生了一些误会，整个假期都没联系，昨晚刚和好。我邀请他参加咱们系的新生舞会，他答应了，就这样。”

“明明就有猫儿腻，你们俩绝对在搞暧昧，不老实，你这个朋友大大的坏！”

“算了，别让校草等急了，快去吧，剩下的我帮你洗好晾干。”

…………

余葵拧开水龙头冲手。

疾步穿过走廊，匆匆下楼梯，她无法克制自己的雀跃期待，直到到达一层才缓下脚步，理了理刘海儿，矜持地出门，转过拐角……

林荫道边，9 月花木繁盛。

他穿着白衬衫立在树下，风一吹过，纷纷扬扬的花瓣落在少年的肩头。他若有所感，转回头，目光一触及便冲她笑起来。

春光明媚，冰雪乍融。

头一次，余葵真真切切地感受到，时景在朋友的关心之外，隐晦地向她表露的情感——她是不一样的，与世上所有人都有区别。

有没有一种可能……她没有单向奔赴，他也喜欢她了呢？

暗恋暧昧拉扯到极致，就是不捅破的时候，最忐忑也最磨人。

余葵和时景开始在清华园公开成双入对地出现在众人面前。

他清楚她的课表，会在没课时到信院陪她上课，和她一起吃饭逛街、去图书馆自习、在情人坡晒太阳、晚饭后在荷塘边散步，拉她到西操场跑步，甚至在她来“大姨妈”下不了楼时，替她买饭、取快递。

甚至连信院的教授都熟识了时景，在一次上课时公开问道：“时景今天来了没有？余葵这次的大作业是你给她写的吧？你这个字迹模仿不到位，字好的人想写丑都不容易，还得再练练。就是有个事我跟你商量一下，我这门课得让她自己动手，你心疼女朋友，挑别的学科下手。”

时景大方地起身道歉，诚恳地说：“教授，余葵不是不想写，是您的题太难了，昨天晚上她一边擦眼泪一边查资料，怕她通宵，今早爬不起来上课，我才帮了忙。”

阶梯教室里爆发哄笑声，只有“社死”的余葵险些把脸埋进抽屉里。

在天才扎堆的清华园，原本压力巨大的学业，在学神的陪伴下总算不再枯燥乏味。和喜欢的人一起学习，攻克难关，哪怕是天书般的教材，她也啃得甘之如饴。

大一下学期，余葵有一门主修课学得太差，时景看她的绩点岌岌可危，连忙把她的专业书找来，连夜整理了小半本笔记，考试周百忙中抓紧督促她强化复习，终于让她险险过关，没有挂科。

学神之所以被称学神，全因他们具备极强的学习消化和归纳汇总的能力。为了不白学，时景在辅导她功课的同时，还顺便申请辅修了信院自动化系作为第二专业，余葵所在的702寝室甚至给他颁了个“不挂科神器”的荣誉称号。

和高二那年的处境截然不一样——这一次，他们并肩出入时，在大家眼中是郎才女貌，足够匹配的。

裴姝也曾到清华找过时景。

考试周，时景忙碌且困乏，刚送余葵回女生宿舍，回宿舍午休不到十分钟，被打电话喊下楼，拧眉不耐烦地打发裴姝。

裴姝哭了："时景，你是真的狠心，不就是接了你的一个电话吗？你就那么喜欢她吗？我又没说什么过分的话，假如仅仅三言两语就能拆散你们，那只能说明她对你的爱远远不如我强烈，她的自尊超过喜欢你，你真是瞎了眼了！"

毕竟有一起长大的情分，许多话，时景已经告诉她不止一次。这一回，他选择撕破表象，剖开来平静地问她："假如我没有出生在现在的家庭，假如我家道中落，假如我没有现在的光环，不是现在的长相，你还会喜欢我吗？还会放下自尊心来找我吗？"

裴姝一愣，泪珠挂在脸上："你干吗要做这样的假设？你就是你啊，你说的一切又不可能发生。"

时景摇头："醒醒吧，裴姝，你喜欢的不是我，只是你的骄傲、你的虚荣、你的执念而已。你不需要我的回应。你挑选伴侣，更像在挑选一件光鲜的物品，比起跟我在一起，你更看重你的家族未来是否能继续维系。"

该说不说，时景对人心的洞察永远一针见血，哪怕是一起长大的朋友，在他面前也时常有种自己没穿裤子的尴尬，试问谁在一个能随时看穿自己的朋友面前会不尴尬？

裴姝怔了怔，反击："你怎么就能确定余葵不是这样的人？喜欢一个人，当然是喜欢他的全部，家庭背景、学识、教养、长相全部加在一起，才能构成一个完整的人，你要求的无瑕感情只有乌托邦里才会存在！"

"她当然跟你不一样，我不需要确定，"时景摊手，漂亮的唇齿开合，达成最后一击，"因为是我喜欢她啊。"

大一暑假，余葵跟随清华的社工团队一起到云南乡下支教，时景因为跟教授做课题，留在北京。

和时景分隔两个月，余葵在整个假期时常感到烦恼。

学姐、学长们几乎都默认她和时景是一对热恋中的小情侣，可事实是什么，只有余葵自己知道。

时景从未跟她捅破窗户纸，类似什么"我喜欢你""做我女朋友""我们在一起吧"的话通通不存在。

上学时两个人每天待在一块儿还好，异地时间一长，她见不到人，支教又累，这种不确定的沮丧感便偶尔不受控地从脑子里冒出来。每每听旁人夸她的男朋友优秀，余葵只觉得心虚，连时景给她打电话时，她也显得无精打采。

时景的声音从听筒里传到她的耳畔："下次蚊子咬你别挠，我买了驱蚊灯，你上晚自习时把它放在教室里，不会安装就找别的老师帮忙。对了，你开始收拾行李了没？马上开学了，早点儿准备。"

余葵用下巴夹着手机，把满是蚊子包的脚放在凉水盆中浸泡，有一下没一下地踢着水玩，听到他提问才答道："没呢，我跟校长说好了，假期最后两天再回去。"

时景哽住，偏偏电话那头，村里烦人的蛐蛐还在叫个不停。

半晌，他才叹一口气，颇有怨念地问："你就不想我吗？"

那声音低沉缱绻，好听得就像会咬耳朵，余葵心弦震荡，一个不小心就踩翻了盆，却顾不上满地水，脑子里一遍遍回味着这句"你就不想我吗"。

你就不想我吗？……

她躺在蚊帐里做梦，都是玫瑰花的味道。

9 月，在承诺校长的支教时间结束以后，余葵甚至没来得及回去再看一眼望眼欲穿的老父亲，匆匆收拾行李北上返校。

时景开车来机场接她。

北京正午的气温高达三十三摄氏度，余葵热得快脱水了，短袖短裤，汗津津的短发贴在脸颊上，抱着时景买来的冰矿泉水降温续命。

偏偏他一手拎包，一手拖行李箱还浑身清爽，余葵羡慕得眼睛都绿了，爬上吉普车的副驾驶座，才想起来问："这是谁的车呀？"

时景挂挡："时辰的，借来开几天。"

余葵："你奶奶还真会起名字，'良辰美景'，你哥时辰心地善良，时景美貌，都应验了呢。"

千穿万穿，马屁不穿。

时景笑着偏头看她一眼，"你不是惦记去长城吗？明天就要上课了，我今晚借车带你去爬。"

"晚上吗？"

"白天你又怕晒，预约夜场凉快。"

余葵确实念叨过要爬长城，出身小镇的女孩儿，在北京念了一年大学，都没能抽出空去欣赏人类历史上的伟大奇迹之一。她自己没上心，时景却排上了日程。

下午，长城被落日余晖和万丈霞光染透。余葵在清华练了一年长跑，自觉体力已非昔日，换了双运动鞋，在起点处摩拳擦掌。

三个小时后，天渐渐阴了，山林黑黢黢的，攀登长城的兴奋和喜悦早已荡然无存，她照片也不拍了，像条咸鱼一样躺在散发着余热的石台阶上，体力消耗一空，一步也挪不动了，稍稍喘息后再看表，已是9点。

天彻底黑了，点亮的灯带盘踞在起伏的山峦间，伴随长城静穆地屹立着，蜿蜒伸向远方。

时景也不讲究，拍拍灰在她身边坐下来，手肘向后支在台阶上，仰望星云。

"你知道吗？小葵，今天是一个特别的日子。"

余葵揉捏着酸痛的小腿，歪头回忆了半晌，实在想不起9月14号究竟是哪位物理学家的生日，只得问道："有多特别？"

时景："华盛顿和路易斯安那州的科学家，今早9点在LIGO（激光干涉引力波天文台）首次探测到来自宇宙的引力波，那是两个几十倍于太阳质量的恒星黑洞相撞，交会在一起，形成一个新的黑洞。那瞬间发生的引力变化，以波的形式在传递了十多亿年以后抵达地球，在今天被你感受到了。"

余葵似懂非懂地问道："就是《星际穿越》里撕碎飞船的那种引力波？"

"可以这么说。它印证了一百多年前爱因斯坦在广义相对论中的推断，作为物理领域一个里程碑级别的重要日子，今天将会被永远载入文明史册。"

听他这么一说，余葵豪气丛生，顿时也觉得今天重要起来。与之相比，爬长城的疲累实在不值一提，她争分夺秒地欣赏起夜空，顺口提问："引力波能撕碎飞船，那它力度再大些，能撕碎地球吗？"

"当然有可能。"时景点头，"引力波穿过星球时，星球就会变成应力球，一面压缩，另一面膨胀。时间和空间的拉伸产生抖动，距离越近，冲击越强。身为宇宙中的智慧生命，生活的尺度让许多人无法意识到，在如此残酷的宏观宇宙背景中，能在这片星空下安然无恙地呼吸、吃饭、恋爱，是一种多么小概率的幸运事件。"

此情此景，在这特定的一天，伴随着男声娓娓道来的讲述，余葵被天体物理之美深深震撼了。

她愣怔地转头，定定地盯着时景的侧脸。比起几年前初识时，少年的轮廓退去了几分舒缓的精致，线条更刚直，肩膀也更宽阔，开始散发成熟男性的张力。

四下静谧，她更能感受到心跳快把肺部的空气全部排出胸膛，回想整个假期的郁闷，想要做些什么的冲动差点儿将她淹没。

就在她再也按捺不住，即将开口时，时景却突然低头，漆黑的眼眸凝望着她："幸好你回来了。"

"啊？"余葵一时没能反应过来。

"我一直在想，用什么样的方式能让你一辈子记住我的告白。小葵，幸好你赶在今天回来了。"男人的声音沉静而动听。

余葵却惊愕地愣在原处。

星光浩瀚，灯火蜿蜒，她觉得眼前的一切像极了一场不真实的美梦。

时景微低下颌，单手解下颈间的项链，取下一枚闪烁着银光的戒指。

"奖学金和假期老师给的补贴加起来买的。"他伸手将戒指递到她面前，"严格来说，这算是我挣到的第一笔钱——第一样真真正正属于我的东西，送给你。"

她变成了结巴："送……送我戒指，我没……"

"反正你没理解错。"

时景害怕被拒绝，三两下强行将戒指塞进她的手里，又站起来下了两级台阶，掩饰自己的紧张，片刻后才与她平视。

"我就是那个意思。

"我喜欢你，就像黑洞碰撞在宇宙中产生的波纹，浩渺永恒；我想待在你身边，像行星和卫星被万有引力束缚，不断靠近，哪怕超过洛希极限，被潮汐力撕得粉碎，化作星尘。

"对我而言，你散发着整个美妙宇宙的光亮。"

时景大概从未说过这么肉麻的情话。

气氛僵住，静默足足长达一分钟。

见余葵还是没反应，一米八五的大男生攥紧项链，实在待不下去了，耳根滚烫，转身急匆匆地往下走出几步。余葵才回神赶紧追上去，拽住他的衣角："怎么办时景？我哭了，我真的尽力了，我想了半天，都想不出一句像你这么有文化的回应。"

时景回头："然后呢？"

"走不动了，所以你背我下山吧。"

过程是跌宕曲折的，结局是甜美圆满的。

余葵趴在时景的背上，将银色的素戒套上手指，在宇宙万物的见证下，成为他这辈子最爱的女朋友。

群山寂静。

今夜的银河系，具有令人狂热的引力。

彩　蛋

父母都出身清华园，作为两位高智商学霸的结晶，时宇宙记事很早。

他能清楚地记起，五岁某个夏日的午后，姑奶奶曾把他抱在膝头翻相册，指着父母在清华新生舞会时的合照，给他讲起两人曲折的爱情故事。

“你爸妈是高中同学。你爸当年可痴情了，高二本来有竞赛提前保送回北京的机会，为了你妈直接放弃了。

“俩孩子都不知道什么时候偷偷在一起的，一谈好几年，谈到了读研。等家里发现的时候，俩人都已经分不开了。太爷爷、太奶奶大发雷霆——你想啊，时景是他们俩最优秀的宝贝大孙子，在他们心里仙女都配不上，找个云南小镇来的姑娘做媳妇，那地名小得在地图上举着放大镜都找不着，还是单亲家庭的孩子，他们哪里肯愿意呢？”

看着时宇宙懵懂的样子，她轻叹了一口气：“太难了，那时候全世界都跟你爸作对，逼他分手。”

刚上初中的小姑姑好奇地偏头问：“那最后表哥答应了没？”

“当然没有——”女人话音一转，“不过他们俩当时还是分手了。”

少女急了：“为什么呀？”

“你想想你姥姥姥爷那雷霆手段，是普通人能扛得住的吗？他们就去找你表嫂聊了一回，你表嫂脾气也真够大的，骨头也硬，当天晚上就跟你表哥吵架，然后申请跑去国外读书了。那晚下着暴雨呢，几十千米路，你表哥怒冲冲地回来拍门，问你姥姥姥爷跟她说了些什么。老人家当然照实说喽，你表哥气坏了呀，失魂落魄地走了。他这一走，好家伙，三年都没再回过家。

“逢年过节的，大伙儿叫他回来吃饭，你大舅、大舅母、你哥……几个人轮流去研究所找他。他电话倒是接，人也见，就是不肯回来，心里憋着气，藏着怨，觉得一大家子人都是害他失恋的元凶，用过时的门第观念令他痛失所爱。”

小姑姑撇嘴：“可不是吗？姥姥真坏，比西王母娘娘还坏，金簪子一扔，就给人家两口子划道银河出来。”

“也不能全怪你姥姥啊！”女人想了想，找借口辩解，“当时咱们家确实没有过这种先例，大家都找了门当户对的伴侣。再说后来，他们不也认错妥协了吗？不忍心看你表哥痛苦，他这么虎，全家人还都顺着他的毛捋，结婚就结婚吧，你姥姥一个七十多岁的老人家还亲自打电话给余葵服软。”

“做错了事情道歉不应该呀？”

“应该是应该，但有时候也要分对象……”看着女儿黑白分明的眼睛，她的话噎在喉间，硬着头皮说，“嗐，成年人的世界比较复杂，你不懂。你姥姥姥爷是什么人啊？那放在从前，他们都是跺下脚就要地震的人物，给一个小辈赔不是，多没面儿啊！”

“妈妈！”小姑娘生气，“你这人怎么摇摆不定的，到底站哪边？人怎么能在真爱至上派和现实门户派中间反复横跳，你都不看偶像剧的吗？”

“当时我肯定站门户派呀，现在嘛……

“小宇宙这么可爱，谁能抵挡得住我们小宇宙，是吧？来，姑奶奶亲亲——”

她捏着男孩儿脸颊上的软肉，又使劲蹭了蹭，才说：“现在你表哥表嫂这么恩爱，人家说宁拆十座庙，不毁一桩婚，今天想想，还好当时没把他们俩拆散，不然我岂不是缺大德了？”

小姑娘这才满意，搂着她的脖颈撒娇：“这还差不多。”

时辰进门时零星听到几句，插话进来：“妈，过去这么多年了，你怎么到现在还没想明白？你真信家里谁有能力左右时景的主意啊？那小子从小能耐就大着呢，又会把控人心，鬼精鬼精的。他三年没回家，讲白了就是跟你们抗议，这次拿捏住了，以后你们就再也管不了他的婚姻了。”

“哼！”女人生气了，“我管不了他的，能管你的，你那个朋友我看无论如何也是不能要的。你弟媳家庭出身再普通，起码人实打实地考上清华，读了耶鲁的硕士，做过大公司主美，又当了漫画家，基因也好。你呢？你领回来那姑娘除了买包、花钱吃喝玩乐，还会什么呀？以后生个比你还笨的孩子，上个比你还差的学校。”

“说着说着，怎么又扯我身上来了？”时辰仓皇逃离战场。

阳光穿透繁茂的白玉兰绿枝间隙，洒在相册上，碎金般的光点在塑封的页面上浮动。

时宇宙认真地看完照片，短白的手指又往后翻了一页。

相册中间夹着一张时景在纽黑文市绿地广场的独照——那是他们分手

的第一年，余葵从清华到纽黑文市耶鲁大学攻读艺术硕士的时候时景拍的。

时宇宙抽出照片。

照片背面的空白处力透纸背地写了一行字——

我认为最深沉的爱，是哪怕只能从别人那里听说你的只言片语，也能按捺冲动不去见你。

一切为了黎明。

— 全文完 —